HANSERS
BIBLIOTHEK DER
ERZÄHLER

JORGE LUIS BORGES

BLAUE TIGER UND ANDERE GESCHICHTEN

Ausgewählt
und herausgegeben
von Gisbert Haefs

Nachwort von
François Bondy

Carl Hanser Verlag

Titel der Originalausgaben
»Obras completas«
Emecé Editores, Buenos Aires 1974
»El libro de arena«
Emecé Editores, Buenos Aires 1975
»Rosa y azul«
Sedmay Editiones, Madrid 1977

ISBN 3-446-15120-6

Satz: Reinhard Amann Fotosatz, Leutkirch
Druck und Bindung: Franz Spiegel Buch GmbH, Ulm
Printed in Germany

MANN VON ESQUINA ROSADA

Für Enrique Amorim

Ausgerechnet ich soll Ihnen etwas über den toten Francisco Real erzählen. Ich habe ihn gekannt, obwohl er nicht von hier war; er war eine große Nummer im Norden, so in der Gegend der Lagune von Guadalupe und Batería. Ich habe mit ihm nicht mehr als dreimal zu tun gehabt, und die drei Male alle in derselben Nacht, aber das ist eine Nacht, die ich nicht vergesse, weil da die Lujanera, einfach so, in meine Hütte schlafen kam, und in der Nacht ist Rosendo Juárez für immer aus dem Viertel am Bach verschwunden. Natürlich fehlt Ihnen die Erfahrung, deshalb können Sie mit dem Namen nichts anfangen, aber in Villa Santa Rita war Rosendo Juárez, Der Schläger, einer der härtesten Burschen. Er war einer der Leute von Don Nicolás Paredes, so wie Paredes einer aus der Truppe von Morel war, und er war berühmt dafür, daß er gut mit dem Messer umgehen konnte. Er kriegte es fertig, tipptopp geschniegelt zum Puff zu reiten, auf einem Rappen, mit silberbeschlagenem Geschirr. Die Männer und die Hunde hatten Respekt vor ihm, und die Frauen auch. Alle wußten, daß er zwei Männer erledigt hatte. Er hatte auf seiner dicken Mähne immer einen von diesen weichen hohen Hüten mit feiner Krempe. Er war ein Glückspilz, wie man so sagt. Wir Jungs von Villa machten ihm alles nach, sogar wie er spuckte. Eine Nacht hat uns dann aber gezeigt, was für ein Kerl Rosendo wirklich war.

Klingt wie ein Märchen, aber die Geschichte dieser einmaligen Nacht fing damit an, daß eine laute Kutsche mit knallbunten Rädern, vollgepfropft mit Männern, diese harten Lehmgassen runtergeschlingert kam, zwischen den Ziegelbrennereien und den leeren Grundstücken; zwei Mann in Schwarz, mit Gitarren, daß einem die Ohren sausten, und auf dem Bock einer, der den Hunden eins mit der Peitsche überzog, wenn sie dem Pferd an die Beine gingen. Einer im Poncho saß ganz still in der Mitte; das war der berühmte Corralero, der Schlächter, und der war zum Kämpfen und zum Töten gekommen. Die Nacht war richtig angenehm kühl. Zwei von den Männern hockten auf dem umgeklappten Kutschdach, als wenn diese tote Ecke eine Promenade wäre. In der Nacht sind noch viele andere Dinge passiert, aber von diesem Anfang haben wir erst später erfahren. Wir Jungs waren alle schon ziemlich früh in Julias Salon; das war ein Schuppen aus Zinkblech, zwischen der Straße nach Gauna und dem Maldonado. Das Lokal konnte man schon von weitem sehen und hören, wegen der roten Laterne und dem Krach. Die Julia war ein bißchen dunkelhäutig; trotzdem gab sie sich Mühe, daß immer alles in Ordnung war; es gab immer Musiker, genug zu trinken und Mädchen, die lange tanzen konnten. Aber gegen die Lujanera, die Frau von Rosendo, kam keine an. Sie ist tot, und manchmal denke ich jahrelang nicht mehr an sie, aber damals hätten Sie sie sehen sollen; was die für Augen hatte. Sie sehen und nicht schlafen können war eins.

Der Schnaps, die Musik, die Weiber, ein paar herablassende Schimpfworte von Rosendo und ein Klaps, den er mir auf den Buckel gab und den ich als freundschaftlich genommen habe: Also – ich war richtig glücklich. Ich hatte eine Tänzerin erwischt, die sich so bewegte, als ob sie meine Gedanken erraten könnte. Der Tango hat mit uns gemacht, was er wollte, uns herumgetrieben und auseinandergebracht und dann wieder zusammen. Alle Männer waren voll dabei, wie im Traum, da kommt mir plötzlich die Musik irgendwie lauter vor. Das war, weil jetzt die beiden im Wagen, mit den Gitarren, immer näher kamen, und weil deren Musik sich mit unserer mischte. Dann hat sich der Wind gedreht, der die Musik hergeweht hatte, und ich habe wieder auf meinen Körper aufgepaßt und auf den meiner Partnerin und auf die Tanzfiguren. Eine ganze Weile später war etwas an der Tür zu hören, laut und irgendwie mit Macht, ein Schlag und eine Stimme. Allgemeines Schweigen, dann ein heftiger Stoß gegen die Tür, und der Mann war drin. Der Mann war wie die Stimme.

Für uns war er noch nicht Francisco Real, aber wohl ein langer, stämmiger Typ, ganz in Schwarz, mit einem braunroten Halstuch über einer Schulter. Ich erinnere mich an das Gesicht, es war irgendwie indianisch und eckig.

Als die Tür aufsprang, kriegte ich einen mit dem Türflügel ab. Ich war so überrascht, daß ich mich auf den Kerl gestürzt und ihm die Linke in die Visage gesetzt habe, und dabei will ich mit der Rechten schon das Messer aus der Jacke holen, hier unter der linken Achsel. War aber schnell zu Ende mit mir. Um geradezustehen streckt der Mann einfach die Arme aus und wischt mich weg, wie man einfach irgendwas aus dem Weg schiebt. Hat mich hinter sich auf dem Boden gelassen, und ich immer noch mit der Hand in der Jacke, am nutzlosen Messer. Er ist einfach so weitergegangen. Immer weiter, und immer größer als jeder von denen, die er wegschubst, als wenn er sie gar nicht sieht. Die ersten, Schlappschwänze mit großen Augen, haben ihm ängstlich den Weg freigemacht, das ging auf wie ein Fächer. Aber das hat nicht lange gedauert. Im nächsten Haufen war schon der Engländer, der auf ihn gewartet hat, und bevor der Fremde ihm die Hand auf die Schulter legen kann, hat er ihm schon eins mit einem Knüppel übergezogen, den er in der Hand hatte. Als die anderen das sehen, haben sie sich alle auf ihn gestürzt. Das Lokal war ganz schön tief, und sie sind über ihn hergefallen wie über den Heiland, mit Faustschlägen von oben bis unten, und Pfiffen und Spucksalven. Erst sind sie mit den Fäusten rangegangen, und dann, als sie gesehen haben, daß er sich nicht wehrt, gab's Ohrfeigen mit der offenen Hand und Gewedel mit Halstuchfransen, um sich über ihn lustig zu machen. Und dabei haben sie ihn für Rosendo reserviert, der die ganze Zeit mit dem Rücken an der Wand ganz hinten stand, ohne sich zu rühren und still. Er hat hastig seine Zigarette geraucht, als hätte er schon gewußt, was wir anderen erst später kapiert haben. Den Corralero haben sie bis zu ihm hingeschoben, aufrecht und blutig, mit diesem ganzen johlenden Geschmeiß dahinter. Ausgepfiffen, ausgelacht, angespuckt, und er hat erst angefangen zu reden, als er genau vor Rosendo war. Dann hat er ihn angesehen, sich mit dem Unterarm das Gesicht abgewischt und ungefähr das gesagt:

»Ich bin Francisco Real, ich komme aus dem Norden. Ich bin Francisco Real, und die Leute nennen mich den Corralero. Ich habe mich von diesen Jammerlappen anfassen lassen, weil ich einen Mann suche. Ein paar Bolawerfer behaupten, daß es hier in diesen traurigen Lehmgruben einen gibt, der mit dem Messer umgehen kann und ein harter Bursche ist, und den nennen sie den Schläger. Ich möchte ihn treffen, damit er einem Niemand wie mir zeigt, was ein berühmter Mann mit Mut ist.«

Das hat er gesagt und dabei Rosendo nicht aus den Augen gelassen. Plötzlich blinkt ihm ein Messer in der rechten Hand; das muß er im Ärmel gehabt haben. Die, die eben noch gedrängelt hatten, machen jetzt Platz, und wir alle stehen da und starren die beiden an. Sie hätten eine Stecknadel fallen hören können. Sogar der blinde Mulatte mit der Geige hatte seine Wulstlippen in die Richtung gedreht.

In dem Moment höre ich, wie sich hinten was bewegt, und sehe im Türrahmen sechs oder sieben Männer stehen, wohl Anhang vom Corralero. Der Älteste, so ein Ledergesicht mit grauem Schnauzer, sah aus wie ein Bauer, ist ein paar Schritte reingekommen, kriegte Glupschaugen bei so viel Weibern und Licht und nahm dann respektvoll den Hut ab. Die anderen sind stehengeblieben, um aufzupassen, daß das Spiel sauber bleibt, und notfalls mitzumischen.

Was war die ganze Zeit mit Rosendo los, daß er dieses Großmaul nicht mit ein paar Tritten fertiggemacht hat? Er war immer noch still und hatte die Augen am Boden. Ich weiß nicht, ob er die Zigarette ausgespuckt hat, oder ob sie ihm aus dem Gesicht gefallen ist. Endlich hat er ein paar Wörter gesagt, aber so leise, daß wir am anderen Ende des Lokals nichts verstehen konnten. Francisco Real hat ihn noch mal herausgefordert, und er hat sich wieder geweigert. Da fing der Jüngste von den Fremden an zu pfeifen. Die Lujanera hat ihn angesehen, als wenn sie ihn ermorden will; dann schiebt sie sich mit zurückgeworfener Mähne durch die Frauen und das Fuhrmannsvolk, hin zu ihrem Mann, legt ihm die Hand auf die Brust, zieht sein Messer raus und gibt es ihm. Dabei sagt sie:

»Rosendo, ich glaube, du wirst es brauchen.«

Oben unter dem Dach gab es so ein schmales Fenster, das zum Fluß ging. Rosendo hat das Messer genommen und hin und her gedreht, als wenn er es noch nie gesehen hätte. Plötzlich lehnt er sich zurück und schleudert das Messer raus durch das Fenster in den Maldonado. Mir war irgendwie kalt.

»Wenn ich dich nicht in Stücke schneide, dann nur, weil du mich ankotzt«, sagt der Corralero und holt aus, um ihm eine zu kleben. Genau in dem Moment schnappt sich die Lujanera den Corralero, wirft ihm die Arme um den Hals, sieht ihn mit ihren schönen Augen an und sagt wütend: »Laß den da, der uns weisgemacht hat, daß er ein Mann ist.«

Francisco Real brauchte einen Augenblick, um dahinterzukommen, dann hat er sie umarmt, als wenn er sie nie wieder loslassen wollte, und den Musikanten zugerufen, sie sollten ihm Tangos und Milongas spielen, und uns anderen, daß wir tanzen sollten. Die Milonga ging wie ein Feuer von einer Ecke zur anderen. Real tanzte ziemlich steif, ohne sich viel Mühe zu geben, er hatte sie ja schon rumgekriegt. Sie sind zur Tür gekommen, und er hat gerufen »Platz da, die Herren, sie schläft ja schon«, und weg waren sie, Wange an Wange, als wenn der Tango eine Sturzflut wäre und sie weggespült hätte.

Ich muß wohl schamrot geworden sein. Ich habe ein paar Runden mit irgendeiner Frau getanzt und sie dann stehenlassen, wegen der Hitze und der Enge, habe ich ihr gesagt. Dann habe ich mich an der Wand entlang nach draußen verzogen. Schöne Nacht, bloß für wen? An der Straßenecke war die Kutsche, mit den beiden Gitarren aufrecht auf dem Sitz wie zwei Leute. War mir ganz schön bitter, daß sie sie so sorglos rumstehen ließen, als wenn wir nicht mal imstande wären, Klimperkästen zu klauen. Ich habe versucht, mir einzureden, daß wir keine Nullen wären. Dann habe ich die Nelke hinter meinem Ohr genommen, zerdrückt, in eine Pfütze geschmissen und sie eine Weile angestarrt, um an nichts anderes mehr zu denken. Ich wäre gern mitten im nächsten Tag gewesen, ich wollte raus aus dieser Nacht. Dann kriegte ich einen Stoß von einem Ellbogen, fast eine Erlösung. Das war Rosendo, allein, der sich dünn machte.

»Immer stehst du im Weg, Trottel«, knurrt er mich an, vielleicht um sich Luft zu machen, oder geistesabwesend. Er verdrückte sich in die Dunkelheit am Maldonado; ich habe ihn nie wiedergesehen.

Da stand ich und starrte auf all das, was ich mein ganzes Leben lang gesehen hatte – Himmel bis zum Überdruß, der Fluß einsam und verloren, ein dösendes Pferd, die Lehmgasse, die Ziegelbrennereien –, und dachte, daß ich nichts war als bloß noch so ein Vorstadtgewächs, aufgewachsen zwischen anderem Unkraut und Dreck. Was sollte aus diesem Unrat entstehen außer Leute wie wir, schlappe Großschnauzen, Maulhelden, die sich nicht wehren? Dann dachte ich nein, je mieser die Umgebung, um so härter muß man werden. Dreck? Die Milonga tobte noch immer, in den Häusern war ein Getuschel, und der Wind brachte einen Duft von Geißblatt. Die Nacht war schön und klar. So viele Sterne waren am Himmel, einer über dem anderen, daß einem vom Hinsehen schwindlig werden konnte. Ich wollte mir einreden, daß die Geschichte mich nichts anging, aber ich wurde nicht mit Rosendos Feigheit und dem unerträglichen Mut des Fremden fertig. Der große Kerl hatte sogar eine Frau für diese Nacht aufgerissen. Für diese und für viele, dachte ich, vielleicht für alle, denn die Lujanera war schon was. Weiß Gott wo sie steckten. Weit konnten sie nicht sein. Wahrscheinlich trieben sie es schon in irgendeinem Graben.

Als ich zurückkam, war die Tanzerei immer noch im Gang. Ich drückte mich so unauffällig wie möglich durch das Gedränge und merkte, daß einige von unseren Leuten sich verzogen hatten, und daß die Leute aus dem Norden mit den übrigen Tango tanzten. Rempeleien oder Zusammenstöße gab es nicht, aber alle paßten auf und benahmen sich steif. Die Musik war schläfrig; die Frauen, die mit denen aus dem Norden tanzten, sagten kein Wort.

Ich erwartete etwas, aber nicht das, was geschah. Draußen hörten wir eine Frau weinen und dann die Stimme, die wir schon kannten, aber ruhig, fast zu ruhig, als wenn sie schon keinem mehr gehörte, und die Stimme sagte: »Geh rein, Schatz« – dann neues Schluchzen. Und dann wieder die Stimme, schon fast verzweifelt:

»Mach die Tür auf, sag' ich, mach auf, du miese Schlunze. Mach auf, Hündin!«

Da geht die wacklige Tür auf, und die Lujanera kommt rein, allein. Wie auf Befehl, als wenn sie von jemand geschoben würde.

»Die schickt eine arme Seele«, sagte der Engländer.

»Ein toter Mann, mein Freund«, sagte da der Corralero.

Sein Gesicht sah aus wie bei einem Betrunkenen. Er kam rein und machte, wie vorher, ein paar Schritte in dem Gang, den wir freigaben – groß, ohne zu sehen –, und dann fiel er plötzlich um wie ein Baumstamm. Einer von seinen Leuten hat ihn auf den Rücken gelegt und ihm den Poncho als Kissen untergeschoben. Dabei hat er sich mit Blut besudelt. Dann haben wir gesehen, daß der Mann eine tiefe Wunde in der Brust hatte; das gab eine Blutpfütze um ihn herum, und seine hellrote Halsbinde wurde schwarz von Blut. Vorher hatte ich die Binde nicht gesehen, weil das große Halstuch sie verdeckt hatte. Eine der Frauen hat, als Erste Hilfe, Schnaps und ein paar halbverbrannte Tuchfetzen geholt. Der Mann konnte nichts mehr erklären. Die Lujanera hat ihn nur wie verloren angestarrt, mit hängenden Armen. Alle hatten die eine Frage im Gesicht, und schließlich hat sie eine Antwort rausgebracht. Nachdem sie mit dem Corralero rausgegangen war, wären sie zu einem kleinen Feld gegangen, und da platzt ein Unbekannter dazwischen und fordert ihn wie verrückt zum Kampf auf und setzt ihm diesen Messerstich, und sie weiß nicht, wer es war, Rosendo war es nicht. Wer sollte ihr das glauben?

Der Mann lag vor unseren Füßen und starb. Ich dachte bei mir: Dem hat die Hand nicht gezittert, der ihn erledigt hat. Aber trotz allem war der Mann zäh. Als er das zweite Mal geklopft hatte, war Julia gerade dabei gewesen, Mate zu kochen, und der Mate ging einmal rum und war wieder bei mir gelandet, bevor der Mann starb. »Bedeckt mein Gesicht«, hat er leise gesagt, als er nicht mehr konnte. Ihm war nur der Stolz geblieben, und er wollte nicht, daß wir neugierig zusehen, wie sich sein Gesicht im Todeskampf verzerrt. Irgendwer hat ihm diesen hohen schwarzen Hut aufs Gesicht gesetzt. Unter dem Hut ist er gestorben, ohne einen Ton. Erst als die Brust aufgehört hatte, zu steigen und zu fallen, haben sie den Mut aufgebracht, ihn aufzudecken. Er sah so müde aus wie alle Toten; in seiner Zeit war er einer der mutigsten Kerle von Batería bis zum Süden gewesen; als ich begriff, daß er tot war und nicht mehr reden konnte, habe ich aufgehört, ihn zu hassen.

»Zum Sterben braucht man nur lebendig zu sein«, hat eine aus dem Haufen gesagt, und eine andere, nachdenklich:

»So überheblich ist der Mensch, und am Ende doch nur Tummelplatz für Fliegen.«

Dann fingen die Nordleute an, leise miteinander zu reden. Zwei haben es dann laut wiederholt:

»Den hat die Frau umgebracht.«

Einer schreit ihr ins Gesicht, ob sie es war, und alle stehen um sie herum. Da habe ich vergessen, daß ich vorsichtig sein muß, und bin wie ein Blitz dazwischen. Aus Leichtsinn ziehe ich fast das Messer. Ich spüre, daß mich viele ansehen, um nicht zu sagen: alle. Um ihnen das Maul zu stopfen, sage ich:

»Seht euch die Hände von der Frau an. Wo soll sie die Kraft oder die Courage für 'nen Messerstich hernehmen?«

Dann habe ich, als wäre ich beinahe enttäuscht, hinzugefügt: »Wer hätte das gedacht, daß der Tote da, der angeblich in seiner Gegend so'n toller Kerl gewesen ist, so häßlich endet, und dann auch noch in so 'nem toten Nest wie dem hier, wo nichts passiert, wenn nicht gerade einer von auswärts kommt, um uns zu zeigen, was Sache ist, und am Ende wird er für seine Mühe nur angespuckt?«

Keinem hat das Fell nach Hieben gejuckt.

In dem Moment wurde draußen in der Einsamkeit der Lärm von Reitern laut. Das war die Polizei. Der eine mehr, der andere weniger, jedenfalls hatten alle Gründe, sich nicht um diese Gesellschaft zu reißen, deshalb wurde beschlossen, daß es das beste wäre, den Toten in den Bach zu werfen. Sie werden sich noch an das schmale Fenster erinnern, durch das das Messer geflogen ist. Da ging dann auch der Mann in Schwarz durch. Sie haben ihn mit vielen aufgehoben, und was er an Kleingeld und sonstigem Kram hatte, darum haben ihn diese vielen Hände erleichtert, und einer hat ihm einen Finger abgehackt, um den Ring abzustauben. Nutznießer, mein Herr, und sehr mutig einem armen wehrlosen Leichnam gegenüber, den ein anderer geschafft hatte, der mehr Manns war als sie. Ein guter Schwung, und das reißende und geduldige Wasser hat ihn mitgenommen. Kann sein, daß sie ihm, damit er nicht auftaucht, die Eingeweide rausgerissen haben; ich weiß es nicht, ich hatte keine Lust, hinzusehen. Der mit dem grauen Schnauzer hat mich die ganze Zeit beobachtet. Die Lujanera hat den Trubel genutzt, um abzuhauen.

Als die Gesetzeshüter reinkamen, um sich umzusehen, war der Tanz wieder im Gang. Der Blinde mit der Geige konnte ein paar Habaneras spielen, wie man sie heute nicht mehr hört. Draußen wollte es schon hell werden. Ein paar Pfosten auf einem Hügel sahen einsam und verlassen aus, weil man so früh die feinen Drähte nicht erkennen konnte.

Ich bin ruhig die drei Blocks zu meiner Hütte gegangen. Im

Fenster brannte eine Kerze, die dann plötzlich ausging. Als mir klar wurde, was das hieß, habe ich mich natürlich beeilt. Und dann, Borges, habe ich noch einmal das kurze, scharfe Messer herausgezogen, das ich immer hier, in der Weste, unter der linken Achsel getragen habe, und ich habe es noch einmal langsam untersucht, und es war wie neu, unschuldig, und nicht die kleinste Spur von Blut war daran.

DER WEG ZU ALMOTÁSIM

Philip Guedalla schreibt, der Roman *The Approach to Al-Mu'tasim* des Advokaten Mir Bahadur Ali aus Bombay sei »eine etwas ungemütliche Mischung *(a rather uncomfortable combination)* aus jenen allegorischen Dichtungen des Islam, deren Reiz sich der Übersetzer nur selten entziehen kann, und jener Art von Detektivromanen, die John H. Watson unfehlbar übertreffen und das Grauen menschlichen Daseins in den untadeligsten Pensionen von Brighton perfektionieren«. Zuvor hatte Mr. Cecil Roberts in dem Buch von Bahadur »die unwahrscheinliche Doppelvormundschaft von Wilkie Collins und dem berühmten persischen Dichter des 12. Jahrhunderts, Ferid Eddin Attar« aufgezeigt – eine sachliche Feststellung, die Guedalla, ohne ihr etwas Neues hinzuzufügen, aber in cholerischem Tonfall wiederholt. Im wesentlichen stimmen beide Kritiker überein: Beide verweisen auf den mechanischen Kriminalromancharakter des Werks, aber auch auf seine mystische Unterströmung *(undercurrent)*. Diese hybride Mischung könnte den Vergleich mit Chesterton nahelegen; wir werden sehen, daß davon keine Rede sein kann.

Die *editio princeps* von *Der Weg zu Almotásim* erschien Ende 1932 in Bombay. Das Papier war besseres Zeitungspapier; der Einband unterrichtete den Käufer, daß er es hier mit der ersten Detektivgeschichte eines aus Bombay City stammenden Autors zu tun habe. Innerhalb weniger Monate verschlang das Publikum vier Auflagen zu je tausend Stück. Die *Bombay Quarterly Review*, die *Bombay Gazette*, die *Calcutta Review*, die *Hindustan Review* (Allahabad) und der *Calcutta Englishman* spendeten dem Werk überschwengliches Lob. Daraufhin veröffentlichte Bahadur eine illustrierte Ausgabe unter dem Titel *The Conversation with the Man Called Al-Mu'tasim* und versah sie mit dem schönen Untertitel: *A Game of Shifting Mirrors* (Ein Spiel mit sich verschiebenden Spiegeln). Diese Ausgabe hat dann in London Victor Gollancz herausgebracht, mit einem Vorwort von Dorothy L. Sayers und unter – sicher schonender – Weglassung der Illustrationen. Diese liegt mir vor; die erste, von der ich das Gefühl habe, daß sie weit höher steht, habe ich nicht auftreiben können. Und zwar berechtigt mich zu dieser Vermutung ein Anhang, der den grundlegenden Unterschied zwischen der ursprünglichen Fassung von 1932 und der von 1934 resümiert. Bevor ich jedoch auf ihn zu sprechen komme – und ihn erörtere –, muß ich zunächst den allgemeinen Ablauf der Handlung des Werkes in Kürze wiedergeben.

Die sichtbare Hauptperson – ihr Name wird uns nie genannt – ist ein Jurastudent aus Bombay. Auf lästerliche Art schwört er dem islamischen Glauben seiner Väter ab; als die zehnte Nacht des Muharram-Mondes zu Ende geht, gerät er jedoch in ein Gemetzel zwischen Moslems und Hindus. Es ist eine Nacht der Trommeln und Beschwörungen; durch die gegnerische Menge bahnen sich die Papierbaldachine der Moslem-Prozession ihren Weg. Von einem Hindu geschleudert, fliegt ein Backstein von einer Dachterrasse; jemand bohrt einen Dolch in einen Bauch; jemand – Moslem oder Hindu? – stirbt und wird zertrampelt. Dreitausend Menschen kämpfen: Stock gegen Revolver, Verwünschung gegen Beschimpfung, Gott der Unteilbare gegen die Götter. Starr vor Entsetzen wirft sich der freigeistige Student in den Aufruhr. Mit den verzweifelten Händen tötet er einen Hindu (oder glaubt ihn zu töten). Wie ein Wetterschlag fährt beritten und schlaftrunken die Polizei des Sirkar mit unparteiischen Knüppelhieben dazwischen. Der Student flüchtet, fast unter den Hufen der Pferde. Er sucht die äußersten Vorstädte auf. Er überquert zwei Eisenbahngleise, oder zweimal dieselbe Strecke. Er erklettert die Mauer eines verwahrlosten Gartens, an dessen Ende ein kreisförmiger Turm aufragt. Ein Rudel mondfarbener Hunde *(a lean and evil mob of moon-coloured hounds)* bricht aus dem schwarzen Rosengebüsch. Angefallen, sucht er im Turm Schutz. Er erklimmt eine eiserne Leiter – ein paar Sprossen fehlen – und trifft auf dem Dach, in dessen Mitte ein geschwärzter Brunnen steht, auf einen ausgemergelten Mann, der im Mondschein in Kauerstellung mit kräftigem Strahl sein Wasser läßt. Dieser Mann gesteht ihm, daß er sich sein Leben damit verdient, die Goldzähne der weißgewandeten Leichname zu stehlen, die die Parsis auf diesem Turm aussetzen. Er spricht von anderen üblen Dingen und erwähnt, daß er sich seit vierzehn Nächten nicht mehr mit Büffelmist reinigt. Er spricht mit sichtlichem Groll von gewissen Pferdedieben des Gujarat, »Hunde- und Eidechsenfresser, Menschen im Grunde so gemein wie wir beide«. Es beginnt zu dämmern: Ein Zug fetter Geier streicht niedrig durch die Luft. Der Student schläft zu Tode erschöpft ein; als er aufwacht, steht die Sonne bereits hoch, der Räuber ist verschwunden. Verschwunden sind auch ein paar Trichinopoly-Zigarren und einige Silberrupien. Angesicht der Drohungen, die die vergangene Nacht ihm nun birgt, beschließt der Student, in Indien unterzutauchen. Er meint, er sei fähig gewesen, einen Götzenanbeter zu töten, doch nicht mit Sicherheit zu wissen, ob der Moslem mehr recht hat als der Götzenanbeter. Der Name Gujarat geht ihm nicht aus dem Sinn, auch nicht der Name einer *malka-sansi* (Frau aus der Räuberkaste) von Palanpur, die der Leichenfledderer insbesondere mit Schimpfworten und Gehässigkeit bedacht hat. Er sagt sich, daß der Haß eines so durch und durch niedrigen Menschen ein Lob bedeuten muß. Er beschließt – ohne allzuviel Hoffnung – sie zu suchen. Er betet und macht sich mit sicherer Gelassenheit auf den weiten Weg. So schließt das zweite Kapitel des Werks.

Unmöglich, die verschlungenen Wechselfälle der neunzehn übrigen nachzuzeichnen. Es herrscht eine schwindelerregende Fülle von *dramatis personae* – ganz zu schweigen von einer Biographie, die alle Regungen des menschlichen Geistes (von der Niedertracht bis zur mathematischen Spekulation) auszuschöpfen scheint, zu schweigen auch von einer Pilgerfahrt, die die weitläufige Geographie von Hindustan umfaßt. Die Geschichte, die in Bombay anhob, nimmt im Tiefland von Palanpur ihren Fortgang, verweilt einen Abend und eine Nacht am steinernen Tor von Bikanir, erzählt vom Tod eines blinden Astrologen in einer Kloake von Benares, zettelt im vielgestaltigen Palast von Katmandú eine Verschwörung an, betet und hurt im Pestgestank von Kalkutta, im Machua-Bazar, sieht aus einer Schreibstube in Madras die Tage im Meer aufgehen, sieht die Abende im Meer sterben von einem Balkon im Staate Travancor, zaudert und tötet in Indapur und beschließt ihren Umkreis an Meilen und Jahren in dem nämlichen Bombay, wenige Schritte vom Garten der mondfarbenen Hunde entfernt. Der Sinn der Fabel ist folgender: Ein Mann, der ungläubige und flüchtige Jurastudent, den wir kennen, gerät unter Volk der niedersten Art und paßt sich ihm an, in einer Form von Wettstreit der Niederträchtigkeiten. Auf einmal nimmt er – mit dem wundersamen Schrecken Robinsons, da er die Spur eines menschlichen Fußes im Sand erblickt – eine Abmilderung dieser Schändlichkeit, eine Zärtlichkeit, eine Erhebung, eine Stille wahr, bei einem der grauenhaftesten Menschen. »Es war, als hätte in den Dialog ein komplexerer Gesprächspartner eingegriffen.« Er weiß, daß der üble Mensch, der sich mit ihm unterhält, dieser momentanen Verklärung unfähig ist; hieraus folgert er zwingend, daß dieser einen Freund oder den Freund eines Freundes widergespiegelt hat. Da er das Problem noch einmal überdenkt, gelangt er zu einer geheimnisvollen Überzeugung: *An irgendeinem Punkt der Erde gibt es einen Menschen, von dem diese Helligkeit aus-*

geht; an irgendeinem Punkt der Erde ist der Mensch, der dieser Helligkeit gleich ist. Der Student beschließt, sein Leben daran zu wenden, ihm zu begegnen.

Hier wird das durchlaufende Thema sichtbar: die unersättliche Suche nach einer Seele durch die abgeschatteten Spiegelungen, die diese in anderen hinterlassen hat; anfangs die zarte Spur eines Lächelns oder eines Wortes; am Ende verschiedenerlei Glanzlichter und Anbrüche der Vernunft, der Einbildungskraft, des Guten. In dem Maße, wie die befragten Menschen Almotásim näher gekannt haben, ist ihr göttlicher Anteil größer, aber natürlich sind sie bloße Spiegel. Ein mathematischer Begriff läßt sich anwenden: Der überreiche Roman von Bahadur ist eine aufsteigende Progression mit dem vorausgefühlten »Menschen, der sich Almotásim nennt« als Endpunkt. Der unmittelbare Vorläufer Almotásims ist ein überaus höflicher und glücklicher persischer Buchhändler; der Vorgänger dieses Buchhändlers ist ein Heiliger… Nach Jahren gelangt der Student zu einer Galerie, »an deren Ende eine Tür ist und eine billige Matte mit vielen Glasperlen und dahinter ein Strahlenglanz«. Der Student klatscht ein- oder zweimal in die Hände und fragt nach Almotásim. Eine Männerstimme – die unglaubliche Stimme von Almotásim – fordert ihn auf, näherzutreten. Der Student schiebt den Vorhang beiseite und tritt ein. An diesem Punkt endet der Roman.

Wenn ich mich nicht irre, verlangt die gute Ausführung eines derartigen Themas vom Autor zweierlei: einmal die reichhaltige Erfindung prophetischer Einzelzüge; zum anderen, daß der Held, auf den mit diesen Zügen vorausdeutend angespielt wird, keine bloße Konvention, kein Phantasma ist. Bahadur erfüllt die erste Voraussetzung; inwieweit die zweite, kann ich nicht sagen. Oder mit anderen Worten: Der unerhörte und nie geschaute Almotásim müßte uns den Eindruck eines realen Charakters hinterlassen, nicht den eines Wirrwarrs fader Superlative. In der Fassung von 1932 sind die übernatürlichen Kennzeichen spärlich; »Der Mann namens Almotásim« hat zwar etwas von einem Symbol, entbehrt aber gleichwohl nicht eigenwilliger, persönlicher Züge. Leider hielt diese literarische Bescheidung nicht lange an. In der Fassung von 1934 – die mir vorliegt – verfällt der Roman zur Allegorie. Almotásim ist Emblem Gottes, und die jeweiligen Pilgerstationen des Helden sind gleichsam die Fortschritte der Seele beim mystischen Aufstieg. Es gibt betrübliche Einzelheiten. Ein schwarzer Jude aus Kochin, der von Almotásim spricht, sagt, seine Haut sei dunkel; ein Christ schildert ihn auf einem Turm stehend mit gebreiteten Armen; ein roter Lama erinnert sich seiner in sitzender Stellung, »wie jenes Bildnis aus Yakbutter, das ich im Kloster von Tashilhunpo geknetet und angebetet habe«. Diese Erläuterungen sollen auf einen unitarischen Gott schließen lassen, der sich den menschlichen Ungleichheiten anpaßt. Der Gedanke ist meiner Ansicht nach wenig verlokkend. Nicht das gleiche möchte ich von dem folgenden sagen: der Annahme, daß auch der Allmächtige auf der Suche nach jemandem ist und dieser Jemand nach einem höheren (oder einfach unentbehrlichen und gleichen, ihm wesensgleichen) Jemand, und so bis ans Ende – oder besser das Nicht-Ende – der Zeit, oder in zyklischer Form. Almotásim (der Name jenes achten Abbasiden, der in acht Schlachten siegreich war, acht Männer und acht Frauen zeugte, achttausend Sklaven hinterließ und acht Jahre, acht Monde und acht Tage lang regierte) besagt etymologisch: *Der Schutzsuchende*. In der Fassung von 1932 war die Schwierigkeit, ihn zu finden, auf glückliche Weise dadurch gerechtfertigt, daß das Objekt der Pilgerreise ein Pilger war. In der von 1934 kommt es statt dessen zu jener ausschweifenden Theologie, die ich dargelegt habe. Mir Bahadur Ali ist, wie wir gesehen haben, nicht imstande, die gröbste aller Versuchungen der Kunst abzuschütteln: die, ein Genie zu sein.

Ich überlese das Vorstehende und befürchte, daß ich die guten Eigenschaften des Buches nicht genügend hervorgehoben habe. Es gibt darin sehr feinsinnige Züge: zum Beispiel im 19. Kapitel ein Streitgespräch, bei dem man ahnt, daß ein Freund Almotásims einer der Streitenden ist, der nicht die Sophismen des anderen widerlegt, »um nicht auf triumphierende Art recht zu behalten«.

*

Selbstverständlich ist es durchaus redlich, wenn ein heutiges Buch von einem alten herkommt; da ja niemand (wie Johnson sagte) seinen Zeitgenossen etwas schulden mag. Die wiederholten, aber unbedeutenden Berührungspunkte des *Ulysses* von Joyce mit der homerischen *Odyssee* fordern immer wieder – ich werde nie begreifen, warum – die unvorsichtige Bewunderung der Kritik heraus; die Berührungspunkte des Romans von Bahadur mit dem altehrwürdigen *Kolloquium der Vögel* von Farid ud-din Attar erleben den nicht minder rätselhaften Beifall von London, ja selbst von Allahabad und Kalkutta. Auch sonst fehlt es nicht an Reminiszenzen. Ein spürsinniger Kritiker hat gewisse Parallelen zwischen der ersten Szene des Romans und Kiplings Geschichte *On the City Wall* aufgezählt; Bahadur räumt das ein, vermerkt jedoch, daß es durchaus ungewöhnlich wäre, wenn zwei Schilderungen der zehnten Nacht des Muharram nicht zusammenträfen ... Gerechter verfährt Eliot, der an die siebzig Gesänge der unvollendeten Allegorie *The Faerie Queene* erinnert, in denen kein einziges Mal die Heldin, Gloriana, auftritt – worauf Richard William Church rügend hingewiesen hat. Ich mache in aller Bescheidenheit einen entfernten und möglichen Vorläufer namhaft: den Kabbalisten von Jerusalem, Isaac Luria, der im 16. Jahrhundert verkündete, daß die Seele eines Vorfahren und Meisters in die Seele eines Unglücklichen eintreten kann, um ihn zu trösten oder zu unterweisen. *Ibbûr* nennt sich diese Spielart der Seelenwanderung*.

* Im Laufe dieser Anmerkung bin ich auf das *Mantiq al-Tayr (Kolloquium der Vögel)* zu sprechen gekommen; es stammt von dem persischen Mystiker Farid al-Din Abu Talib Muhammad ben Ibrahim Attar, den die Soldaten Tules, des Sohnes von Dschingis Khan, töteten, als Nishapur ausgeraubt wurde. Vielleicht ist es nicht unangebracht, den Inhalt des Gedichts in Kürze wiederzugeben. Der in der Ferne weilende König der Vögel, der Simurg, läßt mitten in

China eine kostbare Feder fallen; die Vögel fassen den Beschluß, ihn zu suchen, da sie ihrer alten Anarchie überdrüssig sind. Sie wissen, daß der Name ihres Königs Dreißig Vögel bedeutet; sie wissen, daß seine Burg im Kaf liegt, dem ringförmigen Gebirge, das die Erde umschließt. Sie machen sich auf den Weg in das schier unendliche Abenteuer; sie überwinden sieben Täler oder Meere; der Name des vorletzten lautet Schwindel, das letzte heißt Vernichtung. Viele Pilger machen sich auf und davon; andere gehen zugrunde. Dreißig betreten, durch Mühsale geläutert, das Gebirge des Simurg. Sie schauen ihn am Ende; sie werden gewahr, daß sie der Simurg sind und daß der Simurg jeder einzelne von ihnen und sie alle zusammen ist. (Auch Plotin – *Enneaden, V,* 8.4 – spricht von einer paradiesischen Ausdehnung des Identitätsprinzips: *Alles ist am Himmel der Schau allenthalben. Jedes Ding ist alle Dinge. Die Sonne ist alle Sterne, und jeder Stern ist alle Sterne und die Sonne.)* Das *Mantiq al-Tayr* ist ins Französische übersetzt worden von Garcin de Tassy; ins Englische von Edward Fitzgerald; für diese Anmerkung habe ich den 10. Band von *Tausendundeiner Nacht* in der Ausgabe von Burton zu Rate gezogen sowie die Monographie *The Persian Mystics: Attar* (1932) von Margaret Smith.

Die Berührungspunkte zwischen dieser Dichtung und dem Roman von Mir Bahadur Ali sind nicht übermäßig zahlreich. Im 20. Kapitel stehen ein paar Worte, die ein persischer Buchhändler Almotásim zuschreibt; sie sind vielleicht das vergrößerte Abbild anderer vom Helden gesprochener Worte. Diese wechselseitige Analogie und andere ähnliche sollen vielleicht die Identität des Gesuchten und des Suchenden andeuten; sie können auch bedeuten, daß dieser auf jenen wirkt. Ein anderes Kapitel spricht die Vermutung aus, daß Almotásim der »Hindu« ist, den der Student getötet zu haben glaubt.

TLÖN, UQBAR, ORBIS TERTIUS

I

Ich verdanke der Konjunktion eines Spiegels und einer Enzyklopädie die Entdeckung Uqbars. Der Spiegel beunruhigte das Ende eines Ganges in einem Landhaus der Calle Gaona in Ramos Mejía; die Enzyklopädie nennt sich fälschlich *The Anglo-American Cyclopaedia* (New York, 1917) und ist ein wortgetreuer, wenn auch mißbräuchlicher Nachdruck der *Encyclopaedia Britannica* von 1902. Der Vorfall ereignete sich vor etwa fünf Jahren. Bioy Casares hatte mit mir zu Abend gegessen, und wir waren in eine weitläufige Polemik über die Ausarbeitung eines Ich-Romans geraten, dessen Erzähler Tatsachen auslassen oder entstellen und sich in verschiedene Widersprüche verwickeln sollte, die es wenigen Lesern – sehr wenigen Lesern – gestatten würden, eine grausige oder banale Wirklichkeit zu erahnen. Vom entfernten Ende des Ganges her belauerte uns der Spiegel. Wir entdeckten (in tiefer Nacht ist diese Entdeckung unvermeidlich), daß Spiegel etwas Monströses haben. Daraufhin erinnerte sich Bioy Casares, einer der Häresiarchen von Uqbar habe erklärt, die Spiegel und die Paarung seien abscheulich, weil sie die Zahl der Menschen vervielfachen. Ich fragte ihn nach der Herkunft dieser denkwürdigen Sentenz, und er antwortete mir, daß *The Anglo-*

American Cyclopaedia sie in ihrem Artikel über Uqbar anführe. In dem Landhaus (das wir möbliert gemietet hatten) befand sich ein Exemplar dieses Werkes. Auf den letzten Seiten von Band XLVI stießen wir auf einen Artikel über Upsala; auf den ersten Seiten von XLVII auf einen über *Ural-Altaic Languages*, aber kein Wort über Uqbar. Bioy, ein wenig bestürzt, sah in den Index-Bänden nach. Vergebens erschöpfte er alle denkbaren Lesarten: Ukbar, Ucbar, Ooqbar, Ookbar, Oukbahr... Vor dem Weggehen sagte er mir, es sei das eine Landschaft im Irak oder in Kleinasien. Ich muß gestehen, daß ich mit leisem Unbehagen zustimmte. Ich nahm an, daß dieses unbezeugte Land und dieser anonyme Häresiarch eine von dem bescheidenen Bioy improvisierte Erfindung zur Rechtfertigung seines Ausspruchs seien. Die fruchtlose Durchsicht eines der Atlanten von Perthes verstärkte meinen Zweifel.

Am folgenden Tag rief Bioy mich aus Buenos Aires an. Er sagte, der Artikel über Uqbar liege vor ihm, und zwar stehe er in Band XLVI der Enzyklopädie. Der Name des Häresiarchen sei nicht angegeben, wohl aber der Vermerk über seine Lehre, fast wörtlich so, wie er sie wiedergegeben hatte, wenn auch – vielleicht – literarisch schwächer. Er hatte sie so im Kopf gehabt: *Copulation and mirrors are abominable.* Der Text der Enzyklopädie lautete: *Für einen dieser Gnostiker war die sichtbare Welt eine Illusion oder (genauer gesagt) ein Sophismus. Der Spiegel und die Vaterschaft sind abscheulich* (mirrors and fatherhood are hateful), *weil sie diesen Sophismus vervielfältigen und verbreiten.* Ich sagte ihm, ohne mich an der Wahrheit zu vergehen, daß ich diesen Artikel gern sehen möchte. Innerhalb weniger Tage brachte er ihn her. Das überraschte mich um so mehr, als die gewissenhaften Kartographischen Indices der *Erdkunde* von Ritter in völliger Unkenntnis des Namens Uqbar befangen waren.

Der Band, den Bioy brachte, war tatsächlich Band XLVI der *Anglo-American Cyclopaedia.* Die alphabetische Angabe (Tor-Ups) auf Schutzumschlag und Buchrücken war die gleiche wie bei unserem Exemplar, doch statt aus 917 bestand es aus 921 Seiten. Diese vier zusätzlichen Seiten enthielten den Artikel über Uqbar; in der alphabetischen Angabe (wie der Leser bemerkt haben wird) war er nicht berücksichtigt. Später stellten wir fest, daß zwischen den Bänden sonst kein Unterschied besteht. Beide (wie ich angedeutet zu haben glaube) sind Nachdrucke der zehnten *Encyclopaedia Britannica.* Bioy hatte sein Exemplar bei einer von zahlreichen Versteigerungen erworben.

Wir lasen den Artikel mit einiger Sorgfalt. Die Stelle, an die Bioy sich erinnert hatte, war wohl die einzige überraschende. Alles übrige klang recht wahrscheinlich und war auf den allgemeinen (selbstredend ein wenig langweiligen) Tonfall des Werks abgestimmt. Als wir ihn ein zweites Mal lasen, stellten wir hinter seiner streng sachlichen Schreibweise eine grundlegende Verschwommenheit fest. Von den vierzehn Namen, die im geographischen Teil vorkamen, erkannten wir nur drei wieder – Khwaresm, Armenien, Erzerum –, die auf zweideutige Art in den Text eingeschmuggelt waren. Von den historischen Namen nur einen einzigen, den des betrügerischen Zauberers Smerdis, auf den jedoch mehr metaphorisch Bezug genommen wurde. Die geographische Notiz schien die Grenzen Uqbars zu umreißen, aber ihre nebelhaften Bezugspunkte waren Flüsse und Bergketten des Gebiets selbst. So lasen wir zum Beispiel, daß die Tiefebene von Tsai Khaldun und das Delta des Axa die Südgrenze bilden, und daß sich auf den Inseln dieses Deltas die Wildpferde vermehren. So zu Beginn von Seite 918. Dem geschichtlichen Abschnitt (Seite 920) entnahmen wir, daß bei Ausbruch der religiösen Verfolgungen des 13. Jahrhunderts die orthodoxen Gläubigen auf den Inseln Zuflucht suchten, wo sich ihre Obelisken bis heute erhalten haben, und wo man im Boden nicht selten auf ihre steinernen Spiegel stößt. Der Abschnitt *Sprache und Literatur* war kurz. Ein einziger bemerkenswerter Charakterzug: Es war angemerkt, daß die Literatur Uqbars phantastischer Natur sei, und daß ihre Epen und ihre Legenden sich nie auf die Wirklichkeit bezögen, sondern auf die beiden Phantasiereiche Mlekhnas und

Tlön... Die Bibliographie zählte vier Bücher auf, die wir bis heute nicht ausfindig gemacht haben, obwohl das dritte – Silas Haslam*: *History of the Land Called Uqbar*, 1874 – in den Katalogen der Buchhandlung Bernard Quaritch aufgeführt ist. Das erste: *Lesbare und lesenswerthe Bemerkungen über das Land Ukkbar in Klein-Asien*, stammt von 1641 und ist ein Werk von Johannes Valentinus Andreä. Ein bemerkenswerter Umstand; ein paar Jahre danach stieß ich in den Schriften von De Quincey (*Writings*, XIII) unvermutet auf diesen Namen und erfuhr, daß ein deutscher Theologe so hieß, der zu Beginn des 17. Jahrhunderts die imaginäre Gemeinschaft der Rosenkreutzer beschrieb – die andere daraufhin gründeten, indem sie seinen vorausschauenden Entwurf nachahmten.

Noch in derselben Nacht begaben wir uns in die Nationalbibliothek. Umsonst schlugen wir Atlanten, Kataloge, Jahrbücher geographischer Gesellschaften, Memoiren von Reisenden und Geschichtsschreibern nach: Niemand war je in Uqbar gewesen. Ebensowenig verzeichnete der Hauptindex von Bioys Enzyklopädie diesen Namen. Am folgenden Tag entdeckte Carlos Mastronardi (dem ich die Sache unterbreitet hatte) in einer Buchhandlung in der Straße Corrientes y Talcahuano die schwarzen, in Gold gepreßten Bände der *Anglo-American Cyclopaedia*... Er ging hinein und sah in Band XLVI nach. Selbstverständlich fand er nicht den geringsten Hinweis auf Uqbar.

II

Eine begrenzte und verblassende Erinnerung an Herbert Ashe, Ingenieur der Süd-Eisenbahnen, hält sich noch im Landhaus Adrogué unter dem üppigen Geißblatt und in der trügerischen Tiefe der Spiegel. Im Lauf seines Lebens litt er an Unwirklichkeit, wie viele Engländer; als Toter ist er nicht ein-

* Haslam hat außerdem *A General History of Labyrinths* veröffentlicht.

mal das Gespenst, das er früher war. Er war groß und gleichgültig, und sein ermüdeter rechteckiger Bart war einmal rot gewesen. Soviel ich weiß, war er ein kinderloser Witwer. Alle paar Jahre reiste er nach England, um (wie ich aus Photographien schließe, die er uns zeigte) eine Sonnenuhr und ein paar Eichen zu besuchen. Mein Vater hielt mit ihm eine jener englischen Freundschaften ab (das Verb ist überschwenglich), die mit Ausschaltung jeder Vertraulichkeit anfangen und das Zwiegespräch sehr bald weglassen. Sie unterhielten gewohnheitsmäßig einen Austausch von Büchern und Zeitungen; sie pflegten sich am Schachbrett schweigsam zu messen... Ich sehe ihn noch auf einem Gang der Villa, mit einem Mathematikbuch in der Hand, wie er bisweilen die unwiederbringlichen Farben des Himmels betrachtete. Eines Nachmittags sprachen wir vom Zwölfzahlensystem (bei dem die Zwölf als 10 geschrieben wird). Ashe sagte, er sei eben dabei, irgendwelche Zwölfertafeln in Sechzigertafeln zu übertragen (bei denen Sechzig als 10 geschrieben wird). Er fügte hinzu, ein Norweger habe ihm diese Arbeit aufgetragen, in Rio Grande do Sul. Acht Jahre kannten wir ihn schon, und nie hatte er seinen Aufenthalt in dieser Gegend erwähnt... Wir sprachen vom Hirtenleben, von *capanga*, von der brasilianischen Etymologie des Wortes *gaucho* (das ein paar alte Uruguayer noch heute *gaúcho* aussprechen), und von Zwölferfunktionen – Gott verzeih mir – war nicht mehr die Rede. Im September 1937 (wir waren damals nicht im Landhaus) starb Herbert Ashe an einer aufbrechenden Pulsadergeschwulst. Ein paar Tage vorher hatte er aus Brasilien ein versiegeltes Wertpaket zugeschickt bekommen. Es war ein Buch in Groß-Oktav. Ashe ließ es in der Bar liegen, wo ich es – Monate später – fand. Ich begann darin zu blättern und verspürte einen leichten Schwindel der Bestürzung, den ich nicht schildern werde, weil dies hier nicht die Geschichte meiner Empfindungen, sondern die von Uqbar und Tlön und Orbis Tertius ist. Der Islam kennt eine Nacht, genannt die Nacht der Nächte: Da tun sich die geheimen Türen des Himmels weit auf, und süßer ist das Wasser in den Krügen;

wenn diese Türen aufgingen, so würde ich nicht fühlen, was ich an diesem Abend empfand. Das Buch war in englischer Sprache verfaßt und bestand aus 1001 Seiten. Auf dem gelben Lederrücken las ich diese seltsamen Worte, die sich auf dem Vorsatzblatt wiederfanden: *A First Encyclopaedia of Tlön, Vol. XI, Hlaer to Jangr.* Erscheinungsort und -jahr waren nirgends angegeben. Auf der ersten Seite und auf einem Deckblatt aus Seidenpapier, das eine der Farbtafeln schützte, war ein blaues Oval eingedruckt mit der Inschrift: *Orbis Tertius.* Zwei Jahre war es her, seit ich in einem gewissen Band einer gewissen Raubdruck-Enzyklopädie die zusammenfassende Beschreibung eines falschen Landes entdeckt hatte; jetzt bescherte mir der Zufall etwas weit Kostbareres und Wichtigeres. Jetzt hielt ich ein ausführliches, methodisch abgefaßtes Bruchstück der Gesamtgeschichte eines unbekannten Planeten in Händen, mit seinen Bauwerken und seinen Spielkarten, dem Schrecken seiner Mythologien und dem Gemurmel seiner Sprachen, mit seinen Kaisern und Meeren, mit seinen Mineralien und seinen Vögeln und seinen Fischen, mit seiner Algebra und seinem Feuer, mit seiner theologischen und metaphysischen Polemik. Dies alles gegliedert, zusammenhängend, ohne ersichtliche Lehrabsicht oder parodistische Färbung.

Im »elften« Band, von dem ich spreche, finden sich Verweise auf folgende und vorangehende Bände. Néstor Ibarra hat in seinem heute bereits klassischen Aufsatz in der *N. R. F.* in Abrede gestellt, daß diese Nachbarbände existieren; Ezequiel Martínez Estrada und Drieu La Rochelle haben diesen Zweifel – vermutlich siegreich – widerlegt. Tatsache ist, daß die gewissenhaftesten Nachforschungen bis heute fruchtlos geblieben sind. Vergebens haben wir die Bibliotheken der beiden Amerikas und Europas in Unordnung gebracht. Alfonso Reyes, überdrüssig dieser untergeordneten Detektivarbeit, schlägt vor, wir sollten uns alle zusammentun und die Rekonstruktion der vielen dickleibigen Bände, die fehlen, in Angriff nehmen: *ex ungue leonem.* Er berechnet halb im Ernst, halb im Spaß, daß eine Generation von Tlönisten ausreichen dürfte. Dieser gewagte Voranschlag führt uns auf das Grundproblem zurück: Wer sind die Erfinder von Tlön? Die Mehrzahl ist unerläßlich, weil die Hypothese eines einzigen Erfinders – eines unendlichen, in Schatten und Bescheidenheit wirkenden Leibniz – einhellig verworfen worden ist. Man vermutet, daß diese *brave new world* das Werk einer Geheimgesellschaft von Astronomen, Biologen, Ingenieuren, Metaphysikern, Dichtern, Chemikern, Algebraikern, Moralisten, Malern und Geometern gewesen ist… unter der Leitung eines im Dunkel gebliebenen Genies. Einzelpersönlichkeiten, die diese verschiedenen Disziplinen beherrschen, gibt es zwar in Menge, aber keine Erfindungsbegabten und erst recht keine, die begabt sind, die Erfindung einem strengen systematischen Plan unterzuordnen. Dieser Plan ist so weitgespannt, daß der Beitrag jedes einzelnen Mitarbeiters verschwindend klein ist. Anfangs war man der Ansicht, Tlön sei ein bloßes Chaos, eine unverantwortliche Ausgeburt freier Phantasie; heute weiß man, daß es ein Kosmos ist, und die verborgenen Gesetze, die ihn durchwalten, sind, wenn auch nur provisorisch, formuliert worden. Der Hinweis mag genügen, daß die offensichtlichen Widersprüche im elften Band der beweiskräftige Prüfstein dafür sind, daß es die anderen geben muß, so durchaus klar und richtig ist die Ordnung, die man hier festgestellt hat. Die populären Zeitschriften haben sich verzeihlicherweise bemüßigt gefühlt, die Zoologie und Topographie von Tlön unter die Leute zu bringen; ich meine jedoch, daß seine transparenten Tiger und seine Bluttürme nicht die fortwährende Aufmerksamkeit *aller* Menschen verdienen. Ich bin so kühn, um einige Minuten der Aufmerksamkeit für seinen Begriff des Universums zu bitten.

Hume hat ein für allemal festgestellt, daß die Argumente von Berkeley nicht die geringste Erwiderung zulassen und nicht die geringste Überzeugung hervorrufen. Dieses Urteil ist, wenn man es auf die Erde anwendet, durchaus wahr, dagegen ganz und gar falsch in bezug auf Tlön. Die Völker dieses Planeten sind – von Geburt an – Idealisten. Ihre Sprache und was aus dieser Sprache folgt – die Religion, die Literatur, die Metaphysik – setzt den Idealismus voraus. Die Welt ist für sie nicht ein Zusammentreffen von Gegenständen im Raum; sie ist eine heterogene Reihenfolge unabhängiger Handlungen. Sie ist sukzessiv, zeitlich, nicht räumlich. Die erschlossene *Ursprache* Tlöns, von der die »heutigen« Idiome und Dialekte herstammen, kennt keine Substantive; es gibt unpersönliche Verben, die durch einsilbige Suffixe (oder Präfixe) adverbieller Art näher bestimmt werden. Zum Beispiel gibt es kein Wort, das dem Wort »Mond« entspräche, aber es gibt ein Verbum, das *monden* oder *mondieren* lauten würde. *Der Mond ging über dem Fluß auf* lautet: *hlör u fang axaxaxas mlö* oder in genauer Wortfolge: »Empor *(upward)* hinter dauerfließen mondet es.« (Xul Solar übersetzt knapp: »Upa tras perfluyue lunó.« *Upward, behind the onstreaming it mooned.)*

Das eben Gesagte gilt für die Sprachen der südlichen Hemisphäre. In denen der nördlichen Hemisphäre (über deren *Ursprache* der elfte Band nur sehr geringe Angaben enthält) ist die ursprüngliche Keimzelle nicht das Verb, sondern das einsilbige Adjektiv. Das Substantiv wird durch Häufung von Adjektiven gebildet. Man sagt nicht *Mond*, man sagt: *luftighell auf dunkelrund* oder *orangehimmelscheinend* oder irgendeine andere Wortfügung. In dem angeführten Fall entspricht die Menge der Adjektive einem wirklichen Gegenstand; der Umstand ist rein zufällig. In der Literatur dieser Hemisphäre (wie in der subsistenten Welt von Meinong) kommen ideale Gegenstände in Fülle vor; je nach poetischer Notwendigkeit werden sie in einem Nu berufen und aufgelöst. Manchmal ist die bloße Gleichzeitigkeit für sie bestimmend. Es gibt Gegenstände, die aus zwei Begriffen zusammengesetzt sind, von denen der eine sichtbar, der andere hörbar ist: die Farbe des Sonnenaufgangs und der ferne Ruf eines Vogels. Andere sind aus vielen Begriffen zusammengesetzt: die Sonne und das an die Brust des Schwimmers schlagende Wasser, das vage pulsierende Rot, das man bei geschlossenen Augen sieht, das Gefühl eines Menschen, der sich von einem Strom, zugleich aber von einem

Traum davontreiben läßt. Diese Gegenstände zweiten Grades können mit anderen kombiniert werden; der Prozeß ist, mit Hilfe gewisser Abkürzungen, praktisch unbegrenzt. Es gibt berühmte Gedichte, die aus einem einzigen Wortungeheuer bestehen. Dieses Wort verkörpert einen vom Autor geschaffenen *poetischen Gegenstand.* Die Tatsache, daß niemand an die Realität der Substantive glaubt, hat paradoxerweise zur Folge, daß ihre Zahl unbegrenzt ist. Die Idiome der nördlichen Hemisphäre von Tlön besitzen sämtliche Nomina der indoeuropäischen Sprachen – und viele andere mehr.

Es ist nicht übertrieben zu behaupten, daß die klassische Kultur von Tlön eine einzige Disziplin umfaßt: die Psychologie. Die anderen sind ihr untergeordnet. Ich habe gesagt, daß die Menschen dieses Planeten die Welt als eine Folge geistiger Vorgänge auffassen, die sich nicht im Raum, sondern nacheinander in der Zeit abspielen. Spinoza legt seiner unerschöpflichen Gottheit die Ausdehnung und das Denken als Attribute bei; kein Mensch in Tlön würde die Verschränkung des ersten Attributs (das lediglich für gewisse Zustände typisch ist) mit dem zweiten einsehen, das ein vollkommenes Synonym für den Kosmos ist. Mit anderen Worten gesagt: Sie erfassen das Räumliche nicht als in der Zeit fortdauernd. Die Wahrnehmung eines Rauchgewölks am Horizont und danach der brennenden Steppe und danach der halberloschenen Zigarre, die den Brand verursachte, wird als ein Beispiel von Gedankenassoziation gewertet.

Dieser totale Monismus oder Idealismus setzt die Wissenschaft außer Kraft. Eine Tatsache erklären (oder beurteilen) heißt ja, sie mit anderen verbinden; diese Verknüpfung gilt auf Tlön als ein späterer Zustand des Subjekts, der den vorhergehenden Zustand weder beeinflussen noch erklären kann. Jeder geistige Zustand ist nicht reduzierbar: Die bloße Tatsache, ihn zu benennen – *id est* zu klassifizieren –, bedeutet eine Verfälschung. Hieraus sollte man den Schluß ziehen, daß es auf Tlön keine Wissenschaft – ja nicht einmal Überlegungen gebe. In Wahrheit gibt es sie paradoxerweise, und zwar in nahezu unbegrenzter Zahl. Den Philosophien ergeht es genauso wie den Substantiven in der nördlichen Hemisphäre. Der Umstand, daß jede Philosophie von vornherein ein dialektisches Spiel, eine *Philosophie des Als Ob* ist, hat zu ihrer Vervielfältigung beigetragen. Es wimmelt von unglaublichen Systemen, deren Aufbau jedoch ansprechend oder aufsehenerregend ist. Die Metaphysiker auf Tlön suchen nicht die Wahrheit, ja nicht einmal die Wahrscheinlichkeit: Sie suchen das Erstaunen. Sie sind der Auffassung, daß die Metaphysik ein Zweig der phantastischen Literatur sei. Sie wissen, daß ein System nichts anderes ist als die Unterordnung aller Aspekte des Universums unter irgendeinen von ihnen. Sogar die Bezeichnung »alle Aspekte« sei zu verwerfen, da sie die unmögliche Addition des gegenwärtigen Augenblicks und der vergangenen voraussetzt. Unzulässig sei aber auch der Plural »die vergangenen«, weil er einen anderen unmöglichen Denkschritt voraussetzt... Eine der Schulen von Tlön kommt zur Leugnung der Zeit: Sie stellt die Überlegung an, daß die Gegenwart undefiniert sei, daß die Zukunft nur als gegenwärtige Hoffnung Wirklichkeit habe, daß die Vergangenheit nur als gegenwärtige Erinnerung Wirklichkeit habe*. Eine andere Schule behauptet, daß bereits *die ganze Zeit* abgelaufen, und daß unser Leben nur die nachdämmernde Erinnerung oder der unzweifelhaft verfälschte und verstümmelte Widerschein eines unwiederbringlichen Vorgangs sei. Eine andere, daß die Geschichte der Welt – und darin unser Leben und die geringfügigste Einzelheit unseres Lebens – die Schrift einer untergeordneten Gottheit sei, die sie verfertigt, um sich mit einem Dämonen zu verständigen. Eine andere, daß die Welt mit jenen Kryptogrammen zu vergleichen sei, in denen nicht alle Zeichen gültig sind, und daß Wahrheit nur das sei, was einmal alle dreihundert Nächte geschieht. Eine andere, daß während wir hier schlafen,

* Russell (*The Analysis of Mind*, 1921, p. 159) setzt voraus, daß der Planet vor wenigen Minuten erschaffen wurde, ausgestattet mit einer Menschheit, die sich einer illusorischen Vergangenheit »erinnert«.

wir woanders wachen, und daß so jeder Mensch zwei Menschen sei.

Unter den Lehren Tlöns hat keine so großen Anstoß erregt wie der Materialismus. Einige Denker haben ihn weniger klar als mit leidenschaftlichem Eifer so formuliert, wie man ein Paradoxon vorträgt. Um diese unbegreifliche These dem Verständnis näherzubringen, ersann im II. Jahrhundert* ein Häresiarch das Sophisma von den neun Kupfermünzen, das ob seiner Anstößigkeit auf Tlön so berüchtigt ist wie bei uns die Aporien der Eleaten. Von dieser »spitzfindigen Beweisführung« gibt es viele Versionen, in denen die Zahl der Münzen und die Zahl der Funde Abwandlungen unterliegen; ich lasse hier die geläufigste folgen:

Am Dienstag überquert X einen menschenleeren Weg und verliert neun Kupfermünzen. Am Donnerstag findet Y auf dem Weg vier Münzen, die der Regen vom Mittwoch ein wenig geschwärzt hat. Am Freitag entdeckt Z drei Münzen auf dem Weg. Am Freitagmorgen findet X zwei Münzen im Flur seines Hauses. Der Häresiarch wollte aus dieser Geschichte die Realität – *id est* die Kontinuität – der neun wiedererlangten Kupfermünzen ableiten. *Es ist absurd sich vorzustellen* (behauptete er), *daß vier der Münzen zwischen Dienstag und Donnerstag, drei zwischen Dienstag und Freitagnachmittag, zwei zwischen Dienstag und Freitagfrüh nicht existiert haben – sei es auch auf eine geheime, dem Begreifen des Menschen verschlossene Weise –, in sämtlichen Augenblicken dieser drei Zeitspannen.*

Die Sprache von Tlön widersetzte sich der Formulierung dieses Paradoxons; die meisten verstanden es überhaupt nicht. Die Verfechter des gesunden Menschenverstandes beschränkten sich anfangs darauf, der Anekdote jeden Wahrheitsgehalt abzusprechen. Sie hoben wiederholt hervor, es

* Im Duodezimalsystem ist »Jahrhundert« eine Periode von einhundertvierundvierzig Jahren.

handle sich um eine sprachliche Täuschung, beruhend auf der tollkühnen Verwendung zweier durch den allgemeinen Gebrauch nicht autorisierter und jedem strengen Denken fernstehender Neologismen: der Verben *finden* und *verlieren*, die insofern eine *petitio principii* beinhalten, als sie die Identität der neun ersten und der neun letzten Münzen voraussetzen. Sie gaben zu bedenken, daß jedes Substantiv (Mensch, Münze, Donnerstag, Mittwoch, Regen) nur einen metaphorischen Wert hat. Sie wiesen auf den erschlichenen Nebenumstand hin: *die der Regen vom Mittwoch ein wenig geschwärzt hatte*, der voraussetzt, was erst bewiesen werden soll: die Andauer der Münzen zwischen dem Donnerstag und dem Dienstag. Sie erklärten, daß *Gleichheit* etwas anderes ist als *Identität*, und formulierten eine Art *reductio ad absurdum* an Hand eines hypothetischen Falles: Neun Menschen erleiden in neun aufeinanderfolgenden Nächten einen heftigen Schmerz. Wäre es nicht lächerlich zu behaupten, so fragten sie, daß dieser Schmerz ein und derselbe sei?* Sie sagten, den Häresiarchen habe lediglich das lästerliche Vorhaben getrieben, der göttlichen Kategorie *Sein* ein paar Pfennigmünzen zuzusprechen; in gewissen Fällen leugne er die Pluralität, in anderen nicht. Sie argumentierten, wenn Gleichheit soviel bedeute wie Identität, dann müsse man auch zugeben, daß die neun Münzen nur eine einzige seien.

So unglaublich es klingen mag: Mit diesen Widerlegungen hatte es nicht sein Bewenden. Hundert Jahre nach der Aufstellung des Problems formulierte ein brillanter Denker, der dem Häresiarchen nicht nachstand, aber der orthodoxen Tradition angehörte, eine überaus kühne Hypothese. Diese erleuchtende Spekulation behauptet, daß es ein einziges Subjekt gibt,

* Heute stellt eine der Kirchen von Tlön die platonische Behauptung auf, daß ein gewisser Schmerz, ein gewisser grünlicher Anflug des Gelben, daß eine gewisse Temperatur, ein gewisser Ton die einzige Wirklichkeit sind. Alle Menschen sind im schwindelerregenden Augenblick des Koitus derselbe Mensch. Alle Menschen, die eine Zeile von Shakespeare memorieren, *sind* William Shakespeare.

daß dieses Subjekt unteilbar jede einzelne der Seinseinheiten des Universums ist, und daß diese die Organe und Masken der Gottheit sind. X ist Y und ist Z. Z entdeckt drei Münzen, weil er sich erinnert, daß sie X verlorengingen; X findet zwei im Flur, weil er sich erinnert, daß die übrigen wiedergefunden wurden... Der elfte Band gibt zu verstehen, daß drei Hauptgründe für den totalen Sieg dieses idealistischen Pantheismus ausschlaggebend waren. Zum ersten die Zurückweisung des Solipsismus; zum zweiten die Möglichkeit, an der psychologischen Grundlage der Wissenschaften festzuhalten; zum dritten die Möglichkeit, den Götterkult beizubehalten. Schopenhauer (der leidenschaftliche und geistesklare Schopenhauer) entwickelt eine ganz ähnliche Lehre im ersten Band von *Parerga und Paralipomena.*

Die Geometrie umfaßt auf Tlön zwei voneinander abweichende Disziplinen: die Seh- und die Tastgeometrie. Die letztere entspricht der uns geläufigen, wird aber der ersten untergeordnet. Die Grundlage der Sehgeometrie ist die Oberfläche, nicht der Punkt. Diese Geometrie kennt die Parallelen nicht und behauptet, daß der Mensch, der sich fortbewegt, die Formen seiner Umgebung verändere. Die Grundlage der Arithmetik ist der Begriff der undefinierten Zahlen. Der Nachdruck ruht auf den Verhältnisbegriffen »größer« und »kleiner«, die in unserer Mathematik mit > und mit < bezeichnet werden. Es wird behauptet, daß der Vorgang des Zählens die Mengen verändere und sie aus undefinierten in definierte verwandele. Die Tatsache, daß mehrere Individuen, die eine gleich große Menge zählen, zum gleichen Ergebnis kommen, wird von den Psychologen als schlagendes Beispiel für Gedankenassoziation oder Gedächtnisschulung gewertet. Wir wissen ja, daß in Tlön das Subjekt des Erkennens eines und ewig ist.

Auch in den literarischen Gebräuchen ist die Vorstellung von einem einzigen Subjekt allbeherrschend. Nur selten tragen Bücher den Namen des Verfassers. Den Begriff des Plagiats gibt es nicht; man geht von der festen Annahme aus, daß alle Werke das Werk eines einzigen Autors sind, der zeit- und namenlos ist. Die Kritik pflegt Autoren zu erfinden; sie greift zwei einander unähnliche Werke heraus – das *Tao Te King* etwa und die *Märchen aus Tausendundeiner Nacht* –, schreibt sie demselben Autor zu und bestimmt dann fein säuberlich die Psychologie dieses interessanten *homme de lettres.*

Dennoch sind die Bücher unterschiedlich. Die schöngeistigen umfassen ein einziges Thema in allen nur denkbaren Abwandlungen. Die philosophischen enthalten unfehlbar die These und die Antithese, das strenge Für und Wider einer Lehre. Ein Buch ohne Selbstwiderlegung gilt als unvollständig.

Der Idealismus von Jahrhunderten und Aberjahrhunderten ist an der Wirklichkeit nicht spurlos vorbeigegangen. So ist in den ältesten Gebieten von Tlön die Verdoppelung verlorener Gegenstände nichts Seltenes. Zwei Personen suchen einen Bleistift; die erste findet ihn und sagt nichts; die zweite findet einen zweiten nicht minder wirklichen Bleistift, der jedoch ihrer Erwartung besser angepaßt ist. Diese Sekundärgegenstände heißen *hrönir* und sind, wenn auch anmutlos in der Form, um ein weniges größer. Bis vor kurzem waren die *hrönir* Zufallskinder der Zerstreutheit und der Vergeßlichkeit. Man sollte nicht glauben, daß ihre methodische Produktion nicht älter als knapp hundert Jahre ist, aber so steht es im elften Band. Die ersten Anstrengungen waren fruchtlos. Der *modus operandi* jedoch verdient, erwähnt zu werden. Der Direktor eines der Staatsgefängnisse teilte den Häftlingen mit, im ehemaligen Bett eines Flusses gäbe es gewisse Grabstätten, und versprach denen die Freiheit, die einen bedeutenden Fund herausholen würden. In den Monaten, die der Ausgrabung vorangingen, zeigte man ihnen photographische Aufnahmen von dem, was sie finden würden. Dieser erste Versuch bewies, daß Hoffnung und Gier sich hemmend auswirken können; eine Woche Arbeit mit Pickel und Spaten förderte kein anderes *hrön* als ein verrostetes Rad zutage, das sich als späteren Datums erwies denn das Experiment. Dieses wurde geheimgehalten und danach in vier Studienanstalten wiederholt. In drei Fällen scheiterte es nahezu völlig; im vierten (der Leiter starb zufällig während der ersten Ausgrabungen) hoben – oder erzeugten – die Schüler eine Goldmaske, ein archaisches Schwert, zwei oder drei Tonkrüge und den grün angelaufenen und verstümmelten Torso eines Königs mit einer Inschrift auf der Brust, die bis heute der Entzifferung harrt. So kam man auf die Abträglichkeit von Zeugen, die den experimentellen Charakter der Suche kennen... Die Massenforschungen bringen widerspruchsvolle Gegenstände hervor; heute bevorzugt man die individuellen und mehr improvisierten Arbeiten. Die methodische Züchtung von *hrönir* (sagt der Elfte Band) hat den Archäologen kostbare Dienste geleistet. Sie hat die Befragung, ja die Veränderung der Vergangenheit ermöglicht, die heute nicht weniger bildsam und gefügig ist als die Zukunft. Ein seltsamer Umstand: Die *hrönir* zweiten und dritten Grades – das heißt die *hrönir*, die von einem anderen *hrön*, sowie die *hrönir*, die vom *hrön* eines *hrön* abgeleitet sind – zeigen die Abweichungen von dem ursprünglichen in übertriebener Form; die *hrönir* fünften Grades sind nahezu einförmig; die des neunten vermischen sich mit denen zweiten Grades, bei denen vom elften Grad kommt es zu einer Reinheit der Linien, wie sie die Originale nicht besitzen. Der Vorgang ist periodisch: Beim *hrön* zwölften Grades setzt bereits der Verfall ein. Merkwürdiger und reiner als das *hrön* ist manchmal das *ur*: das durch Suggestion erzeugte Ding, der von Hoffnung herangebildete Gegenstand. Die große Goldmaske, von der ich gesprochen habe, ist ein berühmtes Beispiel.

Auf Tlön verdoppeln sich die Dinge; sie neigen ebenfalls dazu, undeutlich zu werden und die Einzelheiten einzubüßen, wenn die Leute sie vergessen. Ein klassisches Beispiel ist jene Türschwelle, die andauerte, solange ein Bettler sie aufsuchte, und die bei seinem Tode den Blicken entschwand. Zuweilen haben ein paar Vögel oder ein Pferd die Ruinen eines Amphitheaters gerettet.

Salto Oriental, 1940.

Nachschrift von 1947. Ich gebe den vorstehenden Artikel genau so wieder, wie er 1940 in der *Antología de la literatura fantástica* erschien, lediglich mit Streichung einiger Metaphern und einer Art Schlußbetrachtung in spaßhaftem Ton, die heute frivol wirkt. Seit jenem Datum sind so viele Dinge geschehen. Ich will mich damit begnügen, an sie zu erinnern.

Im März 1941 wurde in einem Buch von Hinton aus dem Besitz Herbert Ashes ein handschriftlicher Brief von Gunnar Erfjord entdeckt. Der Umschlag trug den Poststempel von Ouro Preto; der Brief klärte das Rätsel von Tlön völlig auf. Der Text bestätigt die Hypothesen von Martínez Estrada. Zu Anfang des 17. Jahrhunderts, während einer Nacht in Luzern oder London, hub die glanzvolle Geschichte an. Eine geheime und wohlmeinende Gesellschaft (zu deren Mitgliedern Dalgarno und später George Berkeley zählten) trat zusammen, um ein Land zu erfinden. In dem vagen Anfangsprogramm waren die »hermetischen Studien«, die Philanthropie und die Kabbala vertreten. Aus dieser ersten Epoche stammt das merkwürdige Buch von Andreä. Nach einigen Jahren, die mit Beratungen und vorschnellen Zusammenfassungen hingingen, sah man ein, daß eine Generation für die gegliederte Erfindung eines Landes nicht ausreichte. Man faßte den Beschluß: Die in der Gesellschaft vertretenen Meister sollten zur Fortführung des Werkes je einen Schüler bestimmen. Diese Erbregelung setzte sich durch; nach einer Unterbrechung von zwei Jahrhunderten taucht die verfolgte Bruderschaft in Amerika wieder auf. Um 1824 hat in Memphis (Tennessee) einer der Bundesbrüder eine Unterredung mit dem asketischen Millionär Ezra Buckley. Dieser läßt den Bittsteller fast geringschätzig ausreden – und macht sich lustig über die Bescheidenheit des Plans. Er sagt ihm, in Amerika sei es absurd, ein Land erfinden zu wollen, und schlägt ihm die Erfindung eines Planeten vor. Dieser gigantischen Idee fügt er eine weitere hinzu, die seinem Nihilismus entspringt*: Geheimhaltung des ungeheuren Unter-

* Buckley war Freidenker, Fatalist und Befürworter der Sklaverei.

nehmens. Zu der Zeit waren die 20 Bände der *Encyclopaedia Britannica* im Umlauf: Buckley rät zu einer methodischen Enzyklopädie des illusorischen Planeten. Er wird den Geheimbrüdern seine goldhaltigen Bergzüge, die schiffbaren Flüsse, die von Stier und Bison bevölkerten Weideflächen, die Neger, die Bordelle und die Dollars unter der einen Bedingung überlassen: »Das Werk soll kein Bündnis mit dem Scharlatan Jesus Christus eingehen.« Buckley glaubt nicht an Gott, will aber dem nichtexistierenden Gott beweisen, daß die Sterblichen fähig sind, eine Welt auszuhecken. Buckley wird im Jahre 1828 in Baton Rouge vergiftet; im Jahre 1914 überreicht die Gesellschaft ihren Mitarbeitern, deren Zahl sich auf dreihundert beläuft, den Schlußband der Ersten Enzyklopädie von Tlön. Die Ausgabe ist geheim; die vierzig Bände, die sie umfaßt (das gewaltigste Unternehmen, das Menschen je in Angriff genommen haben), waren als Grundlage für eine andere, mehr ins einzelne gehende gedacht, die nicht mehr auf Englisch, sondern in einer der Sprachen von Tlön abgefaßt sein sollte. Diese Überarbeitung einer illusorischen Welt nennt sich provisorisch *Orbis Tertius*, und einer ihrer bescheidenen Demiurgen war Herbert Ashe, ich weiß nicht, ob im Auftrag von Gunnar Erfjord oder als Bundesbruder. Daß er Empfänger eines Exemplars war, spricht für die zweite Annahme. Aber wer waren die anderen? Um das Jahr 1942 häuften sich die Tatsachen. An eine der ersten erinnere ich mich mit besonderer Deutlichkeit, und ich meine, daß ich sie wie eine Vorbotschaft empfand. Der Vorfall spielte sich in einem Appartement in der Calle Laprida ab, im Angesicht eines lichten hohen Balkons, der nach Sonnenuntergang sah. Die Prinzessin von Faucigny Lucinge hatte ihr Silbergeschirr aus Poitiers erhalten. Aus der Tiefe einer mit internationalen Siegeln kreuz und quer übersäten Kiste tauchten nacheinander feine unbewegliche Dinge auf, unter ihnen: Utrechter und Pariser Silbergeschirr mit hartgetriebener heraldischer Tierwelt, ein Samowar; unter ihnen spielte – mit dem merklichen und zarten Vibrieren eines schlafenden Vogels – geheimnisvoll ein Kompaß. Die Fürstin kannte ihn nicht. Die blaue Nadel strebte dem magnetischen Pol zu, die metallene Fassung war konkav; die Buchstaben auf dem Zifferblatt entsprachen einem der Alphabete von Tlön. Hier brach die phantastische Welt zum erstenmal in die reale Welt ein. Ein Zufall, der mich beunruhigt, wollte es so, daß ich ebenfalls Zeuge des zweiten Einbruchs wurde. Er ereignete sich ein paar Monate später in der Schankwirtschaft eines Brasilianers, in der Cuchilla Negra. Amorim und ich kamen von Sant'Anna zurück. Da der Fluß Tacuarembó Hochwasser führte, sahen wir uns gezwungen, diese unterentwickelte Gastlichkeit zu erproben (und auf uns zu nehmen). Der Wirt schlug für uns in einem großen Raum, der mit Fässern und Schläuchen vollgestopft war, ein paar knarrende Bettstellen auf. Wir legten uns hin, aber der Rausch eines unsichtbaren Nebenbewohners, der unentwirrbare Fluchworte mit Milongas – oder Fetzen einer einzigen Milonga – versetzte, brachte uns bis in die Morgenstunden um den Schlaf. Begreiflicherweise schrieben wir dem feurigen Zuckerrohrschnaps des Wirts dieses hartnäckige Gebrüll zu... Am Morgen lag der Mann tot im Hausflur. Die Rauheit seiner Stimme hatte uns getäuscht: Er war ein junger Bursche. Im Delirium waren ihm ein paar Münzen aus dem Bauchgurt gefallen, sowie ein blitzender Metallkegel vom Durchmesser eines Würfels. Vergebens mühte sich ein kleiner Junge, diesen Kegel aufzuheben. Ein Mann brachte es nur zur Not fertig, ihn in die Höhe zu stemmen. Ich hielt ihn einige Minuten lang auf der flachen Hand; ich erinnere mich, daß sein Gewicht unerträglich war und daß, nachdem ich den Kegel fortgenommen hatte, der Druck anhielt. Auch erinnere ich mich an den scharfgezogenen Kreis, den er mir ins Fleisch schnitt. Diese Wahrnehmung eines sehr kleinen, aber gleichzeitig ungeheuer schweren Gegenstandes hinterließ einen unangenehmen Eindruck von Ekel und Furcht. Ein Bauer schlug vor, man sollte ihn in den reißenden Fluß werfen. Amorim erwarb ihn für ein paar Pesos. Niemand wußte etwas von dem Toten, außer daß er »von der Grenze« kam. Diese kleinen überschweren Kegel (gemacht aus einem Metall, das nicht von dieser Welt ist) sind in gewissen Religionen von Tlön ein Abbild der Göttlichkeit.

Hiermit schließe ich den persönlichen Teil meiner Erzählung ab. Alles andere hat Bestand im Gedächtnis (wenn nicht in der Hoffnung oder der Furcht) aller meiner Leser. Es mag genügen, wenn ich die nachfolgenden Ereignisse ins Gedächtnis zurückrufe oder erwähne, indem ich mich lediglich in Worten kurz fasse, die der Wölbungsraum allgemeiner Erinnerung bereichern oder erweitern mag. Gegen 1944 exhumierte ein Forscher der Zeitung *The American* (aus Nashville, Tennessee) in einer Bibliothek von Memphis die vierzig Bände der Ersten Enzyklopädie von Tlön. Bis auf den heutigen Tag wird darüber gestritten, ob diese Entdeckung zufällig war, oder ob sie die Direktoren des immer noch nebelhaften *Orbis Tertius* zuließen. Die Wahrscheinlichkeit spricht für die zweite Annahme. Ein paar unglaubhafte Einzelheiten im Elften Band (so die Vervielfältigung der *hrönir*) sind in dem Exemplar von Memphis ausgeschieden oder abgeschwächt; der Schluß drängt sich auf, daß diese Tilgungen die Absicht verfolgen, eine Welt darzustellen, die mit der realen nicht allzu unvereinbar sein soll. Die Ausstreuung von Tlön-Objekten in verschiedenen Ländern sollte diesen Plan ergänzen.*

Tatsache ist, daß die internationale Presse kein Ende fand, den »Fund« auszuposaunen. Handbücher, Anthologien, Kurzfassungen, wortgetreue Abdrucke, autorisierte Neudrucke und Raubdrucke des Größten Werkes der Menschheit überfluteten und überfluten noch immer die Erde. Fast im selben Augenblick gab die Wirklichkeit in mehr als einem Punkt nach, und zwar gelüstete es sie, nachzugeben. Noch vor zehn Jahren reichte jede den Anschein von Ordnung erweckende Symmetrie – der dialektische Materialismus, der Antisemitismus, der Nazismus – völlig aus, die Menschen zu betören. Wie sollte man sich nicht Tlön unterwerfen, der minutiösen und

* Wobei das Problem der *Materie* einiger Gegenstände natürlich bestehen bleibt.

umfassenden Ersichtlichkeit eines geordneten Planeten? Überflüssig zu erwidern, daß auch die Wirklichkeit geordnet ist. Mag sein, daß sie es ist, aber in Übereinstimmung mit göttlichen Gesetzen – ich übersetze: mit unmenschlichen Gesetzen –, die wir niemals ganz begreifen werden. Tlön mag ein Labyrinth sein, doch ist es ein von Menschen entworfenes Labyrinth, ein Labyrinth, dessen Sinn es ist, von Menschen enträtselt zu werden.

Die Berührung und der Umgang mit Tlön haben diese unsere Welt aufgelöst. Bezaubert von seiner strengen Gesetzmäßigkeit, vergißt die Menschheit ein ums andere Mal, daß es eine Gesetzmäßigkeit von Schachspielern, nicht von Engeln ist. Schon ist das (erschlossene) »Uridiom« von Tlön in die Schulen eingedrungen; schon hat seine harmonische Geschichte (die so voll ist von bewegenden Episoden) die in meiner Jugend herrschende ausgelöscht; schon nimmt in den Memoiren eine fiktive Vergangenheit die Stelle einer anderen ein, von der wir nichts mit Sicherheit wissen – nicht einmal, daß sie falsch ist. Man hat die Numismatik, die Arzneikunde, die Archäologie reformiert. Ich halte für ausgemacht, daß die Biologie und die Mathematik ebenfalls ihrer erneuerten Gestalt harren ... Eine über die Welt verstreute Dynastie von Einsiedlern hat die Erdoberfläche umgewandelt. Ihre Aufgabe geht weiter. Wenn unsere Prognosen nicht irren, wird in hundert Jahren jemand die hundert Bände der Zweiten Enzyklopädie von Tlön entdecken.

Englisch, Französisch und sogar Spanisch werden dann vom Planeten verschwunden sein. Die Welt wird Tlön sein. Mich kümmert das nicht, ich feile in der stillen Muße des Landhauses Adrogué weiter fort an einer tastenden, an Quevedo geschulten Übertragung des *Urn Burial* von Browne (die ich nicht drucken zu lassen gedenke).

PIERRE MENARD, AUTOR DES QUIJOTE

Für Silvina Ocampo

Das sichtbare Werk, das dieser Romancier hinterlassen hat, läßt sich leicht und in Kürze aufzählen. Um so unverzeihlicher sind die von Madame Henri Bachelier in einem fehlerhaften Werkverzeichnis begangenen Auslassungen und Zusätze, einem Verzeichnis, das ein gewisses Blatt, dessen protestantische Tendenz kein Geheimnis ist, seinen beklagenswerten Lesern zuzufügen rücksichtslos genug war, wenn diese auch gering an Zahl, sowie Calvinisten, falls nicht gar Freimaurer und Beschnittene sein mögen. Die echten Freunde Pierre Menards haben dieses Werkverzeichnis mit Bestürzung und sogar einer gewissen Wehmut zur Kenntnis genommen. Man könnte sagen, daß wir uns erst gestern vor dem marmornen Schlußstein unter den unseligen Zypressen versammelten, und allbereits trachtet der Irrtum sein Andenken zu trüben... Eine knappe Richtigstellung ist entschieden unumgänglich.

Ich bin mir bewußt, daß es leicht ist, meine ärmliche Autorität zu verwerfen. Gleichwohl hoffe ich, daß es mir nicht verwehrt sei, zwei hochstehende Zeugnisse anzuführen. Die Baronesse de Bacourt (bei deren unvergeßlichen *vendredis* den betrauerten Dichter kennenzulernen ich die Ehre hatte) hielt es für ziemlich, den folgenden Zeilen ihre Billigung zukommen zu lassen. Die Comtessa di Bagnoregio, einer der feinstsinnigen Geister des Fürstentums Monaco (heute aber in

Pittsburgh, Pennsylvania, nach ihrer kürzlich erfolgten Vermählung mit dem internationalen Philanthropen Simon Kautzsch, dem von den Opfern seiner selbstlosen Manöver ach so Verleumdeten), hat »der Wahrhaftigkeit und dem Tod« (so lauten ihre Worte) die adlige Zurückhaltung, die sie auszeichnet, aufgeopfert und mich in einem offenen, in der Zeitschrift *Luxe* erschienenen Brief gleichfalls ihrer Zustimmung versichert. Diese Ausführungsermächtigungen sind, glaube ich, nicht unzureichend.

Ich sagte, das *sichtbare* Werk Menards sei leicht aufzählbar. Nach geflissentlicher Überprüfung seines Privatarchivs habe ich festgestellt, daß es aus den im folgenden aufgezählten Stücken besteht:

a) Ein symbolistisches Sonett, das zweimal (mit Variationen) in der Zeitschrift *La Conque* (März und Oktober 1899) erschien.

b) Eine Monographie über die Möglichkeit, ein poetisches Vokabular aufzustellen, dessen Begriffe nicht Synonyme oder Umschreibungen der in der gewöhnlichen Sprache verwendeten Begriffe sein sollten, »vielmehr von einer Konvention erschaffene und hauptsächlich für dichterische Bedürfnisse bestimmte Idealgegenstände« (Nîmes, 1901).

c) Eine Monographie über »gewisse Konnexionen oder Affinitäten« im Denken von Descartes, Leibniz und John Wilkins (Nîmes, 1903).

d) Eine Monographie über die *Characteristica Universalis* von Leibniz (Nîmes, 1904).

e) Ein technischer Artikel über die Möglichkeit, das Schachspiel durch Abschaffung eines der Turmbauern zu bereichern. Menard schlägt diese Neuerung vor, empfiehlt sie, erörtert sie, um sie schließlich zu verwerfen.

f) Eine Monographie über die *Ars Magna Generalis* des Raimundus Lullus (Nîmes, 1906).

g) Eine Übersetzung mit Vorwort und Anmerkungen des *Libro de la invención liberal y arte del juego del axedrez* von Ruy López de Segura (Paris, 1907).

h) Die Skizzenblätter einer Monographie über die symbolische Logik von George Boole.

i) Eine Untersuchung der metrischen Gesetze der französischen Prosa, erläutert an Beispielen von Saint-Simon (*Revue des langues romanes*, Montpellier, Oktober 1909).

j) Eine Erwiderung an Luc Durtain (der das Vorhandensein derartiger Gesetze geleugnet hatte), erläutert an Beispielen von Luc Durtain (*Revue des langues romanes*, Montpellier, Dezember 1909).

k) Eine handschriftliche Übersetzung der *Aguja de navegar cultos* von Quevedo, betitelt *La boussole des précieux*.

l) Ein Vorwort zu dem Katalog einer Ausstellung von Lithographien von Carolus Hourcade (Nîmes, 1914).

m) Das Werk *Les problèmes d'un problème* (Paris, 1917), das in chronologischer Ordnung die Lösungen des berühmten Problems von Achilles und der Schildkröte erörtert. Zwei Auflagen dieses Buches sind bisher erschienen; die zweite zitiert als Epigraph den Rat von Leibniz: »Ne craignez point, monsieur, la tortue«, und bringt die Kapitel, die Russell und Descartes gewidmet sind, in neuer Fassung.

n) Eine eindringliche Analyse der »syntaktischen Gewohnheiten« von Toulet (*N. R. F.*, März 1921). Menard, so erinnere ich mich, erklärt, Tadel und Lob seien Gefühlsäußerungen, die mit der Kritik nichts zu tun hätten.

o) Eine Übertragung des *Cimetière Marin* von Paul Valéry in Alexandriner (*N. R. F.*, Januar 1928).

p) Eine Invektive gegen Paul Valéry in den *Blättern zur Unterdrückung der Realität* von Jacques Reboul. (Diese Invektive ist, in Klammern gesagt, die genaue Kehrseite seiner wirklichen Meinung über Paul Valéry. Dieser verstand sie auch so, und sie tat der langjährigen Freundschaft zwischen beiden keinen Abbruch.)

q) Eine »Definition« der Comtessa di Bagnoregio in dem »siegreichen Band« – die Redewendung stammt von einem anderen Mitarbeiter, Gabriele d'Annunzio –, den diese Dame jährlich herausbringt, um die unvermeidlichen Verfälschungen in der Presse richtigzustellen und »der Welt und Italien« ein authentisches Bild ihrer Person vorzuführen, da diese (auf Grund ihrer Schönheit sowie ihres Verhaltens) irrigen oder übereilten Deutungen ausgesetzt ist.

r) Ein Zyklus bewunderswerter Sonette für die Baronesse de Bacourt (1934).

s) Eine handgeschriebene Liste von Versen, die ihre Wirkung der Interpunktion verdanken.*

Soweit (unter Weglassung lediglich einer Anzahl unscheinbarer Gelegenheitssonette für das gastliche, oder gierige, Album von Madame Henri Bachelier) das *sichtbare* Werk Pierre Menards in seiner chronologischen Reihenfolge. Ich wende mich nun dem anderen zu, dem unterirdischen, dem unbezeichenbar heroischen, dem beispiellosen. Aber auch – o über die Möglichkeiten des Menschen – dem unvollendeten. Dieses Werk, vielleicht das bedeutendste unserer Zeit, besteht aus dem Neunten und dem Achtunddreißigsten Kapitel des Ersten Teils des *Don Quijote* sowie aus einem Fragment des Kapitels Zweiundzwanzig. Ich weiß, eine solche Behauptung klingt wie barer Unsinn. Diesen »Unsinn« zu rechtfertigen, ist der Hauptzweck dieser Notiz.**

Zwei Texte von ungleichem Wert regten zu dem Unternehmen an. Der eine ist jenes philologische Fragment des Novalis, welches in der Dresdener Ausgabe die Nummer 2005 trägt, in dem das Thema der *totalen Identifikation* mit einem bestimmten Autor umrissen wird. Der andere ist eines jener parasitä-

* Madame Henri Bachelier führt des weiteren eine wortgenaue Übertragung der wortgetreuen Übertragung an, die Quevedo von der *Introduction à la vie dévote* von Franz von Sales gegeben hat. In Pierre Menards Bibliothek findet sich keine Spur eines derartigen Werks. Es muß sich um einen falsch aufgefaßten Scherz unseres Freundes handeln.

** In zweiter Linie hatte ich vor, das Bild Pierre Menards zu skizzieren. Doch wie sollte ich mich erkühnen, mit den goldenen Seiten zu wetteifern, die, wie ich höre, die Baronesse de Bacourt vorbereitet, oder mit dem feinfühligen und treffsicheren Stift von Carolus Hourcade?

ren Bücher, die Christus auf einen Boulevard, Hamlet auf die Cannebière oder Don Quijote auf die Wallstreet versetzen. Wie jeder Mensch von gutem Geschmack verabscheute Menard diese überflüssigen Maskeraden, die ausschließlich – sagt er – der plebejischen Lust am Anachronismus Vorschub leisten oder (noch schlimmer) uns mit der elementaren Idee beglükken sollen, alle Zeitalter seien gleich oder seien verschieden. Interessanter, wenn auch widerspruchsvoll und oberflächlich in der Ausführung, dünkte ihn das berühmte Vorhaben Daudets, in einer einzigen Figur, nämlich Tartarin, den Einfallsreichen Hidalgo und seinen Schildknappen zu verschmelzen... Wer von seinen Kritikern andeutete, Menard habe sein Leben der Abfassung eines zeitgenössischen *Don Quijote* gewidmet, verleumdet sein helles Andenken.

Er wollte nicht einen anderen *Quijote* verfassen – was leicht ist –, sondern *den Quijote*. Unnütz hinzuzufügen, daß er keine mechanische Übertragung des Originals ins Auge faßte; einer bloßen Kopie galt nicht sein Vorsatz. Sein bewundernswerter Ehrgeiz war vielmehr darauf gerichtet, ein paar Seiten hervorzubringen, die – Wort für Wort und Zeile für Zeile – mit denen von Miguel de Cervantes übereinstimmen sollten.

»Mein Vorhaben ist nichts weiter als verblüffend«, schrieb er an mich am 30. Dezember 1934 aus Bayonne. »Das Endziel einer theologischen oder metaphysischen Beweisführung – die äußere Welt, Gott, der Zufall, die universalen Formen – ist nicht weniger vorgegeben und allgemein bekannt als mein weitverbreiteter Roman. Der einzige Unterschied besteht darin, daß die Philosophen in ansprechenden Bänden die Zwischenetappen ihrer Arbeit veröffentlichen, während ich beschlossen habe, sie zu tilgen.« Tatsächlich existiert nicht ein einziger Schmierzettel, der von dieser jahrelangen Arbeit Zeugnis ablegte.

Die Methode, die er sich ursprünglich ausdachte, war verhältnismäßig einfach. Gründlich Spanisch lernen, den katholischen Glauben wiedererlangen, gegen die Mauren oder gegen die Türken kämpfen, die Geschichte Europas im Zeitraum zwischen 1602 und 1918 vergessen, Miguel de Cervantes *sein*. Pierre Menard ging diesem Verfahren auf den Grund (ich weiß, daß er es zu einer recht getreuen Handhabung der spanischen Sprache des 17. Jahrhunderts brachte), schob es aber als zu leicht beiseite. Eher darum, weil es unmöglich war, wird der Leser sagen. Einverstanden, aber das Vorhaben war von vornherein unmöglich, und von allen unmöglichen Mitteln, es zu Ende zu führen, war dieses am wenigsten interessant. Im zwanzigsten Jahrhundert ein populärer Schriftsteller des 17. Jahrhunderts zu sein, kam ihm wie eine Herabminderung vor. Auf irgendeine Art Cervantes zu sein und zum *Quijote* zu gelangen, erschien ihm weniger schwierig – infolgedessen auch weniger interessant –, als fernerhin Pierre Menard zu bleiben und durch die Erlebnisse Pierre Menards zum *Quijote* zu gelangen. (Diese Überzeugung war, nebenbei bemerkt, der Grund, weshalb er den autobiographischen Prolog zum Zweiten Teil des *Don Quijote* ausschied. Hätte er diesen Prolog aufgenommen, so hätte ihn das zur Erschaffung einer weiteren Person – nämlich Cervantes' – genötigt, hätte aber auch soviel bedeutet wie den *Quijote* in Abhängigkeit von dieser Person, nicht aber von Menard, vorzustellen. Natürlich versagte er sich diesen bequemen Ausweg.) »Mein Unternehmen ist im Grunde nicht schwierig«, lese ich an einer anderen Stelle seines Briefs. »Ich brauchte nur unsterblich zu sein, um es zu vollenden.« Soll ich gestehen, daß ich mich der Vorstellung hinzugeben pflege, er hätte es vollendet, und ich läse den *Quijote* – den ganzen *Quijote* –, als hätte Menard ihn erdacht? Als ich letzthin bei Nacht im Kapitel XXVI blätterte – das er nie in Angriff genommen hat –, erkannte ich den Stil unseres Freundes, ja sozusagen seine Stimme, in diesem außergewöhnlichen Satz: *Las ninfas de los ríos, la dolorosa y húmida eco* [Die Nymphen der Flüsse, die schmerzbewegte und feuchte Echo]. Diese wirkungsvolle Verbindung eines Gemütsadjektivs mit einem anderen aus dem physischen Bereich brachte mir einen Vers Shakespeares ins Gedächtnis, den wir eines Abends durchsprachen:

Where a malignant and a turbaned Turk...

Warum ausgerechnet der *Quijote*? wird unser Leser fragen. Diese Vorliebe wäre bei einem Spanier nicht unerklärlich; doch ist sie es bestimmt bei einem Symbolisten aus Nîmes, einem grundsätzlichen Anhänger Poes, der Baudelaire zeugte, der Mallarmé zeugte, der Valéry zeugte, der Edmond Teste zeugte. Der oben zitierte Brief gibt Aufschluß über diesen Punkt. »Der *Quijote*«, erklärt Menard, »interessiert mich tief, aber er erscheint mir nicht – wie soll ich sagen? – unvermeidlich. Ich kann mir das Universum nicht vorstellen ohne den Ausruf Edgar Allan Poes:

Ah, bear in mind, this garden was enchanted!

oder ohne das *Bâteau ivre* oder den *Ancient Mariner*, doch bin ich durchaus imstande, es mir ohne den *Quijote* vorzustellen. (Selbstverständlich spreche ich von meinem persönlichen Imstandesein, nicht von der geschichtlichen Resonanz der Werke.) Der *Quijote* ist ein Zufallsbuch, der *Quijote* ist ohne Notwendigkeit, Ich kann seine Schreibweise vorausbedenken, ich kann ihn schreiben, ohne einer Tautologie zu verfallen. Mit zwölf oder dreizehn Jahren las ich ihn, vielleicht von Anfang bis Ende. Seitdem habe ich aufmerksam einige Kapitel wiedergelesen, und zwar solche, an denen ich mich heute nicht versuchen werde. Ich habe desgleichen die *Zwischenspiele*, die *Komödien*, die *Galatea*, die *Exemplarischen Novellen*, die gewiß mühevollen Leidenswerke von *Persiles und Segismonda* und die *Reise zum Parnaß* kursorisch gelesen... Die ganz allgemeine, durch Vergessen und Teilnahmslosigkeit vereinfachte Erinnerung, die ich an den *Quijote* habe, kann es durchaus aufnehmen mit dem undeutlichen Bild, das einem noch nicht geschriebenen Buch vorausschwebt. Geht man von diesem Bild (das mir rechtens niemand abstreiten kann) aus, so ist mein Problem unbestreibar bei weitem heikler als das von Cervantes. Mein konzilianter Vorläufer erteilte der Mitarbeit des Zufalls keinen Korb; er schrieb das unsterbliche Werk ein bißchen *à la diable*, wobei es zu Pannen im Sprachstil und in der Erfindung kam. Ich habe die geheimnisvolle Pflicht übernommen, sein spontanes Werk Wort für Wort zu rekonstruieren. Mein einsames Spiel wird von zwei polaren Gesetzen beherrscht. Das erste erlaubt mir, Varianten formaler und psychologischer Art auszuprobieren; das zweite nötigt mich, sie dem Originaltext aufzuopfern und diese Tilgung auf unwiderlegliche Art rational zu begründen. Zu diesen Behinderungen sprachhandwerklichen Charakters muß man noch eine weitere, die mit ihnen ursächlich zusammenhängt, hinzunehmen. Den *Quijote* zu Anfang des siebzehnten Jahrhunderts verfassen war ein begründbares, notwendiges, vielleicht schicksalhaftes Unterfangen; zu Beginn des zwanzigsten Jahrhunderts ist es nahezu unmöglich. Nicht umsonst sind seitdem dreihundert Jahre voll der verwickeltsten Tatsachen vergangen. Unter ihnen, nur um eine zu nennen, eben der *Quijote*.«

Trotz dieser drei Hindernisse ist der fragmentarische *Quijote* Menards subtiler als der von Cervantes. Dieser stellt auf plumpe Art zu den ritterlichen Phantasieprodukten die armselige Provinzwirklichkeit seiner Heimat in Gegensatz; Menard erwähnt als »Wirklichkeit« das Ursprungsland Carmens im Jahrhundert Lopes und Lepantos. Zu welchen Spanioladen hätte diese Wahl nicht Maurice Barrès oder den Doktor Rodríguez Larreta beflügelt! Menard entgeht ihnen mit größter Selbstverständlichkeit. In seinem Werk gibt es weder Zigeunereien, noch Conquistadoren, noch Mystiker, noch Philipp den Zweiten, noch Autodafés. Er nimmt keine Rücksicht auf die Lokalfarbe oder verbannt sie; diese Verschmähung deutet auf ein neues Verständnis des historischen Romans. Diese Verschmähung spricht *Salammbô* unwiderruflich das Urteil.

Nicht minder erstaunlich ist es, einige Kapitel losgelöst zu betrachten. Untersuchen wir zum Beispiel das XXXVIII. im Ersten Teil, das »von der wunderlichen Rede handelt, die Don Quijote auf die Waffen und die Wissenschaften hielt«. Bekanntlich fällt Don Quijote (wie Quevedo an der ähnlichen, aber späteren Stelle von *La hora de todos*) sein Urteil gegen die Wissenschaften und zu Gunsten der Waffen. Cervantes war ein alter Soldat; sein Urteil ist erklärlich. Aber daß der Don Quijote Pierre Menards – des Zeitgenossen von *La trahison des clercs* und Bertrand Russels – in diese nebulosen Sophistereien zurückfällt! Madame Bachelier erblickte in ihnen eine bewunderswerte und typische Unterordnung des Autors unter die Psychologie des Helden; andere (keineswegs scharfblikkend) eine Transkription des *Quijote*; die Baronesse de Bacourt den Einfluß Nietzsches. Ich weiß nicht, soll ich mich erkühnen, dieser dritten Deutung, die ich für unwiderlegbar halte, eine vierte anzufügen, die mit der geradezu göttlichen Bescheidenheit Pierre Menards durchaus im Einklang steht: seine resignierte oder ironische Angewohnheit, Ideen zu propagieren, die das genaue Gegenteil seiner Lieblingsideen waren. (Rufen wir uns noch einmal seine Diatribe gegen Paul Valéry in dem surrealistischen Eintagsblatt von Jacques Reboul ins Gedächtnis zurück.) Der Text Menards und der Text Cervantes' sind Wort für Wort identisch; doch ist der zweite nahezu unerschöpflich reicher. (Schillernder, werden seine Verlästerer sagen; aber die schillernde Zweideutigkeit ist ein Reichtum.)

Es ist eine Offenbarung, hält man den *Quijote* Menards vergleichend neben den von Cervantes. Dieser schrieb beispielsweise (*Don Quijote*, Erster Teil, Neuntes Kapitel):

... la verdad, cuya madre es la historia, émula del tiempo, depósito de las acciones, testigo de lo pasado, ejemplo y aviso de lo presente, advertencia de lo por venir.

[... die Wahrheit, deren Mutter die Geschichte ist, Nebenbuhlerin der Zeit, Archiv aller Taten, Zeugin des Verflossenen, Vorbild und Anzeige des Gegenwärtigen, Hinweis auf das Künftige.]

Verfaßt im 17. Jahrhundert, verfaßt von dem »Laienverstand« Cervantes', ist diese Aufzählung nichts weiter als ein rhetorisches Lob auf die Geschichte. Menard dagegen schreibt:

... *la verdad, cuya madre es la historia, émula del tiempo, depósito de las acciones, testigo de lo pasado, ejemplo y aviso de lo presente, advertencia de lo por venir...*

Die Geschichte, *Mutter* der Wahrheit: dieser Gedanke ist überwältigend. Menard, Zeitgenosse von William James, definiert die Geschichte mitnichten als eine Erforschung der Wirklichkeit, sondern als deren Ursprung. Die historische Wahrheit ist für ihn nicht das Geschehene; sie ist unser Urteil über das Geschehene. Die Schlußglieder – Vorbild und Anzeige des Gegenwärtigen, Hinweis auf das Künftige – sind unverschämt pragmatisch.

Auch zwischen den Stilarten besteht ein lebhafter Kontrast. Der archaisierende Stil Menards – immerhin eines Ausländers – leidet an einer gewissen Affektiertheit. Nicht so der des Vorläufers, der das seinerzeit geläufige Spanisch unbefangen schreibt.

Es gibt keine intellektuelle Tat, die nicht im Endeffekt nutzlos wäre. Eine philosophische Lehre ist zunächst eine wahrscheinliche Beschreibung des Universums; die Jahre vergehen, da ist sie nur noch ein Kapitel – wenn nicht ein Paragraph oder ein Name – der Geschichte der Philosophie. In der Literatur macht sich diese schließliche Hinfälligkeit noch deutlicher bemerkbar. Der *Quijote* – sagte mir Menard – war vor allem ein ergötzliches Buch; heute ist er ein Anlaß für patriotische Trinksprüche, grammatikalischen Hochmut, obszöne Luxusausgaben. Der Ruhm ist ein Mißverständnis, wohl gar das schlimmste.

An diesen nihilistischen Feststellungen ist nichts Neues; einzigartig ist jedoch der Entschluß, den Pierre Menard aus ihnen ableitete. Er beschloß, der Vergeblichkeit, die aller Bemühungen des Menschen harrt, zuvorzukommen; er legte Hand an ein äußerst kompliziertes und von vornherein aussichtsloses Unternehmen. Er wandte seine Skrupel und durchwachten Nächte daran, in einer fremden Spache ein schon vorhandenes Buch zu wiederholen. Er erging sich in einer Vielzahl von Entwürfen, er korrigierte hartnäckig und zerriß Tausende handgeschriebener Seiten.* Er ließ nicht zu, daß sie von jemandem durchgesehen wurden und trug Sorge, daß sie ihn nicht überlebten. Umsonst habe ich versucht, sie zu rekonstruieren.

Ich bin zu der Ansicht gekommen, daß es berechtigt ist, wenn man in dem *endlichen Quijote* eine Art Palimpsest erblickt, auf dem – schwach, aber nicht unentzifferbar – die Spuren der *vorhergehenden* Schrift unseres Freundes sich durchscheinend abzeichnen sollen. Unglücklicherweise könnte nur ein zweiter Pierre Menard in Umkehrung der Arbeit des vorangehenden diese Trojas ausgraben und zu neuem Leben erwecken...

»Denken, Analysieren, Erfinden« (schrieb er mir ebenfalls) »sind keine anomalen Tätigkeiten; sie sind der normale Atmungsvorgang der Intelligenz. Die gelegentliche Erfüllung dieser Funktion zu glorifizieren, altvergangene und fremde Gedanken zu horten, sich ungläubigen Staunens voll dessen, was der *Doctor universalis* dachte, zu erinnern heißt nur, unsere Geistesträgheit oder unsere Barbarei eingestehen. Jeder Mensch muß aller Gedanken fähig sein, und ich glaube zu wissen, daß er es eines künftigen Tages sein wird.«

Menard hat (vielleicht ohne es zu wollen) vermittels einer neuen Technik die abgestandene und rudimentäre Kunst des Lesens bereichert, nämlich durch die Technik des vorsätzlichen Anachronismus und der irrtümlichen Zuschreibungen. Diese unendlich anwendungsfähige Technik veranlaßt uns, die *Odyssee* so zu lesen, als sei sie nach der *Aeneis* gedich-

* Ich erinnere mich noch an seine karierten Hefte, seine schwarzen Tilgungen, seine besonderen typographischen Zeichen und seine Insektenschrift. Gegen Abend verließ er gern das Haus und ging in der Umgebung von Nîmes spazieren; gewöhnlich trug er ein Heft bei sich und entfachte ein lustiges Feuerchen.

tet worden, und das Buch *Le Jardin du Centaure* von Madame Henri Bachelier so, als sei es von Madame Henri Bachelier. Diese Technik erfüllt die geruhsamsten Bücher mit abenteuerlicher Vielfalt. Wie, wenn man Louis Ferdinand Céline oder James Joyce die *Imitatio Christi* zuschriebe: hieße das nicht, diese dünnblütigen geistlichen Anweisungen hinlänglich mit Erneuerungskraft begaben?

Nîmes, 1939

DIE KREISFÖRMIGEN RUINEN

And if he left off dreaming about you…
Through the Looking-Glass, VI

Niemand sah ihn an Land gehen in der einmütigen Nacht, niemand sah das Bambuskanu im heiligen Schlamm versinken, aber einige Tage später wußten alle, daß der schweigsame Mann aus dem Süden kam, und daß seine Heimat eines der zahllosen Dörfer flußauf war, an der schroffen Flanke des Gebirges, wo das Zend noch nicht vom Griechischen angesteckt und wo die Lepra selten ist. Fest steht, daß der graue Mann den Schlamm küßte, die Uferböschung erklomm, ohne die scharfen Blattklingen, die ihm die Haut zerfetzten (und die er wohl nicht einmal spürte), beiseite zu biegen, und daß er sich taumelnd und blutend bis zu der kreisförmigen Einfriedung schleppte, die bekrönt ist von einem Tiger oder Pferd aus Stein, der ehemals die Farbe des Feuers besaß und nun die der Asche. Dieses Rund ist ein Tempel, den vor Zeiten die Feuersbrünste verzehrten, den der Sumpfwald geschändet hat, und dessen Gott von den Menschen keine Huldigung mehr empfängt. Der Fremde streckte sich am Fuß des Sockels aus. Die hochstehende Sonne weckte ihn. Er stellte ohne Erstaunen fest, daß die Wunden vernarbt waren; er schloß die blassen Augen und schlief, nicht aus Schwäche des Fleisches, sondern auf Beschluß seines Willens. Er wußte, dieser Tempel war der Ort, den sein unwandelbares Vorhaben erheischte; er wußte, den unablässigen Bäumen war es noch nicht gelungen, die

Ruinen eines anderen verheißungsvollen Tempels, der weiter flußabwärts lag, zu ersticken, dessen Götter ebenfalls verbrannt und gestorben waren; er wußte, seine unmittelbare Aufgabe war es, zu schlafen. Gegen Mitternacht weckte ihn der trostlose Schrei eines Vogels. Spuren nackter Füße, einige Feigen und ein Krug belehrten ihn, daß die Einheimischen seinen Schlaf ehrfürchtig belauert hatten und seinen Schutz erbaten oder seinen Zauber fürchteten. Er fühlte die Kälte der Furcht und suchte in der verfallenen Mauer nach einer Grabnische, wo er sich mit unbekanntem Laub bedeckte.

Der Vorsatz, der ihn leitete, war nicht unmöglich, wenn auch übernatürlich. Er wollte einen Menschen erträumen; er wollte ihn bis in die kleinste Einzelheit erträumen und ihn der Wirklichkeit aufzwingen. Dieses magische Vorhaben hatte allen Raum in seiner Seele verschlungen. Wenn jemand ihn nach seinem Namen oder nach irgendeinem Umstand seines früheren Lebens gefragt hätte, wäre er die Antwort schuldig geblieben. Der unbehauste, in Trümmern liegende Tempel kam ihm gelegen, weil er nur ein Minimum an sichtbarer Welt bedeutete; ebenso die Nachbarschaft der Holzfäller, weil diese für seine kargen Bedürfnisse aufkamen. Der Reis und die Früchte ihres Tributs waren ausreichende Nahrung für seinen Leib, der einzig der Aufgabe des Schlafens und Träumens geweiht war.

Zu Beginn waren die Träume chaotisch; nicht lange, und sie wurden dialektischer Art. Der Fremdling träumte sich in den Mittelpunkt eines kreisförmigen Amphitheaters, das irgendwie auch der eingeäscherte Tempel war; ein Gewölk schweigsamer Jünger hielt die Stufen besetzt; die Gesichter der obersten schwebten in jahrhunderteferner, sternweiter Höhe, waren aber vollkommen deutlich. Der Mann hielt ihnen Vorlesungen in Anatomie, Kosmographie und Magie; die Gesichter lauschten gespannt und bemühten sich, verständig zu antworten, als ahnten sie die Bedeutung dieser Prüfung, die einen unter ihnen von seiner leeren Scheinhaftigkeit erlösen und in die wirkliche Welt einschalten sollte. Der Mann bedachte im Traum und im Wachen die Antworten seiner Phantasmen, ließ sich von den Scharlatanen nicht verblüffen, erriet in gewissen Verwirrungen einen heranreifenden Verstand. Er suchte eine Seele, die würdig wäre, am Weltall teilzuhaben.

Nach neun oder zehn Nächten begriff er mit einiger Bitterkeit, daß von jenen seiner Jünger, die seine Lehren passiv hinnahmen, nichts zu erwarten sei, wohl aber von denen, die sich hie und da mit einem vernünftigen Widerspruch hervorwagten. Die ersten, mochten sie auch Liebe und Zuneigung verdienen, konnten nicht zu Individuen aufsteigen, die anderen präexistierten ein wenig mehr. Eines Nachmittags (jetzt waren auch die Nachmittage dem Traum botmäßig, jetzt wachte er nur noch am Morgen ein paar Stunden) verabschiedete er das ungeheure Wahnkolleg für immer und blieb mit einem einzigen Schüler allein. Er war ein schweigsamer, grämlicher Jüngling, zuweilen aufsässig, mit scharfen Gesichtszügen, die die seines Träumers wiedergaben. Seine Niedergeschlagenheit über die jähe Beseitigung der Mitschüler währte nicht lange; die Fortschritte, die er nach ein paar Privatstunden machte, waren dazu angetan, den Lehrer in Erstaunen zu versetzen. Dennoch kam es zur Katastrophe. Eines Tages tauchte der Mann aus dem Schlaf wie aus einer schleimigen Einöde auf; er sah das eitle Licht des sinkenden Tages, das er im ersten Augenblick mit dem Aufgang des Morgens verwechselte, und plötzlich begriff er, daß er nicht geträumt hatte. Während dieser Nacht und am ganzen folgenden Tag brach die unerträgliche Hellsicht der Schlaflosigkeit über ihn herein. Er wollte den Wald auskundschaften, sich erschöpfen. Doch bekam er zwischen Schierling nur einige Fetzen dünnen Schlafs zu fassen, flüchtig geädert mit rudimentären Visionen, die nichts taugten. Er wollte das Kolleg aufs neue versammeln, doch hatte er kaum einige mahnende Worte gesprochen, als es sich verzerrte und verschwamm. Bei seinem nun fast ständigen Wachsein verbrannten Tränen des Zorns die alten Augen.

Er begriff, daß die Aufgabe, den zusammenhanglosen und

schwindelerregenden Stoff, aus dem die Träume sind, zu formen, die schwierigste ist, die ein Mann in Angriff nehmen kann, wenn er auch in alle Rätsel der höheren und niederen Ordnung eindränge: viel schwieriger, als aus Sand ein Seil zu flechten oder den antlitzlosen Wind in eine Münze zu prägen. Er begriff, daß ein anfängliches Scheitern unvermeidlich war. Er schwor, die ungeheure Halluzination, die ihn zu Beginn vom Weg abgebracht hatte, zu vergessen und suchte eine neue Arbeitsmethode. Ehe er mit ihr begann, widmete er einen Monat der Wiederherstellung seiner Kräfte, die der Fieberwahn vergeudet hatte. Er gab das vorsätzliche Träumen völlig auf und erreichte fast sofort, daß er einen beträchtlichen Teil des Tages schlief. Wenn er innerhalb dieser Zeit noch einmal träumte, gab er auf seine Träume nicht acht. Um seine Aufgabe von neuem in Angriff zu nehmen, wartete er, bis sich die Scheibe des Mondes vollkommen gerundet hatte. Darauf reinigte er sich am Abend in den Wassern des Flusses, betete zu den planetaren Göttern, sprach die erlaubten Silben eines mächtigen Namens aus und schlief ein. Fast im gleichen Augenblick träumte er von einem schlagenden Herzen.

Er träumte es aktiv, heiß, geheim; es hatte die Größe einer geballten Faust und hing granatfarben im Dämmer eines menschlichen Leibes, der noch kein Gesicht, kein Geschlecht hatte; mit eindringlicher Liebe träumte er es vierzehn helle Nächte lang. In jeder Nacht trat es ihm ein wenig deutlicher vor Augen. Er rührte es nicht an, er begnügte sich damit, es zu schauen, zu beobachten, manchmal auch mit dem Blick zu berichtigen. Er nahm es wahr, erlebte es aus vielerlei Entfernungen und aus vielen Blickwinkeln. In der vierzehnten Nacht streifte er mit dem Zeigefinger die Hauptschlagader und dann das ganze Herz, von außen und von innen. Er war mit der Untersuchung zufrieden. Wohlweislich träumte er eine ganze Nacht nicht; dann ergriff er von neuem das Herz, rief den Namen eines Planeten an und begab sich an die Schau eines anderen der Hauptorgane. Vor Ablauf eines Jahres hatte er es bis zum Skelett, den Augenlidern gebracht. Das unzählbare

Haupthaar war wohl die schwierigste Aufgabe. Er träumte einen vollausgebildeten Menschen, einen Jüngling; doch richtete dieser sich weder auf, noch sprach er, noch konnte er die Augen öffnen. Nacht für Nacht träumte ihn der Mann schlafend.

In den gnostischen Kosmogonien kneten die Demiurgen einen roten Adam, der nicht aufzustehen vermag; so ungeschickt und roh und elementar wie dieser Adam aus Staub war der Adam aus Traum, den die Nächte des Magiers zustande gebracht hatten. Eines Abends war der Mann nahe daran, sein Werk zu vernichten (es wäre besser für ihn gewesen, wenn er es vernichtet hätte), doch tat es ihm darum leid. Nachdem er vergeblich zu allen Geistern der Erde und des Flusses gebetet hatte, warf er sich zu Füßen des göttlichen Standbildes nieder, das vielleicht ein Tiger, vielleicht ein Fohlen war, und erbat seinen unbekannten Beistand. In dieser Abenddämmerung träumte er von dem Standbild. Er träumte es lebendig, von Leben durchpulst; es war keine abscheuliche Kreuzung von Tiger und Pferd, sondern diese beiden ungestümen Geschöpfe zugleich, aber auch ein Stier, eine Rose, ein Sturm. Dieser vielfältige Gott offenbarte ihm, daß er auf Erden Feuer heiße, daß ihm in diesem kreisförmigen Tempel (wie in anderen seiner Art) Opfer und Gottesdienste dargebracht worden seien, und daß er durch Zauber dem erträumten Phantasma Leben einhauchen wolle, so daß alle Geschöpfe – mit Ausnahme des Feuers selbst und des Träumers – ihn für einen Menschen aus Fleisch und Bein halten sollten. Er befahl, daß er ihn nach Unterrichtung in den Riten zu dem anderen zertrümmerten Tempel schicke, dessen Pyramiden flußabwärts noch erhalten sind, damit in diesem verlassenen Bauwerk eine Stimme ihn verherrliche. Im Traum des Mannes, der träumte, erwachte der Geträumte.

Der Magier befolgte diese Anweisungen. Eine bestimmte Frist, die sich schließlich auf zwei Jahre erstreckte, weihte er der Aufgabe, ihm die Mysterien des Weltalls und des Feuerkults zu enthüllen. Insgeheim schmerzte es ihn, daß er sich von ihm trennen sollte. Unter dem Vorwand pädagogischer Notwendigkeit dehnte er jeden Tag die dem Traum gewidmeten Stunden aus. Auch schuf er die rechte Schulter noch einmal, die vielleicht fehlerhaft war. Manchmal litt er unter dem Eindruck, all dies sei schon einmal geschehen... Im ganzen waren seine Tage glücklich; wenn er die Augen schloß, dachte er: *Jetzt werde ich bei meinem Sohn sein.* Oder, wenn auch seltener: *Der Sohn, den ich gezeugt habe, erwartet mich und wird nicht existieren, wenn ich nicht zu ihm gehe.*

Schrittweise gewöhnte er ihn an die Wirklichkeit. Einmal trug er ihm auf, eine ferne Anhöhe zu beflaggen. Am nächsten Tag flatterte das Banner auf dem Gipfel. Er versuchte weitere, immer kühnere Experimente. Er begriff mit einer gewissen Bitterkeit, daß sein Sohn bereit – und vielleicht ungeduldig – war, geboren zu werden. In dieser Nacht küßte er ihn zum erstenmal und schickte ihn zu dem anderen Tempel, dessen Trümmer flußabwärts bleichten, meilenweit jenseits unentwirrbarer Wälder und Sümpfe. Zuvor aber (damit er nie erführe, daß er ein Phantom war, damit er sich für einen Menschen gleich den anderen halten sollte) löschte er im Gedächtnis des Jüngers jede Erinnerung an seine Lehrjahre.

Sein Sieg und sein Friede blieben jedoch von Überdruß getrübt. In der Dämmerung am Abend und am Morgen warf er sich vor der Steinfigur nieder, vielleicht mit dem Gedanken, daß sein unwirklicher Sohn in anderen kreisförmigen Ruinen, flußabwärts, dieselben Riten vollzog; nachts träumte er nicht oder träumte wie alle Menschen. Die Klänge und Formen der Welt nahm er mit einer gewissen Blässe wahr; der abwesende Sohn nährte sich von diesen Schmälerungen seiner Seelenkraft. Sein Lebensvorsatz war erfüllt; der Mann verharrte in einer Art Entrückung. Nach einer Zeit, die von gewissen Erzählern seiner Geschichte eher in Jahren, von anderen in Jahrfünften angegeben wird, weckten ihn um Mitternacht zwei Ruderer auf; er konnte ihre Gesichter nicht erkennen, doch sprachen sie ihm von einem zaubermächtigen Mann in einem Tempel im Norden, der die Kraft habe, durch Feuer zu gehen, ohne zu verbrennen. Der Magier entsann sich jäh der Worte des Gottes. Er erinnerte sich, daß von allen Geschöpfen, die den Erdkreis ausmachen, allein das Feuer wußte, daß sein Sohn ein Phantom war. Dieser Gedanke, der ihn zuerst besänftigte, wurde ihm schließlich zur Qual. Er befürchtete, sein Sohn könne über dieses ungewöhnliche Vorrecht nachsinnen und auf irgendeine Art seiner scheinhaften Beschaffenheit innewerden. Kein Mensch, nur die Projektion des Traums eines anderen Menschen zu sein – welche Erniedrigung ohnegleichen, welch ein Schwindelgefühl! Jeden Vater kümmern die Söhne, die er gezeugt (die er zugelassen) hat in bloßer Sinnverwirrung oder Glückseligkeit; es ist nur natürlich, daß der Magier um die Zukunft dieses Sohnes bangte, den er Glied um Glied und Zug um Zug in tausendundeiner geheimen Nacht erdacht hatte.

Seinem Schwanken wurde jäh ein Ende gesetzt, doch kündigten es einige Zeichen an. Zuerst (nach einer langen Dürre) eine ferne Wolke auf einem Bergzug, leicht wie ein Vogel; dann gegen Süden der Himmel, der sich rosa färbte wie die Lefzen des Leoparden; dann die Rauchwolken, die das Metall der Nächte rosten ließen; danach die panische Flucht der Tiere. Denn es wiederholte sich, was vor vielen Jahrhunderten geschehen war. Die Ruinen des Heiligtums des Feuergottes wurden vom Feuer zerstört. An einem Morgen ohne Vögel sah der Magier die konzentrische Feuersbrunst sich um die Mauern schließen. Einen Augenblick dachte er daran, sich ins Wasser zu flüchten, dann aber begriff er, daß der Tod kam, sein Alter zu krönen und ihn seiner Mühsal zu entheben. Er schritt auf die Feuerfetzen zu. Diese bissen nicht in sein Fleisch, diese liebkosten und überfluteten ihn ohne Hitze und Brand. Erleichtert, erniedrigt, entsetzt erkannte er, daß auch er nur ein Scheinbild war, daß ein anderer ihn träumte.

DIE LOTTERIE IN BABYLON

Wie alle Babylonier bin ich Prokonsul gewesen; wie alle Sklave; auch habe ich die Allmacht, die Schande, die Kerker kennengelernt. Seht: An meiner rechten Hand fehlt der Zeigefinger. Seht: Durch diesen Riß im Mantel erblickt man auf meinem Bauch eine rote Tätowierung; es ist das zweite Schriftzeichen, Beth. Dieser Buchstabe verleiht mir in Vollmondnächten Gewalt über die Menschen, die mit Ghimel gezeichnet sind, aber er unterstellt mich denen mit einem Aleph, die in Neumondnächten jenen mit Ghimel Gehorsam schulden. In dämmernder Morgenfrühe habe ich in einem unterirdischen Gelaß vor einem schwarzen Stein heilige Stiere gekehlt. Während eines Mondjahres bin ich für unsichtbar erklärt worden; ich rief und bekam keine Antwort, ich stahl Brot und man köpfte mich nicht. Ich habe erfahren, was Griechen nicht kennen: die Ungewißheit. In einem bronzenen Gemach, vor dem stummen Tuch des Würgers, ist die Hoffnung mir treu geblieben; im Strom der Wonnen die Panik. Herakleides Pontikos erzählt bewundernd, daß Pythagoras sich erinnerte, Pyrrhos gewesen zu sein und vordem Euphorbos und davor irgendein anderer Sterblicher; um ähnlicher Wechselfälle zu gedenken, brauche ich mich weder an den Tod zu halten noch an die Hochstapelei.

Diese nahezu gräßliche Vielseitigkeit verdanke ich einer

Einrichtung, die in anderen Gemeinwesen unbekannt ist oder dort nur unvollkommen und geheim ihr Wesen treibt: der Lotterie. Ihre Geschichte habe ich nicht erforscht; ich weiß nur, daß die Magier über sie uneins sind; ich weiß von ihren gewaltigen Vorhaben nur soviel, wie ein der Astrologie Unkundiger vom Mond wissen kann. Ich bin zuhause in einem schwindelerregenden Land, in dem die Lotterie Hauptbestandteil der Wirklichkeit ist; bis zum heutigen Tage habe ich an sie so wenig gedacht wie an das Walten unenträtselbarer Götter oder meines Herzens. Jetzt, fern von Babylon und seinen geliebten Bräuchen, denke ich mit einigem Staunen an die Lotterie und an die lästerlichen Mutmaßungen, die sich in der Dämmerung die Verschleierten zuraunen.

Mein Vater wußte zu erzählen, daß in früher Zeit – vor Jahrhunderten, vor Jahren? – die Lotterie in Babylon eine plebejische Belustigung war. Er erzählte (ich weiß nicht, ob wahrheitsgemäß), daß die Barbiere gegen Kupfermünzen viereckige Plättchen aus Bein oder Pergament, die mit Zeichen beschriftet waren, ausgaben. Die Ziehung fand bei hellem Tage statt: Die glücklichen Gewinner erhielten, ohne sonstige Mitwirkung des Zufalls, geprägte Silbermünzen. Das Verfahren steckte, wie man sieht, noch ganz in den Anfängen.

Natürlich erlitten diese »Lotterien« Schiffbruch. Ihr moralischer Wert war gleich Null. Sie wandten sich nicht an alle Fähigkeiten des Menschen: einzig und allein an seine Hoffnung. Angesichts der Gleichgültigkeit des Publikums begannen die Händler, die diese käufliche Lotterie ins Leben gerufen hatten, Geld zu verlieren. Jemand schlug eine Reform vor: die Einschaltung einiger weniger Unglückslose in die Reihe der Glückslose. Infolge dieser Reform setzten sich die Käufer numerierter Vierecke der zweifachen Chance aus, eine Summe zu gewinnen und eine manchmal beträchtliche Geldbuße entrichten zu müssen. Diese geringe Gefahr (auf dreißig Glückslose entfiel eine schwarze Nummer) stachelte natürlich das Interesse des Publikums an. Die Babylonier ergaben sich dem Spiel. Wer keine Lose erwarb, wurde als Angsthase, als

Kümmerling angesehen. Mit der Zeit verdoppelte sich diese berechtigte Verachtung. Man schmähte den, der nicht spielte, aber auch die Verlierer, die die Geldbuße entrichteten. Die Gesellschaft (so begann sie sich damals zu nennen) mußte sich der Gewinner annehmen, die ihre Prämien nicht einstreichen konnten, wenn in den Kassen nahezu der Gesamtbetrag der Bußen fehlte. Sie richtete eine Forderung an die Verlierer: Der Richter verurteilte sie zur Entrichtung der ursprünglichen Buße und der Kosten, oder zu ein paar Tagen Gefängnis. Alle entschieden sich für das Gefängnis, um die Gesellschaft zu schädigen. Diesem Trotz einiger weniger entspringt die Allmacht der Gesellschaft: ihr kirchlicher, metaphysischer Rang.

Bald darauf verzichtete man bei Bekanntgabe der Ziehungsergebnisse auf die Aufzählung der Geldbußen und verlautbarte lediglich die Tage Gefängnis, die jedes schwarze Los bezeichnete. Dieser seinerzeit fast unbeachtete Lakonismus war von kapitaler Bedeutung. *Zum erstenmal setzten sich in der Lotterie nichtpekuniäre Elemente durch.* Der Erfolg war durchschlagend. Auf Betreiben der Spieler sah die Gesellschaft sich veranlaßt, die Zahl der Unglücksnummern zu erhöhen.

Es ist kein Geheimnis, daß das Volk von Babylon sehr der Logik und auch der Symmetrie ergeben ist. Es war ein Mißverhältnis, daß die Glücksnummern mit runden Münzen, die Unglücksnummern hingegen mit Tagen und Nächten im Gefängnis abgegolten wurden. Ein paar Moralisten stellten die Überlegung an, daß der Besitz von Münzen nicht immer maßgebend für Glücklichsein ist, und daß andere Formen des Glücks vielleicht direkter sind.

Eine andere Sorge reifte in den Armenvierteln heran. Die Mitglieder des Priesterkollegs erhöhten die Einsätze und profitierten von allen Wechselfällen des Entsetzens und der Hoffnung; die Armen (mit vernünftigem oder unvermeidlichem Neid) sahen sich von diesem offenkundig köstlichen Hin und Her ausgeschlossen. Das gerechte Verlangen, daß alle, ob arm oder reich, an der Lotterie gleichberechtigt Anteil haben sollten, führte zu einer Empörung, die sich im Gedächtnis der Jahre nicht verwischt hat. Ein paar Starrköpfe begriffen nicht (oder taten, als begriffen sie nicht), daß es um eine neue Ordnung, eine notwendige geschichtliche Etappe ging... Ein Sklave stahl ein scharlachrotes Los, das ihm bei der Ziehung Anspruch darauf gab, die Zunge verbrannt zu bekommen. Eben dies wurde dann als Strafmaß für Losdiebstahl im Gesetz verankert. Es gab Babylonier, die die Ansicht vertraten, er hätte in seiner Eigenschaft als Dieb das weißglühende Eisen verdient; andere wollten aus Großmut dem Henker die Vollstreckung überlassen, weil es der Zufall so gefügt hatte... Es kam zu Unruhen, zu beklagenswertem Blutvergießen; aber das babylonische Volk setzte schließlich seinen Willen durch, gegen den Widerstand der Reichen. Das Volk erreichte voll und ganz seine edelmütigen Ziele. An erster Stelle, daß die Gesellschaft die totale Macht übernahm. (Diese Vereinheitlichung war nötig wegen der Weitgespanntheit und Vielschichtigkeit der neuen Verfahren.) An zweiter Stelle erreichte es, daß die Lotterie geheim, kostenlos und allgemein wurde. Der geschäftsmäßige Losverkauf wurde abgeschafft. Jeder freie Mann, der in die Mysterien des Baal eingeweiht war, nahm automatisch an den heiligen Ziehungen teil, die in den Labyrinthen des Gottes im Abstand von sechzig Nächten erfolgten und sein Schicksal bis zur nächsten Ziehung bestimmten. Die Folgen waren unberechenbar. Ein glücklicher Spielausgang mochte ihn in den Rat der Magier oder einen seiner Feinde (öffentlicher oder privater Art) ins Gefängnis bringen oder ihn im friedlichen Dunkel seines Gemachs der Frau, die uns gerade zu beunruhigen beginnt oder die man nicht wiederzusehen erwartete, begegnen lassen; ein unglücklicher Spielausgang: Verstümmelung, alle Arten von Schande, Tod. Manchmal war eine einzige Tatsache – die gemeine Ermordung von C, die mysteriöse Verklärung von B – die geniale Lösung von dreißig oder vierzig Ziehungen. Die Ziehungsergebnisse zu kombinieren, war allerdings schwierig; doch muß daran erinnert werden, daß die Individuen der Gesellschaft allmächtig und schlau waren (und sind). In vielen Fällen hätte das Wissen, daß gewisse Glücksumstände ein Werk des puren Zufalls waren, deren Ansehen geschmälert; um diesen Nachteil zu beseitigen, machten die Agenten der Gesellschaft von Einflüsterungen und Magie Gebrauch. Ihre Schritte, ihre Manöver waren geheim. Um die heimlichen Hoffnungen, die heimlichen Ängste jedes einzelnen auszuforschen, verfügten sie über Astrologen und Spitzel. Es gab gewisse Steinlöwen, es gab eine heilige Latrine mit Namen Qaphqa, es gab ein paar Spalten in einem staubigen Aquädukt, die nach allgemeiner Ansicht *zur Gesellschaft führten*; Boshafte oder Wohlwollende hinterlegten dort Anzeigen. Ein alphabetisches Archiv nahm diese Notizen von unsteter Wahrhaftigkeit auf.

So unglaublich es klingen mag: Hie und da wurde gemurrt. Die Gesellschaft, in ihrer üblichen Zurückhaltung, gab darauf keine direkte Antwort. Sie ließ lieber in den Abfall einer Maskenfabrik ein knappes Argument schmieren, das heute zu den heiligen Schriften zählt. Dieser doktrinäre Text stellte fest, die Lotterie sei eine Einschaltung des Zufalls in die Weltordnung, und Irrtümer in Kauf nehmen heiße nicht dem Zufall widersprechen, sondern ihn bestätigen. Außerdem: daß diese Löwen und dieses heilige Behältnis, obwohl die Gesellschaft (die sich auch nicht des Rechts entäußere, sie zu konsultieren) sie nicht für wertlos erkläre, doch ohne amtliche Garantie arbeiteten.

Diese Erklärung beschwichtigte die öffentlichen Besorgnisse. Auch zeitigte sie andere, vom Verfasser wohl nicht vorhergesehene Wirkungen. Sie verwandelte tiefgreifend die Gesinnung und die Operationen der Gesellschaft. Es bleibt mir nur noch wenig Zeit; man teilt uns mit, das Schiff sei klar zum Auslaufen; ich will versuchen, die Sache zu erklären.

So unwahrscheinlich es klingen mag: Niemand hatte sich bis dahin an einer allgemeinen Theorie des Spiels versucht. Der Babylonier ist nicht spekulativ veranlagt. Die Urteilssprüche des Zufalls nimmt er hin, weiht ihnen sein Leben, seine Hoffnung, sein panisches Entsetzen; doch fällt es ihm nicht ein, seine labyrinthischen Gesetze oder die kreisenden Sphären, die ihn enthüllen, zu erforschen. Trotzdem regte die offiziöse Erklärung, die ich erwähnt habe, zu einer Menge von Erörterungen juristisch-mathematischer Art an. Einer von ihnen entsprang die folgende Mutmaßung: Wenn die Lotterie eine Verstärkung des Zufalls, eine periodische Ergießung des Chaos in den Kosmos ist, müßte dann nicht der Zufall eigentlich in alle Etappen der Ziehung Einlaß finden, nicht in nur eine einzige? Ist es nicht lächerlich, daß der Zufall irgendwessen Tod verfügt, daß aber die Umstände dieses Todes – Ausschluß oder Anwesenheit der Öffentlichkeit, Vollstreckung binnen einer Stunde oder eines Jahrhunderts – nicht dem Zufall unterworfen sind? Diese so berechtigten Skrupel führten schließlich zu einer bedeutenden Reform, deren Verzwicktheit (verschlimmert durch jahrhundertelange Ausübung) nur ein paar Spezialisten verstehen, die ich aber, wenn auch vielleicht symbolisch, zu resümieren versuchen will.

Stellen wir uns eine erste Ziehung vor, die den Tod eines Menschen verfügt. Zur Vollstreckung veranstaltet man eine weitere Ziehung, die (sagen wir) neun mögliche Vollstrecker vorschlägt. Von diesen Vollstreckern können vier eine dritte Ziehung einleiten, die den Namen des Henkers erbringen soll, zwei können an die Stelle des schwarzen Spruchs einen glücklichen treten lassen (etwa die Auffindung eines Schatzes), ein anderer kann die Todesstrafe verschärfen (das heißt, schmachvoll machen oder um Folterqualen bereichern), wieder andere können sich weigern, sie zu vollziehen... So sieht das symbolische Schema aus. In Wirklichkeit *ist die Zahl der Ziehungen unendlich.* Kein Entscheid ist endgültig, alle verzweigen sich in andere. Die Unwissenden meinen, unendliche Ziehungen erforderten unendliche Zeit; in Wahrheit braucht die Zeit nur unendlich teilbar zu sein, wie die berühmte Parabel vom Wettlauf mit der Schildkröte lehrt. Diese Unendlichkeit stimmt mit den krummen Zahlenreihen des Zufalls und mit dem Himmlischen Archetyp der Lotterie, den die Platoniker anbeten, wunderbar überein... Ein verzerrtes Echo unserer Riten scheint bis an den Tiber gedrungen zu sein. Aelius Lampridius berichtet im *Leben des Antoninus Heliogabalus*, daß dieser Kaiser auf Muscheln schrieb, was er jedem seiner geladenen Gäste als Los zudachte, so daß einer zehn Pfund Gold erhielt, ein anderer zehn Fliegen, zehn Bilchmäuse, zehn Bären. Man darf daran erinnern, daß Elagabal in Kleinasien von den Priestern des gleichnamigen Gottes erzogen wurde.

Aber es gibt auch unpersönliche Ziehungen, deren Absicht undefiniert ist; so bestimmt eine, daß in die Wasser des Euphrat ein Saphir von Taprobane geworfen werden soll; eine andere, daß man vom Dach eines Turms einen Vogel loslasse; eine andere, daß in jedem Jahrhundert von den unzähligen Sandkörnern des Strandes eines weggenommen (oder hinzugetan) werde. Die Folgen sind manchmal furchterregend.

Unter dem wohltätigen Einfluß der Gesellschaft haben sich unsere Lebensgewohnheiten mit Zufall gesättigt. Wer ein Dutzend Amphoren Damaszener Wein kauft, wird sich nicht wundern, wenn eine davon einen Talisman oder eine Viper birgt; der Schreiber, der einen Vertrag aufsetzt, wird kaum je verfehlen, eine irrige Angabe einzusetzen; ich selbst habe in dieser eiligen Erklärung das eine oder andere Glanzlicht, die eine oder andere Scheußlichkeit verfälscht. Vielleicht auch eine geheimnisvolle Monotonie... Unsere Geschichtsschreiber, die schärfstsinnigen der ganzen Welt, haben eine Methode entwickelt, den Zufall zu korrigieren; es heißt, die Anwendungen dieser Methode seien (im allgemeinen) vertrauenswürdig, wenn sie auch natürlich nicht ohne eine Dosis Betrug in Umlauf gesetzt werden. Überdies ist kaum etwas so mit Erfundenem verquickt wie die Geschichte der Gesellschaft... Eine paläographische, in einem Tempel ausgegrabene Urkunde kann von der gestrigen Ziehung oder einer jahrhundertealten bewirkt sein. Kein Buch erscheint, das nicht von Exemplar zu Exemplar gewisse Abweichungen aufwiese. Die Schreiber leisten einen geheimen Eid, wegzulassen, einzuschieben, abzuändern. Auch befleißigt man sich der indirekten Lüge.

Die Gesellschaft in ihrer göttlichen Bescheidenheit entzieht sich der Öffentlichkeit. Ihre Agenten arbeiten natürlich im geheimen; die Anordnungen, die sie fortwährend (vielleicht unablässig) trifft, unterscheiden sich nicht von denen, die die Scharlatane ausstreuen. Außerdem: Wer kann sich denn rühmen, ein bloßer Scharlatan zu sein? Der Betrunkene, der einen absurden Befehl improvisiert, der Schläfer, der jäh aus dem Traum fährt und die Frau erwürgt, die bei ihm schläft – führen sie nicht vielleicht einen Geheimauftrag der Gesellschaft aus? Dieses stillschweigende Funktionieren, dem Gottes vergleichbar, verlockt zu den verschiedensten Mutmaßungen. Abscheulich legt eine nahe, es gebe schon seit Jahrhunderten keine Gesellschaft mehr und die heilige Unordnung unserer Leben sei rein erblich, bloß überkommen; eine andere nennt die Gesellschaft ewig und lehrt, daß sie bis zur letzten Nacht dauern werde, in der der letzte Gott die Welt vernichtet. Eine andere erklärt, die Gesellschaft sei allmächtig, doch nehme sie nur auf die winzigsten Umstände Einfluß: den Ruf eines Vogels, die Nuancen von Rost und Staub, die Dämmerträume am Morgen. Eine andere verkündet durch den Mund maskierter Häresiarchen, *daß sie nie existiert habe noch je existieren werde.* Eine andere, nicht minder abgefeimt, behauptet, es sei gleichgültig, ob man die Realität der schattenhaften Körperschaft bejaht oder verneint, weil Babylon nichts anderes ist als ein unendliches Spiel von Zufällen.

DIE BIBLIOTHEK VON BABEL

By this art you may contemplate the variation of the 23 letters…
The Anatomy of Melancholy, part 2, sect. II, mem. IV.

Das Universum (das andere die Bibliothek nennen) setzt sich aus einer unbestimmten, vielleicht unendlichen Zahl sechseckiger Galerien zusammen, mit weiten Luftschächten in der Mitte, eingefaßt von niedrigen Geländern. Von jedem Sechseck kann man die unteren und oberen Stockwerke sehen: ohne Ende. Die Anordnung der Galerien ist immer gleich. Zwanzig Bücherregale, fünf breite Regale auf jeder Seite, verdecken alle Seiten außer zweien; ihre Höhe, die des Raums, übertrifft kaum die eines normalen Bibliothekars. Eine der freien Wände öffnet sich auf einen schmalen Gang, der in eine andere Galerie, genau wie die erste, wie alle, einmündet. Links und rechts am Gang befinden sich zwei winzige Kabinette. Im einen kann man im Stehen schlafen, im anderen seine Notdurft verrichten. Hier führt die Wendeltreppe vorbei, die sich abgrundtief senkt und sich weit empor erhebt. Im Gang ist ein Spiegel, der den Schein getreulich verdoppelt. Die Menschen schließen gewöhnlich aus diesem Spiegel, daß die Bibliothek nicht unendlich ist (wäre sie es in der Tat, wozu diese scheinhafte Verdoppelung?); ich träume lieber, daß die polierten Oberflächen das Unendliche darstellen und verheißen… Licht kommt aus ein paar kugelförmigen Früchten, die den Namen »Lampen« tragen. Es gibt deren zwei in jedem Sechseck, seitlich angebracht. Ihr Licht ist unzureichend, unaufhörlich.

Wie alle Menschen der Bibliothek bin ich in meiner Jugend gereist, als Pilger auf der Suche nach einem Buch, vielleicht dem Katalog der Kataloge; jetzt, da meine Augen kaum mehr entziffern können, was ich schreibe, stelle ich mich darauf ein, wenige Meilen von dem Sechseck, wo ich geboren wurde, zu sterben. Wenn ich tot bin, wird es genug mitleidige Hände geben, mich über das Geländer zu werfen; mein Grab wird die unauslotbare Luft sein; mein Leib wird immer tiefer sinken und sich im Wind des unendlichen Sturzes zersetzen und auflösen. Ich behaupte, daß die Bibliothek unendlich ist. Die Idealisten argumentieren, die sechseckigen Säle seien eine notwendige Form des absoluten Raums, oder zumindest unserer Anschauung des Raums. Sie geben zu bedenken, ein dreieckiger oder fünfeckiger Saal sei unfaßbar. (Die Mystiker behaupten, die Ekstase offenbare ihnen ein kreisförmiges Gemach, mit einem großen kreisförmigen Buch, dessen Rücken rund um die Wand läuft; doch ist ihr Zeugnis verdächtig; ihre Worte sind dunkel. Dieses zyklische Buch ist Gott.) Für jetzt mag es genügen, wenn ich den klassischen Spruch zitiere: *Die Bibliothek ist eine Sphäre, deren eigentlicher Mittelpunkt jedes beliebige Sechseck, und deren Umfang unzugänglich ist.*

Auf jede Wand jeden Sechsecks kommen fünf Regale; jedes Regal faßt zweiunddreißig Bücher gleichen Formats; jedes Buch besteht aus vierhundertzehn Seiten, jede Seite aus vierzig Zeilen, jede Zeile aus etwa achtzig Buchstaben von schwarzer Farbe. Buchstaben finden sich auch auf dem Rücken jeden Buches; doch bezeichnen diese Buchstaben nicht, deuten auch nicht im voraus an, was die Seiten sagen werden. Ich weiß, daß diese Zusammenhanglosigkeit zuweilen mysteriös wirkte. Bevor ich in gedrängter Form die Lösung wiedergebe (deren Entdeckung trotz ihrer tragischen Auswirkungen wohl die wichtigste Tatsache der Geschichte ist), will ich ein paar Axiome ins Gedächtnis zurückrufen.

Erstes Axiom: Die Bibliothek existiert *ab aeterno.* An dieser Wahrheit, aus der unmittelbar die künftige Ewigkeit der Welt folgt, kann kein denkender Verstand zweifeln. Der Mensch, der unvollkommene Bibliothekar, mag ein Werk des Zufalls oder böswilliger Demiurgen sein; das Universum, so elegant ausgestattet mit Regalen, rätselhaften Bänden, unerschöpflichen Treppen für den wandernden und Latrinen für den seßhaften Bibliothekar, kann nur Werk eines Gottes sein. Um die Kluft zwischen dem Göttlichen und dem Menschlichen zu ermessen, braucht man nur die zittrigen Zeichen, die meine hinfällige Hand auf den Einband eines Buches krakelt, mit den organischen Lettern im Innern zu vergleichen: gestochen, feingeschwungen, tiefschwarz, unnachahmlich symmetrisch.

Zweites Axiom: *Die Anzahl der orthographischen Symbole ist fünfundzwanzig.** Diese Feststellung ermöglichte es vor dreihundert Jahren, eine allgemeine Theorie der Bibliothek zu formulieren und das Problem, das durch keine Konjektur zu entschlüsseln war, befriedigend zu lösen: die formlose und chaotische Beschaffenheit fast aller Bücher. Eines, das mein Vater in einem Sechseck des Umgangs fünfzehnhundertvierundneunzig erblickte, bestand aus den Buchstaben M C V, in perverser Wiederholung von der ersten bis zur letzten Zeile. Ein anderes (das in dieser Zone oft konsultiert wird) ist ein reines Buchstabenlabyrinth, aber auf der vorletzten Seite steht: *O Zeit deine Pyramiden.* Man ersieht hieraus: Auf eine vernünftige Zeile oder korrekte Notiz entfallen Meilen sinnloser Kakophonien, sprachlichen Plunders, zusammenhanglosen Zeugs. (Ich weiß von einer wilden Region, in der die Bibliothekare die abergläubische und eitle Jagd nach dem Sinn in Büchern verschmähen und mit Sinnsuche in Traumdeuterei und Handlesekunst vergleichen ... Sie geben zwar zu, daß die Erfinder der Schrift die fünfundzwanzig natürlichen Symbole nachgeahmt haben; sie behaupten jedoch, daß diese

* Das Originalmanuskript enthält weder Kursivschrift noch Majuskeln. Die Interpunktion war auf Komma und Punkt beschränkt. Diese beiden Zeichen, der Raum und die zweiundzwanzig Buchstaben des Alphabets sind die 25 ausreichenden Symbole, die der Unbekannte aufzählt. *(Anmerkung des Herausgebers.)*

Anwendung zufällig sei und die Bücher an sich nichts bedeuteten. Diese Anschauung geht, wie wir sehen werden, nicht völlig fehl.)

Lange Zeit glaubte man, diese undurchdringlichen Bücher entsprächen vergangenen oder entlegenen Sprachen. Zwar haben die frühesten Menschen, die ersten Bibliothekare, eine von der heute gesprochenen recht verschiedene Sprache benutzt; zwar ist ein paar Meilen weiter nach rechts die Sprache mundartlich und neunzig Stockwerke höher unverständlich. All das, ich wiederhole, ist richtig, aber vierhundertundzehn Seiten, auf denen unwandelbar M C V wiederkehrt, können keiner noch so mundartlichen oder rudimentären Sprache entsprechen. Einige wollten wissen, jeder Buchstabe nehme Einfluß auf den nächstfolgenden und der Stellenwert von M C V in der dritten Zeile auf Seite 71 sei nicht der, den dieselbe Buchstabenreihe vielleicht in anderer Stellung auf einer anderen Seite habe; aber diese vage These fruchtete nicht. Andere dachten an Kryptogramme; diese Deutung hat sich allgemein durchgesetzt, wenn auch nicht in der Bedeutung, wie ihre Erfinder sie verstanden.

Vor fünfhundert Jahren stieß der Chef eines höheren Sechsecks* auf ein Buch, das so verworren war wie die anderen, das jedoch fast zwei Bogen gleichartiger Zeilen aufwies. Er zeigte seinen Fund einem wandernden Entzifferer, der ihm sagte, sie seien in Portugiesisch abgefaßt; andere sagten dagegen, in Jiddisch. In weniger als einem Jahrhundert konnte die Sprachform bestimmt werden: Es handelte sich um eine samojedisch-litauische Dialektform des Guaraní mit einem Einschlag von klassischem Arabisch. Auch der Inhalt wurde entschlüsselt: Begriffe der kombinatorischen Analysis, dargestellt an Beispielen sich unbegrenzt wiederholender Variationen.

* Ursprünglich kam auf je drei Sechsecke ein Mann. Selbstmord und Lungenkrankheiten haben dieses Verhältnis zerstört. Unsagbar schwermütige Erinnerung: Manchmal bin ich nächtelang über blanke Gänge und Treppen geirrt, ohne einen einzigen Bibliothekar zu finden.

Diese Beispiele erlaubten es einem genialen Bibliothekar, das grundlegende Gesetz der Bibliothek zu entdecken. Dieser Denker stellte fest, daß sämtliche Bücher, wie verschieden sie auch seien, aus den gleichen Elementen bestehen: dem Raum, dem Punkt, dem Komma, den zweiundzwanzig Lettern des Alphabets. Auch führte er einen Umstand an, den alle Reisenden bestätigt haben: *In der ungeheuren Bibliothek gibt es nicht zwei identische Bücher.* Aus diesen unwiderleglichen Prämissen folgerte er, daß die Bibliothek total ist, und daß ihre Regale alle irgend möglichen Kombinationen der zwanzig und soviel orthographischen Zeichen (deren Zahl, wenn auch außerordentlich groß, nicht unendlich ist) verzeichnen, mithin alles, was sich irgend ausdrücken läßt: in sämtlichen Sprachen. Alles: die minutiöse Geschichte der Zukunft, die Autobiographien der Erzengel, den getreuen Katalog der Bibliothek, Tausende und Abertausende falscher Kataloge, den Nachweis ihrer Falschheit, den Nachweis der Falschheit des echten Katalogs, das gnostische Evangelium des Basilides, den Kommentar zu diesem Evangelium, den Kommentar zum Kommentar dieses Evangeliums, die wahrheitsgetreue Darstellung deines Todes, die Übertragung jeden Buches in sämtliche Sprachen, die Interpolationen jeden Buches in allen Büchern, den Traktat, den Beda hätte schreiben können (und nicht schrieb), über die Mythologie der Angelsachsen, die verlorenen Bücher des Tacitus.

Als verkündet wurde, die Bibliothek umfasse alle Bücher, war der erste Eindruck ein überwältigendes Glücksgefühl. Alle Menschen fühlten sich als Herren über einen unversehrten und geheimen Schatz. Es gab kein persönliches, kein Weltproblem, dessen beredte Lösung nicht existierte: in irgendeinem Sechseck. Das Universum war gerechtfertigt, das Universum bemächtigte sich jäh der schrankenlosen Dimensionen der Hoffnung. In dieser Zeit war viel die Rede von »Rechtfertigungen«: Apologetische und prophetische Bücher rechtfertigten für immer die Taten jedes Menschen des Universums und hüteten wundersame Arcana für seine Zukunft. Tausende von Begehrlichen verließen ihr trautes Heimatsechseck und jagten die Treppen empor, von dem eitlen Vorsatz getrieben, ihre Rechtfertigung zu finden. Diese Pilger disputierten in den engen Gängen, stießen düstere Verwünschungen aus, erwürgten einander auf den göttlichen Stiegen, schleuderten die gleisnerischen Bücher auf den Grund der Tunnels, starben hinabgestürzt von den Menschen entlegener Regionen. Andere wurden wahnsinnig... Die Rechtfertigungen existieren (ich habe zwei gesehen, die sich auf künftige Personen, auf womöglich nicht bloß imaginäre Personen beziehen), aber die Sucher bedachten nicht, daß die Möglichkeit, daß ein Mensch die seine oder eine tückische Variante der seinen findet, gleich Null ist.

Auch erhoffte man sich damals Aufschluß über die Grundgeheimnisse der Menschheit: den Ursprung der Bibliothek und der Zeit. Wahrscheinlich lassen sich diese gewichtigen Mysterien in Worten erläutern; wenn die Sprache der Philosophen nicht ausreicht, wird die Bibliothek die unerhörte Sprache, die dazu erforderlich ist, hervorgebracht haben, sowie die Wörterbücher und Grammatiken dieser Sprache. Schon vier Jahrhunderte lang erschöpfen die Menschen die Sechsecke... Es gibt amtliche Sucher, *Inquisitoren.* Ich habe sie in Ausübung ihres Amtes gesehen: Sie sind immer ausgezehrt; sie sprechen von einer Treppe ohne Stufen, die sie um ein Haar getötet hätte; sie sprechen mit dem Bibliothekar von Galerien und Treppen; manchmal greifen sie nach dem nächststehenden Buch und blättern darin, auf der Suche nach ruchlosen Wörtern. Offensichtlich glaubt niemand, irgend etwas entdekken zu können.

Auf die überschwengliche Hoffnung folgte ganz natürlich übermäßige Verzagtheit. Die Gewißheit, daß irgendein Regal in irgendeinem Sechseck kostbare Bücher barg und daß diese Bücher unzugänglich waren, schien nahezu unerträglich. Eine Lästerersekte schlug vor, man solle die Suche einstellen, alle Menschen sollten Buchstaben und Zeichen so lange durcheinanderwürfeln, bis sie auf Grund eines unwahrscheinlichen Zufalls diese kanonischen Bücher zusammenbrächten. Die Behörden sahen sich gezwungen, strenge Anordnungen zu erlassen. Die Sekte verschwand, aber in meiner Kindheit habe ich alte Männer gesehen, die lange auf dem Abtritt verweilten, mit ein paar Metallscheiben in einem verbotenen Würfelbecher, kraftlos bemüht, die göttliche Unordnung nachzuahmen.

Andere waren umgekehrt der Meinung, zuallererst müßten die überflüssigen Bücher ausgemerzt werden. Sie brachen in die Sechsecke ein, zeigten nicht immer falsche Beglaubigungsschreiben vor, blätterten verdrossen in einem Band und verdammten ganze Regale: Ihr hygienischer Asketeneifer trägt die Schuld daran, daß Millionen Bücher sinnlos vernichtet wurden. Heute sind ihre Namen ein Greuel; wer aber die »Schätze« beklagt, die ihrer Wut zum Opfer fielen, übersieht zwei allbekannte Tatsachen. Die eine: Die Bibliothek ist so gewaltig an Umfang, daß jede Schmälerung durch Menschenhand verschwindend gering ist. Die andere: Jedes Exemplar ist einzig, unersetzlich, aber da die Bibliothek total ist, gibt es immer einige Hunderttausende unvollkommener Faksimiles: Werke, die nur in einem Buchstaben oder Komma voneinander abweichen. Entgegen der allgemeinen Anschauung wage ich die Vermutung, daß die Folgen der von diesen Säuberern verübten Plünderungen wegen des Entsetzens über diese Fanatiker zu hoch eingeschätzt worden sind. Sie waren von dem Wahn getrieben, die Bücher des Scharlachroten Sechsecks zu erobern: Bücher kleineren Formats als die natürlichen; allmächtig, lichtvoll und magisch.

Auch wissen wir von einem anderen Aberglauben jener Zeit: dem an den Mann des Buches. In irgendeinem Regal irgendeines Sechsecks (räsonnierten die Menschen) muß es ein Buch geben, das Schlüssel und vollkommenes Kompendium *aller übrigen* ist: Ein Bibliothekar hat es überflogen und ist einem Gott gleich. In der Sprache dieser Zone haben sich noch Spuren des jenem zeitentfernten Beamten geweihten Kults erhalten. Viele begaben sich auf Pilgerschaft nach Ihm. Ein Jahrhundert lang schlugen sie umsonst die verschiedensten

Richtungen ein. Wie das verehrte Geheim-Sechseck lokalisieren, das ihn beherbergte? Jemand schlug eine regressive Methode vor: Um das Buch A zu lokalisieren, muß man zuvor ein Buch B heranziehen, das den Ort von A angibt; um das Buch B zu lokalisieren, muß man zuvor ein Buch C konsultieren, und so ins Unendliche... Mit dergleichen Abenteuern habe ich meine Jahre verschleudert und verzehrt. Ich halte es nicht für unwahrscheinlich, daß es in irgendeinem Regal des Universums ein totales Buch gibt*, ich flehe zu den unerkannten Göttern, es möge einen Menschen geben – einen einzigen, und habe er vor tausend Jahren gelebt –, der es untersucht und gelesen hat. Wenn Ehre, Weisheit und Glück nicht für mich sind, mögen sie doch für andere sein. Möge der Himmel existieren, auch wenn mein Platz die Hölle ist. Mag ich beschimpft und zunichte werden, aber möge in einem Augenblick, in einem Wesen Deine ungeheure Bibliothek ihre Rechtfertigung finden.

Die Ruchlosen behaupten, in der Bibliothek sei die Sinnlosigkeit normal und das Vernünftige (selbst das schlecht und recht Zusammenhängende) eine fast wundersame Ausnahme. Sie sprechen (ich weiß es) von der »fiebernden Bibliothek, deren Zufallsbände ständig Gefahr laufen, sich in andere zu verwandeln, und die alles behaupten, leugnen und durcheinanderwerfen wie eine delirierende Gottheit«. Diese Worte, die die Unordnung nicht nur denunzieren, sondern auch ein Beispiel dafür sind, beweisen offenkundig den scheußlichen Geschmack der Urheber und ihre verzweifelte Ignoranz. In der Tat birgt die Bibliothek alle Wortstrukturen, alle im Rahmen der fünfundzwanzig orthographischen Symbole möglichen Variationen, aber nicht *einen* absoluten Unsinn. Es erübrigt sich zu bemerken, daß der beste Band der vielen Sechsecke,

* Ich wiederhole: Die bloße Möglichkeit eines Buches ist hinreichend für sein Dasein. Nur das Unmögliche ist ausgeschlossen. Zum Beispiel: Kein Buch ist zugleich eine Treppe, obwohl es bestimmte Bücher gibt, die diese Möglichkeit erörtern, leugnen oder beweisen, und andere, deren Struktur der einer Treppe entspricht.

die ich verwalte, *Gekämmter Donner* betitelt ist, und ein anderer *Gipskrampf* und wieder ein anderer *Axaxaxas mlö*. Diese auf den ersten Blick unzusammenhängenden Wortfügungen entbehren gewiß nicht einer kryptographischen oder allegorischen Rechtfertigung; diese Rechtfertigung ist verbaler Art und existiert – *ex hypothesi* – bereits in der Bibliothek. Ich kann nicht etliche Schriftzeichen kombinieren

d h c m r l c h t d j,

die die göttliche Bibliothek nicht bereits vorausgesehen hätte, und die nicht in irgendeiner ihrer Geheimsprachen einen furchtbaren Sinn börgen. Niemand vermag eine Silbe zu artikulieren, die nicht voller Zärtlichkeit und Schauer ist, die nicht in irgendeiner dieser Sprachen der gewaltige Name eines Gottes wäre. Sprechen heißt: in Tautologien verfallen. Diese überflüssige und wortreiche Epistel existiert längst in einem der dreißig Bände der fünf Regale eines der unzähligen Sechsecke – und auch ihre Widerlegung. (Eine Zahl *n* möglicher Sprachen verwendet den gleichen Wortschatz; in einigen erlaubt das Symbol *Bibliothek* die korrekte Definition *überall vorhandenes und fortdauerndes System sechseckiger Galerien*, aber *Bibliothek* ist *Brot* oder *Pyramide* oder irgend etwas anderes, und die sieben Wörter, die sie definieren, haben einen anderen Bedeutungswert. Bist du, Leser, denn sicher, daß du meine Sprache verstehst?)

Die methodische Schrift lenkt mich von der gegenwärtigen Verfassung der Menschen ab. Die Gewißheit, daß alles geschrieben ist, macht uns zunichte oder zu Phantasmen. Ich kenne Bezirke, in denen die Jungen sich vor den Büchern niederwerfen und in barbarischer Weise die Seiten küssen, aber nicht einen Buchstaben zu entziffern wissen. Die Epidemien, die ketzerischen Zwistigkeiten, die Pilgerzüge, die unvermeidlich in Banditentum ausarten, haben die Bevölkerung dezimiert. Ich glaube, ich sprach schon von den Selbstmorden, die jedes Jahr häufiger werden. Vielleicht trügen mich Alter und Ängstlichkeit, aber ich argwöhne, daß die Gattung

Mensch – die einzige – bald erlöschen und daß die Bibliothek fortdauern wird: erleuchtet, einsam, unendlich, vollkommen unbeweglich, gewappnet mit kostbaren Bänden, nutzlos, unverweslich, geheim.

Ich schrieb: *unendlich*. Ich habe dieses Akjektiv nicht aus einer rhetorischen Gepflogenheit eingeschoben; ich sage, es ist nicht unlogisch zu denken, daß die Welt unendlich ist. Wer sie für begrenzt hält, postuliert, daß an entlegenen Orten die Gänge und Treppen und Sechsecke auf unfaßliche Art aufhören – was absurd ist. Wer sie für unbegrenzt hält, der vergißt, daß die mögliche Zahl der Bücher Grenzen setzt. Ich bin so kühn, die folgende Lösung des alten Problems vorzuschlagen: *Die Bibliothek ist unbegrenzt und zyklisch.* Wenn ein ewiger Wanderer sie in irgendeiner beliebigen Richtung durchmäße, so würde er nach Jahrhunderten feststellen, daß dieselben Bände in derselben Unordnung wiederkehren (die, wiederholt, eine Ordnung wäre: Die Ordnung). Meine Einsamkeit erfreut sich dieser eleganten Hoffnung.*

Mar del Plata, 1941.

* Letizia Alvarez de Toledo hat angemerkt, daß die ungeheure Bibliothek überflüssig ist; strenggenommen würde *ein einziger Band* gewöhnlichen Formats, gedruckt in Corpus neun oder zehn, genügen, wenn er aus einer unendlichen Zahl unendlich dünner Blätter bestünde. (Cavalieri sagte zu Anfang des 17. Jahrhunderts, daß jeder feste Körper die Überlagerung einer unendlichen Zahl von Flächen ist.) Die Handhabung eines derart seidendünnen Vademecums wäre nicht leicht; jedes anscheinende Einzelblatt würde sich in andere gleichgeartete teilen; das unbegreifliche Blatt in der Mitte hätte keine Rückseite.

DER GARTEN DER PFADE, DIE SICH VERZWEIGEN

Für Victoria Ocampo

Auf Seite 242 der *History of the World War* von Liddell Hart steht zu lesen, daß eine Offensive von dreizehn britischen Divisionen (unterstützt von 1400 Geschützen) gegen die Frontlinie Serre-Montauban für den 24. Juli 1916 angesetzt war, jedoch bis zum Morgen des 29. verschoben werden mußte. Sintflutartige Regenfälle (vermerkt Captain Liddell Hart) veranlaßten diesen Aufschub – also nichts eigentlich Bedeutendes. Die nachfolgende Erklärung, diktiert, durchgesehen und unterzeichnet von Doktor Yu Tsun, ehemals Dozent für Englisch an der *Hochschule* von Tsingtau, wirft ein unvermutetes Licht auf den Fall. Die ersten zwei Seiten fehlen.

»... legte ich den Hörer auf. Unmittelbar danach erkannte ich die Stimme, die auf Deutsch geantwortet hatte. Es war die von Captain Richard Madden. Madden in Viktor Runebergs Wohnung: Das bedeutete das Ende unserer Anstrengungen und – aber das erschien ganz zweitrangig oder *hätte mir so erscheinen sollen* – auch unserer Leben. Es bedeutete, daß Runeberg verhaftet oder ermordet worden war.* Noch vor

* Eine gehässige und überspannte Vermutung. Der preußische Spion Hans Rabener alias Viktor Runeberg griff den Überbringer des Haftbefehls, Captain Richard Madden, mit einer Schnellfeuerpistole an. Dieser brachte ihm, in Notwehr handelnd, Verwundungen bei, die zum Tode führten. *(Anmerkung des Herausgebers.)*

Sonnenuntergang würde mit mir dasselbe geschehen. Madden war unversöhnlich. Besser: Er mußte unversöhnlich sein. Als Ire unter der Befehlsgewalt Englands, als Mann, den man der Lauheit und vielleicht gar des Verrats zieh, wie sollte er nicht diese wunderbare Gelegenheit ergreifen und dankbar begrüßen: die Entdeckung, die Gefangennahme, vielleicht den Tod zweier Agenten des Deutschen Reichs? Ich ging in mein Zimmer hinauf; absurd schloß ich die Tür ab und warf mich rücklings auf das schmale Bettgestell aus Eisen. Hinter den Scheiben waren die immergleichen Ziegeldächer und die dunstverhangene Sechs-Uhr-Sonne. Es erschien mir unglaubhaft, daß dieser Tag ohne Vorahnungen und Vorzeichen unwiderruflich mein Todestag sein sollte. Obwohl mein Vater gestorben, obwohl ich in einem symmetrischen Garten von Hai Feng Kind gewesen war, sollte ich nun sterben? Dann bedachte ich, daß alle Dinge einen genau treffen: genau jetzt. Jahrhunderte um Jahrhunderte, und alles geschieht nur in der Gegenwart; zahllose Menschen in der Luft, am Boden und auf See, und doch geschieht alles, was wirklich geschieht, mir... Die beinahe unerträgliche Erinnerung an Maddens Pferdegesicht verdrängte diese Abschweifungen. Inmitten meines Hasses und meiner Furcht (jetzt macht es mir nichts mehr aus, von Furcht zu sprechen: jetzt, da ich Richard Madden übertölpelt habe, jetzt, da meine Kehle nach dem Strang lechzt) überlegte ich, daß dieser ungestüme und sicher glückliche Krieger nicht ahnte, daß ich das Geheimnis kannte. Den genauen Namen der Stellung des neuen britischen Artillerieparks am Ancre. Ein Vogel streifte den grauen Himmel, und ich machte blindlings ein Flugzeug aus ihm und aus dem einen viele (am französischen Himmel), die mit senkrechten Bomben den Artilleriepark vernichteten. Wenn doch mein Mund, ehe eine Kugel mich auslöschte, den Namen so laut schreien könnte, daß sie ihn in Deutschland hörten... Meine menschliche Stimme war kläglich. Wie sollte ich sie ans Ohr des Chefs gelangen lassen? Ans Ohr jenes kranken und verhaßten Mannes, der von Runeberg und mir nichts wußte, außer daß wir uns in Staffordshire aufhielten, und der in seinem kahlen Berliner Büro auf unsere Informationen wartete und endlos Zeitungen untersuchte... Laut sagte ich: *Ich muß fliehen.* Ich richtete mich geräuschlos auf, überflüssigerweise um völlige Lautlosigkeit bemüht, als läge Madden bereits auf der Lauer. Etwas – vielleicht nur um mir augenfällig zu beweisen, daß meine Hilfsmittel gleich Null waren – ließ mich in meinen Taschen Nachschau halten. Ich hatte gewußt, was ich finden würde. Die amerikanische Uhr, die Nickelkette und die viereckige Münze, den Schlüsselbund mit den verräterischen, nutzlosen Schlüsseln zu Runebergs Büro, die Brieftasche, einen Brief, den ich auf der Stelle zu vernichten beschloß (und dann doch nicht vernichtete), den falschen Paß, eine Crown, zwei Shilling und ein paar Pennies, den Rot- und Blaustift, das Taschentuch, den Revolver mit einer Patrone. Unsinnigerweise nahm ich ihn und wog ihn in der Hand, um mir Mut zu machen. Flüchtig dachte ich, daß ein Pistolenschuß sehr weit zu hören sei. Innerhalb von zehn Minuten war mein Plan fertig. Im Telefonbuch fand ich den Namen der einzigen Person, die die Nachricht weitergeben konnte. Die Person wohnte in einer Vorstadt von Fenton, weniger als eine halbe Stunde Bahnfahrt entfernt.

Ich bin ein feiger Mensch. Jetzt sage ich es, jetzt, nachdem ich einen Plan durchgeführt habe, den nicht riskant zu nennen keinem einfallen wird. Ich weiß, daß seine Durchführung furchtbar war. Ich tat es nicht für Deutschland, nein. Was liegt mir an einem barbarischen Land, das mir die Schmach aufgezwungen hat, Spion zu sein? Zudem kenne ich einen Mann in England – einen bescheidenen Mann –, der in meinen Augen nicht geringer ist als Goethe. Ich sprach mit ihm nicht länger als eine Stunde, aber während dieser Stunde war er Goethe... Ich tat es, weil ich spürte, daß der Chef von meinen Rassegefährten nur wenig hielt, den zahllosen Vorfahren, die in mir zusammenfließen. Ich wollte ihm beweisen, daß ein Gelber seine Armeen zu retten vermochte. Außerdem mußte ich vor dem Captain fliehen. Seine Hände und seine Stimme konnten jeden Augenblick an meine Türe pochen. Ich zog mich geräuschlos an, sagte mir im Spiegel Lebewohl, ging hinunter, spähte die stille Straße entlang und trat hinaus. Der Bahnhof war nicht weit vom Haus, aber ich hielt es für besser, einen Wagen zu nehmen. Ich redete mir ein, so liefe ich weniger Gefahr, erkannt zu werden; tatsächlich fühlte ich mich auf der leeren Straße unendlich sichtbar und verwundbar. Ich weiß noch, daß ich zum Fahrer sagte, er solle ein Stückchen vor dem Haupteingang anhalten. Absichtlich zögernd und fast mühsam stieg ich aus; mein Ziel war das Dorf Ashgrove, doch löste ich ein Billett für eine weiter entfernte Station. Der Zug fuhr binnen weniger Minuten ab, um acht Uhr fünfzig. Ich beeilte mich; der nächste würde erst um neun Uhr dreißig abgehen. Auf dem Bahnsteig war so gut wie niemand. Ich ging die Waggons entlang; ein paar Landarbeiter sind mir noch im Gedächtnis, eine Frau in Trauer, ein junger Mann, der eifrig die *Annalen* von Tacitus las, ein verwundeter und glücklicher Soldat. Endlich setzte sich der Zug in Bewegung. Ein Mann, den ich erkannte, lief vergeblich bis ans Ende des Bahnsteigs. Es war Captain Richard Madden. Vernichtet, zitternd drückte ich mich in die entgegengesetzte Ecke des Sitzes, weit von der gefürchteten Scheibe.

Diese Vernichtung wich einem fast schändlichen Glücksgefühl. Ich sagte mir, mein Zweikampf sei bereits im Gange und ich hätte den ersten Ausfall gewonnen, indem ich, wenn auch nur für vierzig Minuten, wenn auch nur durch einen glücklichen Zufall, den Angriff meines Gegners überlistet hatte. Ich redete mir ein, daß dieser winzige Sieg den Endsieg vorwegnehme. Ich redete mir ein, es sei kein so winziger Sieg, da ich ohne diesen kostbaren Aufschub, den mir der Fahrplan bescherte, im Gefängnis oder tot wäre. Ich redete mir (nicht minder spitzfindig) ein, mein feiges Glücksgefühl beweise, daß ich Manns genug sei, das Abenteuer zum guten Ende zu führen. Aus dieser Schwäche zog ich Kräfte, die mich nicht mehr verließen. Ich sehe voraus, daß sich der Mensch täglich zu immer gräßlicheren Taten bereitfinden wird; bald wird es nur noch Krieger und Räuber geben; ihnen erteile ich diesen Rat: *Wer ein gräßliches Unternehmen ausführt, muß sich vorstellen, daß er es bereits vollbracht hat; er muß sich eine Zukunft aufzwingen, die so unwiderruflich ist wie die Vergangenheit.* So verfuhr ich, während meine Augen eines bereits Toten das Dahinfließen dieses Tages, der vielleicht der letzte war, und die Ausbreitung der Nacht in sich aufnahmen. Der Zug rollte gemächlich zwischen Eschen dahin. Er hielt an, fast auf dem freien Feld. Niemand rief den Namen der Station aus. *Ashgrove?* fragte ich ein paar Jungen auf dem Bahnsteig. *Ashgrove*, antworteten sie. Ich stieg aus.

Eine Lampe erhellte den Bahnsteig, aber die Gesichter der Jungen blieben in der Schattenzone. Einer fragte mich: *Wollen Sie zu Doktor Stephen Albert?* Ohne die Antwort abzuwarten, sagte ein anderer: *Das Haus ist weit von hier, aber Sie können sich nicht verirren, wenn Sie den Weg hier links nehmen und an jeder Kreuzung links abbiegen.* Ich warf ihm eine Münze zu (die letzte), ging ein paar steinerne Stufen hinunter und machte mich auf den einsamen Weg. Er führte sachte bergab. Er war aus elementarer Erde, zu Häupten verwoben sich die Zweige, der niedrige und kreisrunde Mond schien mich zu begleiten.

Einen Moment lang dachte ich, Richard Madden habe irgendwie mein verzweifeltes Vorhaben durchschaut. Sehr bald begriff ich, daß das unmöglich war. Der Rat, immer nach links abzubiegen, rief mir ins Gedächtnis, daß dies das übliche Verfahren war, um den Innenhof gewisser Labyrinthe zu entdekken. Ich verstehe mich ein wenig auf Labyrinthe; nicht umsonst bin ich der Urenkel jenes Ts'ui Pên, der Gouverneur von Jünnan war und der weltlichen Macht entsagte, um einen Roman zu schreiben, der bevölkerter sein sollte als das *Hung Lu Meng*, und um ein Labyrinth zu bauen, in dem alle Menschen sich verirren sollten. Dreizehn Jahre widmete er diesen unterschiedlich gearteten Bemühungen, aber er fiel durch die Hand eines Fremden, und sein Roman war unsinnig, und niemand fand das Labyrinth. Unter englischen Bäumen sann ich über dieses verlorene Labyrinth nach: Ich sah es unversehrt und vollkommen auf dem geheimen Gipfel eines Berges liegen; ich stellte es mir von Reisfeldern überschwemmt oder unter Wasser vor; ich stellte es mir unendlich vor, nicht aus achteckigen Lauben und wiederkehrenden Pfaden bestehend, sondern aus Strömen, Provinzen und Reichen... Ich dachte an ein Labyrinth aus Labyrinthen, an ein gewunden wucherndes Labyrinth, das die Vergangenheit umfaßte und die Zukunft, und das auch die Sterne irgendwie mit einbezog. Diesen Phantasiebildern hingegeben, vergaß ich mein gehetztes Schicksal. Für unbestimmte Zeit empfand ich mich als abstrakten Wahrnehmer der Welt. Das vage und vitale Feld, der Mond, die Überreste des Abends wirkten auf mich; dazu der sacht abfallende Weg, der jede Möglichkeit von Ermüdung ausschloß. Der Abend war traut, unendlich. Der Weg sank ab und gabelte sich zwischen den schon wirren Wiesen. Eine scharfe, fast silbische Musik kam und ging je nach Laune des Windes, gehüllt in Laub und Ferne. Ich dachte: Ein Mensch kann anderen Menschen feind sein, anderen Momenten anderer Menschen, aber nicht einem Land; nicht Glühwürmchen, Wörtern, Gärten, Wasserläufen, Sonnenuntergängen. So kam ich vor ein großes, rostiges Tor. Zwischen den Stäben erriet ich eine Pappelallee und eine Art Pavillon. Sogleich fielen mir zwei Dinge auf, gewöhnlich das eine, fast unglaublich das andere: Die Musik kam aus dem Pavillon, die Musik war chinesisch. Deshalb hatte ich sie unmittelbar in mich aufgenommen, ohne sie genauer zu beachten. Ich weiß nicht mehr, ob eine Glocke da war oder eine Klingel, oder ob ich mich durch Händeklatschen bemerkbar machte. Die perlende Musik dauerte fort.

Aber aus der Tiefe des inneren Hauses näherte sich eine Laterne: Eine Laterne, die von den Stämmen gestreift und manchmal ausgelöscht wurde, eine Papierlaterne von der Form der Trommeln und der Farbe des Mondes. Es trug sie ein hochgewachsener Mann. Ich sah sein Gesicht nicht, weil das Licht mich blendete. Er öffnete das Tor und sagte gemessen in meiner Sprache: ›Ich sehe, der mitleidige Hsi P'êng unterzieht sich der Mühe, meiner Einsamkeit abzuhelfen. Sie wollen gewiß den Garten sehen.‹

Ich erkannte den Namen eines unserer Konsuln und wiederholte verwirrt: ›Den Garten?‹

›Den Garten der Pfade, die sich verzweigen.‹

Etwas regte sich in meinem Gedächtnis, und mit unbegreiflicher Sicherheit sprach ich es aus: ›Den Garten meines Vorfahren Ts'ui Pên.‹

›Ihres Vorfahren? Ihres erlauchten Vorfahren? Treten Sie ein!‹

Der feuchte Pfad beschrieb Zickzacklinien wie die Pfade meiner Kindheit. Wir kamen zu einer Bibliothek mit Büchern aus dem Morgen- und Abendland. Ich erkannte, in gelbe Seide gebunden, ein paar handschriftliche Folianten der Verlorenen Enzyklopädie, die der Dritte Kaiser der Erleuchteten Dynastie geleitet hatte und die nie gedruckt worden war. Die Grammophonplatte drehte sich neben einem bronzenen Phönix. Auch erinnere ich mich einer hohen Vase der Rosafamilie und einer anderen, um viele Jahrhunderte älteren in jenem Azurblau, das unsere Künstler den persischen Töpfern abschauten…

Stephen Albert betrachtete mich lächelnd. Er war (wie ich schon sagte) sehr groß, hatte scharfe Gesichtszüge, graue Augen und grauen Bart. Er hatte etwas von einem Priester, aber auch von einem Seemann; später erzählte er mir, er sei Missionar in Tientsin gewesen, bevor er ›Aspirant der Sinologie‹ wurde.

Wir nahmen Platz, ich auf einem breiten niedrigen Diwan, er mit dem Fenster und einer großen kreisförmigen Uhr im Rücken. Ich berechnete, daß mein Verfolger Richard Madden nicht vor Ablauf einer Stunde hier sein würde. Mein unwiderruflicher Entschluß konnte warten.

›Erstaunlich, das Schicksal von Ts'ui Pên‹, sagte Stephen Albert. ›Gouverneur seiner Geburtsprovinz, gelehrt in Astronomie, Astrologie und der unermüdlichen Auslegung der kanonischen Bücher, Schachspieler, berühmter Dichter und Kalligraph: All das gab er auf, um ein Buch und ein Labyrinth zu schaffen. Er entsagte den Freuden der Unterdrückung, der Rechtsprechung, des vielzähligen Beischlafs, der Festmähler und auch der Bildung und schloß sich dreizehn Jahre im Pavillon der Lauteren Einsamkeit ein. Als er starb, fanden seine Erben nichts als chaotische Manuskripte. Die Familie, wie Ihnen nicht unbekannt sein dürfte, wollte sie dem Feuer überantworten, aber sein Testamentsvollstrecker – ein taoistischer oder buddhistischer Mönch – bestand auf der Veröffentlichung.‹

›Wir aus dem Blute Ts'ui Pêns‹, erwiderte ich, ›verfluchen diesen Mönch noch immer. Diese Veröffentlichung war unsinnig. Das Buch ist ein wirrer Haufen widersprüchlicher Entwürfe. Ich habe es einmal durchgesehen: Im dritten Kapitel stirbt der Held, im vierten ist er am Leben. Und was das andere Vorhaben Ts'ui Pêns angeht, sein Labyrinth ...‹

›Hier ist das Labyrinth‹, sagte er, indem er auf einen hohen lackierten Schreibtisch deutete.

›Ein Labyrinth aus Elfenbein!‹ rief ich. ›Ein Miniaturlabyrinth?‹

›Ein Labyrinth aus Symbolen‹, stellte er richtig. ›Ein unsichtbares Labyrinth aus Zeit. Mir, dem englischen Barbaren, war es beschieden, dieses durchscheinende Mysterium zu entschleiern. Nach über hundert Jahren sind die einzelnen Umstände natürlich nicht mehr festzustellen, aber was vorfiel, läßt sich unschwer erraten. Ts'ui Pên wird einmal gesagt haben: *Ich ziehe mich zurück, um ein Buch zu schreiben.* Ein andermal: *Ich ziehe mich zurück, um ein Labyrinth zu schaffen.* Alle dachten an zwei Werke. Niemand ahnte, daß Buch und Labyrinth ein einziger Gegenstand seien. Der Pavillon der Lauteren Einsamkeit erhob sich inmitten eines vielleicht verschlungenen Gartens; aus diesem Umstand mögen die Leute auf ein physisches Labyrinth geschlossen haben. Ts'ui Pên starb; niemand in den ausgedehnten Ländereien, die ihm gehörten, fand das Labyrinth; das Durcheinander des Romans brachte mich auf den Gedanken, daß er das Labyrinth sei. Zwei Umstände lieferten mir die schlüssige Lösung des Problems: einmal die sonderbare Legende, Ts'ui Pên hätte es auf ein Labyrinth abgesehen gehabt, das im strengen Sinne unendlich sein sollte. Zum anderen: ein Bruchstück eines Briefes, das ich entdeckte.‹

Albert stand auf. Für ein paar Augenblicke wandte er mir den Rücken zu; er zog eine Schublade des goldenschwarzen Schreibtischs auf. Er kam zurück mit einem ehemals karmesinfarbenen, jetzt zu Rosa verblaßten Papier, das seidendünn und kariert war. Ts'ui Pêns Ruf als Kalligraph bestand zu Recht. Verständnislos und mit Inbrunst las ich die Worte, die ein Mann von meinem Blut mit winzigen Pinselstrichen hingemalt hatte: *Ich hinterlasse den verschiedenen Zukünften (nicht allen) meinen Garten der Pfade, die sich verzweigen.* Stillschweigend gab ich das Blatt zurück. Albert fuhrt fort:

›Bevor ich diesen Brief ausgrub, hatte ich mich gefragt, auf welche Weise ein Buch unendlich sein kann. Ich kam zu keinem anderen Schluß, als daß ein solcher Band zyklisch, kreisförmig angelegt sein müßte. Ein Band, dessen letzte Seite mit der ersten identisch sein müßte, mit der Möglichkeit, bis ins Unendliche fortzufahren. Ich dachte auch an jene Nacht, die in der Mitte von Tausendundeiner Nacht steht, wo die Königin Scheherazade (infolge einer magischen Zerstreutheit des Abschreibers) sich anschickt, wortwörtlich die Geschichte von Tausendundeiner Nacht zu erzählen, so daß sie Gefahr läuft, wieder bei der Nacht, in der sie sie erzählt, anzukommen, und so immer fort. Ich stellte mir auch ein platonisches Werk vor, das als Erbstück vom Vater auf den Sohn käme, bei dem jedes neue Individuum ein Kapitel hinzufügen oder mit pietätvoller Sorgfalt die Seite der Eltern verbessern würde. Diese Mutmaßungen zerstreuten mich; keine jedoch schien auch nur im entferntesten auf die widerspruchsvollen Kapitel von Ts'ui Pên zuzutreffen. Mitten in dieser Ratlosigkeit wurde mir von Oxford das Manuskript übermittelt, das Sie durchgelesen haben. Natürlich blieb ich an dem Satz hängen: *Ich hinterlasse den verschiedenen Zukünften (nicht allen) meinen Garten der Pfade, die sich verzweigen.* Fast auf der Stelle begriff ich; *Der Garten der Pfade, die sich verzweigen* war der chaotische Roman. Die Wendung: *verschiedenen Zukünften (nicht allen)* brachte mich auf das Bild der Verzweigung in der Zeit, nicht im Raum. Die abermalige Gesamtlektüre des Werks bestätigte diese Theorie. In allen erdichteten Werken entscheidet sich ein Mensch angesichts verschiedener Möglichkeiten für eine und eliminiert die anderen; im Werk des schier unentwirrbaren Ts'ui Pên entscheidet er sich – gleichzeitig – für alle. Er erschafft so verschiedene Zukünfte, verschiedene Zeiten, die ebenfalls auswuchern und sich verzweigen. Daher die Widersprüche im Roman. Fang (sagen wir) hütet ein Geheimnis; ein Unbekannter klopft an seine Tür; Fang beschließt, ihn zu töten. Natürlich gibt es verschiedene mögliche Lösungen. Fang kann den Eindringling töten, der Eindringling kann Fang töten; beide können davonkommen, beide können sterben und so weiter. Im Werk von Ts'ui Pên kommen sämtliche Lösungen vor; jede einzelne ist der Ausgangspunkt weiterer Verzweigungen. Manchmal streben die Pfade dieses Labyrinths aufeinander zu; zum Beispiel kommen Sie in dieses Haus, aber in einer der möglichen Vergangenheiten sind Sie mein Feind gewesen, in einer anderen mein Freund. Wenn Sie sich mit meiner unheilbaren Aussprache abfinden, wollen wir ein paar Seiten lesen.‹

Im lebhaften Lichtkreis der Lampe war sein Gesicht unzweifelhaft das Gesicht eines alten Mannes, doch war zugleich etwas Unbeugsames, ja Unsterbliches darin. Er las mit langsamer Präzision zwei Fassungen desselben epischen Kapitels. In der ersten zieht ein Heer durch ein ödes Gebirge in die Schlacht; der Schauder vor der Steinwüste und dem Nachtdunkel läßt die Männer das Leben gering achten und führt sie mit Leichtigkeit zum Sieg; in der zweiten Fassung durchzieht dasselbe Heer ein Schloß, in dem ein Fest stattfindet; die strahlende Schlacht erscheint ihnen als Fortsetzung des Festes, und sie erringen mit Leichtigkeit den Sieg. Ich lauschte mit geziemender Verehrung diesen alten Geschichten, die vielleicht nicht so bewundernswert waren wie die Tatsache, daß sie ein Mann meines Blutes ersonnen hatte, und daß ein Mann aus einem fernen Reich sie mir im Laufe eines verzweifelten Abenteuers auf einer Insel im Westen zurückerstattete. Ich erinnere mich der Schlußworte, die sich in jeder Fassung wie ein heimliches Gebot wiederholten: *So kämpften, gelassen das bewunderungswürdige Herz, gewaltigen Schwertes, zu töten und zu sterben bereit, die Helden.*

Von diesem Augenblick an spürte ich ringsum und in meinem dunklen Körper ein unsichtbares, ungreifbares Gewimmel. Nicht das Gewimmel der auseinanderstrebenden, gleichgerichteten und schließlich miteinander verschmelzenden Heere, sondern eine unzugänglichere, tiefer sitzende Erregung, die sie irgendwie vorausdeutend gestalteten. Stephen Albert fuhr fort:

›Ich glaube nicht, daß Ihr berühmter Vorfahr diese Variationen nur als ein müßiges Spiel betrieben hat. Ich halte nicht für wahrscheinlich, daß er dreizehn Jahre seines Lebens der unendlichen Ausführung eines rhetorischen Experiments geopfert haben soll. In Ihrer Heimat ist der Roman eine zweitrangige Gattung; in jener Zeit war er eine verächtliche Gattung. Ts'ui Pên war ein genialer Romandichter, aber er war auch ein hochgebildeter Mann, der sich gewiß nicht für einen bloßen Romanschreiber hielt. Laut dem Zeugnis seiner Zeitgenossen hatte er – wie aus seinem Leben sattsam hervorgeht – metaphysische, mystische Neigungen. Philosophische Kontroversen nehmen in seinem Roman einen beträchtlichen Raum ein. Ich weiß, daß ihn von allen Problemen keines so beunruhigte und so plagte wie das abgründige Problem der Zeit. Nun ist dies aber das *einzige* Problem, das in den Seiten des *Gartens* nicht vorkommt. Er verwendete nicht einmal das Wort für *Zeit*. Wie erklären Sie sich diese absichtliche Auslassung?‹

Ich schlug verschiedene Lösungen vor, sämtlich unzureichend. Wir erörterten sie; zum Schluß sagte mir Stephen Albert:

›Ein Rätsel, in dem es um das Schachspiel geht: Wie lautet das einzige Wort, das nicht ausgesprochen werden darf?‹

Ich dachte einen Augenblick nach und erwiderte: ›Das Wort *Schach.*‹

›Genau‹, sagte Albert. ›*Der Garten der Pfade, die sich verzweigen*, ist ein ungeheures Ratespiel oder eine Parabel, deren Thema die Zeit ist; dieser tiefverborgene Grund verbietet ihm die Erwähnung ihres Namens. Ein Wort *immer* auszulassen, sich mit untauglichen Metaphern und offenkundigen Umschreibungen zu helfen, ist vielleicht die betonteste Art, darauf hinzudeuten. Es ist die gewundene Art, die in jedem einzelnen der Mäander seines unermüdlichen Romans der indirekte Ts'ui Pên bevorzugte. Ich habe Hunderte von Handschriften miteinander verglichen, habe die Fehler korrigiert, die sich durch die Nachlässigkeit der Abschreiber eingeschlichen haben, ich habe den Plan dieses Chaos erschlossen, habe die ursprüngliche Ordnung wiederhergestellt oder glaubte, sie wiederhergestellt zu haben, ich habe das ganze Werk übersetzt; ich verbürge mich, daß kein einziges Mal das Wort *Zeit* darin vorkommt. Die Erklärung liegt auf der Hand: *Der Garten der Pfade, die sich verzweigen*, ist ein zwar unvollständiges, aber kein falsches Bild des Universums, so wie Ts'ui Pên es auffaßte. Im Unterschied zu Newton und Schopenhauer glaubte Ihr Ahne nicht an eine gleichförmige, absolute Zeit. Er glaubte an unendliche Zeitreihen, an ein wachsendes, schwindelerregendes Netz auseinander- und zueinanderstrebender und paralleler Zeiten. Dieses Webmuster aus Zeiten, die sich einander nähern, sich verzweigen, sich scheiden oder einander jahrhundertelang ignorieren, umfaßt alle Möglichkeiten. In der Mehrzahl dieser Zeiten existieren wir nicht; in einigen existieren Sie, nicht jedoch ich; in anderen ich, aber nicht Sie; in wieder anderen wir beide. In dieser Zeit nun, die mir ein günstiger Zufall beschert, sind Sie in mein Haus gekommen. In einer anderen haben Sie mich, da Sie den Garten durchschritten, tot angetroffen; in wieder einer anderen sage ich dieselben Worte, aber ich bin ein Trug, ein Phantasma.‹

›In allen‹, sagte ich, nicht ohne zu schaudern, ›danke

und ehre ich Ihre Wiedererschaffung des Gartens von Ts'ui Pên.‹

›Nicht in allen‹, murmelte er lächelnd. ›Die Zeit verzweigt sich beständig zahllosen Zukünften entgegen. In einer von ihnen bin ich Ihr Feind.‹

Wieder empfand ich jenes Gewimmel, von dem ich gesprochen habe. Es war mir, als sei der feuchte Garten ums Haus bevölkert von einer Unzahl unsichtbarer Personen. Diese Personen waren Albert und ich, geheim, geschäftig und vielgestaltig in anderen Zeitdimensionen. Ich hob die Augen, und der flordünne Albdruck fiel von mir ab. In dem gelbschwarzen Garten war nur ein Mensch; aber dieser Mensch war stark wie ein Standbild; aber dieser Mensch kam auf dem Weg näher und war der Captain Richard Madden.

›Die Zukunft existiert bereits‹, antwortete ich, ›aber ich bin Ihr Freund. Kann ich den Brief noch einmal sehen?‹

Albert erhob sich. Hoch aufragend öffnete er die Schublade des hohen Schreibtisches; er wandte mir für einen Augenblick den Rücken zu. Ich hatte den Revolver in Anschlag gebracht. Ich schoß mit größter Sorgfalt: Albert brach sofort ohne einen Klagelaut zusammen. Ich schwöre, daß sein Tod auf der Stelle eintrat: ein Blitzschlag.

Alles andere ist unwirklich, unbedeutend. Madden drang ein, nahm mich fest. Man hat mich zum Strang verurteilt. Auf abscheuliche Art habe ich gesiegt; ich habe an Berlin den geheimgehaltenen Namen der Stadt durchgegeben, die sie angreifen müssen. Gestern haben sie sie bombardiert; ich las die Nachricht in denselben Zeitungen, die England vor das Rätsel stellten, daß der gelehrte Sinologe, Stephen Albert, von einem Unbekannten, Yu Tsun, ermordet wurde. Der Chef hat dieses Rätsel entschlüsselt. Er weiß, daß es mein Problem war, mitten im Kriegslärm die Stadt mit Namen Albert anzugeben, und daß ich kein anderes Mittel fand, als eine Person dieses Namens zu töten. Er weiß nicht (niemand kann wissen) um meine unendliche Zerknirschung und Müdigkeit.«

DAS UNERBITTLICHE GEDÄCHTNIS

Ich erinnere mich an ihn (freilich habe ich nicht das Recht, dieses heilige Verb auszusprechen; nur ein Mensch auf Erden hatte das Recht dazu, und dieser Mensch ist tot), in seiner Hand eine dunkle Passionsblume, die er so sah, wie noch nie ein Mensch sie gesehen hat, auch wenn er sie vom Morgengrauen bis zur Abenddämmerung, ein ganzes Leben lang, betrachtete. Ich erinnere mich an ihn, mit seinem schweigsamen, indianisch geschnittenen, einzigartig *fernen* Gesicht hinter der Zigarette. Ich erinnere mich (glaube ich) an seine spitzen Lederflechterhände. Ich erinnere mich an ein Mategefäß mit dem Wappen von Uruguay nahe bei diesen Händen; ich erinnere mich an eine gelbe Schilfmatte mit einer verschwommenen Seelandschaft darauf, am Fenster des Hauses. Deutlich erinnere ich mich an seine Stimme; die langsame, verdrossene, nasale Stimme des alten Stadtrandbewohners, ohne die heutigen italienischen Zischlaute. Häufiger als dreimal habe ich ihn nicht gesehen, zuletzt 1887... Es scheint mir ein glücklicher Plan, daß alle, die mit ihm Umgang hatten, über ihn schreiben sollen; mein Zeugnis wird vielleicht das kürzeste und zweifellos das kümmerlichste, aber nicht das am wenigsten unparteiische des Bandes sein, den Sie herausgeben werden. Zu meinem Unglück bin ich Argentinier; das verbietet mir, ins Dithyrambische zu verfallen, das in Uruguay obligatorisch ist, wenn ein uruguayisches Thema in Frage steht: *Intellektueller, Schnüffler, Städter* – gewiß hat mich Funes nie mit dergleichen Schimpfworten bedacht, aber mir ist nur allzu bewußt, daß ich in seinen Augen der Inbegriff dieser Gebrechen war. Pedro Leandro Ipuche hat geschrieben, Funes sei ein Vorläufer der Übermenschen gewesen, »ein unbändiger bodenständiger Zarathustra«; ich will das nicht bestreiten, aber man sollte doch nicht übersehen, daß er auch ein *compadrito* aus Fray Bentos war, mit gewissen unverbesserlichen Grenzen.

Meine erste Erinnerung an Funes ist sehr deutlich. Ich sehe ihn in einer Abenddämmerung im März oder Februar des Jahres 84. Mein Vater hatte mich in diesem Jahr zur Sommerfrische nach Fray Bentos mitgenommen. Ich kam mit meinem Vetter Bernardo Haedo von der Estancia San Francisco zurück – zu Pferd, singend, doch war dies nicht der einzige Grund für mein Glücksgefühl. Nach einem drückend schwülen Tag hatte ein ungeheures, schieferfarbenes Unwetter den Himmel verdeckt. Der Südwind trieb es voran – schon begannen die Bäume, toll zu werden; ich fürchtete (hoffte), daß der Wolkenbruch uns auf freiem Feld überraschen würde. Wir lieferten uns mit dem Sturm eine Art Wettrennen. Wir kamen in eine Gasse, die zwischen zwei sehr hohen Ziegelborden tief eingeschnitten war. Jäh war es dunkel geworden; ich hörte eilige und fast verstohlene Schritte über uns – ich hob die Augen und sah einen Jungen, der auf dem schmalen und schadhaften Weg dahinlief wie auf einer schmalen und schadhaften Mauer. Ich erinnere mich an die Pumphosen, an die Hanfschuhe, an die Zigarette in dem harten Gesicht gegen die schon grenzenlose Gewitterwand. Bernardo rief ihm unversehens zu: *Wieviel Uhr ist es, Ireneo?* Ohne nach dem Himmel zu sehen, ohne stehen zu bleiben, erwiderte der andere: *In vier Minuten acht, junger Herr Bernardo Juan Francisco.* Die Stimme war scharf und spöttisch.

Ich bin so zerstreut, daß mir der Dialog, den ich da wiedergegeben habe, sicher nicht aufgefallen wäre, hätte ihn nicht mein Vetter breitgetreten; wie ich glaube, aus einem gewissen Lokalstolz und um mir zu zeigen, wie wenig er sich aus der dreigeteilten Antwort des anderen machte.

Er erzählte mir, der Junge aus der Gasse sei ein gewisser Ireneo Funes, bekannt für einige Schrullen; so gebe er sich mit niemandem ab und wisse immer die genaue Zeit, wie eine Uhr. Er fügte hinzu, er sei der Sohn einer Büglerin aus dem Dorf, Maria Clementina Funes, und manche behaupteten, sein Vater sei ein Arzt aus der Fleischkonservenfabrik, ein Engländer mit Namen O'Connor; andere, er sei ein Zureiter oder Fährtensucher aus dem Bezirk Salto. Er lebte mit seiner Mutter nahe beim Haus der Laureles.

In den Jahren 85 und 86 verbrachten wir die Sommerferien in Montevideo. Im Jahre 87 kam ich wieder nach Fray Bentos. Selbstverständlich erkundigte ich mich nach allen Bekannten und schließlich auch nach dem »chronometrischen Funes«. Ich erfuhr, ein halb zugerittenes Pferd auf der Estancia San Francisco habe ihn abgeworfen, und er sei nun hoffnungslos gelähmt. Ich erinnere mich an das Gefühl einer unbehaglichen Magie, das diese Nachricht in mir hervorrief: beim einzigen Mal, als ich ihn gesehen hatte, kamen wir zu Pferd von San Francisco, und er ging an erhöhter Stelle; aus dem Munde meines Vetters Bernardo hatte das Ganze für mich viel von einem Traum, der aus älteren Elementen zusammengesetzt war. Man erzählte mir, daß er sich nicht von seinem Feldbett rühre, die Augen fest auf den Feigenbaum des Hinterhofes oder auf ein Spinngewebe gerichtet. An den Abenden erlaubte er, daß man ihn ans Fenster brachte. Er trieb den Hochmut so weit, so zu tun, als sei der Schlag, der ihn getroffen hatte, eine Wohltat gewesen... Zweimal sah ich ihn hinter dem Fenstergitter, das seinen Zustand des ewigen Gefangenen plump unterstrich: das eine Mal unbeweglich, mit geschlossenen Augen – das andere Mal ebenso unbeweglich, ganz versunken in die Betrachtung eines blühenden Santonica-Zweiges.

Nicht ohne eine gewisse Eitelkeit hatte ich zu der Zeit mit dem methodischen Studium des Lateinischen begonnen. Mein

Handkoffer enthielt *De viris illustribus* von Lhomond, den *Thesaurus* von Quicherat, die Kommentare des Julius Caesar und einen einzelnen Band der *Naturalis historia* des Plinius, der meine bescheidenen Lateinkenntnisse überstieg (und noch übersteigt). In einem kleinen Ort spricht sich alles herum; Ireneo in seinem Haus am Ortsrand erfuhr sehr bald vom Eintreffen dieser anomalen Bücher. Er richtete einen blumigen und förmlichen Brief an mich, in dem er an unser bedauerlicherweise flüchtiges Zusammentreffen »am siebenten Februar des Jahres vierundachtzig« erinnerte, die ruhmvollen Dienste erwähnte, die Don Gregorio Haedo, mein in diesem Jahr verstorbener Onkel, »den beiden Vaterländern am tapferen Kampftag von Ituzaingó geleistet habe« und mich bat, ihm irgendeinen der Bände zu leihen, begleitet von einem Wörterbuch, »zum besseren Verständnis des Originaltextes, da ich des Lateinischen noch nicht mächtig bin«. Er versprach, sie in gutem Zustand und fast umgehend zurückzugeben. Die Schrift war tadellos, die Buchstaben fein gezogen; die Orthographie war, wie Andrés Bello sie liebte: *i* statt *y*; *j* statt *g*. Zuerst fürchtete ich natürlich einen Streich. Meine Vettern versicherten mir, das sei es gewiß nicht – so etwas sehe Ireneo ganz ähnlich. Ich wußte nicht, sollte ich die Vorstellung, daß das schwierige Latein nichts als ein Wörterbuch verlange, seiner Frechheit, Unwissenheit oder Dummheit zuschreiben; um ihn gründlich zu enttäuschen, schickte ich ihm den *Gradus ad Parnassum* von Quicherat und das Werk des Plinius.

Am 14. Februar bekam ich ein Telegramm aus Buenos Aires: Ich solle sofort zurückkommen, da es meinem Vater »gar nicht gut« gehe. Gott verzeihe mir; der rühmliche Umstand, Empfänger eines dringenden Telegrammes zu sein, das Verlangen, allen Leuten in Fray Bentos den Widerspruch zwischen dem negativ umschreibenden Wortlaut und dem unmißverständlichen »gar nicht« der Nachricht vor Augen zu führen, die Versuchung, meinen Schmerz zu dramatisieren, indem ich einen mannhaften Stoizismus zur Schau trug, lenkten mich vielleicht von jeder Möglichkeit wirklichen Kummers ab. Als ich meinen Koffer packte, bemerkte ich, daß der *Gradus* und der Band der *Naturalis historia* fehlten. Die »Saturno« lief am nächsten Morgen aus; abends nach dem Essen machte ich mich auf den Weg zu Funes' Haus. Es verblüffte mich, daß die Nacht ebenso drückend war wie der Tag.

In dem bescheidenen Haus empfing mich die Mutter von Funes. Sie sagte mir, Ireneo sei hinten im Hof im letzten Zimmer, und ich solle mich nicht wundern, ihn im Dunkeln zu finden, denn Ireneo wisse die leeren Stunden ohne Kerzenlicht hinzubringen. Ich überquerte den mit Fliesen belegten Hof, den kleinen Gang; ich kam zum zweiten Hof. Dort war eine Weinlaube; die Dunkelheit wollte mir vollkommen scheinen. Plötzlich hörte ich Ireneos laute spöttische Stimme. Diese Stimme sprach lateinisch; diese Stimme (die aus der Finsternis kam) sagte mit lässigem Genuß eine Rede, ein Gebet oder einen Gesang auf. Die römischen Laute hallten im Hof aus gestampftem Lehm wider; meiner Furcht schienen sie unentzifferbar, ohne Ende. Später, während des ungeheuren Zwiegesprächs dieser Nacht, erfuhr ich, daß sie im ersten Abschnitt des vierundzwanzigsten Kapitels des siebenten Buchs der *Naturalis historia* standen. Thema dieses Kapitels ist das Gedächtnis; die letzten Worte waren *ut nihil non iisdem verbis redderetur auditum.*

Ohne die Stimme im mindesten zu verändern, sagte Ireneo, ich solle eintreten. Er lag auf dem Feldbett und rauchte. Mir ist, als hätte ich sein Gesicht bis zum Morgengrauen nicht gesehen; ich meine, mich des gelegentlichen Aufglühens der Zigarette zu erinnern. Ein schwacher Geruch von Feuchtigkeit war im Raum. Ich setzte mich, wiederholte die Geschichte von dem Telegramm und der Erkrankung meines Vaters.

Hier komme ich zum heikelsten Punkt meines Berichts. Dieser hat (zum Glück weiß der Leser es schon) nichts anderes zum Inhalt als jenes Zwiegespräch, das schon ein halbes Jahrhundert zurückliegt. Ich werde nicht versuchen, seine Worte wiederzugeben, die unwiederbringlich verloren sind. Ich ziehe es vor, wahrheitsgetreu all das, was Ireneo mir sagte, zusammenzufassen. Die indirekte Schreibweise wirkt fern und blaß; ich weiß, daß ich die Durchschlagskraft meines Berichts opfere; mögen meine Leser in ihrer Phantasie die abgebrochenen Satzperioden, die mich in jener Nacht betäubten, wiedererschaffen.

Ireneo begann damit, auf Latein und Spanisch die Fälle von erstaunlichem Gedächtnis aufzuzählen, die in der *Naturalis historia* vermerkt werden: Cyrus, der Perserkönig, wußte alle Soldaten seiner Heere mit Namen zu nennen; Mithridates Eupator sprach Recht in den 22 Sprachen seines Reiches; Simonides, der Erfinder der Mnemotechnik; Metrodorus, der sich der Kunst befleißigte, nur einmal Gehörtes wortgetreu wiederzugeben. Ireneo äußerte sein offenbar ehrliches Erstaunen, daß solche Fälle Staunen erregten. Er erzählte mir, vor jenem regnerischen Tag, an dem das blaugraue Pferd ihn zu Boden schleuderte, sei er gewesen wie alle: blind, taub, zu nichts nütze, ohne Gedächtnis. (Ich versuchte, ihn an sein haargenaues Zeitgefühl, sein Namensgedächtnis zu erinnern; er ging nicht darauf ein.) Neunzehn Jahre hatte er gelebt wie einer, der träumt; er sah ohne wahrzunehmen, hörte ohne zu hören, vergaß alles, fast alles. Beim Sturz verlor er das Bewußtsein; als er wieder zu sich kam, war die Gegenwart fast unerträglich reich und klar, und ebenso seine frühesten und beiläufigsten Erinnerungen. Wenig später wurde ihm bewußt, daß er lahm war. Diese Tatsache interessierte ihn kaum. Er befand (er empfand), daß die Unbeweglichkeit ein äußerst geringer Preis sei. Jetzt waren seine Wahrnehmung und sein Gedächtnis unfehlbar.

Wir nehmen mit einem Blick drei Gläser auf einem Tische wahr; Funes alle Triebe, Trauben und Beeren, die zu einem Rebstock gehören. Er kannte genau die Formen der südlichen Wolken des Sonnenaufgangs vom 30. April 1882 und konnte sie in der Erinnerung mit der Maserung auf einem Pergamentband vergleichen, den er nur ein einziges Mal angeschaut hatte, und mit den Linien der Gischt, die ein Ruder auf dem

Rio Negro am Vorabend des Quebracho-Gefechtes aufgewühlt hatte. Diese Erinnerungen waren indessen nicht einfältig; jedes optische Bild war verbunden mit Muskel-, Wärmeempfindungen usw. Er konnte alle Träume, alle Dämmerträume rekonstruieren. Zwei- oder dreimal hatte er einen ganzen Tag rekonstruiert; nie war er über etwas im Zweifel gewesen, aber jede solche Rekonstruktion hatte einen ganzen Tag beansprucht. Er sagte mir: *Ich allein habe mehr Erinnerungen, als alle Menschen zusammen je gehabt haben, solange die Welt besteht.* Und weiter: *Meine Träume sind wie euer Wachen.* Und schließlich, gegen Morgengrauen: *Mein Gedächtnis, Herr, ist wie eine Abfalltonne.* Ein Kreis auf einer Schiefertafel, ein rechtwinkliges Dreieck, ein Rhombus sind Formen, die wir vollkommen wahrnehmen können; ebenso erging es Funes mit der zerzausten Mähne eines Fohlens, mit einer Viehherde auf einem Hügel, mit dem wandelbaren Feuer und der unzählbaren Asche, mit den vielen Gesichtern eines Verstorbenen während einer langen Totenwache. Ich weiß nicht, wieviel Sterne er am Himmel sah.

All diese Dinge erzählte er mir; weder damals noch später habe ich sie in Zweifel gezogen. Damals gab es weder Film noch Phonographen; trotzdem ist es unwahrscheinlich, ja fast unglaublich, daß niemand mit Funes je ein Experiment gemacht hat. Tatsache ist, daß wir immerfort alles hinausschieben, was nur hinauszuschieben ist; vielleicht wissen wir alle zutiefst, daß wir unsterblich sind, und daß jeder Mensch früher oder später alles tun und alles wissen wird.

Funes' Stimme, aus dem Dunkel, sprach und sprach.

Er erzählte mir, daß er sich um 1886 ein eigenes Zahlensystem ausgedacht und in ganz wenigen Tagen 24000 überschritten hatte. Er hatte es nicht niedergeschrieben, denn was er nur einmal gedacht hatte, konnte er nicht mehr vergessen. Den ersten Anstoß gab ihm, glaube ich, der Ärger über die Unbequemlichkeit, daß die berühmten »Drei und dreißig Uruguayer« zwei Ziffern oder drei Wörter brauchten, anstatt eines einzigen Wortes und einer einzigen Ziffer. Dieses verrückte Prinzip wendete er dann auf die anderen Zahlen an. Anstatt siebentausend und dreizehn sagte er (zum Beispiel) *Máximo Pérez*, anstatt siebentausend und vierzehn *Die Eisenbahn.* Andere Zahlen waren *Luis Melián Lafinur, Olimar, Schwefel, die Zügel, der Wal, das Gas, der Kessel, Napoleon, Agustín de Vedia.* Anstatt fünfhundert sagte er *neun.* Jedes Wort hatte ein eigenes Sinnbild, eine Art Merkzeichen; die letzten waren sehr kompliziert... Ich versuchte, ihm auseinanderzusetzen, daß diese Rhapsodie unzusammenhängender Begriffe genau das Gegenteil eines Zahlensystems sei. Ich sagte ihm, daß, wenn man dreihundertfünfundsechzig sagt, man drei Hunderter, sechs Zehner, fünf Einer nennt; eine Analyse, die in »Zahlen« wie *der Neger Timoteo* oder *Fleischdecke* nicht enthalten ist. Funes verstand mich nicht oder wollte mich nicht verstehen.

Im 17. Jahrhundert forderte Locke eine unmögliche Sprache (die er dann wieder verwarf), in der jedes einzelne Ding, jeder Stein, jeder Vogel und jeder Zweig einen eigenen Namen haben sollte; Funes hatte einmal eine ähnliche Sprache geplant, sie aber wieder aufgegeben, weil sie ihm zu allgemein, zu zweideutig erschien. Tatsächlich erinnerte Funes sich nicht nur an jedes Blatt jeden Baumes in jedem Wald, sondern auch an jedes einzelne Mal, da er es gesehen oder sich vorgestellt hatte. Er beschloß, jeden seiner vergangenen Tage auf 70 000 Erinnerungen zu beschränken, die er später mit Ziffern bezeichnen wollte. Zwei Überlegungen hielten ihn davon ab: die Einsicht, daß die Mühe endlos sein würde; die Einsicht, daß sie sinnlos war. Er überlegte, daß er in der Stunde seines Todes noch nicht einmal die Einordnung seiner sämtlichen Kindheitserinnerungen zu Ende gebracht haben würde.

Diese beiden Projekte, die ich erwähnt habe (ein unendliches Vokabular für die natürliche Zahlenfolge, ein nutzloser geistiger Katalog aller Erinnerungsbilder), sind unsinnig, bekunden aber eine gewisse stammelnde Größe. Sie lassen uns die schwindelerregende Welt von Funes ahnen oder erraten. Er war, vergessen wir das nicht, zu allgemeinen, platonischen

Ideen so gut wie nicht imstande. Nicht nur machte es ihm Mühe zu verstehen, daß der Allgemeinbegriff *Hund* so viele Geschöpfe verschiedener Größe und verschiedener Gestalt umfaßt; es störte ihn auch, daß der Hund von 3 Uhr 14 (im Profil gesehen) denselben Namen führen sollte wie der Hund von 3 Uhr 15 (gesehen von vorn). Sein eigenes Gesicht im Spiegel, seine eigenen Hände überraschten ihn immer wieder. Swift berichtet, daß der Kaiser von Lilliput die Bewegung des Minutenzeigers wahrnahm; Funes unterschied ständig die ruhigen Fortschritte der Verwesung, der Fäulnis, des Leidens. Er bemerkte das Fortschreiten des Todes, der Feuchtigkeit. Er war der einsame und geistesklare Beobachter einer vielgestaltigen, augenblicklichen und fast unerträglich deutlichen Welt. Babylon, London und New York haben mit ihrer wilden Pracht die Einbildungskraft der Menschen überladen; niemand in ihren übervölkerten Türmen oder im Getriebe ihrer Straßen hat die Hitze und den Druck einer derart nimmermüden Wirklichkeit gefühlt, wie sie Tag und Nacht auf dem unseligen Ireneo in seinem armen südamerikanischen Vorort lastete. Schlafen fiel ihm sehr schwer. Schlafen heißt, sich von der Welt ablenken; Funes, auf dem Rücken auf seinem Feldbett liegend, stellte sich im Dunkeln jeden Riß, jedes Gesims der präzisen Häuser um ihn herum vor. (Ich wiederhole, daß die unbedeutendste seiner Erinnerungen genauer oder lebendiger war als für uns die Wahrnehmung einer physischen Lust oder einer physischen Qual.) Nach Osten zu, in einem noch nicht ganz parzellierten Viertel, gab es neue unbekannte Häuser. Funes stellte sie sich schwarz vor, kompakt, aus gleichmäßigem Dunkel gemacht; in diese Richtung wandte er das Gesicht, um schlafen zu können. Auch pflegte er sich vorzustellen, er liege auf dem Grund des Flusses, gewiegt und aufgelöst von der Strömung.

Er hatte ohne Mühe Englisch, Französisch, Portugiesisch, Latein gelernt. Ich vermute allerdings, daß er zum Denken nicht sehr begabt war. Denken heißt, Unterschiede vergessen, heißt verallgemeinern, abstrahieren. In der vollgepfropften

Welt von Funes gab es nichts als Einzelheiten, fast unmittelbarer Art.

Das scheue Licht des Morgens drang vom Hof herein.

Da sah ich das Gesicht der Stimme, die die ganze Nacht gesprochen hatte. Ireneo war neunzehn Jahre alt; er war 1868 geboren; er schien mir monumental wie Erz, älter als Ägypten, früher als die Prophezeiungen und die Pyramiden. Ich dachte daran, daß jedes meiner Worte (jede meiner Bewegungen) in seinem unerbittlichen Gedächtnis fortdauern würden; mich lähmte die Furcht, überflüssige Gebärden zu vermehren.

Ireneo Funes starb 1889 an einer Lungenembolie.

1942

DER TOD UND DER KOMPASS

Für Mandie Molina Vedia

Von den vielen Problemen, die Lönnrots furchtlosen Scharfsinn beschäftigten, war keines so eigenartig – sagen wir ruhig: so rigoros eigenartig – wie die periodische Serie von Bluttaten, die in der Villa Triste-le-Roy, inmitten des immerwährenden Duftes der Eukalyptusbäume, ihren Höhepunkt erreichte. Zwar konnte Erik Lönnrot das letzte Verbrechen nicht verhindern, aber unstreitig hat er es vorausgesehen. Auch die Identität von Yarmolinskys düsterem Mörder erriet er nicht, wohl aber die versteckte Morphologie der verruchten Serie und die Beteiligung Red Scharlachs, dessen zweiter Spitzname Scharlach der Dandy ist. Dieser Verbrecher hatte (wie so viele) bei seiner Ehre geschworen, Lönnrot zu töten, aber der ließ sich niemals einschüchtern. Lönnrot hielt sich für einen reinen Logiker, für einen Auguste Dupin; aber er hatte auch etwas von einem Abenteurer, ja sogar von einem Spieler.

Das erste Verbrechen geschah im Hôtel du Nord – jenem hohen Prisma, das die Flußmündung beherrscht, deren Wasser wüstenfarbig sind. In diesem Turm (der aufdringlich das scheußliche Weiß eines Sanatoriums, die numerierte Teilbarkeit eines Gefängnisses und den allgemeinen Anschein eines Bordells in sich vereinigt) traf am 3. Dezember der Delegierte aus Podolsk zum Dritten Talmudischen Kongreß ein. Dr. Marcel Yarmolinsky, ein Mann mit grauem Bart und grauen

Augen. Wir werden nie wissen, ob ihm das Hôtel du Nord gefiel: Er nahm es mit der uralten Resignation hin, die es ihm ermöglicht hatte, drei Jahre Krieg in den Karpaten zu erdulden und dreitausend Jahre der Unterdrückung und der Pogrome. Man gab ihm ein Zimmer im Stockwerk »R«, gegenüber der Suite, die nicht ohne Pomp der Tetrarch von Galiläa bewohnte. Yarmolinsky aß zu Abend, verschob die Erforschung der unbekannten Stadt auf den nächsten Tag, verstaute seine vielen Bücher und die sehr wenigen Kleidungsstücke in einem Wandschrank und schaltete sein Licht noch vor Mitternacht aus. (So lautete die Aussage des Chauffeurs des Tetrarchen, der im Nebenzimmer schlief.) Am 4., um 11 Uhr und 3 Minuten vormittags, rief ihn ein Redakteur der *Jiddischen Zaitung* an; Dr. Yarmolinsky antwortete nicht; man fand ihn in seinem Zimmer, schon mit einem dunklen Anflug im Gesicht, fast nackt unter einem altmodischen großen Mantel. Er lag nicht weit von der Tür entfernt, die auf den Korridor führte; ein tiefer Messerstich hatte ihm die Brust aufgerissen. Ein paar Stunden später, inmitten von Reportern, Fotografen und Polizisten, erörterten Kommissar Treviranus und Lönnrot im selben Zimmer den Fall in aller Ruhe.

»Wir brauchen uns gar nicht erst auf riskante Spekulationen einzulassen«, sagte Treviranus und fuchtelte mit einer gewichtigen Zigarre. »Wir wissen alle, daß der Tetrarch von Galiläa die wertvollsten Saphire der Welt besitzt. Irgend jemand wird wohl, als er sie rauben wollte, aus Versehen hier eingedrungen sein. Yarmolinsky ist aufgestanden, und der Dieb mußte ihn umbringen. Was halten Sie davon?«

»Möglich, aber nicht interessant«, antwortete Lönnrot. »Sie werden mir entgegnen, daß die Wirklichkeit nicht die geringste Verpflichtung hat, interessant zu sein. Ich werde dem entgegenhalten, daß zwar die Wirklichkeit sich dieser Verpflichtung entziehen kann, Hypothesen können es aber nicht. Die von Ihnen provisorisch vorgebrachte läßt dem Zufall allzuviel Raum. Wir haben es hier mit einem toten Rabbiner zu tun. Deswegen würde ich eine rein rabbinische Erklärung vorziehen; nicht die imaginären Mißgeschicke eines imaginären Diebes.«

Übelgelaunt antwortete Treviranus: »Rabbinische Erklärungen interessieren mich nicht. Mich interessiert die Festnahme des Mannes, der diesen Unbekannten erstochen hat.«

»So unbekannt ist er auch wieder nicht«, stellte Lönnrot richtig. »Hier stehen seine gesammelten Werke.« Er wies auf eine Reihe hoher Bände im Wandschrank: eine *Ehrenrettung der Kabbala*, eine *Untersuchung der Philosophie Robert Fludds*, eine wörtliche Übersetzung des *Sepher Yezira*, eine *Biographie Baal Schems*, eine *Geschichte der Sekte der Chassidim*, eine Monographie (auf Deutsch) über das Tetragrammaton, eine weitere über die göttliche Nomenklatur des Pentateuch. Der Kommissar sah sie furchtsam, fast mit Widerwillen an. Dann brach er in Lachen aus.

»Ich bin ein armer Christ«, sagte er. »Nehmen Sie sich meinetwegen all die Scharteken mit. Ich habe keine Zeit, mich mit jüdischem Aberglauben zu befassen.«

»Vielleicht gehört dieses Verbrechen in die Geschichte jüdischen Aberglaubens«, murmelte Lönnrot.

»Wie das Christentum«, wagte der Redakteur der *Jiddischen Zaitung* beizutragen. Er war kurzsichtig, Atheist und sehr schüchtern.

Niemand antwortete. Einer der Polizisten hatte in der kleinen Schreibmaschine ein Blatt Papier entdeckt, auf dem der folgende unschlüssige Satz stand:

Der erste Buchstabe des NAMENS ist artikuliert worden.

Lönnrot lächelte nicht. Plötzlich war er Bibliophiler oder Hebraist, ließ sich die Bücher des Toten einpacken und nahm sie mit in seine Wohnung. Der polizeilichen Untersuchung gegenüber gleichgültig, widmete er sich dem Studium der Bücher. Ein großer Oktavband enthüllte ihm die Lehren Israel Baal Schem Tobhs, des Gründers der Sekte der Frommen. Ein anderer die Tugenden und Schrecken des Tetragrammaton, welches der unaussprechliche Name Gottes ist. Ein weiterer die These, daß Gott einen geheimen Namen hat, in dem (wie in der Glaskugel, die die Perser Alexander von Mazedonien zuschreiben) Sein neuntes Attribut enthalten ist, die Ewigkeit – das heißt, die unmittelbare Erkenntnis aller Dinge im Universum, die sein werden, die sind und die waren. Die Überlieferung zählt neunundneunzig Namen Gottes auf. Die Hebraisten führen diese unvollkommene Zahl auf die magische Furcht vor geraden Zahlen zurück; die Chassidim behaupten, dieser Hiatus deute auf einen hundertsten Namen hin – den Absoluten Namen.

Von dieser Gelehrsamkeit lenkte ihn wenige Tage später der Besuch des Redakteurs der *Jiddischen Zaitung* ab. Er wollte über den Mord sprechen; Lönnrot sprach lieber von den verschiedenen Namen Gottes. Daraufhin erklärte der Journalist in drei Spalten, der Ermittler Erik Lönnrot habe sich dem Studium der Namen Gottes gewidmet, um den Namen des Mörders zu finden. Lönnrot, an die Vereinfachungen der Presse gewöhnt, entrüstete sich nicht. Einer von jenen Krämern, die herausgefunden haben, daß jeder beliebige Mensch dazu zu bringen ist, jedes beliebige Buch zu kaufen, brachte eine Volksausgabe der *Geschichte der Sekte der Chassidim* heraus.

Das zweite Verbrechen geschah in der Nacht des dritten Januar, in der verlassensten und wüstesten Gegend der westlichen Vororte der Hauptstadt. Gegen Morgengrauen sah einer der Polizisten, die zu Pferd jene Wüsteneien bewachen, auf der Türschwelle einer alten Farbenhandlung einen in einen Poncho gehüllten Mann liegen. Das harte Gesicht war wie von Blut maskiert; ein tiefer Messerstich hatte ihm die Brust aufgerissen. An der Wand, über den gelben und roten Rhomben, standen einige mit Kreide geschriebene Wörter. Der Polizist entzifferte sie … Abends fuhren Treviranus und Lönnrot zum abgelegenen Schauplatz des Verbrechens. Links und rechts ihres Wagens löste sich die Stadt auf; das Firmament wuchs, die Bedeutung der Häuser schwand gegenüber Ziegelbrennereien oder Pappeln. Sie kamen zu ihrem elenden Ziel: einer letzten Gasse mit rosafarbenen Lehmwänden, die irgendwie den ungeheuren Sonnenuntergang widerzuspiegeln schienen.

Man hatte den Toten bereits identifiziert. Es war Daniel Simón Azevedo. In den alten Vorstädten des Nordens stand er in einem gewissen Ruf, denn er hatte sich vom Kärrner zum Saalschutz bei den Wahlen heraufgearbeitet, um dann zum Dieb zu degenerieren, ja sogar zum Spitzel. (Der einzigartige Stil seines Todes erschien ihnen angemessen: Azevedo war der letzte Repräsentant einer Generation von Banditen, die noch mit dem Messer umzugehen verstand, nicht aber mit dem Revolver.) Die mit Kreide hingeschriebenen Wörter lauteten:

Der zweite Buchstabe des NAMENS ist artikuliert worden.

Das dritte Verbrechen geschah in der Nacht des dritten Februar. Kurz vor ein Uhr läutete im Büro des Kommissars Treviranus das Telefon. Ein Mann mit gutturaler Stimme, der betont geheimnisvoll tat, sagte, er heiße Ginzberg (oder Ginsburg) und sei bereit, gegen eine angemessene Belohnung Einzelheiten über die beiden Opferungen Azevedos und Yarmolinskys mitzuteilen. Ein Mißklang von Pfiffen und Hörnern übertönte die Stimme des Denunzianten. Dann wurde die Verbindung unterbrochen. Ohne die Möglichkeit eines Scherzes ganz auszuschließen (schließlich war Karneval) ermittelte Treviranus, daß vom *Liverpool House* aus gesprochen worden war, einer Taverne in der Rue de Toulon, jener verkommenen Straße, in der das Wachsfigurenkabinett mit der Milchstube koexistiert und das Bordell mit Bibelverkäufern. Treviranus rief den Wirt an (Black Finnegan, ein ehemaliger irischer Gauner, besorgt um und fast vernichtet durch seine Ehrbarkeit) und erfuhr, daß die letzte Person, die das Telefon des Hauses benutzt hatte, ein gewisser Gryphius, ein Mieter, gewesen sei, der gerade eben mit ein paar Freunden weggefahren sei. Treviranus fuhr sofort zum *Liverpool House.* Dort teilte ihm der Wirt folgendes mit: Vor acht Tagen hatte Gryphius ein Zimmer über der Bar genommen; ein Mann mit scharfen Gesichtszügen, nebelhaftem, grauem Bart und schäbig schwarz gekleidet. Finnegan (der das in Frage stehende Zimmer einem Zweck vorzubehalten pflegte, den Treviranus leicht erriet) hatte eine zweifellos übermäßig hohe Miete verlangt; Gryphius hatte die geforderte Summe auf der Stelle bezahlt. Er ging fast nie aus; Mittag- und Abendessen nahm er im Zimmer ein. Kaum daß man in der Bar sein Gesicht kannte. Heute nacht war er heruntergekommen, um im Büro Finnegans zu telefonieren. Ein geschlossenes Coupé war unterdessen draußen vorgefahren. Der Kutscher hatte sich nicht vom Bock gerührt; einige Kunden erinnerten sich, daß er eine Bärenmaske getragen hatte. Aus dem Coupé stiegen zwei Harlekine. Sie waren von kleiner Gestalt, und keiner konnte übersehen, daß sie sehr betrunken waren. Unter Hörnergeblase drangen sie in Finnegans Büro ein, umarmten Gryphius, der sie zu erkennen schien, sich ihnen gegenüber aber ablehnend verhielt; sie wechselten ein paar Worte auf Jiddisch – er mit leiser und gutturaler Stimme, sie mit verstellten, hohen Stimmen – und gingen dann hinauf in sein Zimmer. Nach einer Viertelstunde kamen alle drei in sehr fröhlichem Zustand wieder herunter. Gryphius torkelte hin und her und schien genauso betrunken wie die anderen. Groß und schwankend ging er in der Mitte, zwischen den beiden maskierten Harlekinen. (Eine der Frauen in der Bar entsann sich der gelben, roten und grünen Rhomben ihrer Kostüme.) Zweimal stolperte er, und beide Male stützten ihn die Harlekine. Draußen stiegen die drei ins Coupé und verschwanden in Richtung auf den Binnenhafen, ein Rechteck aus Wasser. Mit einem Fuß schon auf dem Trittbrett, kritzelte der eine Harlekin noch eine obszöne Zeichnung und einen Satz auf eine der schiefernen Speisekarten vor der Taverne.

Treviranus sah sich den Satz an. Er war beinahe vorauszusehen:

Der letzte der Buchstaben des NAMENS ist artikuliert worden.

Danach besichtigte er das kleine Zimmer von Gryphius-Ginzberg. Den Boden bedeckte ein schroffer Blutstern; in den Ecken lagen Zigarettenstummel einer ungarischen Marke; in einem Schrank stand ein Buch auf Latein – *Philologus Hebraeo-Graecus* (1739) von Leusden – mit mehreren handschriftlichen Randbemerkungen. Treviranus betrachtete alles mit Empörung und ließ Lönnrot holen. Der begann zu lesen, ohne erst den Hut abzunehmen, während der Kommissar die einander widersprechenden Zeugen der möglichen Entführung verhörte. Um vier Uhr verließen sie das Haus. Als sie in der gewundenen Rue de Toulon über die wirren Luftschlangen der Nacht schritten, sagte Treviranus:

»Und wenn diese Geschichte heute nacht nur etwas vortäuschen soll?«

Erik Lönnrot lächelte und las mit vollem Ernst eine – übrigens unterstrichene – Stelle aus dem Kapitel XXXIII des *Philologus* vor: »›*Dies Judaeorum incipit a solis occasu usque ad solis occasum diei sequentis.*‹ Das heißt«, erläuterte er, »›Der Tag der Juden beginnt bei Sonnenuntergang und dauert bis zum nächsten Sonnenuntergang‹.«

Der andere gab sich ironisch. »Ist das der wichtigste Hinweis, den Sie heute nacht aufgelesen haben?«

»Nein. Wichtiger ist ein Wort, das Ginzberg gesagt hat.«

Die Zeitungen des folgenden Tages befaßten sich gründlich mit diesen periodischen Fällen von Tod und Verschwinden. *Das Kreuz des Schwertes* stellte sie in Gegensatz zur bewunderungswürdigen Disziplin und Ordnung des letzten Einsiedlerkongresses; Ernst Palast rügte in *Der Märtyrer* »die unerträglich stockende Entwicklung eines verhohlenen und sparsamen Pogroms, der drei Monate gebraucht hat, um drei Juden zur Strecke zu bringen«. Die *Jiddische Zaitung* verwarf die grauenerregende Hypothese eines antisemitischen Komplotts, »wenn auch manche scharfsinnigen Köpfe sich zu keiner anderen Lösung des dreifachen Rätsels verstehen wollen«. Der bekannteste der Revolverhelden des Südens, Dandy Red Scharlach, schwor, daß es in seinem Distrikt nie zu dergleichen Verbrechen kommen würde, und warf dem Kommissar Franz Treviranus unverantwortliche Nachlässigkeit vor.

Dieser empfing in der Nacht des ersten März einen gewichtigen versiegelten Umschlag. Er öffnete ihn: Darin waren ein mit *Baruch Spinoza* unterzeichneter Brief und ein genauer

Plan der Stadt, offensichtlich aus einem Baedeker herausgerissen. Der Brief prophezeite, daß am dritten März kein viertes Verbrechen stattfinden würde, denn die Farbenhandlung im Westen, die Taverne in der Rue de Toulon und das Hôtel du Nord seien »die genauen Scheitelpunkte eines gleichseitigen und mystischen Dreiecks«. Der Plan demonstrierte mit roter Tinte die Regelmäßigkeit des Dreiecks. Treviranus las resigniert diese Beweisführung *more geometrico* und schickte Brief und Plan Lönnrot ins Haus – dem solcher Unfug zweifellos recht geschah.

Erik Lönnrot studierte Plan und Zuschrift eingehend. Die drei Orte waren tatsächlich gleich weit voneinander entfernt. Es lag also eine Symmetrie nicht nur in der Zeit (3. Dezember, 3. Januar, 3. Februar), sondern auch eine Symmetrie im Raum vor... Er hatte auf einmal das Gefühl, daß er vor der Lösung des Geheimnisses stand. Ein Zirkel und ein Kompaß kamen der jähen Eingebung ergänzend zu Hilfe. Er lächelte, sprach das Wort *Tetragrammaton* aus (das er sich unlängst erst zu eigen gemacht hatte) und rief den Kommissar an.

»Vielen Dank für das gleichseitige Dreieck, das Sie mir gestern abend geschickt haben. Es hat mir erlaubt, das Problem zu lösen. Morgen, Freitag, werden die Verbrecher im Gefängnis sitzen. Wir können ganz beruhigt sein.«

»Dann ist also kein viertes Verbrechen geplant?«

»Eben weil sie ein viertes Verbrechen planen, können wir ganz beruhigt sein.« Lönnrot hängte ein. Eine Stunde später saß er in einem Zug der Südbahn. Sein Ziel war die leerstehende Villa Triste-le-Roy. Im Süden der Stadt meiner Geschichte fließt ein trübes, lehmiges Flüßchen, geschändet von Abwässern und Kehricht. Auf der anderen Seite liegt eine Fabrikstadt, in der, beschirmt von einem Boß aus Barcelona, die Revolverhelden gedeihen. Lönnrot lächelte bei dem Gedanken, daß der berüchtigteste von ihnen – Red Scharlach – alles dafür gegeben hätte, diesen heimlichen Ausflug in Erfahrung zu bringen. Azevedo war ein Kumpel von Scharlach gewesen; Lönnrot erwog die entfernte Möglichkeit, daß Scharlach selbst das vierte Opfer sein sollte. Aber dann verwarf er sie... Er hatte das Problem so gut wie gelöst. Die bloßen Umstände, die Wirklichkeit (Namen, Verhaftungen, Gesichter, Justiz- und Gefängnisformalitäten) interessierten ihn jetzt kaum mehr. Er wollte spazierengehen, sich ausruhen von den drei Monaten, in denen er seine Nachforschungen im Sitzen betrieben hatte. Er dachte noch einmal darüber nach, daß die Aufklärung der Verbrechen in einem anonymen Dreieck und in einem verstaubten griechischen Wort steckte. Das Mysterium erschien ihm jetzt fast so klar wie Kristall. Es verdroß ihn, daß er hundert Tage damit zugebracht hatte.

Der Zug hielt auf einem stillen Güterbahnhof. Lönnrot stieg aus. Es war einer jener öden Spätnachmittage, die dem Morgengrauen gleichen. Die Luft über der dunstigen Ebene war feucht und kalt. Lönnrot begann über die Felder zu wandern. Er sah Hunde, er sah einen Viehwaggon auf einem toten Gleis, sah den Horizont, ein silberfarbenes Pferd, das schales Wasser aus einer Pfütze soff. Es wurde schon dunkel, als er endlich den rechteckigen Erker der Villa Triste-le-Roy auftauchen sah, fast genauso hoch wie die schwarzen Eukalyptusbäume, die sie umstanden. Er dachte daran, daß nur noch ein Morgengrauen und ein Sonnenuntergang (ein alter Glanz im Osten und ein anderer im Westen) ihn von der Stunde trennten, die die Sucher des NAMENS herbeisehnten.

Ein rostiges Gitter begrenzte den unregelmäßigen Umkreis des Grundstücks. Das Haupttor war geschlossen. Ohne große Hoffnung, einen anderen Zugang zu finden, ging Lönnrot das Gitter entlang. Wieder am versperrten Tor angelangt, schob er fast mechanisch die Hand durch die Stäbe und fand den Riegel. Das Quietschen der Eisenscharniere überraschte ihn. Langsam, mühsam wich das ganze Tor zurück.

Lönnrot ging zwischen den Eukalyptusbäumen entlang und trat auf Generationen starrer, gebrochener Blätter. Von nahem gesehen, schwelgte das Haupthaus des Anwesens Triste-le-Roy in unnützen Symmetrien und manischen Wiederholungen: Einer eisigen Diana in einer modrigen Nische entsprach in einer zweiten Nische eine andere Diana; ein Balkon hatte sein Ebenbild in einem anderen Balkon; doppelte Freitreppen mündeten in doppelte Balustraden. Ein zweigesichtiger Hermes warf einen monströsen Schatten. Lönnrot umschritt das Haus, wie er vorher das Grundstück umschritten hatte. Alles prüfte er genau. Unterhalb der Terrasse fand er eine schmale Schiebetür.

Er drückte sie auf; ein paar Marmorstufen führten in ein Souterrain. Lönnrot, dem die Lieblingslaunen des Architekten schon vertraut zu werden begannen, ahnte, daß er an der Gegenwand des Kellergeschosses wieder auf Marmorstufen stoßen würde. Er fand sie, stieg hinauf, reckte die Hände und hob eine Falltür an.

Ein Leuchten zog ihn ans Fenster. Er öffnete es: Ein gelber, runder Mond umriß in dem traurigen Garten zwei versiegte Springbrunnen. Lönnrot durchforschte das Haus. Durch Vorsäle und Gänge trat er in Patios, die einander glichen, mehrmals auch in denselben Patio. Über verstaubte Treppen gelangte er in kreisrunde Vorzimmer. In opponierenden Spiegeln sah er sich endlos vervielfältigt. Er wurde es müde, ganz oder spaltweise Fenster zu öffnen, die ihm draußen immer denselben trostlosen Garten zeigten, aus verschiedenen Blickwinkeln und verschiedener Höhe. Drinnen stieß er immer wieder auf Möbel mit gelben Überzügen und auf Lüster in baumwollenen Hüllen. Ein Schlafzimmer hielt ihn länger auf. Hier stand in einer Porzellanvase eine einzige Blume. Bei der ersten Berührung zerfielen die alten Blütenblätter. Im zweiten, dem obersten Stockwerk erschien ihm das Haus unendlich groß und immer noch wachsend. *An sich ist das Haus nicht so groß*, dachte er. *Die Dunkelheit, die Symmetrie, die Spiegel, die vielen Jahre, meine Unvertrautheit, die Einsamkeit lassen es größer erscheinen.*

Über eine Wendeltreppe erreichte er schließlich den Erker. Der Abendmond warf sein Licht durch die Rhomben der Fenster; sie waren gelb, rot und grün. Eine bestürzende und schwindelerregende Erinnerung ließ ihn innehalten.

Zwei kleine Männer, wild und stämmig, fielen über ihn her und entwaffneten ihn. Ein dritter, sehr groß, grüßte ihn ernst und sagte: »Sie sind sehr liebenswürdig. Sie haben uns eine Nacht und einen Tag erspart.«

Es war Red Scharlach. Die beiden anderen fesselten Lönnrots Hände. Der fand endlich die Sprache wieder.

»Scharlach, suchen Sie den Geheimen Namen?«

Scharlach stand da, gleichgültig. Er hatte sich an dem kurzen Handgemenge nicht beteiligt; kaum daß er die Hand ausgestreckt hatte, um Lönnrots Revolver entgegenzunehmen. Dann sprach er; Lönnrot hörte aus seiner Stimme einen erschöpften Triumph, einen Haß von der Größe des Universums und eine Traurigkeit, nicht minder groß als der Haß.

»Nein«, sagte Scharlach, »ich suche etwas Vergänglicheres und Hinfälligeres, ich suche Erik Lönnrot. Vor drei Jahren haben Sie in einem Spiellokal in der Rue de Toulon eigenhändig meinen Bruder verhaftet und ihn einsperren lassen. In einem Wagen haben meine Männer mich aus der Schießerei herausgeholt, mit einer Polizeikugel im Bauch. Neun Tage und neun Nächte habe ich hier in dieser verlassenen symmetrischen Villa mit dem Tod gekämpft; das Fieber hat mich verheert, der schauderhafte zweigesichtige Janus, der die Sonne auf- und untergehen sieht, hat mein Schlafen und Wachen mit Entsetzen gefüllt. Am Ende habe ich meinen Körper verabscheut und hatte das Gefühl, zwei Augen, zwei Hände, zwei Lungen seien genau so ungeheuerlich wie zwei Gesichter. Ein Ire hat versucht, mich zum Glauben an Jesus zu bekehren; er predigte mir immer wieder den Satz der *Gojim* ›Alle Wege führen nach Rom‹. Nachts ernährte sich mein Delirium von dieser Metapher. Ich hatte das Gefühl, die Welt ist ein Labyrinth, aus dem man nicht fliehen kann, da ja alle Wege, auch wenn sie so tun, als ob sie nach Norden oder nach Süden führen, in Wirklichkeit in Rom enden. Rom war auch das viereckige Gefängnis, in dem mein Bruder verendet ist, und die Villa Triste-le-Roy. In jenen Nächten habe ich bei dem Gott, der aus einem zwiefachen Antlitz blickt, und bei allen Göttern des Fiebers und der Spiegel geschworen, daß ich um den Mann, der meinen Bruder in den Kerker gebracht hatte, ein Labyrinth spinnen würde. Das Labyrinth ist gesponnen, und das Gespinst ist dicht. Seine Bestandteile sind ein toter Häresiologe, ein Kompaß, eine Sekte des 18. Jahrhunderts, ein griechisches Wort, ein Dolch, die Rhomben einer Farbenhandlung.

Auf den ersten Bestandteil dieser Reihe hat mich der Zufall gebracht. Ich hatte mit ein paar Kollegen – darunter Daniel Azevedo – den Raub der Saphire des Tetrarchen vorbereitet. Azevedo hat uns betrogen; mit dem Geld, das wir ihm vorgeschossen hatten, hat er sich besoffen und die Sache einen Tag früher angefangen. In dem großen Hotel hat er sich verirrt. Gegen zwei Uhr früh ist er in Yarmolinskys Zimmer eingebrochen. Der, weil er an Schlaflosigkeit litt, hatte sich an die Schreibmaschine gesetzt. Wahrscheinlich wollte er sich ein paar Notizen machen oder einen Artikel über den Namen Gottes schreiben. Die Wörter *Der erste Buchstabe des NAMENS ist artikuliert worden* hatte er schon geschrieben. Azevedo hat ihn aufgefordert, sich nicht zu rühren. Yarmolinsky streckt die Hand nach der Klingel aus, die alles im Hotel mobil gemacht hätte. Da hat ihm Azevedo das Messer in die Brust gestoßen. Es ist wohl eine Reflexbewegung gewesen; ein halbes Jahrhundert Gewalt hat ihn gelehrt, daß es das Sicherste und Einfachste ist, zu töten… Zehn Tage später las ich in der *Jiddischen Zaitung*, daß Sie in den Schriften Yarmolinskys den Schlüssel zum Mord an Yarmolinsky suchten. Dann habe ich die *Geschichte der Sekte der Chassidim* gelesen. So erfuhr ich, daß die Ehrfurcht vor dem Aussprechen des Namens Gottes zu der Lehre geführt hat, daß dieser Name allmächtig und geheim sei. Ich habe außerdem erfahren, daß einige Chassidim, auf der Suche nach diesem geheimen Namen, bis zu Menschenopfern gegangen sind… Da ist mir klargeworden, daß Sie vermuten, der Rabbiner sei von den Chassidim geopfert worden; also habe ich mich darum bemüht, Ihre Vermutung zu rechtfertigen.

Marcel Yarmolinsky ist in der Nacht des dritten Dezember

gestorben; für das zweite ›Opfer‹ habe ich die Nacht des dritten Januar ausgesucht. Yarmolinsky starb im Norden; für das zweite ›Opfer‹ schien uns ein Ort im Westen passend. Daniel Azevedo war das notwendige ›Opfer‹. Er hatte den Tod verdient: Er war ein Triebmensch, ein Verräter; seine Verhaftung hätte den ganzen Plan zunichte gemacht. Einer von unseren Leuten hat ihn erstochen. Um seine Leiche mit der von Yarmolinsky in Zusammenhang zu bringen, habe ich über die Rhomben der Farbenhandlung geschrieben: *Der zweite Buchstabe des NAMENS ist artikuliert worden.*

Das dritte ›Verbrechen‹ fand am dritten Februar statt. Wie Treviranus erraten hat, handelt es sich nur um ein Scheinverbrechen. Gryphius-Ginzberg-Ginsburg bin ich. Eine endlose Woche, dazu mit einem schütteren falschen Bart, habe ich in diesem widerlichen Loch in der Rue de Toulon verbracht, bis meine Freunde mich endlich entführt haben. Vom Trittbrett des Wagens aus hat einer von ihnen an den Pfeiler geschrieben: *Der letzte der Buchstaben des NAMENS ist artikuliert worden.* Dadurch wurde bekannt, daß es sich um eine Dreizahl von Verbrechen handelt. So hat es die Öffentlichkeit auch verstanden; ich hatte aber verschiedene Hinweise eingeschaltet, damit Sie, der reine Denker Erik Lönnrot, erraten sollten, daß es sich um eine Vierzahl handelte. Ein seltsamer Vorfall im Norden, zwei weitere im Osten und im Westen schreien nach einem vierten im Süden; außerdem besteht das Tetragrammaton – der Name Gottes, JHVH – doch aus *vier* Buchstaben. Die Harlekine und die Rhomben des Farbenladens deuteten ebenfalls auf vier Elemente hin. Im Handbuch von Leusden habe ich dann eine gewisse Stelle unterstrichen. Sie besagt, daß die Hebräer den Tag von Sonnenuntergang zu Sonnenuntergang rechnen. Die Stelle gibt zu verstehen, daß die Morde alle am *vierten* des jeweiligen Monats stattgefunden hatten. Ich habe Treviranus auch das gleichseitige Dreieck geschickt. Ich sah voraus, daß Sie den fehlenden Punkt ergänzen würden, den Punkt nämlich, der einen vollkommenen Rhombus ergibt; den Punkt, wo ein ausgefeilter Tod Sie erwartet. All das habe ich geplant, Erik Lönnrot, um Sie hierher zu locken, in die Einsamkeit von Triste-le-Roy.«

Lönnrot wich den Augen Scharlachs aus. Er sah hinaus auf Bäume und Himmel, die in trüb gelbe, grüne und rote Rhomben zerschnitten waren. Er fröstelte ein wenig und empfand eine unpersönliche, fast anonyme Traurigkeit. Es war schon Nacht; aus dem staubigen Garten drang der unnütze Ruf eines Vogels herauf. Lönnrot überdachte zum letzten Mal das Problem der symmetrischen und periodischen Morde.

»In Ihrem Labyrinth sind drei Linien zuviel«, sagte er schließlich. »Ich weiß von einem griechischen Labyrinth, das aus einer einzigen, geraden Linie besteht. Auf dieser Linie haben sich schon so viele Philosophen verirrt, daß ein bloßer Detektiv sich wohl verirren darf. Scharlach, wenn Sie in einer anderen Wiedergeburt wieder Jagd auf mich machen, dann fingieren – oder begehen – Sie bitte ein Verbrechen in A, dann ein zweites in B, acht Kilometer von A entfernt; daraufhin ein drittes in C, vier Kilometer von A und B entfernt, auf halbem Weg zwischen beiden. Erwarten Sie mich in D, zwei Kilometer von A und C entfernt, wiederum auf halbem Weg. Und töten Sie mich in D, so wie Sie mich jetzt in Triste-le-Roy töten werden.«

»Für das nächste Mal, daß ich Sie töte«, antwortete Scharlach, »verspreche ich Ihnen dieses Labyrinth, das aus einer einzigen, geraden Linie besteht, und das unsichtbar, unaufhörlich ist.«

Er trat einige Schritte zurück. Dann, sehr sorgfältig, feuerte er.

1942

DAS GEHEIME WUNDER

Und Gott ließ ihn hundert Jahre lang sterben; dann hauchte er ihm Leben ein und sprach zu ihm:
»Wie lange bist du hier gewesen?«
»Einen Tag oder den Bruchteil eines Tags«, anwortete er.

Koran, II, 261

Jaromir Hladik, Autor der unvollendeten Tragödie *Die Feinde*, einer *Ehrenrettung der Ewigkeit* und einer Untersuchung der indirekten jüdischen Quellen bei Jakob Böhme, träumte in der Nacht des 14. März 1939 in einer Wohnung in der Zeltnergasse in Prag von einer großen Schachpartie. Sie wurde nicht von zwei Personen, sondern von zwei berühmten Familien gespielt; die Partie hatte schon vor vielen Jahrhunderten begonnen; niemand kannte mehr den Einsatz, um den gespielt wurde, aber man munkelte, er sei ungeheuer, ja vielleicht unendlich groß; die Figuren und das Schachbrett standen in einem geheimen Turm; Jaromir war (im Traum) der Erstgeborene einer der verfeindeten Familien; auf den Uhrtürmen schlug die Stunde der unaufschiebbaren Partie; der Träumer lief durch die Sanddünen einer regnerischen Einöde und wußte sich weder der Figuren noch der Regeln des Schachspiels zu erinnern. An diesem Punkt wachte er auf. Das donnernde Geräusch des Regens und der furchtbaren Uhren hörte auf. Ein rhythmischer, einmütiger Lärm, von Kommandostimmen unterbrochen, drang von der Zeltnergasse herauf. Es war früher Morgen; die gepanzerte Vorhut des Dritten Reichs rückte in Prag ein.

Am neunzehnten ging bei den Behörden eine Denunziation ein; am gleichen neunzehnten gegen Abend wurde Jaromir

Hladik verhaftet. Man schaffte ihn in eine aseptische, weiße Kaserne am anderen Ufer der Moldau. Er konnte keine einzige Anschuldigung der Gestapo widerlegen: Der Familienname seiner Mutter war Jaroslawski, er war jüdischen Blutes, seine Untersuchung über Böhme war judaisierend, seine Unterschrift verlängerte eine Liste von Proteststimmen gegen den Anschluß. 1928 hatte er das *Sepher Yezira* für den Verlag Hermann Barsdorf übersetzt; der überschwengliche Prospekt dieses Hauses hatte aus Geschäftsgründen den Namen des Übersetzers in den Himmel gehoben; diesen Prospekt hatte Julius Rothe, einer der Gestapoführer, in dessen Händen Hladiks Schicksal lag, durchgeblättert. Es gibt keinen Menschen, der nicht außerhalb seines Spezialgebietes leichtgläubig ist; zwei oder drei Adjektive in gotischen Lettern genügten, um Julius Rothe von Hladiks Bedeutung zu überzeugen, und er befahl, ihn zum Tode zu verurteilen, *pour encourager les autres.* Die Hinrichtung wurde auf den neunundzwanzigsten März, neun Uhr morgens, festgesetzt. Dieser Aufschub (dessen Bedeutung der Leser später würdigen wird) war dem behördlichen Wunsch zu verdanken, unpersönlich und gemessen vorzugehen, wie die Pflanzen und die Planeten.

Hladiks erste Empfindung war schieres Entsetzen. Er meinte, daß der Galgen, die Enthauptung oder die Garrotte ihn nicht so in Schrecken versetzt haben würden, daß aber der Tod durch Erschießen unerträglich sei. Vergeblich sagte er sich immer wieder, daß die schlichte und allgemeine Tatsache des Sterbens das Furchterregende sei, nicht die konkreten Umstände. Unaufhörlich stellte er sich diese Umstände vor; unsinnigerweise suchte er alle Varianten zu erschöpfen. Unzählige Male nahm er den ganzen Hergang vorweg, vom schlaflosen Morgengrauen bis zu der geheimnisvollen Salve. Vor dem von Julius Rothe festgesetzten Tag war er schon Hunderte von Toden gestorben, in Höfen, deren Winkel die Geometrie überforderten, niedergestreckt von veränderlichen Soldaten in wechselnder Anzahl, die ihn manchmal aus der Ferne auslöschten, andere Male ganz aus der Nähe. Er bot diesen eingebildeten Hinrichtungen mit wirklicher Angst die Stirn (vielleicht mit wirklichem Mut); jedes Trugbild dauerte wenige Sekunden; hatte der Kreis sich geschlossen, so kehrte Jaromir endlos zu den bebenden Vorabenden seines Todes zurück. Dann überlegte er, daß die Wirklichkeit nicht mit dem Vorausgesehenen übereinzustimmen pflegt; mit perverser Logik folgerte er daraus, daß einen Nebenumstand vorhersehen soviel heißt wie verhindern, daß er eintrifft. Getreu dieser schwächlichen Magie erfand er, damit sie nicht geschähen, gräßliche Einzelheiten; selbstverständlich fürchtete er zum Schluß, diese Einzelheiten seien prophetisch. In diesen Elendsnächten suchte er auf irgendeine Weise in der flüchtigen Substanz der Zeit Halt zu finden. Er wußte, daß diese auf die Morgendämmerung des neunundzwanzigsten zustürzte; laut mit sich selbst sprechend überlegte er: »Jetzt lebe ich in der Nacht des zweiundzwanzigsten; solange diese Nacht dauert (und noch weitere sechs Nächte), bin ich unverwundbar, unsterblich.« Er stellte sich seine Traumnächte als tiefe dunkle Brunnenschächte vor, in die er sich versenken konnte. Manchmal ersehnte er mit Ungeduld die endgültige Salve, die ihn wohl oder übel von seiner vergeblichen Einbildungsmühe erlösen würde. Am achtundzwanzigsten, als der letzte Sonnenuntergang von den hohen Eisengittern widerstrahlte, lenkte ihn der Gedanke an sein Drama *Die Feinde* von diesen erbärmlichen Erwägungen ab.

Hladik hatte die Vierzig überschritten. Abgesehen von einigen Freundschaften und vielen Gewohnheiten machte die problematische Ausübung der Literatur sein Leben aus; wie alle Schriftsteller maß er die Fähigkeiten der anderen an dem, was sie geleistet hatten, und erwartete, daß die anderen ihn nach dem beurteilten, was er erträumte oder plante. Alle Bücher, die er in Druck gegeben hatte, flößten ihm ein komplexes Reuegefühl ein. Bei seinen Untersuchungen der Werke Böhmes, Ibn Esras, Fludds war vorwiegend der bloße Fleiß maßgebend gewesen, bei seiner Übersetzung des *Sepher Yezira* die Nachlässigkeit, die Mühsal und die bloße Mutmaßung. Für weniger mangelhaft hielt er möglicherweise seine *Ehrenrettung der Ewigkeit*; der erste Band schildert die verschiedenen Ewigkeiten, die die Menschen ersonnen haben, vom unbeweglichen Sein des Parmenides bis zur veränderlichen Vergangenheit Hintons; der zweite leugnet (mit Francis Bradley), daß alle Vorfälle des Universums eine zeitliche Reihenfolge bilden. Er argumentiert, daß die Zahl der möglichen Erfahrungen des Menschen nicht unendlich ist, und daß eine einzige ›Wiederholung‹ genügt, um zu beweisen, daß die Zeit ein Trug ist... Unglücklicherweise sind die Argumente, mit denen dieser Trug bewiesen wird, nicht minder trügerisch. Hladik pflegte sie mit einer Art geringschätziger Betroffenheit durchzugehen. Auch hatte er eine Reihe expressionistischer Gedichte verfaßt; diese erschienen, zur Verwirrung des Dichters, in einer Anthologie von 1924, und es gab keine spätere Anthologie, die sie nicht erbte. Von dieser ganzen zweideutigen und kümmerlichen Vergangenheit wollte Hladik sich mit dem Versdrama *Die Feinde* loskaufen. (Hladik pries den Vers, weil er verhindert, daß die Zuschauer die Irrealität vergessen, die Voraussetzung der Kunst ist.)

Dieses Drama wahrte die Einheit der Zeit, des Orts und der Handlung; es spielte in Hradcany, in der Bibliothek des Barons von Roemerstadt, an einem der letzten Abende des 19. Jahrhunderts. In der ersten Szene des ersten Aktes besucht ein Unbekannter Roemerstadt. (Eine Uhr schlägt sieben, das Feuer der scheidenden Sonne läßt die hohen Glasfenster aufglühen, der Wind trägt die deutlich erkennbaren Klänge einer leidenschaftlichen ungarischen Musik heran.) Diesem Besuch folgen andere; Roemerstadt kennt die Personen nicht, die ihn behelligen, hat aber das unbehagliche Gefühl, sie schon einmal gesehen zu haben, vielleicht in einem Traum. Alle sagen ihm übertriebene Schmeicheleien, aber es ist klar, zuerst dem Zuschauer, dann ihm selbst, daß sie geheime Feinde sind, die sich verschworen haben, ihn zu verderben. Roemerstadt gelingt es, ihre verzwickten Intrigen zu durchkreuzen oder zu vereiteln; im Gespräch wird auf seine Verlobte, Julia von

Weidenau, angespielt, sowie auf einen gewissen Jaroslav Kubin, der sie früher einmal mit seiner Liebe belästigt hat. Inzwischen ist dieser Kubin wahnsinnig geworden und hält sich für Roemerstadt... Die Gefahren mehren sich; am Ende des zweiten Akts sieht sich Roemerstadt gezwungen, einen Verschwörer zu töten. Der dritte Akt, der letzte, beginnt. Allmählich häufen sich die Widersinnigkeiten: Schauspieler, die aus der Handlung bereits ausgeschieden zu sein schienen, treten wieder auf; für einen Augenblick kehrt der von Roemerstadt Getötete zurück. Jemand macht darauf aufmerksam, daß es nicht Abend geworden ist; die Uhr schlägt sieben, in den hohen Glasfenstern spiegelt sich von Westen her die Sonne; der Wind trägt eine leidenschaftliche ungarische Musik heran. Es tritt der erste Gesprächspartner auf und wiederholt die Worte, die er in der ersten Szene des ersten Aktes gesprochen hat. Roemerstadt spricht mit ihm ohne Erstaunen; der Zuschauer begreift, daß Roemerstadt der elende Jaroslav Kubin ist. Das Drama hat sich nicht ereignet: Es ist die kreisende Wahnvorstellung, die Kubin unaufhörlich und immer von neuem lebt.

Nie hatte Hladik sich gefragt, ob diese Tragikomödie der Irrungen banal oder bewundernswert, folgerichtig oder zufällig sei. In dem Handlungsschema, das ich skizziert habe, erkannte er ahnungsweise die Erfindung, die am geeignetsten war, seine Mängel zu verbergen und seine glücklichsten Seiten spielen zu lassen, die Gelegenheit, (auf symbolische Art) das Grundgefühl seines Lebens einzulösen. Er hatte den ersten Akt schon beendet, auch ein paar Szenen des dritten; der metrische Charakter des Werks erlaubte ihm, es ständig zu überprüfen, die Hexameter zu verbessern, ohne das Manuskript vor Augen zu haben. Er dachte daran, daß noch zwei Akte fehlten, und daß er sehr bald sterben würde. Im Dunkeln redete er mit Gott. *Wenn ich auf irgendeine Weise existiere, wenn ich nicht eine Deiner Wiederholungen und Fehler bin, so existiere ich als Autor von* Die Feinde. *Um dieses Drama zu vollenden, das mich und Dich rechtfertigen kann, brauche ich noch ein Jahr. Gewähre mir diese Tage, Du, dessen die Jahr-*

hunderte sind und die Zeit. Es war Nacht, die gräßlichste, aber zehn Minuten später spülte der Schlaf ihn hinweg wie ein dunkles Wasser.

Gegen Morgen träumte ihm, er hätte sich in der Bibliothek des Clementinum verborgen. Ein Bibliothekar mit schwarzer Brille fragte ihn: *Was suchen Sie?* Hladik antwortete: *Ich suche Gott.* Der Bibliothekar sagte: *Gott ist in einem der Buchstaben auf einer der Seiten eines der vierhunderttausend Bände des Clementinum. Meine Eltern und die Eltern meiner Eltern haben diesen Buchstaben gesucht. Ich habe mich blind danach gesucht.* Er nahm die Brille ab, und Hladik sah die Augen, die tot waren. Ein Leser kam herein, um einen Atlas zurückzugeben. *Dieser Atlas taugt nichts*, sagte er und reichte ihn Hladik. Der öffnete ihn aufs Geratewohl. Er sah eine Landkarte von Indien; ihm schwindelte. Mit plötzlicher Gewißheit berührte er einen der winzig kleinen Buchstaben. Eine allgegenwärtige Stimme sprach zu ihm: *Die Zeit für deine Arbeit ist dir gewährt.* Hier erwachte Hladik.

Er erinnerte sich daran, daß die Träume der Menschen Gott angehören, und daß Maimonides geschrieben hat, die Worte eines Traums seien göttlicher Art, wenn sie klar und deutlich vernehmbar sind und man nicht den sehen kann, der sie spricht. Er kleidete sich an; zwei Soldaten betraten die Zelle und befahlen ihm, ihnen zu folgen.

Jenseits der Tür hatte Hladik sich ein Labyrinth von Galerien, Treppen und Nebengebäuden vorgestellt. Die Wirklichkeit war nicht so reich; sie stiegen über eine einzige Eisentreppe in einen Hinterhof hinab. Mehrere Soldaten – einer in aufgeknöpftem Uniformrock – untersuchten ein Motorrad und diskutierten darüber. Der Feldwebel sah auf die Uhr: Es war acht Uhr vierundvierzig. Es hieß warten, bis es neun schlug. Hladik setzte sich, mehr unbedeutend als unglücklich, auf einen Holzstoß. Er bemerkte, daß die Augen der Soldaten seinen auswichen. Um ihm das Warten zu erleichtern, streckte der Feldwebel ihm eine Zigarette hin. Hladik rauchte nicht; aus Höflichkeit oder Demut nahm er sie. Als er sie anzündete, merkte er, daß seine Hände zitterten. Der Tag bewölkte sich; die Soldaten sprachen gedämpft, als sei er schon tot. Vergeblich versuchte er, sich an die Frau zu erinnern, deren Symbol Julia von Weidenau war...

Das Kommando formierte sich, richtete sich aus. Hladik erwartete aufrecht vor der Kasernenwand die Salve. Jemand äußerte Besorgnis, die Wand könne Blutspritzer abbekommen; da befahl man dem Delinquenten, ein paar Schritte vorzutreten. Absurderweise mußte Hladik an die langwierigen Vorbereitungen beim Fotografen denken. Ein schwerer Regentropfen streifte Hladiks Schläfe und rollte langsam die Wange herab; der Feldwebel schrie den letzten Befehl.

Das physische Universum blieb stehen.

Die Gewehre waren auf Hladik gerichtet, aber die Männer, die ihn töten sollten, waren unbeweglich. Der Arm des Feldwebels verewigte eine unabgeschlossene Gebärde. Auf eine Fliese des Hofs warf eine Biene einen festen Schatten. Wie auf einem Bild hatte der Wind zu wehen aufgehört. Hladik versuchte einen Schrei, eine Silbe, eine Handbewegung. Er begriff, daß er paralysiert war. Kein noch so schwacher Laut erreichte ihn mehr aus der gestauten Welt. Er dachte: *Ich bin in der Hölle, ich bin tot.* Er dachte: *Ich bin wahnsinnig.* Er dachte: *Die Zeit ist stehengeblieben.* Dann überlegte er, daß in diesem Fall ja auch sein Denken mit stehengeblieben wäre. Er wollte die Probe machen; ohne die Lippen zu bewegen, sagte er sich die geheimnisvolle vierte Ekloge von Vergil vor. Er meinte, die schon ferngerückten Soldaten müßten sein Angstgefühl teilen; es drängte ihn, sich mit ihnen ins Benehmen zu setzen. Es erstaunte ihn, daß er keinerlei Ermüdung empfand, nicht einmal ein Schwindelgefühl durch das lange unbewegliche Stehen. Nach einer unbestimmten Zeit schlief er ein. Als er aufwachte, war die Welt noch immer unbeweglich und stumm. Auf seiner Wange dauerte der Wassertropfen, im Hof der Schatten der Biene; der Rauch der Zigarette, die er fortgeworfen hatte, kam nicht dazu, sich zu verflüchtigen. Es verging ein weiterer »Tag«, bevor Hladik begriff.

Ein volles Jahr hatte er von Gott erbeten, um sein Werk zu beenden: Ein Jahr gewährte ihm seine Allmacht. Gott vollbrachte für ihn ein geheimes Wunder: Das Blei der Deutschen würde ihn zur bestimmten Stunde töten, aber in seinem Geist würde ein Jahr vergehen zwischen dem Befehl zum Feuern und der Ausführung des Befehls. Von der Bestürzung ging er zu fassungslosem Staunen, von dem Staunen zu Ergebung, von der Ergebung zu plötzlicher Dankbarkeit über.

Er verfügte über kein Dokumentenmaterial als sein Gedächtnis; das Abwägen jeden Hexameters, den er hinzufügte, nötigte ihn zu einer vorteilhaften Strenge, von der jene nichts ahnen, die vorläufige und verwaschene Sätze aufs Geratewohl hinsudeln und vergessen. Er arbeitete nicht für die Nachwelt, nicht einmal für Gott, über dessen literarische Vorlieben er wenig wußte. Peinlich genau, unbeweglich, geheim spann er in der Zeit sein hohes unsichtbares Labyrinth. Zweimal überarbeitete er den dritten Akt. Er tilgte das eine oder andere allzu deutliche Symbol: die wiederkehrenden Glockenschläge, die Musik. Keine Äußerlichkeit lenkte ihn nun noch ab. Er ließ fort, kürzte, erweiterte; in einem Fall kam er auf die erste Fassung zurück. Er gewann schließlich den Hof, die Kaserne lieb; eines der Gesichter ihm gegenüber änderte seine Auffassung vom Charakter Roemerstadts. Er entdeckte, daß die grellen Mißklänge, die Flaubert so erschreckten, bloßer Augenaberglaube sind: Schwächen und Beschwerden des geschriebenen, nicht des klingenden Wortes... Er beendete sein Drama; nur die Frage eines einzigen Beiworts galt es noch zu lösen. Er fand es; der Wassertropfen rollte über seine Wange herab. Er stieß einen verrückten Schrei aus, wandte sein Gesicht, die vierfache Salve warf ihn nieder.

Jaromir Hladik starb am Morgen des neunundzwanzigsten März, um neun Uhr zwei Minuten.

1943

DREI FASSUNGEN VON JUDAS

There seemed a certainty in degradation.
T. E. Lawrence:
Seven Pillars of Wisdom, CIII

In Kleinasien oder in Alexandria, im zweiten Jahrhundert unseres Glaubens, als Basilides verkündete, der Kosmos sei eine verwegene oder verworfene Improvisation fehlerhafter Engel, hätte Nils Runeberg mit ausgesuchtem Verstandeseifer einen der gnostischen Konventikel geleitet. Dante hätte ihm unter Umständen ein feuriges Grab zudiktiert; sein Name würde die Kataloge kleinerer Ketzer zwischen Satornilos und Karpokrates bereichern; ein Bruchstück aus seinen Predigten, mit Injurien geziert, würde in den apokryphen *Liber adversus omnes haereses* fortdauern oder wäre, als der Brand einer Klosterbibliothek das letzte Exemplar des *Syntagma* vernichtete, untergegangen. Statt dessen beschied Gott ihm das 20. Jahrhundert und die Universitätsstadt Lund. Hier veröffentlichte er im Jahre 1904 die erste Ausgabe von *Kristus och Judas;* hier, im Jahre 1909, sein Hauptwerk *Den hemlige Frälsaren.* (Vom letzteren gibt es eine deutsche Fassung, die im Jahr 1912 Emil Schering besorgte; sie heißt *Der heimliche Heiland.)*

Ehe wir die vorgenannten Arbeiten näher untersuchen, muß wiederholt werden, daß Nils Runeberg, Mitglied der Evangelischen Nationalunion, tief religiös war. In einem Intellektuellenzirkel in Paris oder auch in Buenos Aires könnte ein Literat die Thesen von Runeberg sehr wohl wieder aufgreifen; Thesen jedoch, in einem solchen Zirkel vorgetragen, wären leichtfertige und überflüssige Übungen in Gedankenlosigkeit oder Blasphemie. Für Runeberg dagegen waren sie der Schlüssel zu einem zentralen Mysterium der Theologie; sie boten ihm den Stoff für Meditationen und Analyse, für geschichtliche und philologische Kontroversen, für Hochmut, Jubel und Entsetzen. Sie rechtfertigten und zerstörten sein Leben. Wer sich mit diesem Artikel befaßt, muß überdies bedenken, daß er nur die Schlußfolgerungen Runebergs verzeichnet, nicht seine Dialektik und seine Beweise. Jemand wird die Bemerkung machen, daß die Schlußfolgerung sicher vor den »Beweisen« da war. Wer bescheidet sich damit, Beweise für etwas zu suchen, woran er nicht glaubt, oder an dessen Verkündigung ihm nichts liegt?

Die erste Ausgabe von *Kristus och Judas* ist unter den folgenden kategorischen Vorspruch gestellt, dessen Sinngehalt der nämliche Nils Runeberg Jahre später auf ungeheuerliche Weise erweitern sollte: *Nicht nur ein einzelner Zug, sondern alles, was die Überlieferung Judas Ischariot ansinnt, ist falsch.* (De Quincey, 1857) In der Nachfolge eines Deutschen hatte De Quincey die spekulative Behauptung aufgestellt, daß Judas den Herrn auslieferte, um ihn zur Erklärung seiner Gottnatur zu zwingen und einen weitreichenden Aufstand wider das römische Joch zu entflammen; Runeberg hingegen legt eine Rechtfertigung metaphysischer Art nahe. Geschickt fängt er damit an, den überflüssigen Charakter der Tat des Judas herauszustellen. Er bemerkt (wie Robertson), daß man, um einen Meister zu identifizieren, welcher täglich in der Synagoge predigte und Wundertaten vor Tausenden versammelter Menschen verrichtete, nicht auf den Verrat eines Jüngers angewiesen war. Dies geschah jedoch. Einen Irrtum in der Heiligen Schrift anzunehmen, ist untragbar; nicht weniger untragbar ist es, eine zufällige Tatsache im Verlauf des kostbarsten Geschehens der Geschichte der Welt zuzulassen. *Ergo*: Der Verrat des Judas war nicht zufällig; er war eine vorbestimmte Tatsache, die in der Ökonomie der Erlösung ihren geheimnisvollen Platz hat. Runeberg fährt fort: Das Wort, da es Fleisch wurde, ging von der Allgegenwart in den Raum, von der Ewigkeit in die Geschichte hinüber, von der schrankenlosen Wonne in die Wandelbarkeit und den Tod; um einem derartigen Opfer zu entsprechen, mußte notwendig ein Mensch, in Vertretung aller Menschen, ein dem würdiges Opfer darbringen. Judas Ischariot war dieser Mensch. Judas als einziger unter den Jüngern erschaute die geheime Gottnatur und das furchtbare Vorhaben Jesu Christi. Das Wort hatte sich zur Sterblichkeit hinabgelassen; Judas, der Jünger des Wortes, konnte zum Verräter hinabsinken (dem schlimmsten Verbrechen, dessen die Niedertracht fähig ist) und seine Wohnung in jenem Feuer nehmen, das nie erlischt. Die niedere Ordnung ist ein Spiegel der höheren Ordnung; die Formen der Erde entsprechen denen des Himmels; die Flecken auf der Haut sind eine Karte der unvergänglichen Sternbilder; Judas spiegelt auf gewisse Weise Jesus. Daher die dreißig Silberlinge und der Kuß; daher der freiwillige Tod, um der Verdammnis in noch höherem Maße würdig zu werden. So erhellte Nils Runeberg das Rätsel des Judas.

Die Theologen sämtlicher Bekenntnisse widerlegten ihn. Lars Peter Engström zieh ihn der Unkenntnis oder Mißachtung der hypostatischen Einheit; Axel Borelius, daß er die ketzerische Anschauung der Doketen erneuere, die Jesus die Menschennatur absprachen; der eherne Bischof von Lund, daß er dem dritten Vers im zweiundzwanzigsten Kapitel des Lukas-Evangeliums widerspreche.

Diese mancherlei Verdammungsurteile hatten Einfluß auf Runeberg, der das verworfene Buch teilweise neu schrieb und seine Lehre abwandelte. Er überließ seinen Gegnern das theologische Feld und führte indirekte Gründe moralischer Art ins Treffen. Er gab zu, daß Jesus, »der über die ansehnlichen Hilfsmittel, welche die Allmacht an die Hand zu geben vermag, verfügte«, nicht auf einen einzelnen Menschen angewiesen war, um alle Menschen zu erlösen. Dann wandte er sich gegen jene, die behaupten, daß wir von dem unerklärlichen Verräter nichts wissen; wir wissen, sagt er, daß er einer der

Jünger war, einer der Erwählten für die Verkündigung des Himmelreichs, die Heilung von Kranken, die Reinigung von Aussätzigen, die Auferweckung von Toten und die Austreibung von Teufeln (Matthäus 10:7–8; Lukas 9:1). Ein Mann, den der Erlöser derart ausgezeichnet hat, darf von uns die beste Deutung seines Verhaltens erwarten. Sein Verhalten der Begehrlichkeit zuschreiben (wie es einige unter Berufung auf Johannes 12:6 getan haben) heißt, sich mit dem gröbsten Motiv zufriedengeben. Nils Runeberg bringt das entgegengesetzte Motiv vor: eine übersteigerte und geradezu schrankenlose Askese. Der Asket erniedrigt und tötet das Fleisch zur größeren Ehre Gottes; Judas tat dasselbe mit dem Geist. Er entsagte der Ehre, dem Guten, dem Frieden, dem Himmelreich, so wie andere, weniger heldenhaft, der fleischlichen Lust entsagen.* Er plante mit furchtbarer Hellsichtigkeit seine Verfehlungen voraus. Am Ehebruch sind gewöhnlich Zärtlichkeit und Hingabe beteiligt; am Mord der Mut; an Schändungen und Blasphemie ein gewisser satanischer Glanz. Judas entschied sich für jene Verfehlungen, denen keinerlei Tugend beiwohnt: Vertrauensbruch (Johannes 12:6) und Verrat. Er handelte aus alles überragender Demut, er hielt sich nicht für wert, gut zu sein. Paulus hat geschrieben: »Wer sich rühmt, der rühme sich des Herrn.« (1. Korinther 1:31). Judas trachtete nach der Hölle, weil ihm das Glück des Herrn genug war. Er glaubte, daß die Glückseligkeit wie das Gute Attribute des Göttlichen seien, und daß der Mensch sich ihrer nicht bemächtigen dürfe.**

* Borelius stellt die spöttische Frage: *Warum entsagte er nicht dem Entsagen? Warum nicht dem Entsagen des Entsagens?*

** Euclydes da Cunha vermerkt in einem Buch, von dem Runeberg keine Kenntnis hatte, daß für den Häresiarchen von Canudos, Antonio Conselheiro, die Tugend »schon fast ein Verstoß wider die Frömmigkeit« war. Der argentinische Leser wird sich ähnlicher Stellen im Werk von Almafuerte entsinnen. Runeberg veröffentlichte in dem symbolischen Blatt *Sju insegel* ein ehrgeiziges beschreibendes Gedicht *Das heimliche Wasser*; die ersten Strophen schildern die Vorfälle eines stürmisch bewegten Tages, die letzten das Auffinden eines

Vielen ist *post factum* aufgefallen, daß bereits in den noch vertretbaren Anfängen Runebergs sein ausschweifendes Ende enthalten ist, und daß *Den hemlige Frälsaren* nichts anderes ist als eine Perversion oder Zuspitzung von *Kristus och Judas.* Gegen Ende 1907 schloß Runeberg die Niederschrift ab und redigierte das Manuskript; fast zwei Jahre vergingen, ohne daß er es in Druck gab. Im Oktober 1909 erschien dann das Buch mit einem (bis zur Rätselhaftigkeit lauen) Vorwort des dänischen Hebraisten Erik Erfjord und unter dem folgenden perfiden Motto: *Es war in der Welt und die Welt war durch dasselbe gemacht, und die Welt erkannte es nicht.* (Johannes 1:10) Die allgemeine Beweisführung ist nicht schwierig, die Schlußfolgerungen allerdings ungeheuerlich. Gott, so argumentiert Nils Runeberg, erniedrigte sich und wurde Mensch, um der Erlösung des Menschengeschlechts willen; man darf annehmen, daß das von ihm gewirkte Opfer vollkommen war, weder entwertet noch abgeschwächt durch Auslassungen. Was er erduldete, auf die Todesnot eines Nachmittags am Kreuz einzuschränken, kommt einer Lästerung gleich.* Behaupten, daß er Mensch und daß er keiner Sünde fähig war, schließt einen Widerspruch in sich; *impeccabilitas* und *humanitas* sind als

vereisten Weihers; der Dichter legt den Gedanken nahe, daß die währende Dauer dieses in Stille versunkenen Weihers unsere fruchtlose Heftigkeit ausgleicht und sie gewissermaßen zuläßt, ihr die Absolution erteilt. Das Gedicht schließt mit den Worten: *Das Wasser dort im Walde ist voll Glück; wir dürfen böse sein und Schmerz erleiden.*

* Maurice Abramowicz bemerkt: »Jésus, d'après ce scandinave, a toujours le beau rôle; ses déboires, grâce à la science des typographes, jouissent d'une réputation polyglotte; sa résidence de trente-trois ans parmi les humains ne fut, en somme, qu'une villégiature.« Erfjord weist im dritten Anhang der *Christelige Dogmatik* diese Stelle zurück. Er weist darauf hin, daß Gott nie aufgehört hat, gekreuzigt zu werden, weil das, was einmal geschah, sich in Ewigkeit unaufhörlich wiederholt. Judas empfängt heute wie je die dreißig Silberlinge, er küßt heute wie je Christus, wirft heute wie je die Silberlinge in den Tempel, knüpft heute wie je die Seilschlinge auf der Richtstätte. (Erfjord beruft sich, um seine Behauptung zu stützen, auf das letzte Kapitel des ersten Bandes der *Ehrenrettung der Ewigkeit* von Jaromir Hladik.)

Attribute unvereinbar. Kemnitz räumt ein, daß der Erlöser fähig war, Müdigkeit, Frost, Anfechtung, Hunger und Durst zu leiden; auf eben die Weise muß eingeräumt werden, daß er fähig war, zu sündigen und sich zu verlieren. Die berühmte Schriftstelle: *Denn er schoß auf vor ihm wie eine Wurzel aus dürrem Erdreich; er hatte keine Gestalt noch Schöne; er war der Allerverachtetste und Unwerteste, voller Schmerzen und Krankheit* (Jesajas 53:2–3) gilt vielen als Vorausschau auf den Gekreuzigten in der Stunde seines Todes; für einige (so etwa Hans Lassen Martensen) als eine Widerlegung der Schönheit, die nach allgemeiner Auffassung Christus zugeschrieben wird; für Runeberg als die peinlich genaue Prophezeiung nicht nur eines Augenblicks, sondern der gesamten gräßlichen Zukunft, die dem fleischgewordenen Wort in Zeit und Ewigkeit bevorsteht. Gott ward voll und ganz Mensch, aber Mensch bis zur Ruchlosigkeit, Mensch bis zur Verworfenheit und zum Abgrund. Zu unserer Errettung konnte er jedes beliebige unter den Schicksalen wählen, aus denen sich das verschlungene Netz der Geschichte webt; er konnte Alexander werden oder Pythagoras oder Rurik oder Jesus; er wählte ein allerniedrigstes Schicksal: Er wurde Judas.

Vergebens boten die Buchhandlungen in Stockholm und in Lund diese Offenbarung feil. Die Ungläubigen erblickten in ihr *a priori* ein albernes, spitzfindiges theologisches Spiel; die Theologen übergingen sie mit Verachtung. Runeberg fühlte in dieser ökumenischen Gleichgültigkeit eine fast ans Wunderbare grenzende Bestätigung. Gott gebot diese Gleichgültigkeit; Gott wollte nicht, daß Sein furchtbares Geheimnis auf Erden ruchbar werde. Runeberg sah ein, daß die Stunde noch nicht gekommen war. Er fühlte, wie sich um sein Haupt uralte göttliche Verwünschungen zusammenzogen; er dachte an Elias und an Moses, die auf dem Berg ihr Gesicht verhüllten, um Gott nicht zu sehen; an Jesajas, der sich zu Boden warf, als seine Augen Ihn schauten, Dessen Ruhm die Erde erfüllt; an Saul, dessen Augen auf dem Weg nach Damaskus blind wurden; an den Rabbiner Simeon ben Azai, der das Paradies schaute und starb; an den berühmten Hexenmeister Johann von Viterbo, der wahnsinnig wurde, als er die Dreieinigkeit zu sehen vermochte; an die Midrashim, die voll Abscheu sind vor den Frevlern, die das *Shem Hamephorash*, den Geheimen Namen Gottes, aussprechen. Hatte er sich vielleicht auch dieses dunklen Verbrechens schuldig gemacht? War dies etwa die Sünde wider den Geist, die nicht vergeben wird (Matthäus 12:31)? Valerius Soranus starb, weil er den verborgenen Namen Roms preisgegeben hatte; welche unendliche Strafe harrte seiner, da er den entsetzlichen Namen Gottes entdeckt und preisgegeben hatte?

Trunken von Schlaflosigkeit und schwindelerregender Dialektik irrte Nils Runeberg durch die Straßen von Malmö, laut betend um die Gnade, mit dem Heiland die Hölle teilen zu dürfen.

Er starb am Bruch einer Pulsadergeschwulst am 1. März 1912. Die Häretikerforschung wird ihm vielleicht ein Gedenken bewahren; er hat dem anscheinend erschöpften Begriff des Sohnes die Verstrickungen des Bösen und des Mißgeschicks hinzugefügt.

1944

DER SÜDEN

Der Mann, der im Jahr 1871 in Buenos Aires an Land ging, hieß Johannes Dahlmann und war Pfarrer der Evangelischen Kirche; im Jahr 1939 war einer seiner Enkel, Juan Dahlmann, Sekretär einer Städtischen Bibliothek in der Calle Córdoba und fühlte sich zutiefst als Argentinier. Sein Großvater mütterlicherseits war jener Francisco Flores vom 2. Linieninfanterieregiment gewesen, der an der Grenze der Provinz Buenos Aires durch Lanzen der Indianer Catriels fiel; im Widerstreit seiner beiden verschiedenen Abstammungen entschied sich Juan Dahlmann (vielleicht auf Drängen seines germanischen Blutes) für die Linie dieses romantischen Vorfahren mit seinem romantischen Tod. Ein Lederetui mit der Daguerreotypie eines unpersönlich dreinblickenden bärtigen Mannes, ein alter Degen, der Schwung und die Herzhaftigkeit gewisser Musikstücke, der ständige Umgang mit den Versen des *Martin Fierro*, die Jahre, die Enttäuschungen und die Einsamkeit verstärkten seinen »criollismo«, sein Bedürfnis, sich als eingeborener Argentinier zu fühlen, das er zwar bewußt pflegte, aber nie übertrieben zur Schau trug. Um den Preis einiger Entbehrungen war es Dahlmann gelungen, sich das Kernstück einer Estancia im Süden zu erhalten, die den Flores gehört hatte. Zu seinen Erinnerungs-Gewohnheiten gehörte das Bild der balsamisch duftenden Eukalyptusbäume und des langgestreckten rosafarbenen Hauses, das einmal karmesinrot gewesen war. Seine Arbeit und vielleicht auch eine gewisse Trägheit hielten ihn in der Stadt fest. Sommer auf Sommer begnügte er sich mit der abstrakten Vorstellung des Besitzes und mit der Gewißheit, daß dort an einer bestimmten Stelle der weiten Ebene sein Haus auf ihn wartete. In den letzten Februartagen 1939 stieß ihm etwas zu.

Blind für wirkliche Schuld, kann das Schicksal doch unbarmherzig gegen die kleinsten Unachtsamkeiten sein. Dahlmann hatte an diesem Abend ein unvollständiges Exemplar von *Tausendundeine Nacht* von Weil aufgetrieben; begierig, diesen Fund zu betrachten, wartete er nicht, bis der Fahrstuhl herunterkam, sondern lief eilig die Treppe hinauf. In der Dunkelheit streifte etwas seine Stirn – eine Fledermaus, ein Vogel? Im Gesicht der Frau, die ihm die Tür öffnete, stand Entsetzen geschrieben, und die Hand, mit der er sich über die Stirn strich, färbte sich rot von Blut. Die Kante eines frischgestrichenen Fensterflügels, den jemand zu schließen vergessen hatte, war schuld an dieser Wunde. Es gelang Dahlmann einzuschlafen; aber gegen Morgen wurde er wach, und von diesem Augenblick an bekamen alle Dinge einen abscheulichen Geschmack. Das Fieber verzehrte ihn, und die Illustrationen von *Tausendundeiner Nacht* waren dazu angetan, Albträume auszuschmücken. Freunde und Verwandte besuchten ihn und versicherten ihm mit übertriebenem Lächeln, daß er sehr gut aussehe. Dahlmann hörte sie mit einer Art von mattem Erstaunen an und wunderte sich, daß sie nicht wußten, daß er in der Hölle war. Acht Tage vergingen wie acht Jahrhunderte. Eines Nachmittags erschien sein gewohnter Arzt mit einem neuen Arzt, und sie brachten ihn in ein Sanatorium in der Calle Ecuador, weil sich eine Röntgenaufnahme als unumgänglich erwiesen hatte. In der Mietdroschke, die sie dorthin brachte, dachte Dahlmann, daß er in einem Zimmer, das nicht sein Zuhause wäre, endlich würde schlafen können. Er fühlte sich glücklich und gesprächig. Kaum angekommen, entkleidete man ihn, schor ihm den Kopf, schnallte ihn auf einer

Bahre fest, durchleuchtete ihn bis zum Blindwerden und bis zum Schwindel, horchte ihn ab, und ein maskierter Mann stieß ihm eine Nadel in den Arm. Er wachte mit Brechreiz auf, fest verbunden und in einer Zelle, die etwas von einem Brunnenschacht hatte; in den Tagen und Nächten, die auf die Operation folgten, mußte er erkennen, daß er bis dahin kaum im Vorhof der Hölle gewesen war. Das Eis ließ in seinem Mund nicht die leiseste Spur der Erfrischung zurück. In diesen Tagen begann Dahlmann, sich Stück für Stück zu hassen; er haßte sein Selbst, seine körperlichen Bedürfnisse, seine Erniedrigung, den Bart, der sein Gesicht stachelig machte. Mit stoischem Gleichmut ertrug er die Behandlungen, die sehr schmerzhaft waren; aber als der Chirurg ihm sagte, daß er beinahe an einer Sepsis gestorben wäre, brach Dahlmann in Tränen aus, aus Mitleid mit seinem Geschick. Das körperliche Elend und das unablässige Gefaßtsein auf schlimme Nächte hatten ihn an etwas so Abstraktes wie den Tod nicht denken lassen. Am nächsten Tag sagte ihm der Chirurg, daß er auf dem Weg der Besserung sei, und daß er sehr bald zur Erholung auf die Estancia werde gehen können. Wider alles Erwarten kam der versprochene Tag heran.

Die Wirklichkeit liebt die Symmetrien und die leichten Anachronismen; Dahlmann war in einer Mietdroschke ins Sanatorium gekommen, und jetzt brachte ihn eine Mietdroschke zum Bahnhof Constitución. Die erste herbstliche Kühle nach der drückenden Luft des Sommers war gleichsam ein Sinnbild seines Schicksals, das ihn von Fieber und Tod losgesprochen hatte. Die Stadt hatte um 7 Uhr früh noch nicht das Aussehen eines alten Hauses eingebüßt, das ihr die Nacht zu geben pflegte; die Straßen waren wie lange Gänge, die Plätze wie Höfe. Dahlmann erkannte sie mit einem Gefühl von Glück und anfänglichem Schwindel wieder; Sekunden bevor seine Augen sie entdeckten, erinnerte er sich an die Straßenkreuzungen, die Anschlagsäulen, an die bescheidenen Unterschiede im Stadtbild von Buenos Aires. Im gelben Licht des neuen Tages kamen alle Dinge zu ihm zurück.

Jedermann weiß, daß der »Süden« jenseits der Straße Rivadavia beginnt. Dahlmann pflegte zu sagen, daß das keine bloße Redensart ist, daß, wer diese Straße überquert, eine ältere und gefestigtere Welt betritt. Vom Wagen aus suchte er zwischen den Neubauten das alte Gitterfenster, den Türklopfer, den Türbogen, den Gang und den Innenhof.

In der Bahnhofshalle merkte er, daß noch 30 Minuten Zeit waren. Er erinnerte sich plötzlich, daß es in einem Café in der Calle Brasil (wenige Schritte vom Haus Irigoyens entfernt) einen riesigen Kater gab, der sich wie eine Gottheit verächtlich von den Leuten liebkosen ließ. Er ging hinein. Da lag der Kater, schlafend. Er bestellte eine Tasse Kaffee, süßte sie langsam, kostete (dieser Genuß war ihm in der Klinik untersagt gewesen) und dachte, während er das schwarze Fell streichelte, daß diese Berührung eitel war, und daß sie wie durch eine Glaswand voneinander getrennt waren; denn der Mensch lebt in der Zeit, im Ablauf der Dinge, und das magische Tier in der Gegenwart, in der Ewigkeit des Augenblicks.

Am vorletzten Bahnsteig wartete der Zug. Dahlmann ging durch die Wagen und fand einen, der fast leer war. Er verstaute den Handkoffer im Netz; als die Wagen sich in Bewegung setzten, öffnete er ihn und holte, nach einigem Zögern, den ersten Band von *Tausendundeiner Nacht* heraus. Mit diesem Buch zu reisen, das so eng mit der Geschichte seines Mißgeschicks verknüpft war, war soviel wie eine Bestätigung, daß dieses Mißgeschick behoben war, und eine heitere und geheime Herausforderung an die gescheiterten Mächte des Bösen.

Zu beiden Seiten des Zuges löste die Stadt sich in Vororte auf; dieser Anblick und dann der der Gärten und Landhäuser zögerten den Beginn der Lektüre hinaus. In Wahrheit las Dahlmann wenig; der Magnetberg und der Geist, der geschworen hat, seinen Wohltäter zu töten, waren wunderbar – wer könnte das bezweifeln –, aber nicht viel wunderbarer als der Morgen und die Tatsache des Seins. Das Glücksgefühl lenkte ihn von Scheherezade und ihren überflüssigen Wundern ab; Dahlmann schloß das Buch und überließ sich einfach dem Leben.

Das Mittagessen (bei dem die Fleischbrühe in glänzenden Metallschalen serviert wurde, wie in längst vergangenen Sommerfrischen seiner Kindheit) war ein neuer, mit Ruhe und Dankbarkeit hingenommener Genuß.

Morgen werde ich auf der Estancia erwachen, dachte er, und es war, als sei er zur selben Zeit zwei Menschen: einer, der durch den Herbsttag, durch die heimatliche Landschaft dahinfuhr, und der andere in einem Sanatorium eingesperrt und planmäßiger Knechtschaft unterworfen. Er sah ungetünchte Backsteinhäuser, langgestreckt und mit vielen Ecken, die ohne Ende nach den vorbeifahrenden Zügen ausschauten; er sah Reiter auf den Erdstraßen; sah Gräben und Lagunen und Vieh; sah breite, leuchtende Wolken, die wie aus Marmor schienen, und all diese Dinge waren zufällig, wie Träume der weiten Ebene. Er glaubte auch Bäume und Äcker wiederzuerkennen, die er nicht hätte nennen können, da seine unmittelbare Kenntnis des Landes erheblich geringer war als seine sehnsüchtigen und literarischen Kenntnisse.

Manchmal schlief er, und in seinen Träumen war das Vorwärtsdrängen des Zuges. Die unerträglich weiße Sonne des Mittags hatte sich in die gelbe Sonne verwandelt, die der Abenddämmerung vorausgeht, und bald würde sie rot sein. Auch der Wagen war ein anderer geworden, es war nicht mehr derselbe Wagen, der den Bahnsteig in Constitución verlassen hatte: Die Ebene und die Stunden hatten ihn durchdrungen und verwandelt. Draußen verlängerte der bewegliche Schatten des Wagens sich bis zum Horizont. Die unbebaute Erde störten weder Ortschaften noch sonstige Spuren des Menschen. Alles war weit, aber zur selben Zeit war es vertraut und, auf irgendeine Weise, geheim. Auf der ungeheuren Fläche war manchmal nichts zu sehen als ein Stier. Die Einsamkeit war vollkommen, vielleicht feindlich, und Dahlmann konnte sich einbilden, er fahre in die Vergangenheit, nicht bloß in den Süden. Aus dieser phantastischen Vorstellung riß ihn der Schaffner, der, als er seine Fahrkarte sah, ihn darauf aufmerksam machte, daß der Zug nicht auf der gewohnten Station halten werde, sondern auf einer anderen, etwas früheren, die Dahlmann kaum kannte. (Der Mann fügte eine Erklärung hinzu, die Dahlmann gar nicht zu verstehen, ja nicht einmal zu hören versuchte, da der Mechanismus der Tatsachen ihm nicht wichtig war.)

Der Zug hielt mühsam, fast mitten auf freiem Feld. Auf der anderen Seite der Geleise lag die Station, die wenig mehr als ein überdachter Bahnsteig war. Es gab kein Fahrzeug, aber der Stationsvorsteher meinte, er könne vielleicht eines in dem Laden bekommen, den er ihm angab, etwa 1000 Meter weiter weg.

Dahlmann akzeptierte den Spaziergang wie ein keines Abenteuer. Die Sonne war schon untergegangen, aber ein letzter Glanz ließ die lebendige, schweigende Ebene aufleuchten, bevor die Nacht sie auslöschte. Weniger um sich nicht zu ermüden, als um all dies andauern zu lassen, ging Dahlmann langsam und atmete in feierlichem Glücksgefühl den Geruch des Klees ein.

Die Ladenschänke war früher einmal hochrot angestrichen gewesen, aber die Jahre hatten die heftige Farbe vorteilhaft gedämpft. Etwas in ihrer armseligen Architektur erinnerte ihn an einen Stahlstich, vielleicht aus einer alten Ausgabe von *Paul et Virginie.* An das Geländer davor waren ein paar Pferde gebunden. Drinnen glaubte Dahlmann den Wirt zu erkennen; aber dann merkte er, daß ihn dessen Ähnlichkeit mit einem der Angestellten des Sanatoriums getäuscht hatte. Der Mann hörte sich den Fall an und sagte, er werde ihm den Wagen anspannen lassen; um diesem Tag noch ein weiteres Ereignis hinzuzufügen und um die Zeit auszufüllen, beschloß Dahlmann, in der Ladenschänke zu essen.

An einem Tisch aßen und tranken lärmend ein paar kräftige Burschen, um die Dahlmann sich anfangs nicht kümmerte. Auf dem Boden, gegen den Schanktisch gelehnt, hockte unbeweglich, als sei er bloß ein Ding, ein sehr alter Mann. Die Jahre hatten ihn vermindert und abgeschliffen, wie Wasser einen Stein oder wie Generationen von Menschen ein

Sprichwort. Er war dunkel, klein und ausgemergelt, schien gleichsam außerhalb der Zeit, in einer Ewigkeit, zu existieren. Dahlmann bemerkte mit Befriedigung die Kopfbinde, den Flanell-Poncho, die Gauchohose und die Stiefel aus Fohlenleder; er erinnerte sich an fruchtlose Diskussionen mit Leuten aus dem Norden oder Entre Rios und sagte sich wieder einmal, daß es Gauchos wie diesen eben nur noch im Süden gibt.

Dahlmann machte es sich beim Fenster bequem. Die Dunkelheit verschluckte allmählich das Land draußen, aber sein Geruch und seine Geräusche drangen auch jetzt noch durch die Fenstergitter bis zu ihm hin. Der Wirt brachte ihm Sardinen und dann am Rost gebratenes Fleisch; Dahlmann spülte es mit ein paar Glas Rotwein hinunter. Müßig kostete er den herben Geschmack und ließ seinen schon etwas schläfrigen Blick durch den Raum schweifen. Die Petroleumlampe hing von einem der Balken herunter; die Gäste am anderen Tisch waren zu dritt: zwei sahen aus wie Peones von einer Farm; der dritte, mit einem stumpfen Eingeborenengesicht, trank mit dem Hut auf dem Kopf. Dahlmann spürte plötzlich, daß etwas leicht sein Gesicht streifte. Neben dem Trinkgefäß aus trübem Glas, auf einem der Streifen des Tischtuches, lag ein Kügelchen aus Brotteig. Das war alles, aber irgendwer hatte es nach ihm geworfen.

Die am anderen Tisch schienen sich gar nicht um ihn zu kümmern. Verwirrt beschloß Dahlmann bei sich, daß nichts geschehen sei, und öffnete den Band von *Tausendundeine Nacht*, wie um die Wirklichkeit zu verdecken. Nach wenigen Minuten traf ihn ein zweites Kügelchen, und diesmal lachten die Peones. Dahlmann sagte sich, daß er keinerlei Angst fühle, daß es aber eine Torheit wäre, wenn er, als Rekonvaleszent, sich von Unbekannten zu einem zweifelhaften Streit hinreißen ließe. Er beschloß hinauszugehen und war schon aufgestanden, als der Wirt zu ihm trat und ihn mit besorgter Stimme ermahnte:

»Señor Dahlmann, kümmern Sie sich nicht um diese Burschen, die sind schon ziemlich angetrunken.«

Dahlmann wunderte sich gar nicht, daß der andere ihn jetzt auf einmal kannte, aber er fühlte, daß diese beschwichtigenden Worte in Wahrheit die Situation verschlimmerten. Vorher hatte sich die Herausforderung der Peones an ein zufälliges Gesicht gerichtet, eigentlich an niemand; jetzt ging sie gegen ihn und seinen Namen, und die Nachbarn würden davon erfahren. Dahlmann schob den Wirt zur Seite, stellte sich vor die Peones hin und fragte, was sie wollten.

Der Flegel mit dem Eingeborenengesicht stand schwankend auf. Nur einen Schritt von Juan Dahlmann entfernt, schrie er ihm Beschimpfungen ins Gesicht, als stände er weit weg. Er übertrieb absichtlich seine Betrunkenheit, und diese Übertreibung war Wut und war Hohn. Unter Flüchen und unflätigen Schimpfworten warf er ein langes Messer in die Luft, folgte ihm mit den Augen, fing es und forderte Dahlmann zum Zweikampf auf. Der Wirt wandte mit zitternder Stimme ein, daß Dahlmann keine Waffe habe. In diesem Augenblick geschah etwas, was nicht vorauszusehen war.

Aus der Ecke warf der alte reglose Gaucho, in dem Dahlmann ein Sinnbild des Südens sah (des Südens, der ihm gehörte), ihm einen blanken Dolch zu, der vor seine Füße fiel. Es war, als habe der Süden beschlossen, daß Dahlmann die Herausforderung annehmen sollte. Dahlmann bückte sich, um den Dolch aufzuheben, und spürte zweierlei. Erstens, daß diese fast instinktive Bewegung ihn zum Kampf verpflichtete. Zweitens, daß die Waffe in seiner ungeschickten Hand nicht zu seiner Verteidigung dienen würde, sondern nur zur Rechtfertigung, getötet zu werden. Er hatte wohl einmal mit einem Dolch gespielt, wie jeder Mann; aber seine Fechterei reichte nicht weiter als bis zu der Kenntnis, daß die Stöße von unten nach oben geführt werden müssen und mit der Schneide nach innen. *Im Sanatorium hätten sie nicht zugelassen, daß mir so etwas geschieht,* dachte er.

»Gehen wir«, sagte der andere.

Sie gingen hinaus, und wenn in Dahlmann keine Hoffnung war, so doch auch keine Angst. Während er über die Schwelle trat, fühlte er, daß in der ersten Nacht im Sanatorium, als man ihm die Nadel einstach, es für ihn eine Erlösung gewesen wäre, ein Glück und ein Fest, in einem Messerkampf zu sterben, unter freiem Himmel, im Angriff. Er fühlte, daß – wenn er damals seinen Tod hätte wählen oder erträumen können – es dieser Tod gewesen wäre, den er erwählt oder erträumt hätte.

Mit festem Griff packt Dahlmann das Messer, das er vielleicht nicht einmal zu führen wissen wird, und geht in die Ebene hinaus.

DER UNSTERBLICHE

Für Cecilia Ingenieros

Solomon saith: *There is no new thing upon the earth.* So that as Plato had an imagination, *that all knowledge was but remembrance;* so Solomon giveth his sentence, *that all novelty is but oblivion.*

FRANCIS BACON: *Essays* LVIII

In London bot Anfang Juni 1929 der Antiquar Joseph Cartaphilus aus Smyrna der Prinzessin von Lucinge die sechs Bände in Kleinquart (1715–1720) der *Ilias* von Pope an. Die Prinzessin erwarb sie; als sie sie entgegennahm, wechselte sie ein paar Worte mit ihm. Er war, sagte sie, ein ausgemergelter, erdfahler Mann mit grauen Augen und grauem Bart und einzigartig ungenauen Gesichtszügen. Er erging sich fließend und ohne sich dessen bewußt zu werden in mehrerlei Sprachen; binnen weniger Minuten wechselte er vom Französischen ins Englische und vom Englischen in eine rätselhafte Verschmelzung von Spanisch aus Saloniki und Portugiesisch aus Macao über. Im Oktober erfuhr die Prinzessin von einem Passagier der »Zeus«, daß Cartaphilus auf der Rückfahrt nach Smyrna auf See gestorben war, und daß man ihn auf der Insel Ios beigesetzt hatte. Im letzten Band der *Ilias* fand sie nachstehendes Manuskript.

Das Original ist auf Englisch abgefaßt und enthält eine Fülle von Latinismen. Die abgedruckte Übersetzung ist wortgetreu.

I

Soweit ich mich erinnere, begannen meine Leiden in einem Garten in Thebe Hekatómpylos zur Zeit, als Diokletian Kaiser war. Ich hatte in den jüngstvergangenen ägyptischen Kriegen (ohne Ruhm zu ernten) Dienst getan, ich war Tribun einer Legion, die in Berenike am Roten Meer in Quartier lag; das Fieber und die Magie rieben viele Männer auf, deren hoher Sinn nach dem Schwert verlangte. Die Mauretanier wurden besiegt; der Boden, den einst die aufsässigen Städte bedeckt hatten, wurde auf ewig den plutonischen Gottheiten geweiht; Alexandria, niedergeworfen, erflehte vergebens das Erbarmen des Caesar; vor Ablauf eines Jahres brachten die Legionen den Triumph nach Hause, während es mir kaum gelang, das Antlitz des Mars von fern zu erblicken. Daß ich hierauf verzichten mußte, schmerzte mich, und vielleicht war dies die Ursache dafür, daß ich mich aufmachte und durch furchtbare und verworrene Wüsten zog, die geheime Stadt der Unsterblichen zu entdecken.

Meine Leiden begannen, so erzählte ich, in einem Garten in Theben. Die ganze Nacht über schlief ich nicht, weil in meinem Herzen etwas kämpfte. Kurz vor Tagesanbruch stand ich auf; meine Sklaven schliefen; der Mond war von der gleichen Farbe wie der unendliche Sand. Ein abgehetzter und blutbefleckter Reiter kam von Osten her. Ein paar Schritte vor mir glitt er vom Pferd. Mit schwacher, unersättlicher Stimme fragte er mich auf Lateinisch nach dem Namen des Flusses, der die Mauern der Stadt umspülte. Ich antwortete ihm, es sei der Aigyptos, den die Regenfälle speisen. *Ein anderer Fluß ist es, dem ich nachjage*, erwiderte er traurig, *dem verborgenen Fluß, der die Menschen vom Tode reinigt.* Dunkles Blut quoll aus seiner Brust. Er sagte mir, seine Heimat sei ein Gebirge am anderen Ufer des Ganges, und in jenem Gebirge sei die Sage verbreitet, daß, wenn jemand immerzu gegen Abend gehe, bis dorthin, wo die Welt zu Ende ist, er an den Fluß kommen werde, dessen Wasser Unsterblichkeit verleihen. Er fügte hinzu, am äußersten Ufersaum erhebe sich die Stadt der Unsterblichen, reich an Bollwerken, Amphitheatern und Tempeln. Noch vor der Morgenröte starb er. Ich aber beschloß, die Stadt und ihren Fluß zu entdecken. Vom Henker befragt, bestätigten einige gefangene Mauretanier den Bericht des Reisenden; einer erinnerte an die elysischen Gefilde am äußersten Ende der Welt, wo das Menschenleben dauerhaft ist; ein anderer an die Höhen, wo der Paktolos entspringt, an dessen Ufern man hundert Jahre lebt. In Rom besprach ich mich mit Philosophen, die der Anschauung waren, die Verlängerung des Menschenlebens sei eine Verlängerung seiner Agonie und Vervielfältigung der Anzahl seiner Tode. Ich weiß nicht, ob ich je an die Stadt der Unsterblichen geglaubt habe; damals genügte mir wohl die Aufgabe, sie zu suchen. Flavius, Prokonsul von Gaetulia, überließ mir für das Unternehmen zweihundert Soldaten. Außerdem warb ich Söldner, die sich als wegkundig ausgaben und als erste desertierten.

Die späteren Ereignisse haben die Erinnerung an unsere ersten Reisetage bis zur Unentwirrbarkeit entstellt. Wir brachen von Arsinoe auf und hielten Einzug in die Glutwüste. Wir durchquerten das Land der Troglodyten, die sich von Schlangen ernähren und des Umgangs mit dem Wort ermangeln; das der Garamanten, bei denen die Frauen Gemeinbesitz sind, und die sich von Löwen ernähren; das der Augilen, die als einziger Gottheit dem Tartarus huldigen. Wir schleppten uns durch andere Wüsten, deren Sand schwarz ist, und wo der Reisende die Nachtstunden ausnutzen muß, weil die Tageshitze unerträglich ist. Von weitem erblickte ich den Berg, der dem Ozean den Namen gab; an seinen Hängen gedeiht die Euphorbie, die Gifte unschädlich macht; auf seinem Gipfel hausen die Satyrn, ein halbtierisches Landvolk, das zur Ausschweifung neigt. Daß diese barbarischen Weltgegenden, wo die Erde Ungeheuer gebiert, in ihrem Schoß eine berühmte Stadt bergen sollten, dünkte uns allen unbegreiflich. Wir setzten unseren Marsch fort, da es schimpflich gewesen wäre, den Rückzug anzutreten. Ein paar Furchtlose ließen im Schlaf den

Mond auf ihr Gesicht scheinen; das Fieber verbrannte sie; aus dem verdorbenen Wasser der Zisternen tranken andere Wahnsinn und Tod. Dann fingen die Desertionen an; nicht lange danach kam es zu Meutereien. Um sie zu unterdrücken, scheute ich nicht vor der Anwendung von Strenge zurück. Ich verfuhr rechtmäßig, doch verriet mir ein Centurio, daß die Aufsässigen (aus Rache für den Kreuzestod eines ihrer Kameraden) mir nach dem Leben trachteten. Ich floh aus dem Lager, mit den wenigen Soldaten, die mir treu geblieben waren. In der Wüste verlor ich sie in Sandwirbeln und weitläufiger Nacht. Ein kretischer Pfeil ritzte mich. Tagelang irrte ich umher, ohne Wasser zu finden, oder einen einzigen ungeheuren Tag, den Sonne, Durst und Furcht vor dem Durst vervielfachten. Ich überließ den Weg der Willkür meines Pferdes. Im Morgengrauen starrte die Ferne von Pyramiden und Türmen. Unerträglich träumte ich von einem engen und glitzernden Labyrinth: Im Mittelpunkt war ein Krug; fast berührten ihn meine Hände, meine Augen sahen ihn, aber so verschlungen und verzwickt waren die Bogenlinien, daß ich wußte, eher würde ich sterben als ihn erreichen.

II

Als ich mich endlich aus den Schlingen dieses Albtraums befreite, fand ich mich, an den Händen gefesselt, in eine längliche Nische aus Stein geworfen, die, nicht größer als ein gewöhnliches Grab, oberflächlich in den Steilhang des Bergs gegraben war. Die Seiten waren feucht und eher durch Zeit denn durch Handwerk geglättet. Ich fühlte in der Brust ein schmerzendes Pochen, fühlte, daß der Durst mich verbrannte. Ich richtete mich auf und rief schwächlich. Am Fuß des Bergs verlief geräuschlos ein trübes Wasser, das von Abfällen und Sand stockte; am anderen Ufer erstrahlte (im letzten oder ersten Sonnenlicht) die ersichtliche Stadt der Unsterblichen. Ich sah Mauern, Bögen, Giebel und Plätze; der Grundsockel war eine felsige Hochfläche. An die hundert unregelmäßige Nischen gleich meiner furchten den Hang und das Tal. Im Sand gab es Brunnenlöcher von geringer Tiefe; aus diesen elenden Löchern (und aus den Nischen) tauchten grauhäutige, bartstruppige, nackte Männer auf. Ich meinte sie wiederzuerkennen: Sie gehörten dem tierischen Stamm der Troglodyten an, die an den Ufern des Arabischen Golfs und in den Höhlen Äthiopiens ihr Unwesen treiben; ich war nicht verwundert, daß sie nicht sprachen und von Schlangen lebten.

Die Geißel des Durstes machte mich tollkühn. Ich überlegte mir, daß mich etwa dreißig Fuß vom Ufersand trennten; mit geschlossenen Augen, die Hände auf dem Rücken gefesselt, stürzte ich mich hinunter. Ich tauchte das blutende Gesicht in das dunkle Wasser. Ich trank wie das Vieh an der Tränke. Bevor ich abermals in Schlaf und Fieberträume verfiel, sagte ich sonderbarerweise ein paar griechische Worte vor mich hin: *Die begüterten Teukrer von Zeleia, die das schwarze Wasser des Aisepos trinken.*

Ich weiß nicht, wie viele Tage und Nächte über mich hingingen. Von Schmerzen geplagt, unfähig, in den Schutz der Höhlen zurückzufinden, nackt auf dem unbekannten Sand, ließ ich Mond und Sonne mit meinem elenden Geschick spielen. Die Troglodyten, barbarische Kindermenschen, halfen mir nicht zu überleben noch zu sterben. Umsonst flehte ich sie an, sie sollten ein Ende mit mir machen. Eines Tages zerschnitt ich mit der scharfen Kante eines Kiesels meine Fesseln. Und wieder eines Tages stand ich auf und brachte es fertig – ich, Marcus Flaminius Rufus, Militärtribun einer der Legionen Roms –, meine erste Ration ekelerregenden Schlangenfleisches zu erbetteln oder zu stehlen.

Das Verlangen, die Unsterblichen zu sehen, die übermenschliche Stadt mit Händen zu fassen, brachte mich fast um den Schlaf. Die Troglodyten aber, als ob sie mein Vorhaben durchschauten, schliefen gleichfalls nicht; zuerst schloß ich daraus, daß sie mich bewachten; später, daß ich sie mit meiner Unrast angesteckt hätte, wie Hunde einander anstecken können. Um das barbarische Dorf hinter mir zu lassen, wählte ich die belebteste Stunde des Tages, den hereinbrechenden Abend, wenn fast alle Männer aus Ritzen und Brunnenlöchern auftauchen und den Blick nach Sonnenuntergang richten, ohne ihn zu sehen. Ich betete mit lauter Stimme, nicht so sehr um die Gunst der Götter herabzuflehen, als um die Horde mit artikulierten Worten einzuschüchtern. Ich durchquerte das von Sandbänken verstopfte Flußbett und wandte mich zur Stadt. Verstört folgten mir zwei oder drei Männer. Sie waren, wie die anderen ihrer Art, von verkümmertem Wuchs; sie flößten nicht Furcht, sondern Widerwillen ein. Ich mußte ein paar unregelmäßige Vertiefungen umgehen, die mir Steinbrüche zu sein schienen. Geblendet von der Größe der Stadt, hatte ich sie nahe gewähnt. Gegen Mitternacht betrat ich den von Götterbildern gezähnten Schatten ihrer dunklen Mauern auf gelbem Sand. Etwas wie ein heiliger Schrecken ließ meinen Schritt stocken. So sehr verabscheut der Mensch das Nieerblickte und die Wüste, daß ich froh war zu bemerken, daß einer der Troglodyten mir bis zum Schluß gefolgt war. Ich schloß die Augen und wartete (ohne zu schlafen) auf den Anbruch des Tages.

Ich habe gesagt, daß die Stadt auf eine felsige Hochfläche gegründet war. Diese Hochfläche, die einer Steilküste glich, war nicht minder schroff als die Mauern. Vergebens schritt ich sie ab; der schwarze Grundsockel wies nicht die kleinste Unregelmäßigkeit auf; die immer gleichen Mauern schienen kein einziges Tor zuzulassen. Die Hitze des Tages ließ mich in einer Höhle Schutz suchen; am Grunde war ein Brunnen, im Brunnen eine Leiter, die sich in der unteren Finsternis verlor. Ich stieg hinab; durch ein Chaos schmutziger Galerien gelangte ich in ein weiteres kreisförmiges Gemach, das kaum zu erkennen war. Dieses unterirdische Gelaß hatte neun Türen; acht davon waren Eingänge eines Labyrinths, das trügerisch in dasselbe Gemach wieder einmündete; die neunte führte (durch ein anderes Labyrinth) in ein zweites kreisförmiges Gemach gleich dem ersten. Ich weiß nicht die genaue Zahl der Gemächer; mein Mißgeschick und meine Angst vervielfachten sie. Die Stille war feindselig und nahezu vollkommen; in diesem tiefen Netzwerk aus Stein war nichts zu vernehmen außer einem unterirdischen Wind, dessen Ursache ich nicht herausfand; lautlos versickerten in den Spalten Fäden rostigen Wassers. Schrecklicherweise gewöhnte ich mich an diese ungewisse Welt; ich hielt es für unglaubhaft, daß es anderes geben könne als unterirdische Gelasse mit neun Türen und weite Gänge, die sich gabeln. Ich weiß nicht, wie lange ich so unter der Erde dahinwanderte; ich weiß nur noch, daß ich einmal, von demselben Heimweh erfaßt, die abstoßende Barbarensiedlung mit meiner in Reben gebetteten Heimatstadt verwechselte.

Am Ende eines Ganges versperrte mir unvermutet eine Mauer den Weg; ein fernes Licht sank herein. Ich hob die geblendeten Augen: Schwindelnd in höchster Höhe sah ich ein kreisförmiges Stück Himmel von solcher Bläue, daß es mir purpurn hätte scheinen können. Metallene Stufen kletterten die Mauer hinan. Ich war zum Umfallen müde, doch stieg ich hinauf; nur von Zeit zu Zeit hielt ich inne, um vor Glückseligkeit zu schluchzen. Ich unterschied Säulenkapitelle und Rundstäbe, dreieckige Giebelfelder, wirren Prunk von Granit und Marmor. So war mir beschieden, aus der blinden Region schwarzer, gewundener Labyrinthe zu der strahlenden Stadt emporzusteigen.

Heraus kam ich auf etwas wie einen kleinen Platz, besser gesagt, in einem Innenhof. Eingefaßt war er von einem einzigen Gebäude, das unregelmäßig in der Form und von unterschiedlicher Höhe war; zu diesem ungleichartigen Gebäude gehörten die verschiedenerlei Kuppeln und Säulen. Mehr noch als irgendeine andere Besonderheit dieses unglaublichen Gebäudes bestürzte mich die uralte Antiquität seiner Fertigung; ich fühlte, daß es älter als die Menschen, älter als die Erde war. Dieses deutlich erkennbare Alter (mochte es auch die Augen irgendwie schrecken) schien mir dem Schaffen unsterblicher Arbeiter zu entsprechen. Zuerst verstohlen, dann gleichgültig, schließlich verzweifelt irrte ich über Treppen und gepflasterte

Höfe dieses unentwirrbaren Palastes. (Später stellte ich fest, daß Breite und Höhe der Stufen ungleich waren, worin ich die Erklärung für die sonderbare Müdigkeit, die sie mir bereiteten, fand.) *Dieser Palast ist ein Bauwerk der Götter,* dachte ich zunächst. Ich durchforschte seine unbewohnten Gemächer und verbesserte mich: *Die Götter, die ihn gebaut haben, sind tot.* Ich achtete auf seine Eigenheiten und sagte: *Die Götter, die ihn gebaut haben, waren wahnsinnig.* Das sagte ich, wie ich mich genau erinnere, mit einem unbegreiflichen Aufbegehren, das fast ein Gewissensbiß war, mehr mit einem intellektuellen Schauder denn einem Angstgefühl. Zum Eindruck ungeheuren Alters gesellten sich andere: der Eindruck von Endlosigkeit, von Gräßlichkeit, von verwickelter Sinnlosigkeit. Ich hatte ein Labyrinth durchwandert, aber die gleißende Stadt der Unsterblichen ängstigte mich und stieß mich ab. Ein Labyrinth ist ein Haus, das die Menschen irreführen soll; seine Bauweise, die in Symmetrien schwelgt, ist auf diesen Zweck ausgerichtet; in dem Palast, den ich teilweise erforschte, war die Bauart zwecklos. Immer wieder stieß ich auf blinde Gänge, auf unerreichbar hoch angebrachte Fenster, auf prunkvolle Türen vor einer Zelle oder einem Brunnen, auf unglaubliche Treppen, die mit Stufen und Geländer umgedreht nach unten hingen. Andere, die seitlich vor einer Riesenmauer in der Luft schwebten, endeten, ohne irgendwohin zu führen, nach zwei, drei Windungen im oberen Schatten der Kuppeln. Ich weiß nicht, ob alle Beispiele, die ich aufgezählt habe, buchstäblich zutreffen; ich weiß nur, daß sie jahrelang meine Albträume verseucht haben; ich kann nicht mehr sagen, ob diese oder jene Einzelheit die Wirklichkeit wiedergibt oder die Schreckbilder, die meine Nächte verzerrten. *Diese Stadt,* dachte ich, *ist so furchtbar, daß ihr bloßes Dasein und Bestehen, sei es auch in der Tiefe einer abgeschiedenen Wüste, die Vergangenheit und die Zukunft in Mitleidenschaft zieht und in gewisser Weise die Gestirne beeinträchtigt. Solange sie dauert, kann auf Erden niemand tapfer oder glücklich sein.* Ich will sie nicht beschreiben; ein Kauderwelsch zusammenhangloser Wörter, ein Tiger- oder Stierkörper, an dem miteinander vermählt und in gehässiger Zwietracht Zähne, Organe und Köpfe ungeheuerlich durcheinanderwimmeln, wären (vielleicht) annähernde Vergleiche.

Ich entsinne mich nicht mehr der Etappen meines Rückzugs durch die verstaubten und feuchten Unterweltsadern. Ich weiß nur noch, daß die Angst mich nicht losließ, mich könnte beim Verlassen des letzten Labyrinths abermals die heillose Stadt der Unsterblichen umringen. Sonst kann ich mich an nichts mehr erinnern. Dieses Vergessen, das ich heute nicht mehr überwinden kann, war vielleicht gewollt; vielleicht waren die Umstände meines Entkommens so unliebsam, daß ich an einem Tag, der nicht minder dem Vergessen angehört, geschworen habe, sie zu vergessen.

III

Wer die Schilderung meiner Leiden aufmerksam gelesen hat, wird sich erinnern, daß ein Mann von der Horde wie etwa ein Hund, der mir nachgetrottet wäre, mich bis in den unregelmäßigen Schatten der Mauern verfolgt hatte. Als ich aus dem letzten unterirdischen Gang hinaustrat, traf ich ihn am Ausgang der Höhle. Er lag ausgestreckt im Sand, in den er eine Reihe von Zeichen grub und wieder auswischte, gleich den Buchstabenzeilen, die man im Traum erblickt, die man nahe daran ist zu verstehen, und die sogleich zerfließen. Zunächst dachte ich, es handle sich um eine barbarische Schrift; dann sah ich ein, daß es sinnlos ist, sich einzubilden, Menschen, die es nicht zu Worten gebracht haben, könnten es zur Schrift bringen. Auch war keine der Formen einer anderen gleich, was die Möglichkeit, es handle sich um sinnbildliche Zeichen, ausschloß oder beseitigte. Der Mann zeichnete sie auf, betrachtete und verbesserte sie. Plötzlich, als sei er des Spiels müde, wischte er sie mit der Handfläche und dem Unterarm aus. Er blickte mich an, schien mich nicht wiederzuerkennen.

Und doch – so groß war die Erleichterung, die mich überflutete (oder so groß und schrecklich war meine Einsamkeit), daß mir der Gedanke kam, dieser primitive Troglodyte, der mir vom Höhlenboden aus entgegensah, habe auf mich gewartet. Die Sonne erhitzte die Ebene; als wir den Rückweg zum Dorf antraten, unter den ersten Sternen, war der Sand unter den Füßen glühendheiß. Der Troglodyte ging vor mir her; an diesem Abend nahm ich mir vor, ihm ein paar Worte beizubringen, ihn sie vielleicht nachsprechen zu lassen. Hund und Pferd (erwog ich) leisten das eine; viele Vögel, so die Nachtigall der Caesaren, das andere. Mochte der Verstand eines Menschen auch noch so plump sein, vernunftlose Geschöpfe würde er auf jeden Fall übertreffen.

Die Demut und das Elend des Troglodyten ließen in meinem Gedächtnis das Bild des Argos erstehen, des altersschwachen Hundes der *Odyssee.* Darum nannte ich ihn Argos und versuchte, ihm den Namen einzuprägen. Ich scheiterte vom einen zum andern Mal. Vernünftiges Zureden, Strenge, Beharrlichkeit: alles war umsonst. Reglos, mit stumpfen Augen, schien er die Laute, die ich ihm einzuprägen versuchte, nicht aufzunehmen. Obwohl nur ein paar Schritte von mir entfernt, schien er weit weg zu sein. Im Sand ausgestreckt wie eine kleine verwitterte Sphinx aus Lavagestein, ließ er die Himmel über sich kreisen, von der Früh- bis zur Abenddämmerung. Ich hielt es für ausgeschlossen, daß er mein Vorhaben nicht begreifen sollte. Ich dachte an die Sage, die bei den Äthiopiern umgeht, daß die Affen wohlweislich nicht sprechen, damit man sie nicht zur Arbeit anhält, und schrieb das Schweigen des Argos Mißtrauen oder Furcht zu. Diese Vorstellung brachte mich auf andere, die noch ausschweifender waren. Ich dachte, Argos und ich gehörten verschiedenartigen Welten an; ich dachte, unsere Wahrnehmungen seien zwar die gleichen, doch füge Argos sie auf andere Weise zusammen und bilde aus ihnen andere Gegenstände; ich dachte, es gebe für ihn vielleicht keine Gegenstände, sondern nur ein schwindelerregendes und fortwährendes Zusammenspiel blitzschneller Eindrücke. Ich dachte an eine Welt ohne Gedächtnis, ohne Zeit; ich erwog die Möglichkeit einer Sprache, die Substantive nicht kennt, einer Sprache aus unpersönlichen Verben oder nicht deklinierbaren Beiwörtern. So starben die Tage dahin und mit den Tagen die Jahre; aber etwas dem Glück ähnliches geschah eines Morgens. Es regnete, mit anhaltender Wucht.

Die Nächte in der Wüste können kalt sein; diese jedoch war ein Feuer gewesen. Mir träumte, ein Fluß in Thessalien, dessen Fluten ich einen goldenen Fisch zurückgegeben hatte, sei gekommen, mich freizukaufen; über den roten Sand und das schwarze Geröll hörte ich ihn nahen; die Frische der Luft und das geschäftige Trommeln des Regens weckten mich auf. Ich lief nackt hinaus, ihn zu empfangen. Die Nacht ging ihrem Ende zu; unter den gelben Wolken überließ sich die Horde, nicht minder selig als ich, den belebenden Wassergüssen in einer Art Rausch. Sie glichen alle gottbesessenen Korybanten. Argos, die Augen zur Himmelswölbung aufgehoben, stöhnte, Sturzbäche rannen ihm über das Gesicht; nicht nur von Wasser (wie ich später erfuhr), sondern von Tränen. Argos, rief ich ihm zu, Argos.

Da hob er an, mit sanftmütigem Staunen, als fände er etwas wieder, was verloren und lange vergessen war, die Worte zu stammeln: *Argos, Hund des Odysseus.* Und dann, jedoch ohne mich anzusehen: *Dieser auf den Mist geworfene Hund.*

Mit der Wirklichkeit finden wir uns leicht ab, vielleicht weil wir einsehen, daß nichts wirklich ist. Ich fragte ihn, was er denn von der Odyssee wisse. Er hatte Mühe mit dem Griechischen; ich mußte meine Frage wiederholen.

Sehr wenig, sagte er. *Weniger als der ärmste Rhapsode. Es mögen elfhundert Jahre vergangen sein, seit ich sie ersonnen habe.*

IV

Alles wurde mir klar an diesem Tage. Die Troglodyten waren die Unsterblichen; der im Sand versickernde Wasserlauf war der Fluß, den der Reiter gesucht hatte. Was die Stadt anging, deren Ruhm bis zum Ganges gedrungen war, so mochten neun Jahrhunderte seit dem Tage vergangen sein, an dem die Unsterblichen sie geschleift hatten. Aus den Überresten ihrer Trümmer erbauten sie an derselben Stelle die unsinnige Stadt, die ich durchstreift hatte: als eine Art Parodie oder Kehrseite, aber auch als Heiligtum der vernunftlosen Gottheiten, die mit der Welt ihr Spiel treiben und von denen wir nichts wissen, außer daß sie nicht dem Menschen gleichen. Diese Gründung war das letzte Zeichen, zu dem die Unsterblichen sich herabließen; sie bezeichnet eine Stufe, auf der sie, zu der Einsicht gelangt, alles Tun sei eitel, im Denken zu leben beschlossen, das heißt in der reinen Spekulation. Sie errichteten den Bau, vergaßen ihn und wählten als Behausung die Höhlen. Versunken, nahmen sie die physische Welt nicht mehr wahr.

Von diesen Geschehnissen erzählte Homer, als spräche er zu einem Kinde. Er erzählte mir auch von seinem Alter und der letzten Reise, die er antrat, wie Odysseus von dem Vorsatz getrieben, zu den Menschen zu kommen, die nicht wissen, was das Meer ist, die kein eingesalzenes Fleisch essen und nicht ahnen, was ein Ruder ist. Ein Jahrhundert lang wohnte er in der Stadt der Unsterblichen. Als man sie abriß, riet er zur Gründung der anderen. Das braucht uns nicht zu überraschen; geht doch die Rede, daß er, nachdem er den Kampf um Ilion besungen hatte, den Krieg der Frösche und Ratten besang. Er war gleichsam ein Gott, der den Kosmos und hernach das Chaos erschuf.

Unsterblich zu sein ist bedeutungslos; vom Menschen abgesehen sind es alle Geschöpfe, da sie den Tod nicht kennen; das Göttliche, das Schreckliche, das Unbegreifliche ist das Wissen um die eigene Unsterblichkeit. Ich habe festgestellt, daß trotz der Religionen diese Überzeugung äußerst selten ist. Juden, Christen und Muselmanen bekennen sich zwar zur Unsterblichkeit; indessen beweist die Verehrung, die sie dem ersten Lebensjahrhundert zollen, daß sie nur an dieses eine glauben, insofern sie die Zahl aller übrigen bestimmungsgemäß ihm zum Lohn oder zur Strafe vorbehalten. Stinnvoller erscheint mir das Rad gewisser Religionen Hindustans: In diesem Rad, das weder Anfang noch Ende hat, ist jedes Leben Auswirkung des vorangehenden und erzeugt aus sich das folgende, aber keines bestimmt das Ganze... Belehrt durch jahrhundertelange Übung hatte die Gemeinschaft der Unsterblichen die Vollendung der Duldsamkeit, ja der Nichtachtung erlangt. Sie wußte, daß innerhalb eines unendlichen Zeitraums jedem Menschen alles widerfährt. Auf Grund seiner vergangenen oder künftigen Tugenden hat jeder Mensch Anspruch auf alle Güte, aber auch auf allen Verrat, wegen seiner Ruchlosigkeiten in der Vergangenheit oder der Zukunft. So wie bei Glücksspielen die geraden und ungeraden Ziffern zum Ausgleich tendieren, so heben einander Geist und Torheit auf oder berichtigen sich gegenseitig, und vielleicht ist das bäuerlich derbe Gedicht vom *Cid* das erforderliche Gegengewicht zu einem einzigen Epitheton der *Eklogen* oder einer Wortfügung von Heraklit. Der flüchtigste Gedanke gehorcht einem unsichtbaren Plan und kann eine geheime Form krönen oder stiften. Ich weiß von solchen, die Böses taten, damit es sich in künftigen Jahrhunderten als das Gute herausstellen sollte, wenn es sich nicht schon in den vergangenen als das Gute herausgestellt hatte... So betrachtet, sind alle unsere Handlungen gerecht, doch sind sie auch gleichgültig. Es gibt weder sittliche noch intellektuelle Verdienste. Homer dichtete die *Odyssee;* postuliert man einen unendlichen Zeitraum und eine Unendlichkeit von Umständen und Abwandlungen, so ist es unmöglich, nicht wenigstens einmal die Odyssee zu dichten. Niemand ist jemand, ein einziger Unsterblicher ist die ganze Menschheit. Wie Cornelius Agrippa bin ich Gott, bin Heros, bin Philosoph, bin Dämon und bin Welt, womit auf mühsame Weise gesagt ist, daß ich nicht bin.

Die Anschauung von der Welt als einem System abgewogener Kompensierungen hat weitgehend auf die Unsterblichen Einfluß geübt. Zunächst einmal hat sie sie gegen das Mitleid gefeit. Ich habe die alten Steinbrüche erwähnt, die am Gestade des anderen Ufers klafften; ein Mann stürzte in den tiefsten; er konnte sich weder verletzen noch sterben, doch verbrannte ihn der Durst; bevor sie ihm einen Strick zuwarfen, vergingen siebzig Jahre. Ebensowenig kümmerte sie das eigene Geschick. Der Leib war für sie ein unterwürfiges Haustier, für welches das monatliche Almosen von ein paar Stunden Schlaf, einem Schluck Wasser und einem Fetzen Fleisch ausreichte. Man soll uns deswegen nicht Asketen schelten. Kein Genuß ist so vielseitig wie das Denken, und ihm huldigten wir. Manchmal gab uns ein außergewöhnlicher Reiz der physischen Welt zurück. So zum Beispiel an jenem Morgen das alte, elementare Lustgefühl des Regens. Diese Einschnitte waren jedoch äußerst selten; alle Unsterblichen hatten die Fähigkeit, sich vollkommen still zu verhalten; ich erinnere mich an einen, den ich nie aufrecht stehen sah; ein Vogel nistete auf seiner Brust.

Unter den Folgesätzen der Lehre, daß es in der Welt kein Ding gibt, das nicht durch ein anderes aufgewogen wird, befindet sich einer, der theoretisch sehr wenig zu besagen hat, aber für uns zum Anlaß wurde, daß wir uns gegen Ende oder zu Beginn des 10. Jahrhunderts über die Erdoberfläche verstreuten. Er lautet folgendermaßen: *Es gibt einen Fluß, dessen Wasser Unsterblichkeit verleihen; folglich muß es in einer anderen Gegend der Welt einen Fluß geben, dessen Wasser sie aufheben.* Die Zahl der Flüsse ist nicht unendlich; ein unsterblicher Wanderer, der die Welt durchstreift, muß eines Tages von allen getrunken haben. Wir beschlossen, diesen Fluß zu entdecken.

Der Tod (oder die Anspielung auf ihn) macht die Menschen wertvoll und anrührend. Das Bewegende an ihnen ist ihr gespenstischer Zustand; jede Handlung, die sie ausführen, kann die letzte sein; es gibt kein Gesicht, das nicht bald zerfließen wird wie das Gesicht in einem Traum. Alles hat bei den Sterblichen den Wert des Unwiederbringlichen und des Gefährdeten. Bei den Unsterblichen dagegen ist jede Handlung (und jeder Gedanke) das Echo von anderen, die ihr in der Vergangenheit ohne ersichtlichen Grund vorangingen, oder zuverlässige Verheißung anderer, die sie in der Zukunft bis zum Taumel wiederholen werden. Es gibt kein Ding, das nicht gleichsam verirrt ist zwischen unermüdlichen Spiegeln. Nichts kann nur ein einziges Mal geschehen, nichts ist auf kostbare Weise gebrechlich. Das Elegische, das Ernstbetonte, das Zeremoniöse hat keine Macht über die Unsterblichen. Homer und ich trennten uns vor den Toren von Tanger; ich glaube, wir sagten einander nicht Lebwohl.

V

Ich durchzog neue Königtümer, neue Reiche. Im Oktober des Jahres 1066 stand ich auf der Brücke von Stamford, ich weiß nicht mehr, ob in den Reihen Harolds, der ungesäumt seine Bestimmung fand, oder in den Reihen jenes unseligen Harald Hardrada, der sechs Fuß englischen Bodens eroberte, oder ein wenig mehr. Im siebenten Jahrhundert der Hedschra verfertigte ich in der Vorstadt Bulak in sorgsamer Schönschrift in einer Sprache, die ich vergessen habe, einem Alphabet, das mir unbekannt ist, eine Abschrift der sieben Reisen Sindbads des Seefahrers und der Geschichte der Bronzestadt. In einem Hof des Kerkers von Samarkand habe ich sehr viel Schach gespielt; in Bikanir habe ich Astrologie getrieben und ebenso in Böhmen. Im Jahre 1638 war ich in Koloszvár und danach in Leipzig. In Aberdeen, im Jahr 1718, subskribierte ich auf die sechs Bände der *Ilias* von Pope; ich weiß, daß ich sie mit Entzücken immer wieder las. Gegen 1728 erörterte ich den Ursprung dieser Dichtung mit einem Professor der Rhetorik, der sich, glaube ich, Giambattista nannte; seine Argumente fand ich unwiderleglich. Am 4. Oktober 1921 mußte die »Patna«, auf der ich nach Bombay fuhr, in einem Hafen an der Küste Eritreas vor Anker gehen.* Ich ging an Land; andere sehr

* Hier ist eine Streichung im Manuskript; vielleicht ist der Name des Hafenortes getilgt worden.

weit zurückliegende Morgenstunden fielen mir ein, auch sie im Angesicht des Roten Meeres verbracht, als ich römischer Tribun war und das Fieber und die Magie und die Untätigkeit die Soldaten aufrieben. In der Umgebung erblickte ich ein Rinnsal klaren Wassers; aus alter Gewohnheit kostete ich davon. Als ich den Hang erklomm, ritzte mir ein dorniger Strauch den Handrücken. Der ungewohnte Schmerz schien mir sehr lebendig. Ungläubig, stumm, glückselig betrachtete ich die kostbare Bildung eines zögernden Blutstropfens. Ich bin wieder sterblich, sagte ich mir immer wieder, jetzt bin ich wieder allen Menschen gleich. In dieser Nacht schlief ich bis zum Morgengrauen.

... Ich habe, nachdem ein Jahr vergangen ist, diese Seiten durchgesehen. Daß sie wahrheitsgemäß sind, steht für mich außer Zweifel, doch meine ich in den ersten Kapiteln und auch in gewissen Absätzen der anderen eine Unstimmigkeit zu bemerken. Schuld daran ist vielleicht das mißbräuchliche Anführen von Nebenumständen, ein Darstellungsverfahren, das ich den Dichtern abgesehen habe und das alles mit Falschheit ansteckt, insofern zwar die Tatsachen mit einer Fülle von Einzelzügen aufwarten, nicht aber die Erinnerung an sie... Doch glaube ich auf einen versteckteren Grund gestoßen zu sein. Ich will ihn aufschreiben, mag man mich ruhig einen Phantasten nennen.

Die Geschichte, die ich erzählt habe, macht deshalb einen unwirklichen Eindruck, weil sich in ihr die Erlebnisse zweier verschiedener Menschen vermengen. Im ersten Kapitel fragt der Reiter nach dem Namen des Flusses, der die Mauern von Theben bespült; Flaminius Rufus, der weiter oben der Stadt den Beinamen Hekatómpylos gegeben hat, sagt, der Fluß sei der Aigyptos; weder die eine noch die andere Benennung paßt zu ihm, wohl aber zu Homer, der in der *Ilias* ausdrücklich von Thebe Hekatómpylos spricht, und der in der *Odyssee* sowohl Proteus als auch Odysseus vom Nil nie anders als vom Aigyptos sprechen läßt. Im zweiten Kapitel äußert der Römer, als er von dem unsterblichen Wasser trinkt, ein paar Worte auf Griechisch; diese Worte sind homerisch; man kann sie gegen Schluß des berühmten Schiffskatalogs nachlesen. Später, in dem schwindelerregenden Palast, spricht er von einem »Aufbegehren, das fast ein Gewissensbiß war«; auch dieser Ausspruch findet sich bei Homer, der diesen Schauder vorausgefühlt hat. Diese Anomalien gaben mir zu denken; andere, ästhetischer Art, brachten mich der Wahrheit auf die Spur. Das letzte Kapitel birgt sie. Da heißt es, daß ich auf der Brücke von Stamford als Soldat kämpfte, daß ich in Bulak die Reisen Sindbads des Seefahrers abschrieb, und daß ich in Aberdeen auf die englische *Ilias* von Pope subskribierte. Unter anderem ist zu lesen: In Bikanir trieb ich Astrologie und ebenso in Böhmen. Keines dieser Zeugnisse ist falsch; bezeichnend ist die Tatsache, daß gerade sie herausgegriffen wurden. Das erste scheint einem Kriegsmann anzustehen, doch wird man in der Folge gewahr, daß der Erzähler dem Kriegerischen keine Aufmerksamkeit schenkt, wohl aber dem Los der Menschen. Die folgenden sind noch eigentümlicher; ein dunkler Vernunfttrieb nötigte mich, sie zu registrieren. Ich wählte sie, weil ich wußte, daß sie pathetisch waren. Dieses Pathos haben sie nicht im Munde des Römers Flaminius Rufus, sondern pathetisch sind sie im Munde Homers; merkwürdig ist, daß dieser im 13. Jahrhundert die Abenteuer Sindbads, jenes anderen Odysseus, abschreibt, und daß er nach Ablauf vieler Jahrhunderte in einem nördlichen Königreich und einem barbarischen Idiom die Formen seiner *Ilias* wiederentdeckt. Was die Redewendung, die den Namen Bikanir in sich aufnimmt, angeht, so ist ersichtlich, daß ein *homme de lettres* sie gedrechselt hat, den es (wie den Verfasser des Schiffskatalogs) gelüstet, mit klangvollen Namen zu prunken.*

* Ernesto Sábato nimmt an, daß es sich bei jenem Giambattista, der mit dem Antiquar Cartaphilus den Ursprung der *Ilias* erörterte, um Giambattista Vico handle. Dieser Italiener vertrat die Auffassung, Homer sei eine sinnbildliche Figur wie Pluton oder Achilles.

Wenn das Ende naht, bleiben von der Erinnerung keine Bilder mehr; es bleiben allein Worte. Es ist nicht verwunderlich, daß die Zeit die irgendwann einmal mir entsprechenden Worte mit jenen zusammengeworfen hat, die Sinnbild des Schicksals meines Begleiters während so vieler Jahrhunderte gewesen sind. Ich bin Homer gewesen; nicht lange, so werde ich wie Odysseus Niemand sein; nicht lange, so werde ich alle sein; ich werde tot sein.

Nachschrift von 1950: Unter den Kommentaren, zu denen die vorstehende Publikation angeregt hat, erschien der beachtlichste, wenn auch nicht gerade der freundlichste, unter dem biblischen Titel: *A Coat of Many Colours* [Ein buntscheckiger Rock] in Manchester 1948, und zwar aus der äußerst hartnäkkigen Feder des Doktors Nahum Cordovero. Er umfaßt an die hundert Seiten. Der Verfasser spricht von den griechischen Centones, von den Centonen der mittellateinischen Zeit, von Ben Jonson, der seine Zeitgenossen mit Auszügen aus Seneca charakterisierte, von dem *Virgilius evangelizans* von Alexander Ross, von den Kunstgriffen George Moores und Eliots und – ganz zum Schluß – »von der Erzählung, die dem Antiquar Joseph Caraphilus zugeschrieben wird«. Er weist im ersten Kapitel kurze Einschübe aus Plinius nach (*Historia naturalis* V, 8); im zweiten findet er etwas von Thomas de Quincey (*Writings*, III, 439), im dritten eine Stelle aus dem Brief Descartes' an den Botschafter Pierre Chanut; im vierten einen Ausspruch von Bernard Shaw (*Back to Methuselah*, V). Aus diesen Einschaltungen oder Diebstählen zieht er den Schluß, daß das Dokument apokryph ist.

Meiner Ansicht nach ist diese Schlußfolgerung unzulässig. »Wenn das Ende naht«, schrieb Cartaphilus, »bleiben von der Erinnerung keine Bilder mehr; es bleiben allein Worte«: Worte, entstellte und verstümmelte Worte, Worte anderer waren das kümmerliche Almosen, das ihm die Stunden und die Tage überließen.

EMMA ZUNZ

Am 14. Januar 1922 fand Emma Zunz, als sie von der Textilfabrik Tarbuch & Loewenthal heimkam, am Ende des Flurs einen in Brasilien aufgegebenen Brief, aus dem sie erfuhr, daß ihr Vater gestorben war. Auf den ersten Blick ließ sie sich durch die Marke und den Umschlag täuschen; dann erschreckte sie die unbekannte Schrift. Neun oder zehn hingeworfene Zeilen mühten sich, das Blatt zu füllen; Emma las, Herr Maier habe versehentlich eine zu starke Dosis Veronal eingenommen und sei am dritten des laufenden im Krankenhaus von Bagé verschieden. Unterzeichnet war diese Mitteilung von einem Pensionsgefährten ihres Vaters, einem gewissen Fein oder Fain aus Rio Grande, der nicht wissen konnte, daß er sich an die Tochter des Verstorbenen wandte.

Emma ließ das Briefblatt fallen. Das erste, was sie empfand, war eine Übelkeit im Leib und in den Knien; dann ein Gefühl von blinder Schuld, von Unwirklichkeit, von Kälte, von Furcht; dann wünschte sie, es wäre schon morgen. Im selben Augenblick begriff sie, daß dieser Wunsch nutzlos war, weil das einzige, was sich in der Welt ereignet hatte, der Tod ihres Vaters war, und daß er sich endlos weiter ereignen würde. Sie hob das Blatt auf und ging in ihr Zimmer. Verstohlen barg sie es in einer Schublade, als hätte sie bereits irgendwie Kenntnis von den künftigen Vorgängen. Sie hatte vielleicht schon angefangen, sie in Gedanken zu streifen, war schon, die sie künftig sein würde.

In der wachsenden Dunkelheit beweinte Emma bis zum Ende dieses Tages den Selbstmord Manuel Maiers, der in den alten glücklichen Tagen Emanuel Zunz gewesen war. Sie erinnerte sich an Sommeraufenthalte in einem kleinen Landhaus in der Nähe von Gualeguay, suchte sich ihrer Mutter zu entsinnen; das Häuschen in Lanús, das versteigert worden war, fiel ihr ein, die gelben Rhomben eines Fensters, der Haftbefehl und die Schande; sie erinnerte sich an die anonymen Briefe und den Zeitungsausschnitt »Unterschlagungen eines Kassierers«, sie erinnerte sich (aber das hatte sie nie vergessen), wie ihr Vater ihr in der letzten Nacht geschworen hatte, der Dieb sei Loewenthal. Loewenthal, Aaron Loewenthal, ursprünglich Geschäftsführer der Fabrik, heute einer der Eigentümer. Emma hütete seit 1916 das Geheimnis. Keinem Menschen hatte sie es enthüllt, nicht einmal ihrer besten Freundin, Elsa Urstein. Vielleicht fürchtete sie die Entweihung durch Ungläubigkeit, vielleicht glaubte sie, das Geheimnis sei ein Band zwischen ihr und dem Abwesenden. Loewenthal wußte nicht, daß sie wußte; Emma Zunz bezog aus diesem geringfügigen Umstand ein Gefühl von Macht.

Sie blieb in dieser Nacht ohne Schlaf, und als das erste Licht das Rechteck des Fensters umriß, stand ihr Plan in allen Einzelheiten fest. Sie sorgte dafür, daß dieser Tag, der ihr endlos vorkam, wie die anderen ablief. In der Fabrik gingen Streikgerüchte um; Emma sprach sich wie immer gegen jede Gewaltanwendung aus. Um sechs, nach Arbeitsschluß, ging sie mit Elsa in einen Frauenclub, der eine Turnhalle und ein Schwimmbecken besitzt. Sie schrieben sich ein; sie mußte ihren Vor- und Zunamen wiederholen und buchstabieren, mußte bei der Kontrolle die üblichen Späße über sich ergehen lassen. Mit Elsa und der jüngeren Kronfußtochter besprach sie, in welches Kino sie am Sonntagabend gehen wollten. Dann kam das Gespräch auf junge Männer, und niemand erwartete, daß Emma ein Wort dazu sagte. Im April würde sie neunzehn Jahre alt; die Männer flößten ihr noch einen fast krankhaften Schauder ein... Wieder zu Hause, kochte sie sich eine Tapiokasuppe und ein bißchen Gemüse, aß zeitig, legte sich hin und zwang sich zum Schlafen. So brachte sie mühsam und nichtssagend Freitag, den 15., den Vortag, herum.

Ungeduld weckte sie am Samstag auf. Ungeduld, nicht Unruhe, dazu das seltsam erleichterte Gefühl, daß sie endlich diesen Tag erlebte. Jetzt gab es nichts mehr zu tüfteln und auszuhecken; in ein paar Stunden würde sie zur Schlichtheit der Tat hinfinden. Sie las in der *Prensa*, daß die *Nordstjärnan* aus Malmö abends von Mole 3 ablegen würde; sie rief Loewenthal an, teilte ihm mit, daß sie ihm, ohne daß die anderen etwas davon erfahren dürften, etwas über den Streik zu melden hätte, und versprach, bei Dunkelwerden im Büro vorzusprechen. Ihre Stimme bebte; zu einer Denunziantin paßte das Beben. Sonst geschah an diesem Morgen nichts Bemerkenswertes. Emma arbeitete bis zwölf und besprach mit Elsa und Perla Kronfuß Einzelheiten des Ausflugs am Sonntag. Sie legte sich nach dem Essen hin und rekapitulierte mit geschlossenen Augen den Plan, den sie ausgeheckt hatte. Sie meinte, der abschließende Teil würde weniger entsetzlich sein als der vorhergehende und sie bestimmt den Geschmack des Siegs und der Gerechtigkeit kosten lassen. Plötzlich aufgeschreckt, erhob sie sich und lief zur Kommodenschublade. Sie zog sie auf; unter dem Porträt von Milton Sills lag an der Stelle, wo sie ihn am vorletzten Abend gelassen hatte, der Brief von Fain. Niemand konnte ihn gesehen haben; sie las ihn noch einmal durch und riß ihn in Fetzen.

Die Vorfälle des Nachmittags einigermaßen wirklichkeitsgetreu zu schildern, wäre schwierig, vielleicht sogar unredlich. Ein Attribut des Höllischen ist die Unwirklichkeit, ein Attribut, das seine Schrecken abzumildern scheint, sie aber vielleicht noch verschlimmert. Wie soll man eine Tat glaubhaft machen, an die sogar jene, von der sie verübt wurde, sozusagen nicht glaubte, wie soll man dieses kurze Chaos wieder einfangen, das heute Emma Zunz' Gedächtnis verwirft und verdammt? Emma wohnte nach Almagro zu in der Calle Liniers; es steht fest, daß sie an diesem Nachmittag zum Hafen ging. Vielleicht sah sie sich auf dem infamen Paseo de Julio in Spiegeln vervielfältigt, von Lichtern zur Schau gestellt, entkleidet von hungrigen Augen. Mit mehr Grund ist freilich anzunehmen, daß sie zunächst unbemerkt durch die gleichgültigen Arkaden irrte... Sie betrat zwei oder drei Bars, sah die Routine und die Kniffe anderer Frauen. Schließlich traf sie auf die Männer der *Nordstjärnan*. Bei einem, der noch ganz jung war, fürchtete sie, er könnte sie irgendwie zärtlich stimmen; so entschied sie sich für einen, der vielleicht kleiner als sie und ein grober Klotz war, damit die Reinheit des Grauens nicht angetastet werde. Der Mann brachte sie zu einer Tür, dann in einen schmierigen Flur, dann eine enge Wendeltreppe hinauf, dann in einen Vorraum (wo ein Fenster die gleichen Rhomben hatte wie das Haus in Lanús), dann zu einem Korridor und dann zu einer Tür, die sich hinter ihr schloß. Die gewichtigen Ereignisse sind außerhalb der Zeit, vielleicht, weil bei ihnen die unmittelbare Vergangenheit von der Zukunft sozusagen abgehackt ist, vielleicht auch, weil die Teile, die sie bilden, nicht in einer Abfolge verbunden scheinen.

Hat wohl in dieser Zeit außerhalb der Zeit, in diesem wirren Durcheinander unzusammenhängender und gräßlicher Empfindungen Emma Zunz *ein einziges Mal* an den Toten gedacht, dem ihr Opfer galt? Ich glaube, daß sie einmal an ihn gedacht hat, und daß in diesem Augenblick ihr verzweifeltes Vorhaben in Gefahr geriet. Sie dachte (sie konnte gar nicht anders), daß ihr Vater das Entsetzliche, das man ihr in diesem Augenblick antat, ihrer Mutter angetan hatte. Sie dachte es mit mattem Erstaunen und flüchtete sich gleich darauf in besinnungslosen Taumel. Der Mann, Schwede oder Finne, sprach kein Spanisch; er war für Emma ein Werkzeug, so wie sie für ihn; doch diente sie ihm zur Lust, er ihr zur Gerechtigkeit.

Als sie allein zurückblieb, schlug Emma nicht gleich die Augen auf. Neben ihr auf dem Nachttisch lag das Geld, das der Mann hinterlassen hatte: Emma richtete sich auf und zerriß es, wie sie vorher den Brief zerrissen hatte. Geld zu zerreißen ist frevelhaft wie Brot wegzuwerfen; Emma empfand Reue, kaum daß sie es getan hatte. Eine Tat aus Hochmut, und das an diesem Tag... Die Angst verlor sich in der Trauer ihres Körpers, im Ekel. Ekel und Trauer drückten sie wie Ketten nieder, aber Emma stand langsam auf und begann sich anzuziehen. In dem Raum blieben keine lebendigen Farben mehr, die letzte Dämmerung lastete dunkler und dunkler. Emma konnte das Haus unbemerkt verlassen; an der Ecke bestieg sie einen Lacroze, der nach Westen fuhr. Sie wählte in Übereinstimmung mit ihrem Plan den vordersten Platz, damit man ihr Gesicht nicht sehen sollte. Vielleicht tröstete es sie, als sie beim Abrollen gleichgültiger Straßenbänder feststellen konnte, daß die Dinge von dem Vorgefallenen unbefleckt geblieben waren. Sie fuhr durch spärlicher werdende und trübe Viertel, sah sie an und vergaß sie im nächsten Augenblick wieder, und stieg an einer Straßenecke von Warnes aus. Paradoxerweise erwies sich ihre Müdigkeit als eine Stärke, denn sie zwang sie, sich auf die Einzelheiten des Abenteuers zu konzentrieren, und verbarg ihr den Hintergrund und den Ausgang.

Aaron Loewenthal war nach allgemeiner Ansicht ein tüchtiger Geschäftsmann; nach Ansicht der wenigen, die ihm näherstanden, ein Geizhals. Er wohnte über der Fabrik, allein. Inmitten der verkommenen Vorstadt hatte er ständig Angst vor Einbrechern; auf dem Fabrikhof war ein großer Hund, in seiner Schreibtischschublade – jeder wußte das – ein Revolver. Er hatte im vergangenen Jahr beim unvermuteten Tod seiner Frau – einer geborenen Gauss, die ihm eine stattliche Mitgift eingetragen hatte – gebührende Tränen vergossen, aber seine eigentliche Leidenschaft war das Geld. Zu seinem stillen Verdruß wußte er, daß er weniger zur Beschaffung denn zum Horten des Geldes fähig war. Er war tief religiös; er glaubte, mit dem Herrn einen Geheimpakt geschlossen zu haben, der ihn von guten Taten befreite, wofür er mit Gebeten und Andachtsübungen zahlte. Kahlköpfig, beleibt, in Trauerkleidung, mit beschlagenen Brillengläsern und blondem Bart, erwartete er am Fenster stehend die vertrauliche Mitteilung der Arbeiterin Zunz.

Er sah sie das Gitter, das er vorsorglich aufgeklinkt hatte, aufstoßen und den dunklen Hof überqueren. Er sah sie einen kleinen Bogen machen, als der angekettete Hund bellte. Emmas Lippen waren in flatternder Bewegung, wie bei denen, die Gebete vor sich hinmurmeln; erschöpft sagten sie wieder und wieder den Urteilsspruch auf, den Herr Loewenthal vor seinem Tod vernehmen sollte.

Die Dinge geschahen nicht so, wie Emma Zunz sie vorausgesehen hatte. Vom Morgen des gestrigen Tages an hatte sie sich immer wieder in der Vorstellung gewiegt, wie sie den schweren Revolver auf ihn richten und dem Erbärmlichen das Geständnis seiner erbärmlichen Schuld abringen wollte, wie sie ihm dann das unerschrockene Vorgehen auseinandersetzen wollte, das der Gerechtigkeit Gottes zum Triumph über die der Menschen verhelfen sollte. (Nicht aus Furcht, sondern weil sie sich als ein Werkzeug in der Hand der Gerechtigkeit fühlte, wollte sie straffrei ausgehen.) Darauf sollte ein einziger Schuß mitten in die Brust Loewenthals Schicksal besiegeln. Doch so spielten sich die Dinge nicht ab.

Im Angesicht Aaron Loewenthals fühlte Emma sich nicht so sehr gedrängt, ihren Vater zu rächen, als den von ihr erlittenen Schimpf zu bestrafen. Nach dieser ausgeklügelten Entehrung war es ihr unmöglich, ihn nicht zu töten. Auch blieb ihr keine Zeit für theatralische Gesten. Vor ihm sitzend, bat sie Loewenthal zaghaft um Entschuldigung, berief sich (um die Denunzierung zu rechtfertigen) auf die gebotene Loyalität, nannte ein paar Namen, ließ auf andere schließen und brach, wie von Furcht überwältigt, ab. Sie erreichte, daß Loewenthal ein Glas Wasser holen ging. Als er, kopfschüttelnd über so ein Getue, aber nachsichtig aus dem Speisezimmer zurückkam, hatte Emma bereits den schweren Revolver aus der Schublade genommen. Sie drückte zweimal auf den Abzug. Der stattliche Körper sackte in sich zusammen, als hätten der Knall und der Rauch ihn geknickt, das Glas Wasser zerschellte, das Gesicht sah sie mit Verblüffung und Zorn an, der Mund in dem Gesicht beschimpfte sie auf Spanisch und Jiddisch. Die Schimpfworte nahmen kein Ende; Emma mußte noch einmal feuern. Auf dem Hof brach der angekettete Hund in Gebell aus, und ein Schwall jähen Blutes floß über die lästernden Lippen und befleckte Bart und Wäsche. Emma begann mit der Anklage, die sie sich zurechtgelegt hatte (»Ich habe meinen Vater gerächt, und man wird mich nicht bestrafen können...«), aber sie sprach sie nicht zu Ende, denn Herr Loewenthal war bereits tot. Sie erfuhr nie, ob er sie noch verstanden hatte.

Das langgezogene Gebell erinnerte sie daran, daß sie sich noch keine Ruhe gönnen durfte. Sie brachte das Sofa in Unordnung, knöpfte der Leiche den Sakko auf, nahm ihr die bespritzte Brille ab und legte sie auf den Notizblock. Dann griff sie zum Telefon und wiederholte, was sie noch oft wiederholen sollte, mit diesen und mit anderen Worten: *Etwas Unglaubliches ist passiert... Herr Loewenthal hat mich unter dem Vorwand kommen lassen, es handle sich um den Streik... Er hat mich mißbraucht, ich habe ihn getötet...*

Die Geschichte war in der Tat unglaublich, aber sie setzte sich allgemein durch, weil sie im Kern zutraf. Zutreffend war der Ton von Emma Zunz, zutreffend die Scham, zutreffend der Haß. Zutreffend war auch der Schimpf, den sie erlitten hatte; falsch waren nur die Umstände, der Zeitpunkt und ein oder zwei Eigennamen.

DEUTSCHES REQUIEM

Siehe, er wird mich doch erwürgen, und ich habe nichts zu hoffen; doch will ich meine Wege vor ihm verantworten.

Hiob 13:15

Mein Name ist Otto Dietrich zur Linde. Einer meiner Vorfahren, Christoph zur Linde, fiel bei der Reiterattacke, die den Sieg von Zorndorf entschied. Mein Urgroßvater mütterlicherseits, Ulrich Forkel, wurde in den letzten Tagen des Jahres 1870 im Wald von Marchenoir von französischen Franctireurs ermordet; Hauptmann Dietrich zur Linde, mein Vater, zeichnete sich 1914 bei der Belagerung von Namur aus und zwei Jahre später beim Übergang über die Donau.* Was mich angeht, so wird man mich als Folterknecht und Mörder erschießen. Das Gericht ist korrekt verfahren; von Anfang an habe ich mich schuldig bekannt. Morgen, wenn die Gefängnisuhr neun schlägt, werde ich in den Tod gegangen sein; es ist nur natürlich, daß ich an meine Vorfahren denke, nun ich ihrem Schatten so nahe, ja in gewissem Sinne sie selber bin.

Während des Prozesses (der glücklicherweise nur kurz war) habe ich geschwiegen; damals hätte mich rechtfertigen soviel

* Bezeichnenderweise übergeht der Verfasser seinen berühmtesten Vorfahren, nämlich den Theologen und Hebraisten Johannes Forkel (1799–1846), der die Hegelsche Dialektik auf die Christologie anwendete, und dessen Linearversion einiger der apokryphen Bücher von Hengstenberg gerügt, dagegen von Thilo und Genensius anerkannt wurde. *(Anmerkung des Herausgebers)*

bedeutet wie den Schuldspruch abzuschwächen, hätte nach Feigheit ausgesehen. Jetzt liegen die Dinge anders; in dieser Nacht, der letzten vor meiner Hinrichtung, kann ich ohne Furcht reden. Ich will nicht, daß man mich begnadigt, weil keine Schuld an mir ist, aber ich will, daß man mich versteht. Wer mir zuzuhören weiß, der wird die Geschichte Deutschlands und die künftige Geschichte der Welt verstehen. Ich weiß, daß Fälle wie meiner, die heute noch erschreckende Ausnahmen sind, sehr bald trivial sein werden. Morgen werde ich sterben, aber ich bin ein Sinnbild der kommenden Generationen.

Geboren wurde ich 1908 in Marienburg. Zwei Leidenschaften, heute so gut wie vergessen, halfen mir viele unselige Jahre mit Mut, ja mit Glück bestehen: die Musik und die Metaphysik. Ich kann nicht all meine Wohltäter erwähnen, aber auf die Nennung zweier Namen mag ich nicht verzichten: Brahms und Schopenhauer. Auch beschäftigte ich mich viel mit der Dichtung; den zwei vorerwähnten Namen will ich einen anderen umfassenden Namen germanischer Herkunft hinzufügen: William Shakespeare. Vorher interessierte ich mich auch für Theologie, aber von dieser phantastischen Disziplin (und vom christlichen Glauben) haben mich für immer durch stichhaltige Gründe Schopenhauer, durch die unendlich reiche Fülle ihrer Welt Shakespeare und Brahms abgebracht. Wenn je ein Mensch voll Staunen, in Rührung und Dankbarkeit erschauernd, vor einer Stelle im Werk dieser Glücklichen verharrt, mag er wissen, daß auch ich, der Verworfene, dort verweilte.

Um das Jahr 1927 traten Spengler und Nietzsche in mein Leben ein. Ein Schriftsteller des 18. Jahrhunderts hat bemerkt, daß niemand seinen Zeitgenossen etwas schulden will; so schrieb ich denn, um mich von einem, wie ich vorausfühlte, bedrückenden Einfluß zu befreien, einen Artikel *Abrechnung mit Spengler*; darin zeigte ich auf, daß das untrüglichste Zeugnis jener Wesenszüge, die der Verfasser »faustisch« nennt, nicht der dramatische Mischmasch Goethes ist, sondern ein Gedicht, dessen Abfassungszeit zwanzig Jahrhunderte zurückliegt: *De rerum natura**. Ansonsten ließ ich jedoch der aufrechten Haltung des Geschichtsphilosophen, seiner radikalen, *kerndeutschen*, soldatischen Gesinnung Gerechtigkeit widerfahren. 1929 trat ich in die Partei ein.

Über die Lehrjahre will ich mich kurz fassen. Sie fielen mir schwerer als manch einem anderen, weil ich, wenngleich es mir nicht an Mut fehlt, keinerlei Anlage zur Gewalttätigkeit habe. Ich begriff jedoch, daß wir an der Wende einer neuen Zeit standen, und daß diese Zeit, vergleichbar den Frühzeiten des Islam oder des Christentums, neue Menschen erforderte. Persönlich waren mir meine Kameraden verhaßt; vergebens suchte ich mir einzureden, daß wir im Hinblick auf das hohe Ziel, das uns zusammenscharte, als Personen nichts bedeuteten.

Die Theologen behaupten, daß, sofern die Aufmerksamkeit des Herrn sich auch nur eine einzige Sekunde von meiner rechten Hand, die schreibt, abwenden würde, diese ins Nichts zurückfallen müßte, wie von einem lichtlosen Feuerstrahl getroffen. Niemand kann bestehen, sage ich, niemand kann auch nur von einem Glas Wasser nippen oder ein Stück Brot brechen ohne Rechtfertigung. Bei jedem Menschen ist diese Rechtfertigung anders; ich hoffte auf den unerbittlichen Krieg, der unseren Glauben auf die Probe stellen würde. Es genügte mir zu wissen, daß ich ein Soldat in seinen Schlachten sein würde. Manchmal fürchtete ich, die Feigheit Englands und Rußlands könnte uns um ihn betrügen. Zufall oder Schicksal wob mir eine andere Zukunft: Am 1. März 1939, bei Einbruch der Dämmerung, kam es in Tilsit zu Unruhen, von denen die Zeitungen nichts verlauten ließen; in der Straße hinter der Synagoge bekam ich bei einer Schießerei zwei Ku-

* Andere Nationen leben in Unschuld dahin, in sich befangen oder für sich wie die Minerale oder die Meteore; Deutschland ist der universale Spiegel, der sie alle in sich auffängt: das Weltbewußtsein. Goethe ist der Prototyp dieses umfassenden Verstehens. Ich tadle ihn nicht, aber ich sehe in ihm nicht den faustischen Menschen der Spenglerschen These.

geln ins Bein, das amputiert werden mußte.* Tage danach marschierten unsere Truppen in Böhmen ein; als der Lautsprecher die Sondermeldung brachte, befand ich mich seßhaft im Hospital und suchte mich in den Büchern Schopenhauers zu verlieren und zu vergessen. Auf dem Fensterbord hockte, Sinnbild meiner verwirkten Daseinsbestimmung, ein riesiger aufgedunsener Kater.

Im ersten Band von *Parerga und Paralipomena* las ich wieder, daß alle Vorfälle, die einem Menschen vom Augenblick seiner Geburt bis zu dem seines Todes zustoßen können, durch ihn vorbestimmt sind. So ist jedes Versehen vorbedacht, jede zufällige Begegnung eine Verabredung, jede Demütigung eine Buße, jedes Scheitern ein geheimnisvoller Sieg, jeder Tod ein Selbstmord. Kein Gedanke ist so tröstlich wie der, daß wir uns unser Mißgeschick selbst ausgesucht haben; diese auf den Einzelmenschen zugeschnittene Teleologie enthüllt uns eine geheime Fügung und vermengt uns auf wunderbare Weise mit der Gottheit. Welche unbewußte Absicht (grübelte ich) trieb mich auf die Suche nach dieser Abenddämmerung, diesen Kugeln, dieser Verstümmelung? Nicht die Angst vor dem Krieg, das wußte ich genau: etwas Tieferes. Schließlich glaubte ich zu verstehen. Für eine Religion sterben ist einfacher, als sie in ganzer Fülle leben; in Ephesus mit Raubtieren kämpfen ist weniger hart (Tausende unberühmter Märtyrer haben es getan) als Paulus, der Knecht Christi, zu sein; eine Tat wiegt nicht soviel wie alle Lebensstunden eines Menschen. Schlacht und Ruhm sind *leicht*; beschwerlicher als das Unternehmen Napoleons war das Raskolnikoffs. Am 7. Februar 1941 wurde ich zum stellvertretenden Leiter des Konzentrationslagers Tarnowitz ernannt.

Diese Funktion auszuüben, war mir keineswegs angenehm; doch ließ ich mir nie eine Nachlässigkeit zuschulden kommen. Der Feigling beweist sich vor der Klinge; der Erbarmungs-

* Wie verlautet, waren die Folgen dieser Verwundung sehr ernst. *(Anmerkung des Herausgebers)*

volle, der Mitleidige sucht die Erprobung in den Gefängnissen und im Schmerz der Mitmenschen. Der Nazismus ist seinem Wesen nach eine moralische Angelegenheit: Man legt den alten verrotteten Menschen ab, um sich in den neuen Menschen zu kleiden. In der Schlacht ist diese Mutation, bewirkt durch die Schreie der Offiziere und das Getöse, ein allgemeiner Vorgang; nicht so in einem dumpfen Kerker, wo das hinterhältige Mitleid uns mit uralten Zartheiten versucht. Nicht umsonst schreibe ich dieses Wort nieder; für Zarathustras höheren Menschen ist Mitleid die letzte Sünde. Beinahe wäre ich ihm erlegen, hätte ich diese Sünde begangen (ich bekenne es), als aus Breslau der namhafte Dichter David Jerusalem bei uns eingeliefert wurde.

Er war ein Mann von fünfzig Jahren, arm an irdischen Gütern, verfolgt, verleumdet, verfemt; ein Mann, der sein Genie einem Lobgesang auf das Glück geweiht hatte. Ich meine mich zu erinnern, daß Albert Soergel ihn in *Dichtung der Zeit* mit Whitman verglich. Der Vergleich ist nicht glücklich; Whitman preist das Universum auf herkömmliche, allgemeine, beinahe gleichgültige Weise, während Jerusalem sich mit eingehender Liebe am Kleinsten freut. Nie begeht er Aufzählungen oder Kataloge. Noch heute kann ich viele seiner Hexameter aus jenem tiefsinnigen Gedicht hersagen, das *Tse Yang, der Tigermaler* betitelt ist, und das gleichsam mit schrägen lautlosen Tigern befrachtet und durchschossen ist. Ebensowenig werde ich das Monolog-Gedicht *Rosencrantz redet mit dem Engel* vergessen, in dem ein Londoner Pfandleiher des 16. Jahrhunderts in seiner Sterbestunde umsonst seine Verfehlungen zu rechtfertigen sucht, ohne zu ahnen, daß die geheime Rechtfertigung seines Lebens darin besteht, daß er einem seiner Kunden (den er nur ein einziges Mal sah und an den er nicht mehr denkt) den Charakter des Shylock eingegeben hat. Als ein Mann mit bemerkenswerten Augen, gelblicher Haut und fast schwarzem Bart war David Jerusalem der Prototyp eines sephardischen Juden, wenn er auch den entarteten und verabscheuten Aschkenazim angehörte. Ich verfuhr streng mit ihm; weder von seinem Dichterruhm noch von Mitgefühl ließ ich mich erweichen. Schon vor vielen Jahren hatte ich begriffen, daß in der Welt kein Ding ist, das nicht Keim einer möglichen Hölle wäre; ein Gesicht, ein Wort, eine Magnetnadel, eine Zigarettenreklame sind imstande, einen Menschen um den Verstand zu bringen, sofern er es nicht fertigbringt, sie zu vergessen. Muß nicht ein Mensch verrückt werden, vor dessen innerem Auge ständig die Landkarte von Ungarn steht? Ich beschloß, die Strafordnung in unserer Anstalt nach diesem Prinzip auszurichten und ...* Ende 1942 verlor Jerusalem den Verstand; am 1. März 1943 gelang es ihm, sich das Leben zu nehmen.**

Ich weiß nicht, ob Jerusalem begriffen hat, daß ich ihn vernichtete, um das Mitleid in mir zu vernichten. In meinen Augen war er kein Mensch, nicht einmal ein Jude; er hatte sich in ein Symbol einer verabscheuten Schicht meiner Seele verwandelt. Ich litt mit ihm Todesqualen, ich starb mit ihm, ich habe mich gleichsam mit ihm zugrunde gerichtet, deshalb war ich erbarmungslos.

Unterdessen kreisten über uns die großen Tage und die großen Nächte eines glücklichen Krieges. In der Luft, die wir atmeten, war etwas wie Liebeswehen. Als sei uns das Meer plötzlich nahegerückt, war im Blut ein Aufhorchen und hohe Begeisterung. Alles in jenen Jahren war von besonderer Art, sogar der Geschmack des Schlafs. (Ich war wohl nie im vollen Sinne glücklich, aber bekanntlich verlangt das Unglück nach

* Es war unumgänglich, hier ein paar Zeilen wegzulassen. *(Anmerkung des Herausgebers)*

** Weder in den Bibliotheksarchiven noch in dem Werk von Soergel kommt der Name Jerusalem vor. Auch die deutschen Literaturgeschichten verzeichnen ihn nicht. Trotzdem glaube ich nicht, daß es sich um eine erfundene Person handelt. Auf Anordnung von Otto Dietrich zur Linde wurden in Tarnowitz viele jüdische Intellektuelle gefoltert, unter ihnen die Pianistin Emma Rosenzweig. David Jerusalem ist vielleicht ein Symbol für mehrere Individuen. Es heißt, daß er am 1. März 1943 starb; am 1. März 1939 wurde der Erzähler in Tilsit verwundet. *(Anmerkung des Herausgebers)* verlorenen Paradiesen.) Es gibt keinen Menschen, der nicht nach der ganzen Fülle strebte, das heißt nach der Summe aller Erlebnisse, deren ein Mensch fähig ist; es gibt keinen Menschen, der nicht fürchtete, um ein Teil dieses unendlichen Erbes betrogen zu werden. Aber all dies hat meine Generation besessen, weil ihr der Ruhm und danach die Niederlage beschieden waren.

Im Oktober oder November 1942 fiel mein Bruder Friedrich in der zweiten Schlacht von El Alamein im ägyptischen Wüstensand; ein Luftangriff zertrümmerte Monate danach unser Geburtshaus; ein weiterer Angriff, gegen Ende 1943, mein Laboratorium. Unter dem Ansturm weiträumiger Kontinente starb das Dritte Reich. Es hatte die Hand gegen alle gehoben, und die Hände aller griffen nach ihm. Da ereignete sich etwas Sonderbares, das ich erst heute zu verstehen glaube. Ich hielt mich für fähig, den Kelch des Zorns bis zur Neige zu leeren, aber im Bodensatz fand ich eine unerwartete Würze, die geheimnisvolle und fast erschreckende Würze des Glücks. Ich stellte verschiedene Mutmaßungen an; keine wollte mir genügen. Ich dachte: *Die Niederlage befriedigt mich, weil ich mich im stillen schuldig weiß und allein die Strafe mich lossprechen kann.* Ich dachte: *Die Niederlage befriedigt mich, weil sie ein Ende ist, und weil ich sehr müde bin.* Ich dachte: *Die Niederlage befriedigt mich, weil sie tatsächlich eingetreten ist, weil sie auf unaufzählbare Art eins ist mit allem, was ist, was war und was sein wird, und weil eine einzige vollendete Tatsache bemäkeln oder beklagen soviel heißt wie das Universum lästern.* Mit diesen Begründungen versuchte ich es, bis ich auf die richtige stieß.

Man hat behauptet, daß alle Menschen als Aristoteliker oder als Platoniker zur Welt kommen. Das heißt soviel wie erklären, daß es keine Auseinandersetzungen im Abstrakten gibt, die nicht ein Moment im Streitgespräch zwischen Aristoteles und Platon ist; über Jahrhunderte und Breitengrade hinweg ändern sich zwar die Namen, die Sprachformen, die Gesichter, nicht aber die ewigen Gegenspieler. Auch die Geschichte der Völker läßt eine geheime Kontinuität erkennen. Als Hermann der Cherusker in einem Sumpf die Legionen des Varus niedermetzelte, wußte er nicht, daß er der Vorläufer eines Imperiums deutscher Nation war; Luther, der Übersetzer der Bibel, ahnte nicht, daß er dazu ausersehen war, ein Volk zusammenzuschmieden, das auf immer die Bibel vernichten sollte; Christoph zur Linde, den im Jahr 1758 eine moskowitische Kugel tötete, bereitete sozusagen die Siege von 1914 vor; Hitler glaubte, nur für *ein* Land zu kämpfen, doch kämpfte er für alle, auch für jene, die er angriff und verabscheute. Es verschlägt nichts, daß sein Ich es nicht wußte; sein Blut, sein Wille wußten es. Die Welt siechte am Judentum zu Tode, auch an jenem Judentum, das der Glaube an Jesus ist; wir haben sie die Gewalt gelehrt und den Glauben an das Schwert. Dieses Schwert tötet uns heute, und wir sind jenem Zauberer zu vergleichen, der ein Labyrinth ausspinnt und sich dazu verurteilt sieht, bis an sein Lebensende darin irrezugehen, oder David, der über einen Unbekannten richtet, ihn zum Tode verurteilt, worauf ihm offenbart wird: *Du bist dieser Mensch.* Viele Dinge müssen zerstört werden, um die neue Ordnung aufzurichten; heute wissen wir, daß eins dieser Dinge Deutschland war. Wir haben etwas mehr als unser Leben gegeben: das Schicksal unserer geliebten Heimat. Mögen andere verfluchen, mögen andere weinen; mich beglückt, daß unsere Gabe weltweit und vollkommen ist.

Nun senkt sich über die Welt eine unbarmherzige Epoche. Wir haben sie geschmiedet, wir, die jetzt ihr zum Opfer fallen. Was macht es aus, daß England der Hammer ist und wir der Amboß? Wichtig ist allein, daß die Gewalt regiert, nicht die sklavische Zagheit des Christentums. Wenn der Sieg, die Ungerechtigkeit und das Glück nicht für Deutschland sind, mögen sie es für andere Nationen sein. Soll es den Himmel geben, auch wenn unser Platz die Hölle ist.

Ich betrachte mein Gesicht im Spiegel, um zu erfahren, wer ich bin, in welcher Haltung ich in ein paar Stunden dem Ende begegnen werde. Mein Fleisch mag Angst fühlen; ich nicht.

AVERROES AUF DER SUCHE

S'imaginant que la tragédie n'était autre chose que l'art de louer…

ERNEST RENAN, *Averroes*, 48 (1861)

Abulgualid Muhámmad Ibn-Ahmad ibn-Muhámmad ibn-Rushd (ein Jahrhundert sollte vergehen, bevor dieser lange Name zu Averroes wurde, wobei er noch seinen Weg über Benraist und Avenryz wie über Aben-Rassad und Filius Rosadis nahm) war dabei, das elfte Kapitel des Werkes *Tahafut-ul-Tahafut* (Zerstörung der Zerstörung) abzufassen, worin entgegen dem persischen Asketen Ghazali, Verfasser des *Tahafut-ul-falasifa* (Zerstörung der Philosophen) behauptet wird, daß die Gottheit lediglich die allgemeinen Gesetze des Weltalls kennt, jene, die sich auf die Gattung, nicht auf das Individuum beziehen. Er schrieb mit langsamer Sicherheit, von rechts nach links; seine Gewandtheit im Aufstellen von Syllogismen und im Aneinanderknüpfen weitläufiger Paragraphen hinderte ihn nicht, die kühle Tiefe des Hauses, das ihn umgab, als Wohlgefühl zu empfinden. Am Grunde der Mittagsstille gurrten sich verliebte Tauben heiser; aus einem unsichtbaren Patio stieg das Murmeln eines Brunnens; etwas, das Averroes im Blut lag – seine Vorfahren stammten aus der arabischen Wüste –, war dankbar für die Beständigkeit des Wassers. Drunten waren die Gärten, die Obstfelder, tiefer noch der rege Guadalquivir und dann die geliebte Stadt Córdoba, nicht minder berühmt als Bagdad oder Kairo, ein kompliziertes und zartgestimmtes Instrument gleichsam, und rundum (auch dies empfand Averroes) breitete sich bis an den Horizont die Erde Spaniens, auf der es nur wenige Dinge gibt, wo aber jedes einzelne vollkräftig und wie für immer dazustehen scheint.

Die Feder lief über das Blatt, die Argumente verketteten sich, unwiderleglich, doch ein leises Unbehagen trübte Averroes' glückliche Stimmung. Nicht der *Tahafut*, der mehr eine Nebenarbeit war, trug die Schuld daran, sondern ein Problem philologischer Art, das mit seinem denkwürdigen Hauptwerk, das ihn in den Augen der Welt rechtfertigen sollte, zusammenhing: dem Aristoteles-Kommentar. Dieser Grieche, Urquell aller Philosophie, war den Menschen gesandt worden, um sie alles, was sich wissen läßt, zu lehren; seine Schriften auszulegen, so wie die Ulemas den Koran auslegen, war Averroes' schwieriges Vorhaben. Die Geschichte kennt kaum Schöneres und Bewegenderes als diese Hingabe eines arabischen Arztes an die Gedanken eines Menschen, von dem ihn vierzehn Jahrhunderte trennten; zu den im Stoff liegenden Schwierigkeiten müssen wir noch hinzunehmen, daß Averroes, der weder des Syrischen noch des Griechischen mächtig war, seiner Arbeit die Übersetzung einer Übersetzung zugrunde legen mußte. Am Abend vorher hatten ihn zwei Wörter von zweifelhafter Bedeutung am Anfang der *Poetik* stocken lassen. Es waren die Wörter *Tragödie* und *Komödie*. Jahre vorher war er ihnen im dritten Buch der Rhetorik begegnet; kein Mensch im Umkreis des Islam hatte eine Ahnung, was sie bedeuten sollten. Vergebens hatte er die Schriften Alexanders von Aphrodisias durchstöbert, vergebens hatte er die Versionen des Nestorianers Hunain ibn- Isháq und des Abu-Bashar Mata befragt. Diese beiden Geheimwörter fanden sich im Text der *Poetik* an unzähligen Stellen; unmöglich sie zu umgehen.

Averroes ließ die Feder sinken. Er sagte sich (ohne allzu große Zuversicht), daß das, was wir suchen, meistens ganz nahe ist, schob die Handschrift des *Tahafut* beiseite und lenkte seinen Schritt zu dem Regal, wo aufgereiht die vielen von persischen Kalligraphen abgeschriebenen Bände des *Mohkam* des blinden Ibn Sida standen. Es war lächerlich sich einzubilden, daß er sie nicht konsultiert haben sollte, doch verlockte ihn die müßige Lust, ihre Seiten umzuschlagen. Von diesem gelehrten Zeitvertreib lenkte ihn eine Art Melodie ab. Er warf einen Blick durch die Gitter des Balkons; drunten, auf dem schmalen ungepflasterten Hof, spielten ein paar halbnackte Jungen. Der eine, auf den Schultern des anderen stehend, machte offensichtlich den Muezzin nach; mit festgeschlossenen Augen psalmodierte er: *Es ist kein anderer Gott außer Gott.* Der andere, der ihn bewegungslos im Gleichgewicht hielt, spielte das Minarett; ein dritter, der demutsvoll im Staub kauerte, stellte die Gemeinde der Gläubigen dar. Das Spiel währte nur kurz; alle wollten der Muezzin sein, keiner die Gemeinde oder der Turm. Averroes hörte sie in der Vulgärsprache miteinander zanken, dem frühen Spanisch nämlich des niederen muselmanischen Volks der Halbinsel. Er schlug den *Qitab ul ain* von Khalil auf und gefiel sich in dem stolzen Gedanken, daß es in ganz Córdoba (vielleicht in ganz Al-Andalus) keine andere Abschrift des vollkommenen Werkes gab als diese hier, die ihm der Emir Yacub Almansor von Tanger zugeschickt hatte. Beim Namen dieser Hafenstadt fiel ihm ein, daß der große Reisende Abulcásim Al-Ashari, der von Marokko heimgekehrt war, am heutigen Abend im Hause des Koranlehrers Farach mit ihm speisen sollte. Abulcásim behauptete von sich, er sei bis zu den Reichen von Sin (China) vorgedrungen; seine Neider, verblendet von der eigenartigen Logik des Hasses, wollten darauf schwören, daß er nie den Boden Chinas betreten und daß er in den Tempeln dieses Landes Allah gelästert habe. Das Zusammensein würde unumgänglich ein paar Stunden dauern. Averroes nahm sich eilig die Handschrift des *Tahafut* noch einmal vor. Er arbeitete bis in die sinkende Abenddämmerung.

Das Gespräch im Hause Farachs bewegte sich von den unvergleichlichen Tugenden des Statthalters zu denen seines Bruders, des Emir. Danach, im Garten, sprach man über Rosen. Abulcásim, der ihnen nie einen Blick geschenkt hatte, wollte darauf schwören, daß es keine Rosen gebe wie die Rosen, die die andalusischen Häuser schmücken. Farach ließ sich nicht bestechen; er merkte an, daß der gelehrte Ibn Qutaiba eine vortreffliche Sorte der *rosa perpetua* schildert, die in den Gärten Hindustans gedeiht, und deren tiefrote Blütenblätter Schriftzeichen tragen, die lauten: *Es ist kein anderer Gott außer Gott. Muhammad ist der Prophet Gottes.* Er setzte hinzu, sicher kenne Abulcásim diese Rosen. Abulcásim warf ihm einen erschrockenen Blick zu. Antwortete er mit Ja, so würden ihn alle, und zwar mit Recht, für den nachgiebigsten und liederlichsten Schwindler halten; antwortete er mit Nein, so würden sie ihn für einen Ungläubigen halten. Er beschied sich dabei, vor sich hinzumurmeln, daß beim Herrn die Schlüssel der verborgenen Dinge sind, und daß es auf Erden nichts Grünes oder Welkes gibt, das nicht in Seinem Buch verzeichnet steht. Diese Worte kommen in einer der ersten Suren vor; sie wurden mit einem ehrfürchtigen Raunen aufgenommen. Eitel auf seinen dialektischen Sieg tat Abulcásim den Ausspruch, daß der Herr vollkommen ist in seinen Werken und unerforschlich. Darauf antwortete Averroes, indem er die fernen Argumente eines noch problematischen Hume vorwegnahm:

»Weniger schwer fällt es mir, einen Irrtum bei dem gelehrten Ibn Qutaiba oder den Schreibern anzunehmen, als zuzugeben, daß die Erde Rosen mit dem Glaubensbekenntnis hervorbringt.«

»So ist es. Ein großes und wahres Wort«, sagte Abulcásim.

»Irgendein Reisender«, erinnerte der Dichter Abdalmalik, »spricht von einem Baum, dessen Frucht grüne Vögel sind. Weniger schwer fällt es mir, an ihn zu glauben, als an Rosen mit Buchstaben.«

»Die Farbe der Vögel scheint das Wunder zu erleichtern«, sagte Averroes. »Überdies gehören die Früchte und die Vögel der natürlichen Welt an, die Schrift hingegen der Kunst. Von den Blättern auf die Vögel zu kommen, ist leichter als von Rosen auf Buchstaben.«

Ein anderer Gast leugnete entrüstet, daß die Schrift eine

Kunst sei. Stammt doch das Original des Qurán – der *Mutter des Buches* – aus der Zeit vor der Schöpfung und wird im Himmel aufbewahrt. Ein anderer berief sich auf Chahiz von Basra, der gesagt hat, der Qurán sei eine Substanz, die Menschen- oder Tiergestalt annehmen könne, eine Auffassung, die sich mit der Auffassung jener zu decken scheint, die ihm zwei Gesichter zuschreiben. Farach setzte die orthodoxe Lehrmeinung weitläufig auseinander. Der Qurán (sagte er) ist eines der Attribute Gottes, wie Seine Barmherzigkeit; er wird in ein Buch abgeschrieben, er wird mit der Zunge ausgesprochen, er wird im Herzen erinnert, und die Sprache, die Zeichen und die Schrift sind Menschenwerk. Der Qurán aber ist unwiderruflich und ewig. Averroes, der den *Staat* kommentiert hatte, wäre imstande gewesen zu sagen, daß die Mutter des Buches so etwas sei wie dessen platonisches Urbild; er bemerkte jedoch, daß die Theologie ein Abulcásim völlig unzugängliches Gebiet war.

Andere, denen es gleichfalls nicht entging, setzten Abulcásim zu, er solle ihnen eine Wundergeschichte erzählen. Dazumal war die Welt so grimmig wie heute; Waghalsige konnten sie durchstreifen, aber auch Erbärmliche, die sich vor allem beugten. Das Gedächtnis Abulcásims war ein Spiegel verhohlener Feigheit. Wovon sollte er erzählen? Außerdem verlangten sie Wunder zu hören, aber das Wunder läßt sich vielleicht gar nicht mitteilen; der Mond von Bengalen ist nicht gleich dem Mond des Jemen, aber er läßt sich mit denselben Worten schildern. Abulcásim schwankte, dann sprach er:

»Wer Länder und Städte durchzieht«, ließ er sich salbungsvoll vernehmen, »der sieht viele Dinge, die glaubwürdig sind. So auch die Geschichte, die ich erst einmal erzählt habe, und zwar dem König der Türken. Sie trug sich in Sin Kalán (Kanton) zu, wo sich der Strom des Lebenswassers ins Meer ergießt.«

Farach fragte, ob die Stadt viele Meilen von der Mauer entfernt sei, die Iskander Zul Qarnain (Alexander Bicornis von Mazedonien) errichtet habe, um Gog und Magog aufzuhalten.

»Wüsten liegen dazwischen«, sagte Abulcásim mit unwillkürlichem Hochmut. »Vierzig Tage würde eine Kafila (Karawane) brauchen, ehe sie ihre Türme ausmachen könnte, und etwa ebensoviele Tage, um an sie heranzukommen. Ich kenne in Sin Kalán keinen Menschen, der sie gesehen hat oder der einen gesehen hätte, der sie sah.«

Ein Schauder vor der baren Unendlichkeit, vor dem nackten Raum, der nackten Materie strich einen Augenblick über Averroes hin. Er sah auf den symmetrischen Garten; er wußte um sein fortgeschrittenes Alter, seine Unzulänglichkeit, seine Unwirklichkeit.

Abulcásim sagte: »Eines Abends führten mich die muselmanischen Kaufleute von Sin Kalán zu einem Haus aus bemaltem Holz, in dem viele Menschen lebten. Wie dieses Haus beschaffen war, läßt sich nicht schildern, denn eigentlich bestand es nur aus einem einzigen Gemach, mit Reihen offener Kammern oder Balkonen, einer über dem anderen. In diesen Vertiefungen saßen Leute, die aßen und tranken, und ebenso auf dem Boden und ebenso auf der Terrasse. Die Personen auf dieser Terrasse schlugen die Trommel und die Laute, ausgenommen etwa fünfzehn oder zwanzig Figuren (mit scharlachfarbenen Masken), die beteten, sangen und Zwiegespräche führten. Sie litten Gefangenschaft, aber ein Kerker war nicht zu sehen; sie ritten, aber das Pferd war nicht zu sehen; sie fochten, aber die Degen waren aus Rohr; sie starben und standen danach wieder auf.«

»Das Treiben der Narren«, sagte Farach, »übertrifft die Voraussicht der Vernünftigen.«

»Es waren keine Narren«, mußte Abulcásim erklären. »Sie stellten etwas dar, sagte mir ein Kaufmann, eine Geschichte.«

Niemand verstand, niemand schien verstehen zu wollen. Abulcásim stürzte sich, nachdem man seine Geschichte angehört hatte, in waghalsige Begründungen. Er sagte unter Zuhilfenahme der Hände:

»Stellen wir uns vor: Jemand zeigt eine Geschichte, anstatt sie zu erzählen. Meinetwegen die Geschichte von den Schläfern von Ephesus. Wir sehen sie in die Höhle kriechen, wir sehen sie beten und schlafen, wir sehen sie mit offenen Augen schlafen, wir sehen sie wachsen, während sie schlafen, wir sehen sie nach dreihundertneun Jahren aufwachen, wir sehen sie dem Händler eine alte Münze reichen, wir sehen sie im Paradies aufwachen, wir sehen sie mit dem Hund aufwachen. Etwas der Art zeigten an jenem Abend die Leute auf der Terrasse.«

»Sprachen diese Personen?« fragte Farach.

»Und ob«, sagte Abulcásim, der sich unversehens bemüßigt fühlte, eine Darbietung in Schutz zu nehmen, an die er sich kaum noch erinnerte und die ihn damals erheblich gelangweilt hatte. »Sie sprachen und sangen und deklamierten.«

»In diesem Falle«, sagte Farach, »waren keine zwanzig Personen vonnöten. Ein einziger Sprecher genügt, um was es auch sei zu erzählen, mag es noch so verwickelt sein.«

Alle stimmten diesem Ausspruch zu. Man rühmte die Vorzüge des Arabischen, der Sprache, deren Gott sich zur Unterweisung der Engel bedient. Dann kam man auf die Dichtung der Araber zu sprechen. Abdalmálik nannte, nachdem er sich gebührend besonnen hatte, jene Dichter in Córdoba und Damaskus veraltet, die sich an Bilder aus dem Hirtenleben und einen beduinischen Wortschatz klammerten. Er sagte, es sei sinnwidrig, daß ein Mensch, vor dessen Augen sich der Guadalquivir erstrecke, das Wasser eines Brunnens feiere. Er bestand nachdrücklich auf der Erneuerung der althergebrachten Metaphern; er sagte, als Zuhair das Schicksal mit einem blinden Kamel verglichen habe, sei das Bild noch stark genug gewesen, um auf die Leute Eindruck zu machen, doch hätten fünfhundert Jahre Bewunderung es aufgebraucht. Alle stimmten diesem Urteil zu, das sie schon viele Male und aus vieler Leute Mund vernommen hatten. Averroes schwieg still. Am Ende sprach er, weniger zu den anderen, als zu sich selbst.

»Nicht so beredt«, sagte Averroes, »aber mit verwandten Argumenten habe ich einmal den Satz, den Abdalmálik aufstellt, verteidigt. In Alexandria sagt man, daß unfähig eines

Verschuldens nur der sei, der es sich schon zuschulden kommen ließ und es bereut hat; setzen wir hinzu, daß man, um von einem Irrtum frei zu sein, sich einmal zu ihm bekannt haben muß. Zuhair sagt in seiner Mohallaka, daß er im Lauf von achtzig Jahren des Schmerzes und des Ruhms viele Male das Schicksal jählings über die Menschen herfallen sah wie ein blindes Kamel; Abdalmálik ist der Meinung, diese Figur könne uns nicht mehr überraschen. Zu diesem Einwand ließe sich mancherlei vorbringen. Zum ersten: daß, sofern die Absicht des Gedichts das Überraschen wäre, seine Zeit nicht nach Jahrhunderten, sondern nach Tagen und Stunden, möglicherweise nach Minuten zu messen sei. Zum zweiten: daß ein berühmter Dichter weniger Erfinder als Entdecker ist. Zum Lob Ibn-Sharafs von Berja hat man immer wieder gesagt, nur *seine* Phantasie habe auf den Einfall kommen können, daß im Morgengrauen die Sterne langsam herabsinken wie die Blätter von den Bäumen; dies würde aber, wenn es zuträfe, offenkundig machen, daß das Bild wohlfeil ist. Das Bild, auf das nur *ein* Mensch kommen kann, rührt keinen Menschen an. Unzählige Dinge gibt es auf Erden; jedes läßt sich mit jedem vergleichen. Sterne mit Blättern zu vergleichen, ist nicht minder willkürlich, als sie mit Fischen und Vögeln zu vergleichen. Dagegen hat jeder einmal empfunden, daß das Schicksal stark und plump, daß es unschuldig, ja daß es nichtmenschlich ist. Auf diese Überzeugung, die flüchtig oder anhaltend sein kann, der aber keiner entgeht, wurde der Vers von Zuhair gemünzt. Was mit ihm gesagt ist, wird man nicht besser sagen können. Außerdem (und vielleicht ist dies der Kern meines Gedankengangs) bereichert die Zeit, die die Schlösser ausraubt, die Verse. Der von Zuhair, als dieser ihn in Arabien schuf, sollte zwei Bilder einander gegenüberstellen: das des alten Kamels und das des Schicksals. Wiederholt man ihn heute, so dient er dem Andenken an Zuhair und der Verwechslung unserer Kümmernisse mit denen des alten Arabers. Aus einem zweigliedrigen Vergleichspaar bestand ehemals die Figur; heute besteht sie aus vier Gliedern. Die Zeit erweitert den Umkreis der Verse, und ich kenne einige, die wie die Musik für alle Menschen alles sind. So tröstete ich mich vor Jahren in Marrakesch, als mich die Erinnerungen an Córdoba quälten, mit dem Gruß, den Abdurrahman in den Gärten von Ruzafa einer afrikanischen Palme zurief:

Auch du verweilst, o Palme,
in diesem fremden Boden …

Sonderbare Wohltat der Poesie! Worte, verfaßt von einem König, der sich nach dem Orient sehnte, dienten mir, dem nach Afrika Verschlagenen, mein Heimweh nach Spanien zu äußern.«

Averroes sprach daraufhin von den ersten Dichtern, von jenen, die in der Zeit der Unwissenheit, vor dem Islam, schon alles gesagt hatten, in der unendlichen Sprache der Wüste. Nicht ohne Grund aufgebracht über die Ziererereien Ibn-Sharafs sagte er, daß in den alten Dichtern und im Qurán die ganze Poesie beschlossen liege, und verdammte den Ehrgeiz der Erneuerung als eitel und analphabetisch.

Die Muezzin riefen zum Morgengebet, als Averroes wieder in seine Bibliothek trat. (Im Harem hatten die schwarzhaarigen Sklavinnen eine rothaarige gefoltert, aber das sollte er erst am Nachmittag erfahren.) Etwas hatte ihm den Sinn der beiden dunklen Worte offenbart. Mit fester und sorgfältiger Schönschrift fügte er dem Manuskript die Zeilen hinzu: *Aristú (Aristoteles) bezeichnet als Tragödien die Panegyriken und als Komödien die Satiren und Anathemata. Herrliche Tragödien und Komödien bergen in Fülle der Koran und die Mohallakas des Heiligtums.*

Er fühlte sich schläfrig, fröstelte ein wenig. Als er den Turban abgeschlungen hatte, betrachtete er sich in einem Metallspiegel. Was seine Augen sahen, weiß ich nicht, weil kein Geschichtsschreiber seine Züge überliefert hat. Ich weiß nur, daß er jäh entschwand, wie von einem lichtlosen Feuerstrahl getroffen, und daß mit ihm das Haus und der unsichtbare Springbrunnen entschwanden und die Bücher, die Manuskripte, die Tauben und die vielen schwarzhaarigen Sklavinnen und die zitternde mit dem roten Haar und Farach und Abulcásim und die Rosenbüsche und vielleicht der Guadalquivir.

In der vorstehenden Geschichte wollte ich den Vorgang eines Scheiterns darstellen. Zuerst dachte ich an jenen Erzbischof von Canterbury, der sich vornahm zu beweisen, daß es einen Gott gibt; dann an die Alchimisten, die nach dem Stein der Weisen suchten; dann an die vergeblichen Dreiteiler des Winkels und Quadrierer des Kreises. Dann bedachte ich, daß poetischer der Fall eines Menschen ist, der sich ein Ziel steckt, das zu erreichen anderen nicht versagt ist, wohl aber ihm. Ich dachte an Averroes, der im Umkreis des Islam befangen nie die Bedeutung der Wörter *Tragödie* und *Komödie* wissen konnte. Ich erzählte den Fall; je weiter ich kam, um so mehr hatte ich das Gefühl, wie es jener von Burton erwähnte Gott gehabt haben mag, der sich vornahm, einen Stier zu erschaffen, und der einen Büffel erschuf. Ich fühlte, wie das Werk meiner spottete. Ich fühlte, daß Averroes, als er sich vorzustellen versuchte, was ein Drama sei, ohne eine Ahnung vom Theater zu haben, nicht absurder war als ich, der ich mir Averroes vorzustellen versuchte, ohne sonst ein Material als ein paar Schwarten von Renan, von Lane und Asín Palacios. Ich fühlte auf der letzten Seite, daß meine Erzählung ein Symbol des Menschen war, der ich war, während ich an ihr schrieb, und daß ich, um diese Erzählung zu schreiben, dieser Mensch hatte sein müssen, und um dieser Mensch zu sein, diese Erzählung hatte verfassen müssen, und so *ad infinitum*. (Im Augenblick, da ich aufhöre, an ihn zu glauben, verschwindet »Averroes«.)

DIE INSCHRIFT DES GOTTES

Für Emma Risso Platero

Der Kerker ist tief und aus Stein; seine Form die einer beinahe vollkommenen Halbkugel, wenn auch der Boden (der gleichfalls aus Stein ist) hinter dem größtmöglichen Kreis ein wenig zurückbleibt, was das Gefühl von Bedrängnis und Weite noch erhöht. Eine Zwischenmauer durchschneidet ihn; diese, obgleich sehr hoch, rührt nicht an den oberen Teil der Wölbung; auf der einen Seite bin ich, Tzinacán, Magier der Pyramide von Qaholom, die Pedro de Alvarado in Brand steckte; auf der anderen Seite befindet sich ein Jaguar, der lautlos mit gleichmäßigen Schritten Zeit und Raum der Gefangenschaft abmißt. Am Boden durchbricht ein breites Fenster mit Eisenstäben die Zwischenwand. Zur schattenlosen Stunde [am Mittag] öffnet sich oben eine Falltür, und ein Wärter, den die Jahre allmählich verwischt haben, setzt eine eiserne Winde im Bewegung und läßt am Ende eines Seils Krüge mit Wasser und Fleischbrocken zu uns herab. Das Licht fällt in die Wölbung; in diesem Augenblick kann ich den Jaguar sehen.

Die Zahl der Jahre, die ich im Finstern liege, ist mir entschwunden; ich, der ich einmal jung war und in diesem Gefängnis umhergehen konnte, kann jetzt nur noch in der Stellung meines Todes das Ende erwarten, das mir die Götter bestimmen. Mit dem tiefen Messer aus Feuerstein habe ich den

Opfern die Brust aufgerissen, doch heute könnte ich mich ohne Magie nicht einmal aus dem Staub erheben.

Am Abend, bevor die Pyramide brannte, folterten mich die Männer, die von hohen Pferden sprangen, mit glühenden Metallen, damit ich ihnen die Stelle eines versteckten Schatzes verriete. Sie stürzten vor meinen Augen das Standbild des Gottes, aber dieser verließ mich nicht, und ich blieb stumm unter der Folter. Sie zerfetzten mich, zerbrachen mich, entstellten mich, und dann erwachte ich in diesem Verlies, das ich in meinem sterblichen Leben nicht wieder verlassen werde.

Von der Not getrieben, etwas zu tun, auf irgendeine Weise die Zeit auszufüllen, wollte ich in meiner Finsternis alles, was ich wußte, ins Gedächtnis zurückrufen. Ganze Nächte vergeudete ich damit, Reihenfolge und Zahl von ein paar steinernen Schlangen oder die Form eines heilkräftigen Baums in der Erinnerung wiederzufinden. So überwand ich die Jahre, so nahm ich in Besitz, was schon mein eigen war. In einer Nacht fühlte ich, daß sich mir eine genaue Erinnerung nahte; der Reisende, noch bevor er das Meer erblickt, fühlt eine Erregung im Blut. Stunden später bekam ich die Erinnerung allmählich in Sicht; es war eine der Überlieferungen des Gottes. Dieser, da er voraussah, daß am Ende der Zeiten viel Unheil und Vernichtung hereinbrechen würde, schrieb am ersten Tage der Schöpfung einen Zauberspruch nieder, geeignet, diese Übel zu bannen. Er schrieb ihn auf solche Weise nieder, daß er zu den fernsten Geschlechtern gelangen und der Zufall ihm nichts anhaben sollte. Niemand weiß, an welchem Ort er ihn schrieb noch in welchen Schriftzeichen, aber für uns steht fest, daß er im Verborgenen fortdauert, und daß ein Erkorener ihn lesen wird. Ich bedachte, daß wir wie immer am Ende der Zeiten stünden und daß mir, als letztem Priester des Gottes, vom Schicksal das Vorrecht vergönnt sei, diese Schrift zu schauen. Daß ich mich von einem Kerker umgeben sah, verwehrte mir nicht diese Hoffnung; vielleicht hatte ich die Inschrift Qaholoms Tausende von Malen gesehen und brauchte sie nur zu verstehen.

Diese Überlegung belebte mich und versetzte mich alsbald in eine Art von Taumel. Es gibt auf dem Erdenrund alte Formen, unverwesliche und ewige Formen; irgendeine unter ihnen mochte das gesuchte Sinnbild sein. Ein Berg konnte das Wort des Gottes sein, oder ein Fluß oder das Reich oder die Konfiguration der Gestirne. Aber im Laufe der Jahrhunderte flachen sich die Berge ab, der Lauf eines Flusses geht häufig einen anderen Weg, und die Reiche erleiden Veränderungen und Verheerungen, und die Sternbilder wandeln sich. Am Firmament herrscht Wechsel; Berg und Stern sind Einzelwesen, und die Einzelwesen gehen dahin. Ich suchte nach etwas Bleibendem, etwas Unverwundbarem. Ich dachte an die Geschlechter der Kornfrüchte, der Weidetiere, der Vögel, der Menschen. Vielleicht stand in meinem Antlitz der Zauberspruch geschrieben; vielleicht war ich selber das Ziel meiner Suche. Als ich so rang, fiel mir ein, daß der Jaguar eines der Attribute des Gottes ist.

Da füllte sich meine Seele mit Andacht. Ich stellte mir den ersten Morgen der Zeit vor, ich stellte mir vor, wie mein Gott dem lebenden Fell der Jaguare seine Botschaft anvertraute, der Jaguare, die einander lieben und ohne Ende fortzeugen würden, in Höhlen, im Röhricht und auf Inseln, damit die letzten Menschen sie empfingen. Ich stellte mir dieses Tigernetz vor, dieses heiße Tigerlabyrinth, das Fluren und Herden zum Schrecken ward, damit eine Zeichnung erhalten bliebe. In der anderen Zelle befand sich ein Jaguar; seine Nähe begriff ich als Bestätigung meiner Vermutung und als heimliche Gunst.

Viele Jahre verbrachte ich damit, die Anordnung und Zusammenstellung des gefleckten Musters zu erlernen. Jeder blinde Tag gewährte mir diesen lichten Augenblick; so konnte ich meinem Geist die schwarzen Formen einprägen, die das gelbliche Fell fleckten. Einige schlossen sich um einen Punkt, andere bildeten Querstreifen auf der Innenseite der Beine, andere, ringförmige, kehrten wieder. Vielleicht waren sie ein gleicher Laut oder ein gleiches Wort. Viele hatten rote Säume.

Von der Mühsal meiner Arbeit will ich nicht sprechen. Mehr

als einmal schrie ich in die Wölbung hinauf, es sei unmöglich, diesen Text zu entziffern. Nach und nach beunruhigte mich das faßbare Rätsel, das mir zu schaffen machte, weniger als die Rätselnatur eines von einem Gott geschriebenen Spruchs. Welche Art Spruch (fragte ich mich) kann wohl ein absoluter Geist zustande bringen? Ich bedachte, daß es auch in den menschlichen Sprachen keinen einzigen Satz gibt, der nicht die gesamte Welt zur Voraussetzung hat; sagt man *der Tiger*, so sagt man zugleich die Tiger, die ihn zeugten, die Rehe und Schildkröten, die er verschlang, die Weide, von der die Rehe sich nährten, die Erde, deren Mutterschoß die Weide hervorbrachte, der Himmel, der der Erde Licht spendete. Ich bedachte, daß in der Sprache eines Gottes jedes Wort diese unendliche Verkettung von Tatsachen verkünden würde, und zwar nicht implizit, sondern explizit, nicht fortschreitend, sondern unmittelbar. Mit der Zeit dünkte mich der Begriff eines göttlichen Spruchs kindisch oder lästerlich. Ein Gott, grübelte ich, braucht nur ein Wort zu sagen und in diesem Wort die ganze Fülle. Kein von ihm artikulierter Laut kann dem Weltall unterlegen sein oder geringer sein als die Summe der Zeit. Schatten oder Trugbilder dieses Lauts, der soviel ist wie eine Sprache, und was eine Sprache in sich bergen kann, sind die hochfliegenden und erbärmlichen menschlichen Wörter: *All, Welt, Universum.*

Eines Tages oder während einer Nacht – was für ein Unterschied besteht denn zwischen meinen Tagen und meinen Nächten? – träumte ich, auf dem Boden meines Kerkers läge ein Sandkorn. Ich schlief aufs neue ein, teilnahmslos, da träumte ich, daß ich aufwachte und nun wären es zwei Sandkörner. Wieder schlief ich ein und träumte, die Sandkörner seien drei an der Zahl. So vermehrten sie sich fort und fort, bis sie den Kerker anfüllten und ich unter dieser Halbkugel von Sand erstickte. Ich begriff, daß ich träumte; mit gewaltiger Anstrengung wachte ich auf; ich erwachte umsonst; der unzählbare Sand erstickte mich. Jemand sagte mir: *Nicht zum Wachen bist du erwacht, sondern zu einem früheren Traum.*

Dieser Traum ist in einem anderen Traum, und so bis ins Unendliche, welches die Zahl der Sandkörner ist. Der Weg, den du zurückgehen mußt, ist ohne Ende, und du wirst sterben, ehe du wirklich aufgewacht bist.

Ich fühlte mich verloren. Der Sand zerquetschte mir den Mund, aber ich schrie: *Weder kann ein geträumter Sand töten, noch gibt es Träume, die in einem Traum sind.* Ein Lichtschein weckte mich auf. In der oberen Dunkelheit zeichnete sich ein Kreis von Licht ab. Ich sah das Gesicht und die Hände des Wärters, die Winde, das Seil, das Fleisch und die Krüge.

Ein Mensch verschmilzt allmählich mit der Gestalt seines Schicksals; ein Mensch ist auf die Dauer seine Umstände. Weder Entzifferer noch Rächer, noch ein Priester des Gottes war ich, sondern ein Kerkerhäftling. Aus dem unersättlichen Labyrinth der Träume fand ich zurück, fand ich gleichsam heim zu dem harten Gefängnis. Ich segnete seine Nässe, ich segnete seinen Tiger, ich segnete das Lichtloch, ich segnete meinen alten, schmerzenden Leib, ich segnete die Finsternis und den Stein.

Da geschah, was ich weder vergessen noch mitteilen kann. Es geschah die Vereinigung mit der Gottheit, mit dem Universum (ich weiß nicht, ob zwischen diesen Worten ein Unterschied ist). Die Ekstase wiederholt ihre Zeichen nicht; der eine hat Gott in einem Leuchten erblickt, der andere in einem Schwert oder in den Kreisen einer Rose. Ich sah ein himmelhohes Rad, das nicht vor meinen Augen, nicht in meinem Rücken, nicht seitwärts, sondern allenthalben und gleichzeitig war. Dieses Rad war aus Wasser gemacht, aber auch aus Feuer, und es war (obwohl ich den Rand sehen konnte) unendlich. Ineinander verschlungen, bildete es alle Dinge, die sein werden, die sind und die waren, und ich war einer der Fäden dieses Allgewebes, und Pedro de Alvarado, der mir die Folter zufügte, war ein anderer. Hier waren die Ursachen und die Wirkungen, und ich brauchte nur dieses Rad anzusehen, um alles zu begreifen, ohne Ende. O Seligkeit des Begreifens! höher als die Seligkeit des Vorstellens und Empfindens. Ich sah das Universum und sah die verborgenen Pläne des Universums. Ich sah den Ursprung, den das Buch vom Rat erzählt. Ich sah die Berge, die dem Wasser entstiegen, ich sah die ersten Pfahlmenschen, ich sah die Brunnen, die sich gegen die Menschen kehrten, sah die Hunde, die ihnen das Gesicht zerfleischten. Ich sah den antlitzlosen Gott, der hinter den Göttern ist. Ich sah unzählige Vorgänge, die eine einzige Wonne bildeten, und indem ich alles verstand, gelang es mir auch, die Schrift des Tigers zu verstehen.

Es ist eine Formel aus vierzehn zufälligen Wörtern (die zufällig aussehen), und ich brauchte sie nur laut zu sagen, so wäre ich allmächtig. Ich brauchte sie nur zu sagen, und dieses steinerne Verlies wäre nicht mehr, der Tag dränge in meine Nacht, ich wäre jung, unsterblich, der Tiger zerfleischte Alvarado, ich tauchte das heilige Messer in spanische Brüste, baute die Pyramide wieder auf, baute das Reich wieder auf. Vierzig Silben, vierzehn Wörter, und ich, Tzinacán, würde über die Länder herrschen, über die Moctezuma herrschte. Aber ich weiß, daß ich diese Wörter nie sagen werde, weil ich mich Tzinacáns schon nicht mehr entsinne.

Soll mit mir das Geheimnis sterben, das den Tigern eingeschrieben ist. Wer das Universum geschaut, wer die feurigen Pläne des Universums geschaut hat, kann nicht eines Menschen gedenken, seines nichtigen Glücks oder Unglücks, sei dieser Mensch auch er selber. Dieser Mensch ist er selber gewesen, nun liegt an ihm nichts mehr. Was liegt ihm an dem Los jenes anderen, was liegt ihm am Volk jenes anderen, wenn er jetzt niemand ist? Darum spreche ich die Formel nicht aus. Darum lasse ich zu, daß die Tage mich vergessen, ausgestreckt in der Dunkelheit.

DER MANN AUF DER SCHWELLE

Bioy Casares brachte aus London einen seltsamen Dolch mit, mit dreieckiger Klinge und einem H-förmigen Griff; unser Freund Christopher Dewey vom British Council meinte, derartige Waffen seien in Hindustan allgemein gebräuchlich. Diese Feststellung ermunterte ihn zu der weiteren Bemerkung, daß er in diesem Land zwischen den beiden Kriegen Dienst getan habe. *(Ultra Auroram et Gangem,* sagte er, wie ich mich erinnere, auf Latein, indem er einen Vers von Juvenal abwandelte.) Von den Geschichten, die er in dieser Nacht erzählte, erkühne ich mich, die folgende zu rekonstruieren. Ich werde mich streng an die Wahrheit halten: Möge Allah mich vor der Versuchung bewahren, knappgefaßte Lokalnotizen hineinzubringen oder mit aus Kipling entlehnten Einschüben den exotischen Charakter der Erzählung zu vertiefen. Diese hat außerdem einen Geschmack von Alter und Schlichtheit, um den es schade wäre, etwa den von *Tausendundeiner Nacht*.

»Auf die exakte Geographie der Ereignisse, die ich erzählen will, kommt es kaum an. Außerdem: Was würde in Buenos Aires aus der Genauigkeit von Namensangaben wie Amritsar oder Oudh? Ich will also nur sagen, daß in jenen Jahren in einer Moslemstadt Unruhen ausbrachen, und daß die Zentralregierung einen starken Mann schickte, um Ordnung zu schaffen. Dieser Mann war Schotte, aus einem berühmten Krieger-Clan, und hatte ein Erbe von Gewalttätigkeit im Blut. Ein einziges Mal habe ich ihn mit eigenen Augen gesehen, aber ich werde nie das tiefschwarze Haar vergessen, die vorspringenden Backenknochen, die gierige Nase und den Mund, die breiten Schultern, den derben Knochenbau eines Wikingers. David Alexander Glencairn soll er heute abend in meiner Geschichte heißen; die beiden Vornamen passen, weil Könige sie trugen, die mit eisernem Zepter regierten. David Alexander Glencairn (ich muß mich erst daran gewöhnen, ihn so zu nennen) war, vermute ich, gefürchtet; die bloße Nachricht von seinem Eintreffen genügte, um die Stadt zu befrieden. Trotzdem verhängte er ein paar energische Maßnahmen. Einige Jahre vergingen. In Stadt und Distrikt herrschte Friede; Sikhs und Moslems hatten den alten Streit begraben, und plötzlich verschwand Glencairn. Natürlich fehlte es nicht an Gerüchten, man hätte ihn entführt oder getötet.

Soweit erfuhr ich die Sache von meinem Chef; die Zensur war ja streng, und die Tageszeitungen kommentierten das Verschwinden Glencairns nicht (soweit ich mich erinnere, meldeten sie es nicht einmal). Ein geflügeltes Wort sagt, daß Indien größer ist als die Welt; Glencairn mochte in der Stadt, die der Namenszug unter einem Dekret ihm zuwies, allmächtig sein, aber im Räderwerk der Verwaltung des Empire war er nur eine Zahl. Die Nachforschungen der Ortspolizei blieben gänzlich erfolglos; mein Chef war der Meinung, daß ein Zivilist weniger Argwohn einflößen und mehr Erfolg haben könnte. Drei oder vier Tage später (die Entfernungen in Indien sind gewaltig) durchstreifte ich ohne allzuviel Hoffnung die Straßen der undurchsichtigen Stadt, die einen Mann beiseitegeschafft hatte.

Fast sofort empfand ich die grenzenlose Präsenz einer Verschwörung, die Glencairns Schicksal im Dunkel halten sollte. *Es gibt in dieser Stadt keine Seele* (mußte ich wohl glauben), *die nicht von dem Geheimnis weiß und geschworen hat, es zu bewahren.* Die meisten bekannten sich auf Befragen zu schrankenloser Unwissenheit; sie wußten nicht, wer Glencairn war, hatten ihn nie gesehen, nie von ihm sprechen hören. Andere dagegen hatten ihn genau vor einer Viertelstunde mit Herrn Soundso reden sehen, brachten mich sogar zu dem Haus, in das die beiden hineingegangen waren und in dem niemand etwas von ihnen wußte, oder das sie gerade eben verlassen hatten. Einem dieser präzisen Lügner setzte ich die Faust ins Gesicht. Die Zeugen billigten meinen Zornausbruch und heckten neue Lügen aus. Ich glaubte ihnen nicht, traute mich aber auch nicht, sie ungehört zu lassen. Eines Nachmittags überreichte man mir einen Umschlag mit einem Papierstreifen darin, auf dem ein paar Zeichen standen...

Die Sonne war untergegangen, als ich hinkam. Das Viertel war von einfachem Volk bewohnt; das Haus war niedrig; von der Straße aus sah ich eine Flucht ungepflasterter Höfe und im Hintergrund eine Helligkeit. Im letzten Hof wurde irgendein Moslem-Fest gefeiert; ein Blinder trat ein mit einer Laute aus rötlichem Holz.

Zu meinen Füßen auf der Schwelle hockte reglos wie ein Gegenstand ein uralter Mann. Ich muß ihn beschreiben, weil er ein wesentlicher Bestandteil der Geschichte ist. Die vielen Jahre hatten ihn verringert und geschliffen wie fließendes Wasser einen Stein oder die Generationen von Menschen einen Spruch. Große Lumpen bedeckten ihn, oder so kam es mir vor, und der Turban, um den Kopf geschlungen, war auch nur ein Fetzen. In der Dämmerung hob er mir ein dunkles Gesicht und einen sehr weißen Bart entgegen. Ich sprach ihn ohne Umschweife, da ich schon jede Hoffnung aufgegeben hatte, auf David Alexander Glencairn an. Er verstand mich nicht (vielleicht hörte er mich gar nicht), und ich mußte erklären, daß Glencairn ein Richter sei und ich ihn suchte. Ich empfand, als ich diese Worte sagte, wie lächerlich es war, diesen alten Mann zu befragen, für den die Gegenwart kaum noch ein vages Geräusch war. *Nachrichten von der Rebellion oder von Akbar könnte dieser Mann geben* (dachte ich), *aber nicht von Glencairn.* Was er zu mir sagte, bekräftigte diesen Verdacht.

›Ein Richter!‹ sagte er mit schwächlicher Verwunderung. ›Ein Richter, der verlorengegangen ist, und man sucht ihn. Der Vorfall geschah in meiner Kindheit. Ich weiß nichts von Daten, aber Nikal Seyn (Nicholson) war noch nicht vor der Mauer von Delhi gefallen. Die Zeit, da er von hinnen ging, bleibt im Gedächtnis; gewiß bin ich imstande wiederzufinden, was damals geschah. Gott hatte in seinem Zorn zugelassen, daß das Volk verdarb; voll Lästerung waren die Münder, und voll Lug und Trug. Dennoch waren nicht alle verworfen, und als bekanntgemacht wurde, die Königin wolle einen Mann herschicken, der in diesem Lande das Gesetz Englands ausüben sollte, waren die minder Schlechten dessen froh, weil sie fühlten, daß das Gesetz besser ist als die Unordnung. Der Christ traf ein, und es dauerte nicht lange, da übertrat er seine Amtspflicht und bedrückte das Volk, ließ scheußliche Verbrechen hingehen und verschacherte Gerichtsurteile. Wir gaben ihm anfangs keine Schuld; die englische Gerichtsbarkeit, die er verwaltete, kannte niemand, und die anscheinenden Verstöße des neuen Richters entsprachen vielleicht gültigen und verborgenen Gründen. *Alles wird in seinem Buch seine Rechtfertigung haben*, dachten wir, aber seine Verwandtschaft mit allen schlechten Richtern der Welt war allzu deutlich, und zum Schluß mußten wir zugeben, daß er einfach ein Schurke war. Er wurde zum Tyrannen, und das arme Volk (um sich für die falsche Hoffnung, die es einmal in ihn gesetzt hatte, zu rächen) spielte mit dem Gedanken, ihn beiseite zu schaffen oder vor Gericht zu stellen. Mit Reden ist nichts getan; es galt, den Plan ins Werk zu setzen. Im Grunde glaubte keiner (abgesehen vielleicht von sehr einfältigen oder sehr jungen Leuten), daß dieses tollkühne Vorhaben in die Tat umgesetzt werden könnte, aber Tausende von Sikhs und Moslems hielten ihr Wort und führten eines Tages ungläubig aus, was keiner von ihnen für möglich gehalten hatte. Sie sperrten den Richter ein und bestimmten ihm als Gefängnis eine Meierei in einem abgelegenen Viertel. Dann sprachen sie mit den Untertanen, denen er Unrecht zugefügt hatte, oder (im einen oder anderen Falle) mit den Waisen und Witwen, denn das Schwert des Henkers hatte in den Jahren nicht geruht. Zum Schluß – das war vielleicht das Schwierigste – suchten und ernannten sie einen Richter, der den Richter verurteilen sollte.‹

Hier unterbrachen ihn ein paar Frauen, die in das Haus traten.

Dann fuhr er langsam fort:

›Es geht die Rede, daß es keine Generation gibt, in der nicht vier gerechte Männer sind, auf denen das Weltganze insgeheim ruht und die es vor dem Herrn rechtfertigen: Einer dieser Männer wäre der berufenste Richter gewesen. Aber wo sie auffinden, da sie verloren und namenlos in der Welt umhergehen und einander nicht kennen, wenn sie sich sehen, und nicht einmal selber um das hohe Amt wissen, das sie erfüllen? Jemand äußerte damals die Ansicht, wenn das Schicksal uns die weisen Männer versage, müsse man die Unweisen aufsuchen. Diese Ansicht errang den Sieg. Korangelehrte, Rechtsdoktoren, Sikhs, die den Namen von Löwen führen und einen Gott anbeten, Hindus, die ganze Massen von Göttern verehren, Mönche von Mahavira, die lehren, daß die Gestalt der Welt die eines Menschen mit gespreizten Beinen ist, Feueranbeter und schwarze Juden stellten das Gerichtstribunal, aber der endgültige Spruch wurde dem Belieben eines Wahnsinnigen anheimgestellt.‹

Hier unterbrachen ihn ein paar Leute, die von dem Fest weggingen.

›Eines Wahnsinnigen‹, wiederholte er, ›auf daß Gottes Weisheit durch seinen Mund rede und die menschliche Überheblichkeit beschäme. Sein Name ist verschollen, oder man hat ihn nie gewußt, aber er ging nackt durch die Straßen dieser Stadt oder mit Lumpen bekleidet und zählte seine Finger mit dem Daumen und schnitt den Bäumen Fratzen.‹

Mein gesunder Verstand sträubte sich. Ich sagte, einem Wahnsinnigen die Entscheidung überlassen, heiße soviel wie das Gerichtsverfahren entkräften.

›Der Angeklagte erklärte sich mit dem Richter einverstanden‹, war die Antwort. ›Vielleicht dachte er, daß angesichts der Gefahr, die die Verschwörer liefen, wenn sie ihn freiließen, er nur von einem Wahnsinnigen kein Todesurteil zu erwarten brauchte. Ich habe sagen hören, daß er lachte, als ihm mitgeteilt wurde, wer der Richter sei. Viele Tage und Nächte dauerte der Prozeß, wegen der großen Zahl der Zeugen.‹

Er verstummte. Eine Sorge bedrückte ihn. Um etwas zu sagen, fragte ich, wieviele Tage.

›Mindestens neunzehn‹, erwiderte er. Von neuem unterbrachen ihn die Leute, die von dem Fest weggingen. Wein ist den Moslems verboten, aber die Gesichter und die Stimmen waren die von Betrunkenen. Einer rief ihm im Vorbeigehen etwas zu.

›Neunzehn Tage, genau‹, verbesserte er sich. ›Der ungläubige Hund vernahm das Urteil, und das Messer ergötzte sich an seiner Kehle.‹

Er sagte es mit fröhlicher Wildheit. Mit veränderter Stimme schloß er die Geschichte:

›Er starb ohne Furcht; irgendeine Tugend wohnt auch in den Gemeinsten.‹

›Wo geschah, was du erzählt hast?‹ fragte ich ihn. ›In einer Meierei?‹

Zum erstenmal sah er mir in die Augen. Dann erklärte er langsam, indem er die Worte abwog:

›Ich sagte, daß sie ihm eine Meierei als Gefängnis gaben, nicht, daß sie ihn dort aburteilten. In dieser Stadt urteilten sie ihn ab: in einem Haus wie alle, wie dieses hier. Ein Haus kann nicht von einem anderen verschieden sein; wichtig ist allein zu wissen, ob es in der Hölle oder im Himmel erbaut ist.‹

Ich fragte ihn nach dem Schicksal der Verschwörer.

›Das weiß ich nicht‹, sagte er geduldig. ›Diese Dinge geschahen und gerieten in Vergessenheit, schon vor vielen Jahren. Vielleicht haben die Menschen sie verdammt, nicht aber Gott.‹

Nach diesen Worten erhob er sich. Ich spürte, daß er mich mit ihnen verabschiedete, und daß ich von diesem Augenblick an für ihn zu existieren aufgehört hatte. Eine dichte Schar von Männern und Frauen sämtlicher Völkerschaften des Punjab brach betend und singend über uns herein und hätte uns um ein Haar weggefegt; ich war bestürzt, daß aus so engen Höfen, die kaum breiter waren als ein Hausgang, so viele Menschen hervorströmen konnten. Andere ergossen sich aus den benachbarten Häusern; sicher waren sie über die Zwischenmauern gesprungen... Mit Fäusten und Flüchen schaffte ich mir freie Bahn. Im letzten Hof lief mir ein nackter Mann über den Weg, bekränzt mit gelben Blumen, den alle küßten und liebkosten. Er trug in der Hand ein Schwert. Das Schwert war besudelt, denn er hatte Glencairn den Tod gegeben, dessen verstümmelten Leichnam ich in den Pferdeställen am Hofende fand.

DAS ALEPH

Für Estela Canto

O God, I could be bounded in a nutshell and count myself a King of infinite space.
Hamlet, II, 2

But they will teach us that Eternity is the Standing still of the Present Time, a Nunc-stans *(as the Schools call it); which neither they, nor any else understand, no more than they would a* Hic-stans *for an infinite greatnesse of Place.*
Leviathan, IV, 46

An jenem strahlenden Februarmorgen, als Beatriz Viterbo starb, nach einem herrscherlichen Todeskampf, der sich keinen Augenblick zu Sentimentalität oder Furcht hinabließ, stellte ich fest, daß die Plakatwände an der Plaza Constitución die Reklame für irgendeine Sorte blonder Zigaretten erneuert hatten; das schmerzte mich, da ich begriff, daß die rastlose und weiträumige Welt bereits von ihr abrückte, und daß dieser Wandel der erste einer endlosen Reihe war. Die Welt wird sich wandeln, ich aber nicht, dachte ich mit melancholischer Eitelkeit. Manchmal, ich weiß wohl, hatte meine hoffnungslose Ergebenheit sie gereizt; nun sie tot war, konnte ich mich ihrem Andenken widmen, ohne Hoffnung zwar, aber auch ohne Demütigung. Ich bedachte, daß der 30. April ihr Geburtstag war; dem Haus in der Calle Garay an diesem Tag einen Besuch abzustatten, um ihren Vater und Carlos Argentino Daneri, ihren Vetter ersten Grades, zu begrüßen, war ein untadeliger, vielleicht unumgänglicher Akt der Höflichkeit. Wieder würde ich im Dämmer des vollgepfropften Empfangszimmerchens warten, wieder die Einzelheiten ihrer vielen Porträts studieren: Beatriz Viterbo im Profil, in Farben; Beatriz mit Halblarve beim Karneval 1921; Beatriz bei ihrer Erstkommunion; Beatriz am Tage ihrer Vermählung mit Roberto Alessandri; Beatriz, kurz nach der Scheidung, bei einem Frühstück im Reitclub; Beatriz in Quilmes, mit Delia San Marco Porcel und Carlos Argentino; Beatriz mit dem Pekinesen, den ihr Villegas Haedo schenkte; Beatriz *en face* und im Dreiviertelprofil, lächelnd, die Hand am Kinn... Diesmal brauchte ich mein Erscheinen nicht wie bei anderen Gelegenheiten mit bescheidenen Büchergaben zu rechtfertigen, Büchern, deren Seiten ich mit der Zeit wohlweislich aufschnitt, um sie nicht Monate später unversehrt zu finden.

Beatriz Viterbo starb 1929; von da an ließ ich keinen 30. April vorübergehen, ohne mich in ihrem Haus einzufinden. Gewöhnlich kam ich um Viertel nach sieben und blieb rund fünfundzwanzig Minuten; jedes Jahr erschien ich ein bißchen später und blieb ein bißchen länger; 1933 begünstigte mich ein sintflutartiger Regen: Sie mußten mich zum Essen einladen. Natürlich ließ ich diesen Präzedenzfall nicht ungenutzt; 1934 erschien ich, als es bereits acht geschlagen hatte, mit einem Lebkuchen nach Art von Santa Fé und blieb ganz selbstverständlich zum Essen. So empfing ich an melancholischen und vergeblich erotischen Jahrestagen Carlos Argentino Daneris vertrauliche Mitteilungen.

Beatriz war groß, zerbrechlich und ein wenig gebeugt; in ihrem Gang lag (sofern das Oxymoron zulässig ist) etwas wie graziöse Plumpheit, ein Beginn von Ekstase; Carlos Argentino ist rosig, kompakt, ergraut, mit feinen Gesichtszügen. Er geht irgendeiner untergeordneten Tätigkeit in einer obskuren Bibliothek in der südlichen Vorstadt nach; er ist autoritär, bringt es aber doch zu nichts; bis vor kurzem nutzte er Abende und Feiertage, um daheimzubleiben. Nach zwei Generationen haben sich bei ihm das zischende italienische S und die üppige italienische Gebärdensprache noch erhalten. Seine geistige Tätigkeit ist unausgesetzt, leidenschaftlich, sprunghaft und völlig unbedeutend. Er schwelgt in sinnlosen Analogien und in müßigen Skrupeln. Er hat (wie Beatriz) große, schöne, fein geformte Hände. Ein paar Monate lang war er von Paul Fort besessen, nicht so sehr wegen der Balladen als wegen der Idee eines unbefleckbaren Ruhms. »Er ist der Fürst der französischen Dichter«, wiederholte er selbstgefällig. »Du magst dich noch so sehr gegen ihn sperren; nein, auch der giftigste deiner Pfeile wird ihn nie treffen.«

Am 30. April 1941 erlaubte ich mir, dem Lebkuchen eine Flasche einheimischen Kognaks hinzuzufügen. Carlos Argentino kostete ihn, fand ihn interessant und begann nach ein paar Gläsern mit einer Ehrenrettung des modernen Menschen.

»Ich sehe ihn vor mir«, sagte er mit nicht ganz erklärlicher Lebhaftigkeit, »in seinem Studierzimmer gleich einem Türmer im Auslug einer Stadt, zur Hand Telefone, Telegrafen, Fonografen, Radiogeräte, Kinematografen, Laternae Magicae, Glossare, Fahrpläne, Handbücher, Bulletins…«

Er bemerkte, daß für einen derartig ausgestatteten Menschen das Reisen überflüssig sei; unser 20. Jahrhundert habe die Geschichte von Mohammed und dem Berg umgedreht; heute liefen die Berge zum modernen Mohammed.

So inhaltlos erschienen mir diese Gedanken, so pompös und ausgewalzt ihre Darlegung, daß ich sie unmittelbar mit Literatur in Zusammenhang brachte; ich sagte ihm, er sollte sie doch niederschreiben. Wie vorauszusehen erwiderte er, das habe er bereits getan; diese Idee sowie andere nicht minder neuartige ständen in dem *Canto Augural*, dem *Canto Prologal* oder – schlicht gesagt – dem *Canto-Prólogo* einer Dichtung, an der er seit vielen Jahren arbeite, ohne *réclame*, ohne ohrenbetäubendes Trara, immer nur gestützt auf jene beiden Stäbe, die sich Arbeit und Einsamkeit nennen. Zuerst öffne er der Phantasie die Tore sperrangelweit, dann setze er die Feile an. Die Dichtung sei betitelt *Die Erde*; es handle sich um eine Schilderung des Planeten, die es natürlich nicht an pittoresken Abschweifungen und kühnen Apostrophen fehlen lasse.

Ich bat ihn, mir wenigstens eine kurze Stelle vorzulesen. Er zog eine Schublade am Schreibtisch auf, nahm ein dickes

Bündel Heftblätter heraus, die aufgedruckt den Kopf der Bibliothek Juan Crisóstomo Lafinur trugen, und las voll hallender Selbstgefälligkeit:

He visto, como el griego, las urbes de los hombres,
Los trabajos, los días de varia luz, el hambre;
No corrijo los hechos, no falseo los nombres,
Pero el *voyage* que narro, es... *autour de ma chambre.*

[Ich sah, wie der Grieche, die Städte der Menschen,
Die Werke, die Tage verschiedenen Lichts, den Hunger;
Ich korrigiere nicht Tatsachen, verfälsche nicht Namen,
Doch führt *le voyage* den ich erzähle...
autour de ma chambre.]

»Eine in jeder Hinsicht interessante Strophe«, befand er. »Der erste Vers gewinnt den Beifall des Gelehrten, des Akademikers, des Hellenisten, wenn nicht gar der Möchtegern-Schöngeister, die einen ansehnlichen Teil des Publikums ausmachen; die zweite geht von Homer zu Hesiod über (womit ich hier an der Stirnseite des poetischen Prunkbaus eine sinnig verkappte Huldigung an den Vater der Lehrdichtung anbringe), nicht ohne ein Kunstmittel wiederzubeleben, das sich von der Heiligen Schrift herleitet, nämlich die Aufzählung, Häufung oder Ballung; der dritte Vers – Literaturbarock, Dekadentismus, geläuterter und fanatischer Formkult? – besteht aus Zwillings-Hemistichen; der vierte, unumwunden zweisprachig, sichert mir die uneingeschränkte Zustimmung jedes den unbefangenen Neckereien des Scherzgedichts aufgeschlossenen geistigen Charakters. Ganz zu schweigen von dem seltenen Reim sowie der Ausschmückung, die mir – ohne Pedanterie – gestattet, in vier Versen drei Anspielungen unterzubringen, die dreißig Jahrhunderte zusammengedrängter Literatur umspannen: die erste auf die Odyssee, die zweite auf *Werk und Tage*, die dritte auf die unsterbliche Bagatelle, die wir den Mußestunden der Feder des Savoyarden verdanken... Ich lerne wieder einmal verstehen, daß die moderne Kunst nach dem Balsam des heiteren Gelächters, dem *scherzo* lechzt. Ganz gewiß hat das Wort Goldoni!«

Noch viele weitere Strophen las er mir vor, die gleichfalls seine Billigung fanden und von ihm verschwenderisch kommentiert wurden. Bemerkenswertes stand in keiner; doch hielt ich sie auch nicht für schlechter als die vorstehende. An seinem Stil hatten Beflissenheit, Entsagung und Zufall mitgewirkt; die literarischen Qualitäten, die ihm Daneri nachsagte, waren späteren Datums. Ich begriff, daß die Arbeit dieses Dichters nicht im Dichten bestand, sondern im Erfinden von Gründen, sie herrlich zu finden; natürlich veränderte diese nachträgliche Arbeit das Werk für ihn, aber nicht für andere. Daneris mündliche Wiedergabe war extravagant; seine Ungeschicklichkeit in der Metrik verbot ihm, von ganz wenigen Stellen abgesehen, diese Extravaganz auf die Dichtung zu übertragen.*

Ein einziges Mal in meinem Leben hatte ich Gelegenheit, die 15000 Zwölfsilbler des *Polyolbion* durchzuackern, jenes topographischen Epos, in dem Michael Drayton Fauna, Flora, Gewässer- und Gebirgskunde, Militär- und Mönchsgeschichte Englands verzeichnet hat; ich kann bezeugen, daß dieses stattliche, aber begrenzte Produkt weniger langweilig ist als

* Doch erinnere ich mich an folgende Verszeilen einer Satire, in der er mit herbem Spott die schlechten Dichter geißelte:

Aqueste da al poema belicosa armadura
De erudición; estotro le da pompas y galas.
Ambos baten en vano las ridiculas alas...
Olvidaron, cuitados, el factor HERMOSURA!

[Allerdieser giebt dem Dichtwerk kriegerliche Rüstung
Von Gelahrtheit; alljener giebt ihm Pomps und Prunkes.
Eitel schlagen beide mit lächerlichen Schwingen...
Sie vergaßen, die Kümmerlinge, den Faktor SCHÖNHEIT!]

Nur die Furcht, eine Heerschar unversöhnlicher und mächtiger Feinde gegen sich aufzubieten, riet ihm (wie er mir sagte) von der unerschrockenen Veröffentlichung des Gedichts ab.

das ähnlich angelegte Riesenunternehmen Carlos Argentinos. Hatte er doch vor, die Gesamtrundung des Planeten in Verse zu bringen; im Jahre 1941 hatte er bereits einige Hektar des Staates Queensland erledigt, und über einen Kilometer vom Lauf des Ob, einen Gasometer im Norden von Veracruz, die wichtigsten Geschäftshäuser im Gemeindebezirk von la Concepción, das Landhaus von Mariana Cambáceres de Alvear in der Straße Elfter September in Belgrano und ein Türkisches Bad unweit des berühmten Aquariums von Brighton bewältigt. Er las mir ein paar besonders mühsame Stellen aus der australischen Zone seiner Dichtung vor; diese ausgewalzten formlosen Alexandriner ließen den verhältnismäßig bewegten Gang der Eingangsverse vermissen. Ich gebe eine Strophe wieder:

Sepan. A manderecha del poste rutinario
(Viniendo, claro está, desde el Nornoroeste)
Se aburre una osamenta ¿Color? Blanquiceleste –
Que da al corral de ovejas catadura de osario.

[Man höre. Rechterhand des routinierten Pfostens
(Man kommt, natürlich, von Nordnordwesten)
Langweilt sich ein Skelett – Farbe? Weißhimmlisch –
Das den Schafpferch wie ein Beinhaus erscheinen läßt.]

»Zwei Kühnheiten«, rief er jubelnd. »Ausgetüftelt, höre ich dich brummen, um Effekt zu machen. Zugegeben, zugegeben. Die eine: das Beiwort *routiniert*, das *en passant* unübertrefflich die mit Weide- und Landarbeit verbundene Langeweile zum Ausdruck bringt, die weder die *Georgica* noch unser Poeta laureatus *Don Segundo* je so unverblümt angeprangert haben. Die andere: der kraftvolle Prosaismus *langweilt sich ein Skelett*, den der Zärtling mit Abscheu wird verbannt wissen wollen, den aber der Kritiker von männlichem Geschmack höher als sein Leben schätzen wird. Überdies ist der ganze Vers wie auf der Goldwaage abgewogen. Der zweite Halbvers spinnt mit dem Leser den muntersten

Schwatz an, kommt seiner brennenden Neugier zuvor, legt ihm eine Frage in den Mund und beantwortet sie – im Nu. Und was sagst du zu meinem poetischen Fund: weißhimmlisch? Diese malerische Neubildung suggeriert den Himmel, der für die australische Landschaft so ungemein bedeutsam ist. Ohne diese Beschwörung enthielte die Skizze ein Übermaß an düsteren Farbtönen, und der Leser sähe sich gezwungen, den Band zuzumachen, in innerster Seele von unheilbarer und schwarzer Melancholie getroffen.«

Gegen Mitternacht verabschiedete ich mich.

Am übernächsten Sonntag rief Daneri mich an; ich glaube, zum erstenmal in meinem Leben. Er schlug vor, wir sollten uns um vier Uhr treffen, »um zusammen ein Glas Milch zu trinken, und zwar in der Bar an der Ecke, deren Eröffnung wir der Fortschrittlichkeit von Zunino und Zungri – du weißt, die Eigentümer meines Hauses – zu verdanken haben, ein Etablissement, das du unbedingt kennenlernen mußt«. Ich sagte zu, eher resigniert denn begeistert. Wir hatten Mühe, einen Tisch zu finden; die Salon-Bar, erbarmungslos modern, blieb hinter meinen gräßlichsten Befürchtungen nur wenig zurück; an den Nachbartischen nannte die erregte Gästeschar die Summen, die von Zunino und Zungri ohne Feilschen aufgewendet worden waren. Carlos Argentino tat so, als sei er platt über irgendwelche Errungenschaften der Beleuchtungseinrichtung (die er gewiß schon kannte) und sagte zu mir mit strengem Nachdruck: »Du wirst, wenn auch widerstrebend, zugeben müssen, daß es das Lokal hier mit den höchstgestochenen in Flores aufnehmen kann.«

Dann las er mir noch einmal vier oder fünf Seiten der Dichtung vor. Er hatte sie dem entarteten Prinzip schieren Wortgepränges folgend überarbeitet. Wo er vorher *blau* geschrieben hatte, schwelgte er jetzt in *blauend, blaulich*, ja *azuren*. Das Wort *milchig* war ihm noch nicht häßlich genug; in der schwungvollen Schilderung einer Wollwäscherei zog er *milchern, molkicht, molken* vor... Er versetzte bitter den Kritikern einen Hieb; dann verglich er sie, gnädiger gestimmt, mit

Menschen, »die weder über Edelmetalle noch über Dampfpressen, Klärvorrichtungen und Kupfersäure verfügen, um Goldschätze auszumünzen, die jedoch *den anderen den Ort* eines Schatzes *andeuten* können«. Im selben Atem rügte er die Prologomanie, »über die sich in seinem köstlichen Vorwort zum Don Quijote bereits der *Príncipe de los Ingenios* lustig gemacht hat«. Er räumte jedoch ein, daß auf die Titelseite seines neuartigen Werks der von der Klaue des Federhelden gezeichnete Peitschenhieb gehöre. Er setzte hinzu, daß er sich mit dem Gedanken trage, die einleitenden Gesänge seiner Dichtung zu veröffentlichen. Erst da verstand ich die sonderbare telefonische Einladung; der Mann war drauf und dran, mich zu bitten, sein pedantisches Kauderwelsch zu bevorworten. Meine Furcht war jedoch unbegründet. Carlos Argentino stellte mit grollender Bewunderung fest, er glaube sich nicht im Epitheton zu irren, wenn er den Ruf gefestigt nenne, den Álvaro Melián Lafinur in sämtlichen literarischen Kreisen erworben habe, dieser Literaturkundige, der, sofern ich mich dafür einsetze, seine Dichtung von Herzen gern mit einem Geleitwort versehen werde. Um einem Mißgriff, der schlechthin unverzeihlich wäre, vorzubeugen, müßte ich mich zum Sprachrohr zweier unbestreitbarer Verdienste machen: der formalen Vollkommenheit und der wissenschaftlichen Exaktheit; »insofern dieser weitläufige Garten poetischer Tropen, Figuren und Zierate nicht die geringfügigste Einzelheit duldet, die nicht vor der strikten Wahrheit bestehen kann«. Er fügte hinzu, Beatriz habe sich immer mit Álvaro amüsiert.

Ich sagte zu, sagte wortreich zu. Ich erklärte, um meine Bereitschaft in ein noch wahrscheinlicheres Licht zu rücken, daß ich nicht am Montag, sondern am Donnerstag mit Álvaro sprechen wolle; im Laufe des kleinen Abendessens, das jede Versammlung des Schriftstellerclubs zu krönen pflege. (Derartige Abendessen existieren nicht, doch finden die Versammlungen nachweislich am Donnerstag statt, wovon Carlos Argentino sich an Hand der Zeitungen überzeugen konnte, und was dem Satz eine gewisse Realität verlieh.) Ich sagte mit vorausblickender Schläue, daß ich, bevor ich auf das Vorwort zu sprechen käme, den eigenartigen Plan des Werkes schildern wolle. Damit verabschiedeten wir uns; als ich in die Straße Bernardo de Irigoyen einbog, faßte ich ganz unparteiisch die zwei Zukünfte, die mir blieben, ins Auge: a) mit Álvaro sprechen und ihm sagen, daß der Vetter der seinerzeit auch ihm bekannten Beatriz (dieser erläuternde Euphemismus gab mir ein Recht, ihren Namen auszusprechen) ein Gedicht zusammengeschmiert habe, das die Grenzen der Kakophonie und der Konfusion ins Unabsehbare zu erweitern verspreche; b) nicht mit Álvaro reden. Ich erkannte hellseherisch, daß sich meine Trägheit für b) entscheiden würde.

Von Freitag früh an begann das Telefon mich nervös zu machen. Es empörte mich, daß dieses Instrument, das ehemals die unwiederbringliche Stimme von Beatriz hervorgebracht hatte, zum Behältnis der überflüssigen, vielleicht ergrimmten Anklagen dieses betrogenen Carlos Argentino Daneri herabgesunken war. Glücklicherweise erfolgte nichts – außer dem Groll, den mir dieser Mann einflößte, der mich mit einer delikaten Mission betraut hatte und jetzt einfach sitzenließ.

Das Telefon verlor für mich seine Schrecken, aber gegen Ende Oktober rief Carlos Argentino mich an. Er war in höchster Aufregung; zuerst erkannte ich überhaupt nicht seine Stimme. Mit Trauer und Zorn stieß er hervor, daß diese nicht mehr zu bändigenden Zunino und Zungri unter dem Vorwand der dringend gewordenen Erweiterung ihres maßlosen Lokals sein Haus abreißen wollten.

»Das Haus meiner Väter, mein Haus, das alteingesessene Haus in der Calle Garay«, wiederholte er und vergaß bei dem Singsang vielleicht seinen Kummer.

Es fiel mir nicht schwer, seine Betrübnis zu teilen. Wenn man die Vierzig hinter sich hat, wird jede Veränderung zum verabscheuenswerten Symbol des Hingangs der Zeit; überdies handelte es sich um ein Haus, das mich tausendfältig an Beatriz erinnerte. Ich wollte diese hauchzarte Nuance zum Ausdruck bringen, aber mein Gesprächspartner hörte mich überhaupt nicht. Er sagte: Sollten Zunino und Zungri auf diesem sinnwidrigen Vorhaben bestehen, werde Doktor Zunni, sein Rechtsanwalt, *ipso facto* eine Schadenersatzklage einbringen und sie zwingen, 100 000 Pesos herauszurükken.

Der Name Zunni beeindruckte mich; seine Kanzlei in Caseros y Tacuari ist von sprichwörtlicher Gediegenheit. Ich fragte, ob er den Fall bereits übernommen habe. Daneri sagte, er wolle noch an diesem Nachmittag mit ihm sprechen. Er wurde unsicher und äußerte mit jener glatten, unpersönlichen Stimme, die wir anzunehmen pflegen, wenn es sich um etwas sehr Persönliches handelt, daß ihm, um die Dichtung zu Ende zu führen, das Haus unentbehrlich sei, denn in einem Winkel des Kellergeschosses befinde sich ein Aleph. Er fügte zur Erklärung hinzu, das Aleph sei einer jener Punkte im Raum, die alle Punkte in sich enthalten.

»Es befindet sich im Keller unter dem Eßzimmer«, erklärte er in angstbeflügeltem Ton. »Es gehört mir, es gehört mir; in meiner Kindheit, bevor ich in die Schule kam, habe ich es entdeckt. Die Treppe in den Keller ist steil, mein Onkel hatte mir streng verboten, hinunterzusteigen, aber jemand hatte behauptet, im Keller sei eine Welt. Später habe ich begriffen, er meinte einen Reisekoffer; ich aber nahm an, es sei da wirklich eine Welt. Ich stieg heimlich hinunter, rutschte auf der verbotenen Treppe aus, fiel hin. Als ich die Augen aufschlug, sah ich das Aleph.«

»Das Aleph?« wiederholte ich.

»Ja, der Ort, an dem, ohne sich zu vermischen, alle Orte des Erdenrunds sind, aus allen Winkeln gesehen. Ich habe niemandem meine Entdeckung verraten, aber ich bin wieder dorthin gegangen. Der Knabe konnte nicht wissen, daß ihm dieses Vorrecht zuteil wurde, damit dereinst der Mann das Gedicht meißeln sollte. Zunino und Zungri werden mich nicht ausplündern, nein und tausendmal nein. Mit dem Gesetzbuch in der Hand wird Doktor Zunni den Beweis antreten, daß mein Aleph *unveräußerlich* ist.«

Ich versuchte es mit vernünftigem Zureden. »Aber – ist der Keller nicht sehr dunkel?«

»Die Wahrheit dringt nicht in ein widerspenstiges Hirn. Wenn alle Orte der Welt im Aleph sind, dann müssen auch alle Leuchten, alle Lampen, alle Quellen des Lichts hier versammelt sein.«

»Ich will es mir auf der Stelle ansehen.«

Ehe er eine Widerrede äußern konnte, legte ich den Hörer auf. Das Wissen um eine Tatsache ist hinreichend, uns eine Reihe bestätigender Züge wahrnehmen zu lassen; ich wunderte mich, daß ich bis zu diesem Augenblick nicht daraufgekommen war, daß Carlos Argentino ein Wahnsinniger war. Diese Viterbos überhaupt... Beatriz (das sage ich mir immer wieder vor) war eine Frau, ein kindliches Geschöpf von geradezu erbarmungslosem Scharfblick; und doch kamen auch bei ihr Nachlässigkeiten, Zerstreutheiten, Versäumnisse, ja regelrechte Grausamkeiten vor, die vielleicht pathologisch zu erklären waren. Carlos Argentinos Wahnsinn erfüllte mich mit boshafter Wonne. Im Grunde hatten wir einander nie ausstehen können.

In der Calle Garay bat mich das Dienstmädchen, ich möchte so gut sein und einen Augenblick warten. Er halte sich wie immer im Keller auf und entwickele fotografische Platten. Neben einer großen Tonvase ohne eine Blume lächelte auf dem überflüssigen Piano (eher zeitlos als anachronistisch) das große Porträt von Beatriz in grellen Farben. Niemand konnte uns sehen; mit liebevoller Verzweiflung trat ich auf das Bild zu und sagte ihm:

»Beatriz, Beatriz Elena, Beatriz Elena Viterbo, geliebte Beatriz, für immer verlorene Beatriz, ich bin es, Borges.«

Eine kleine Weile später trat Carlos ein. Er sprach in dürrem Ton. Ich begriff, daß er an nichts anderes denken konnte als an den Verlust des Aleph.

»Ein Gläschen von dem Pseudo-Kognak«, befahl er, »dann sollst du die Nase in den Keller stecken. Wie gesagt: Rückenlage ist unvermeidlich. Auch die Dunkelheit, die Bewegungslosigkeit, eine gewisse Gewöhnung des Auges sind unerläßlich. Du legst dich rücklings auf den Fliesenboden und heftest den Blick auf die neunzehnte Stufe der betreffenden Steintreppe. Ich gehe fort, schließe die Luke, und du bleibst allein zurück. Solltest du vor irgendeinem Nagetier Angst haben – macht nichts. Binnen weniger Minuten erblickst du das Aleph, den Mikrokosmos der Alchimisten und Kabbalisten, den Gottseibeiuns in leibhaftiger Gestalt, das *multum in parvo.*«

Schon im Speisezimmer fügte er hinzu: »Es versteht sich von selbst, daß, falls du es nicht siehst, deine Unfähigkeit mein Zeugnis nicht entkräftet... Geh hinunter, binnen kürzester Frist wirst du mit *allen* Bildern von Beatriz Zwiesprache halten können...«

Ich stieg rasch hinunter, überdrüssig seines sinnlosen Geredes. Das Kellergeschoß, kaum breiter als die Treppe, hatte große Ähnlichkeit mit einem Brunnenschacht. Vergeblich suchte mein Blick den Koffer, von dem Carlos Argentino gesprochen hatte. Ein paar Kisten mit Flaschen und ein paar Leinwandsäcke waren in einer Ecke gestapelt. Carlos ergriff einen Sack, faltete ihn zusammen und legte ihn an eine bestimmte Stelle.

»Das Kissen ist kärglich«, erklärte er, »höbe ich es jedoch nur um einen Zentimeter an, sähest du keinen Pfifferling und müßtest verärgert und beschämt den Rückzug antreten. Bequeme deine leibliche Fracht hier auf den Boden und zähle neunzehn Stufen ab.«

Ich gehorchte seinen lächerlichen Anweisungen; endlich ging er. Behutsam schloß er die Falltür. Die Finsternis, abgesehen von einer Ritze, die ich erst später entdeckte, schien mir vollkommen. Auf einmal begriff ich die Gefahr, in der ich schwebte; von einem Wahnsinnigen hatte ich mich lebendig begraben lassen, nachdem er mir Gift verabreicht hatte. Aus Carlos' prahlerischen Reden sprach die Angst, ich könnte die Wundererscheinung vielleicht nicht sehen; Carlos, um seinen Wahn in Schutz zu nehmen, um nicht zu wissen, daß er wahnsinnig war, *mußte mich umbringen.* Ich empfand ein dumpfes

Unbehagen, das ich auf meine Steifheit, nicht auf die Wirkung des Narkotikums zurückzuführen bemüht war. Ich schloß die Augen, öffnete sie wieder. Da sah ich das Aleph.

Nun komme ich zum unaussprechlichen Mittelpunkt meines Berichts; hier beginnt meine Verzweiflung als Schriftsteller. Alle Sprache ist ein Alphabet aus Zeichen, deren Anwendung eine den Gesprächspartnern gemeinsame Vergangenheit voraussetzt; wie soll ich anderen das unendliche Aleph mitteilen, das mein furchtsames Gedächtnis kaum erfaßt? Die Mystiker helfen sich in einer ähnlichen Klemme mit einer Fülle von Emblemen; um die Gottheit zu bezeichnen, spricht ein Perser von einem Vogel, der gewissermaßen alle Vögel ist; Alanus ab Insulis von einem Kreis, dessen Mittelpunkt überall, dessen Umfang aber nirgendwo ist; Ezechiel von einem Engel mit vier Gesichtern, die gleichzeitig nach Osten und Westen, nach Norden und Süden gekehrt sind. (Nicht umsonst rufe ich diese unbegreiflichen Analogien ins Gedächtnis zurück; sie stehen mit dem Aleph in einer gewissen Beziehung.) Vielleicht würden auch mir die Götter den Fund eines entsprechenden Bildes nicht versagen, aber dieser Form der Mitteilung würde etwas Literarisches, etwas Falsches anhaften. Überdies ist das Kernproblem unauflöslich: die Aufzählung, wenn auch nur die teilweise, eines unendlichen Ganzen. In diesem gigantischen Augenblick habe ich Millionen beglückender und gräßlicher Vorgänge gesehen; am meisten war ich darüber erstaunt, daß sie alle in demselben Punkt stattfanden, ohne Überlagerung und ohne Transparenz. Was meine Augen schauten, war simultan; was ich beschreiben werde, ist sukzessiv, weil die Sprache es ist. Etwas davon will ich gleichwohl festhalten.

Im unteren Teil der Treppenstufe rechter Hand sah ich einen kleinen regenbogenfarbenen Kreis von fast unerträglicher Leuchtkraft. Anfangs glaubte ich, er drehe sich um sich selber; später begriff ich, daß die schwindelerregende Fülle dessen, was sichtbar in ihm vorging, an dieser Täuschung schuld war. Im Durchmesser mochte das Aleph zwei oder drei Zentimeter groß sein, aber der kosmische Raum war ohne Schmälerung seines Umfangs da. Jedes Ding (etwa die Scheibe eines Spiegels) war eine Unendlichkeit von Dingen, weil ich sie aus allen Ecken des Universums deutlich sah. Ich sah das bewegte Meer, ich sah Morgen- und Abendröte, ich sah die Menschenmassen Amerikas, ich sah ein silbriges Spinnennetz inmitten einer schwarzen Pyramide, ich sah ein aufgebrochenes Labyrinth (das war London), ich sah unzählige ganz nahe Augen, die sich in mir wie in einem Spiegel ergründeten, ich sah alle Spiegel des Planeten, doch reflektierte mich keiner, ich sah in einem Durchgang der Calle Soller die gleichen Fliesen, die ich vor dreißig Jahren im Flur eines Hauses in Fray Bentos sah, ich sah Weintrauben, Schnee, Tabak, Metalladern, Wasserdampf, ich sah aufgewölbte Wüsten am Äquator und jedes einzelne Sandkorn darin, ich sah in Inverness eine unvergeßliche Frau, ich sah das unbändige Haar, den hochgemuten Körper, sah eine Krebsgeschwulst in der Brust, sah einen Kreis trockener Erde auf einem Pfad, wo vordem ein Baum gestanden hatte, sah in einem Landhaus in Adrogué ein Exemplar der ersten englischen Pliniusübersetzung, der von Philemon Holland, sah gleichzeitig jeden Buchstaben auf jeder Seite (als Kind wunderte ich mich immer, daß die Lettern in einem geschlossenen Buch nicht bei Nacht durcheinander geraten und sich verirren), ich sah die Nacht und den Tag gleichzeitig, ich sah einen Sonnenuntergang in Querétaro, der die Farbe einer Rose in Bengalen widerzustrahlen schien, ich sah mein Schlafzimmer und niemanden darin, ich sah in einem Kabinett von Alkmaar einen Erdglobus zwischen zwei Spiegeln, die ihn endlos vervielfältigten, ich sah Pferde mit zerstrudelter Mähne auf einem Strand am Kaspischen Meer in der Morgenfrühe, ich sah das feingliedrige Knochengerüst einer Hand, ich sah die Überlebenden einer Schlacht, wie sie Postkarten nach Hause schrieben, sah in einem Schaufenster in Mirzapur ein spanisches Kartenspiel, sah die schrägen Schatten von Farnen am Boden eines Wintergartens, sah Tiger, Dampfkolben, Bisons, Sturzfluten und Heereszüge, sah alle Ameisen, die es auf der

Erde gibt, sah ein persisches Astrolabium, sah in einer Schublade des Schreibtischs (und beim Anblick der Handschrift erbebte ich) obszöne, unglaubliche, eindeutige Briefe, die Beatriz an Carlos Argentino geschrieben hatte, sah ein angebetetes Denkmal auf dem Chacarita-Friedhof, sah den furchtbaren leiblichen Überrest der ehemals so köstlichen Beatriz Viterbo, sah den Kreislauf meines dunklen Blutes, sah das Räderwerk der Liebe und die Veränderung des Todes, sah das Aleph aus allen Richtungen zugleich, sah im Aleph die Erde und in der Erde abermals das Aleph und im Aleph die Erde, sah mein Gesicht und meine Eingeweide, sah dein Gesicht und fühlte Schwindel und weinte, weil meine Augen diesen geheimen und gemutmaßten Gegenstand erschaut hatten, dessen Namen die Menschen in Beschlag nehmen, doch hat ihn kein Mensch je erblickt: das unfaßliche Universum.

Ich fühlte unendliche Verehrung, unendliches Bedauern.

»Der Kopf muß dir schwirren von allem, was du unberufen ausspioniert hast«, sagte eine unleidliche, aber gutmütige Stimme. »Wenn du dir auch das Gehirn ausschwitzt – nicht in einem Jahrhundert wirst du mir diese Offenbarung heimzahlen können. Welch ein sagenhaftes Observatorium, he, Borges?«

Die Schuhe Carlos Argentinos nahmen die oberste Treppenstufe ein. Im jäh hereinbrechenden Dämmerlicht gelang es mir, mich aufzuraffen und zu stammeln: »Sagenhaft, ja – sagenhaft.«

Der gleichgültige Klang meiner Stimme befremdete mich. Ängstlich gespannt fragte Carlos Argentino: »Hast du auch alles richtig gesehen, in Farben?«

In diesem Moment sah ich meine Rache. Wohlwollend, betont mitleidig, nervös, ausweichend dankte ich Carlos Argentino für die Gastlichkeit seines Kellers und legte ihm dringend nahe, den Abbruch des Hauses zu benutzen, um sich von der verderblichen Hauptstadt zu entfernen, die keinen – »glaub es mir, keinen« – ungestraft läßt. Ich versagte mich mit sanftem Nachdruck der Erörterung des Aleph; ich umarmte ihn beim

Abschied und sagte ihm noch einmal, daß Landluft und Ausspannung zwei vortreffliche Ärzte sind.

Auf der Straße, auf den Treppenfluchten von Constitución, in der Untergrundbahn kamen mir alle Gesichter bekannt vor. Ich fürchtete, daß kein Ding mehr imstande sei, mich zu überraschen, ich fürchtete, nie mehr den Eindruck von Wiederkehr loszuwerden. Glücklicherweise überfiel mich nach ein paar Nächten der Schlaflosigkeit wiederum das Vergessen.

Nachschrift vom 1. März 1943. – Sechs Monate nach dem Abriß des Wohnhauses in der Calle Garay warf der Verlag Procrustes, ohne sich von der Länge der stattlichen Dichtung abschrecken zu lassen, eine Auswahl »Argentinischer Stücke« auf den Markt. Was daraufhin geschah, sei hier noch einmal wiederholt. Carlos Argentino Daneri erhielt den Zweiten Nationalpreis für Literatur*, der Erste wurde Doktor Aita zugesprochen, der Dritte Doktor Mario Bonfanti; unglaublicherweise entfiel auf mein Werk *Die Karten des Spielers* keine einzige Stimme. Wieder einmal trugen Unverständnis und Neid den Sieg davon. Schon seit langem sehe ich Daneri nicht mehr. Die Zeitungen stellen das Erscheinen eines weiteren Bandes in Kürze in Aussicht. Seine glückliche Feder (der jetzt kein Aleph mehr im Wege steht) hat sich einer Versifizierung der Stoffsammlungen von Doktor Acevedo Diaz zugewandt.

Zwei Bemerkungen will ich noch anfügen: eine über das Wesen des Aleph, eine andere über seinen Namen. Aleph ist bekanntlich der erste Buchstabe des Alphabets der heiligen Sprache. Seine Anwendung auf die Scheibe in meiner Geschichte scheint kein Zufall zu sein. In der Kabbala bezeichnet dieser Buchstabe das En Soph, die unbegrenzte und lautere Gottheit; auch wurde gesagt, daß das Aleph die Gestalt

* »Deinen gewundenen Glückwunsch habe ich erhalten«, schrieb er mir. »Aufwallungen, mein beklagenswerter Freund, von schierem Neid, aber auch wenn Du daran erstickst, wirst Du zugeben müssen, daß ich diesmal an meinen Hut die flammendste Feder stecken, meinen Turban mit dem Kalifen aller Rubine krönen konnte.«

eines Menschen habe, der auf den Himmel und die Erde zeigt um anzudeuten, daß die untere Welt Spiegel und Kartenbild der oberen sei; in der Mengenlehre ist es das Zeichen für die transfiniten Zahlen, bei denen das Ganze nicht größer ist als irgendeines seiner Teile. Ich möchte wissen: Hat Carlos Argentino diesen Namen erwählt, oder hat er ihn gelesen, in bezug auf einen anderen Punkt, in dem alle Punkte zusammentreffen, in einem der zahllosen Texte, die das Aleph seines Hauses ihm enthüllte? So unglaublich die Sache erscheinen mag: Ich glaube, daß es ein anderes Aleph gibt (oder gab), ich glaube, daß das Aleph in der Calle Garay ein falsches Aleph war.

Und zwar aus folgenden Gründen. Um das Jahr 1867 hatte Hauptmann Burton in Brasilien das Amt eines britischen Konsuls inne; im Juli 1942 entdeckte Pedro Heriquez Ureña in einer Bibliothek von Santos ein Schriftstück von seiner Hand, das von dem Spiegel handelt, den der Orient Iskandar Zu al-Karnayn oder Alexander von Mazedonien zuschreibt. In seinem Kristall spiegelte sich das gesamte Universum. Burton erwähnt andere ähnlich geartete Zaubergeräte: den siebenfachen Kelch von Kai Khosru, den Spiegel, den Tarik Ibn Ziyad in einem Turm fand (*1001 Nacht*, 272), den Spiegel, den auf dem Mond Lukian von Samosata zu sehen vermochte (*Wahre Geschichte*, I, 26), die Spiegellanze, die das erste Buch des *Satyricon* von Capella dem Jupiter zuschreibt, Merlins Weltenspiegel, »rund und hohl und gleich einer Welt aus Glas« (*The Faerie Queene*, III, 2, 19) – und er fügt die folgenden merkwürdigen Worte hinzu: »Die vorstehend erwähnten jedoch – ganz abgesehen von dem Fehler, daß es sie nicht gibt – sind lediglich optische Instrumente. Die Gläubigen, die sich zu Kairo in der Amr-Moschee versammeln, wissen ganz genau, daß die Welt im Innern einer der Steinsäulen ist, die den Mittelhof einfassen... Natürlich kann niemand sie sehen; aber wer das Ohr an ihre Oberfläche legt, erklärt, daß er alsbald ihr geschäftiges Brausen hört... Die Moschee stammt aus dem siebenten Jahrhundert; die Säulen hingegen aus anderen Tempeln vorislamischer Religionen, denn, wie bei Ibn Khaldun zu lesen steht: *In von Nomaden gegründeten Gemeinwesen ist bei allem, was mit Maurerhandwerk zu tun hat, die Mitwirkung von Fremdstämmigen unentbehrlich.*«

Existiert das Aleph im Inneren eines Steins? Habe ich es gesehen, als ich alle Dinge sah, und habe ich es vergessen? Unser Geist ist durchlässig für das Vergessen. Verfälsche und verliere ich doch infolge der tragischen Erosion der Jahre Beatriz' Gesichtszüge.

EINDRINGLING

2. *Samuel* 1:26

Es heißt (doch das ist unwahrscheinlich), Eduardo, der jüngere der Nelsons, habe diese Geschichte bei der Totenwache für Cristián erzählt, den älteren, der um die 1890 im Distrikt Morón eines natürlichen Todes starb. Sicher ist, daß im Verlauf der langen, vergessenen Nacht zwischen einem Mate und dem nächsten jemand sie von jemandem hörte und sie Santiago Dabove weitererzählte, von dem ich sie erfuhr. Später wurde sie mir in Turdera, dem Ort der Handlung, abermals erzählt. Die zweite, etwas ausführlichere bestätigte im Grunde die von Santiago, wenn auch mit den üblichen kleinen Veränderungen und Abweichungen. Ich schreibe sie jetzt nieder, weil in ihr, wenn ich mich nicht irre, ein kurzes und tragisches Spiegelbild dessen enthalten ist, was die ehemaligen Stadtrandfiguren ausmachte. Ich werde es mit Redlichkeit tun, aber ich sehe bereits voraus, daß ich der literarischen Versuchung erliegen werde, Einzelheiten zu betonen oder hinzuzufügen.

In Turdera hießen sie die Nilsens. Der Pfarrer sagte mir, sein Vorgänger habe sich noch erinnert, im Haus dieser Leute, nicht ohne Überraschung, eine abgegriffene, schwarzgebundene Bibel in gotischer Schrift gesehen zu haben; auf den letzten Seiten habe er handschriftliche Namen und Daten entdeckt. Es war das einzige im Haus vorhandene Buch, die unheilvolle Chronik der Nilsens, dahingegangen wie alles dahingehen wird. Das Wohnhaus, das nicht mehr steht, war ein unverputzter Backsteinbau; vom Bogengang aus war ein rotgefliester Patio, dahinter einer aus gestampfter Erde zu sehen. Wenige, wenn überhaupt, traten dort ein; die Nilsens verteidigten ihre Einsamkeit. In den kahlen Stuben schliefen sie auf Pritschen; ihr Luxus war das Pferd, das Pferdegeschirr, der kurze Dolch, protzige Kleidung an Samstagabenden und der streitstiftende Alkohol. Ich weiß, daß sie groß waren und rothaarig. Dänemark oder Irland, Namen, die sie wohl nie gehört hatten, kreisten im Blut der beiden Criollos. Das Stadtviertel fürchtete die Rotschöpfe; es ist möglich, daß sie jemanden getötet hatten. Einmal kämpften sie Schulter an Schulter gegen die Polizei. Es heißt, der jüngere habe sich mit Juan Iberra angelegt und dabei nicht den Kürzeren gezogen, was den Sachverständigen zufolge viel heißen will. Sie waren Viehtreiber, Fuhrmänner, Pferdediebe und gelegentlich Falschspieler. Sie galten als Geizhälse, außer wenn Trunk und Spiel sie großzügig machten. Von Verwandten ist nichts bekannt, auch nicht von ihrer Herkunft. Sie besaßen einen Karren und ein Joch Ochsen.

Körperlich unterschieden sie sich von der Zunft, die der Costa Brava ihren anrüchigen Spitznamen verlieh. Dies und was wir nicht wissen trägt zum Verständnis ihrer Einigkeit bei. Sich mit einem verfeinden hieß zwei Feinde einhandeln.

Die Nilsens waren Schürzenjäger, doch hatten sich ihre Liebesabenteuer bislang in Bogengängen oder Bordellen abgespielt. Es gab daher reichlich Kommentare, als Cristián sich Juliana Burgos ins Haus holte. So gewann er ein Dienstmädchen, überschüttete sie aber gleichzeitig mit scheußlichem Flitterkram und gab bei Festen mit ihr an. Bei jenen armseligen Tanzfesten in den Mietskasernen, wo gewisse Tangoschritte verpönt waren, und wo noch mit viel Abstand getanzt wurde. Juliana hatte bräunliche Haut und Schlitzaugen; es brauchte sie einer nur anzusehen, damit sie lächelte. Für ein bescheidenes Viertel, wo Arbeit und Vernachlässigung die Frauen verbrauchen, sah sie nicht übel aus.

Anfangs begleitete Eduardo die beiden. Dann unternahm er eine Reise nach Arrecifes wegen irgendeines Geschäfts; nach seiner Rückkehr nahm er ein Mädchen zu sich, das er unterwegs aufgegabelt hatte, warf sie aber nach wenigen Tagen hinaus. Er wurde zusehends mürrisch; betrank sich allein in der Ladenschänke und ließ sich mit niemandem ein. Er war in Cristiáns Frau verliebt. Das Viertel, das es womöglich vor ihm wußte, sah mit hämischer Schadenfreude die zwischen den Brüdern schwelende Rivalität voraus.

Als Eduardo in einer Nacht spät von der Eckkneipe zurückkam, sah er Cristiáns Braunen am Pfosten angebunden. Im Patio erwartete ihn der Ältere im Sonntagsstaat. Die Frau kam und ging, den Mate in der Hand. Cristián sagte:

»Ich gehe zu einer Sauferei bei den Farías. Hier hast du Juliana; gebrauch sie, wenn du willst.«

Sein Tonfall war halb herrisch, halb herzlich. Eduardo starrte ihn eine Weile an; er wußte nicht was tun. Cristián stand auf, verabschiedete sich von Eduardo, nicht von Juliana, die eine Sache war, bestieg sein Pferd und trabte davon, ohne Hast.

Seit jener Nacht teilten sie Juliana. Niemand wird die Einzelheiten dieser schmierigen Verbindung erfahren, die das Anstandsgefühl der Vorstadt verletzte. Das Arrangement ging ein paar Wochen gut, konnte jedoch nicht dauern. Untereinander sprachen die Brüder Julianas Namen nicht aus, nicht einmal um sie zu rufen, aber sie suchten und fanden Gründe, um nicht einig zu sein. Wenn sie über den Verkauf von ein paar Häuten stritten, stritten sie in Wirklichkeit über etwas anderes. Dann wurde Cristián laut, und Eduardo verstummte. Ohne es zu wissen, waren sie auf einander eifersüchtig. In dem rauhen Vorort gab ein Mann nicht einmal sich selbst gegenüber zu, daß eine Frau einem mehr bedeuten konnte als Begierde und Besitz, und doch waren die beiden verliebt. Das demütigte sie irgendwie.

Eines Nachmittags begegnete Eduardo auf der Plaza von Lomas Juan Iberra, der ihn zu der Schönheit, die er sich besorgt hatte, beglückwünschte. Ich glaube, das war die Gelegenheit, bei der Eduardo ihn verwundete. Niemand sollte Cristián in seiner Gegenwart verspotten.

Die Frau bediente die beiden mit tierischer Unterwürfigkeit, konnte indes nicht eine gewisse Vorliebe für den Jüngeren verbergen, der die Teilhaberschaft zwar nicht abgelehnt, aber jedenfalls nicht angeordnet hatte.

Eines Tages befahlen sie Juliana, zwei Stühle in den vorderen Patio zu bringen und sich dort nicht blicken zu lassen, denn sie hätten zu reden. Sie rechnete mit einem langen Gespräch und hielt eine Siesta, wurde aber bald geweckt. Sie ließen sie einen Sack mit ihren Siebensachen füllen, den Rosenkranz aus Glasperlen und das kleine Kruzifix nicht zu vergessen, das ihr ihre Mutter hinterlassen hatte. Ohne ihr etwas zu erklären, hoben sie sie auf den Ochsenkarren und machten sich auf eine schweigsame und langweilige Reise. Es hatte geregnet; die Wege waren verschlammt, und es mag gegen drei Uhr morgens gewesen sein, als sie in Morón ankamen. Dort verkauften sie sie an die Besitzerin des Bordells. Der Handel war schon vorher abgemacht gewesen; Cristián kassierte den Betrag und teilte ihn später mit dem anderen.

In Turdera wollten die in dem (zur Gewohnheit gewordenen) Dickicht ihrer monströsen Liebschaft verirrten Nilsens wieder ihr altes Leben von Männern unter Männern aufnehmen. Sie kehrten zum Kartenspiel zurück, zum Hahnenkampf, zu gelegentlichen Kneipereien. Manchmal vielleicht glaubten sie sich gerettet, erlaubten sich aber, unabhängig voneinander, grundlose oder nur allzu begründete regelmäßige Abwesenheiten. Kurz vor Jahresende sagte der Jüngere, er habe in der Hauptstadt zu tun. Cristián ritt nach Morón; am Pfosten des Hauses, das wir kennen, erkannte er Eduardos Falben. Er trat ein; drinnen war der andere und wartete, bis er an die Reihe kam. Anscheinend sagte Cristián zu ihm:

»Wenn wir so weitermachen, machen wir nur unsere Gäule kaputt. Wir sollten sie wohl besser zur Hand haben.«

Er sprach mit der Besitzerin und zog ein paar Münzen aus

seinem Gürtel; dann nahmen die beiden sie mit. Juliana ging mit Cristián; Eduardo spornte seinen Falben an, um sie nicht sehen zu müssen.

Sie kehrten zu dem bekannten Zustand zurück. Die niederträchtige Lösung war fehlgeschlagen, da beide der Versuchung des Betrugs erlegen waren. Kain hatte die Hand im Spiel, aber die Zuneigung zwischen den Nilsens war groß – wer weiß, welche Härten, welche Gefahren sie geteilt hatten! –, und so zogen sie vor, ihre Erbitterung an anderen auszulassen. An einem Unbekannten, an den Hunden, an Juliana, die die Zwietracht gesät hatte.

Der Monat März ging zu Ende, und die Hitze ließ nicht nach. Eines Sonntags (an Sonntagen geht man gewöhnlich früh schlafen) sah Eduardo, der von der Ladenschänke zurückkam, daß Cristián die Ochsen ins Joch spannte. Cristián sagte:

»Komm, wir müssen Häute bei Pardo abliefern. Ich hab sie schon aufgeladen; wir wollen die Kühle nutzen.«

Pardos Laden lag, glaube ich, weiter südlich; sie nahmen den alten Viehweg, dann bogen sie in einen Seitenpfad ab. Bei Einbruch der Nacht weitete sich das Feld.

Sie kamen an einem Schilfdickicht vorbei; Cristián warf die Zigarre fort die er angezündet hatte und sagte ohne Eile:

»An die Arbeit, Bruder. Nachher helfen uns die Bussarde. Heut hab ich sie getötet. Soll sie hier bleiben mit ihrem Plunder. So richtet sie keinen Schaden mehr an.«

Sie umarmten einander, fast weinend. Nun hielt sie ein weiteres Band: die trostlos geopferte Frau und die Verpflichtung, sie zu vergessen.

DIE GESCHICHTE DES ROSENDO JUÁREZ

Es mochte elf Uhr abends sein; ich hatte die Ladenschänke betreten, die heute eine Bar ist, Ecke Bolívar und Venezuela. Aus einem Winkel zischte der Mann mir zu. Es war wohl etwas Autoritäres an ihm, denn ich reagierte sofort. Er saß an einem der Tischchen; ich fühlte auf unerklärliche Weise, daß er sich seit geraumer Zeit nicht von seinem leeren Glas fortbewegt hatte. Er war weder klein noch groß; schien ein ehrbarer Handwerker, vielleicht ein ehemaliger Landarbeiter zu sein. Sein spärlicher Schnauzbart war grau. Verfroren wie die Leute von Buenos Aires sind, hatte er sein Halstuch nicht abgelegt. Er lud mich ein, etwas mit ihm zu trinken. Ich setzte mich, und wir plauderten. All das geschah irgendwann in den dreißiger Jahren.

Der Mann sagte: »Sie kennen mich nur vom Hörensagen, aber ich kenne Sie, Señor. Ich bin Rosendo Juárez. Der verstorbene Paredes wird Ihnen von mir erzählt haben. Der Alte hatte so seinen Spaß am Lügen; nicht, um die Leute 'reinzulegen, sondern um sie zu unterhalten. Weil wir jetzt nichts zu tun haben, will ich Ihnen erzählen, was damals in der Nacht wirklich passiert ist. In der Nacht, als der Corralero umgebracht wurde. Sie, Señor, haben aus der Geschichte einen Roman gemacht, und so was kann ich nicht beurteilen, aber ich möchte, daß Sie die Wahrheit über dieses Geflunker erfahren.«

Er machte eine Pause, wie um seine Erinnerungen zu sammeln, und fuhr fort:

»Da passiert einem was, aber erst mit den Jahren versteht man es. Was mir in der Nacht passiert ist, hatte eigentlich schon lange vorher angefangen. Ich bin im Viertel am Maldonado aufgewachsen, noch hinter Floresta. Der Maldonado war damals ein übler Graben, eine Senke, und zum Glück ist er inzwischen zugemauert. Ich bin immer der Meinung gewesen, daß keiner den Gang des Fortschritts aufhalten kann. Egal, jedenfalls wird jeder da geboren, wo er kann. Ich bin nie auf den Gedanken gekommen herauszufinden, wer mein Vater war. Clementina Juárez, meine Mutter, war eine sehr anständige Frau; sie hat ihr Brot mit Bügeln verdient. Soviel ich weiß, war sie aus Entre Rios oder Uruguay, jedenfalls hat sie oft von Verwandten in Concepción in Uruguay gesprochen. Ich bin wie Unkraut aufgewachsen. Ich habe mit den anderen fechten gelernt, mit einem angerußten Stock. Fußball hatte uns noch nicht erreicht, das war eine Sache der Engländer.

An einem Abend hat in der Kneipe ein Junge namens Garmendia Streit mit mir angefangen. Ich stelle mich taub, aber der andere hat schon ein bißchen geladen und macht immer weiter. Wir sind hinausgegangen; als wir schon auf dem Weg draußen waren, hat er die Kneipentür halb geöffnet und den Leuten gesagt:

›Keine Sorge, ich bin gleich wieder da.‹

Ich hatte mir ein Messer besorgt; wir sind auf den Bach zugegangen, langsam, und haben uns gegenseitig bewacht. Er war ein paar Jahre älter als ich; er hatte schon oft mit mir mit Stöcken gefochten, und ich hatte das Gefühl, er wird mich in Stücke schneiden. Dann ist er über ein paar Lehmklumpen gefallen. Ich seh ihn stolpern und stürz mich auf ihn, ohne zu überlegen. Hab ihm das Gesicht mit einem Stich aufgerissen, wir haben kurz gerungen, einen Augenblick lang war alles möglich, und schließlich hab ich ihm einen Stich angebracht, und das war der letzte. Erst später habe ich bemerkt, daß ich von ihm auch ein paar Kratzer abbekommen hatte. In dieser

Nacht habe ich gelernt, daß es nicht schwer ist, einen umzubringen oder umgebracht zu werden. Der Bach war ziemlich seicht; um Zeit zu gewinnen, habe ich den Toten halb hinter einem Ziegelofen versteckt. Aus blankem Leichtsinn habe ich ihm den Ring mit Stein abgezogen, den er immer getragen hatte. Ich habe ihn mir angesteckt, den Hut zurechtgerückt und bin in die Kneipe zurückgegangen. Ich bin 'reingegangen, als ob überhaupt nichts wäre, und habe ihnen gesagt:

›Sieht so aus, als ob ich der wäre, der zurückkommt.‹

Dann habe ich einen Schnaps bestellt, und den hatte ich auch nötig. Da hat mich dann einer auf meine Blutflecken aufmerksam gemacht.

Die ganze Nacht habe ich mich auf meiner Pritsche hin und her gewälzt; erst im Morgengrauen konnte ich schlafen. Gegen Abend kamen zwei Polizisten mich holen. Meine arme Mutter, Gott hab sie selig, hat geschrien. Sie haben mich behandelt, als ob ich ein Verbrecher wäre. Zwei Tage und Nächte haben sie mich im Loch sitzen lassen. Keiner kam mich besuchen, außer Luis Irala, ein echter Freund, aber den wollten sie nicht zu mir lassen. Am dritten Morgen ließ mich der Inspektor holen. Er saß in seinem Sessel, hat mich nicht mal angeschaut, nur gesagt:

›Du bist das also, der den Garmendia erledigt hat?‹

›Wenn Sie es sagen‹, habe ich geantwortet.

›Mich redet man mit Señor an. Bilde dir bloß nichts ein, und keine Ausreden. Hier sind die Zeugenaussagen und der Ring, den wir in deinem Haus gefunden haben. Unterschreib das Geständnis und fertig.‹

Er hat die Feder in die Tinte getaucht und mir gegeben.

›Lassen Sie mich nachdenken, Señor Inspektor‹, sage ich.

›Ich geb dir 24 Stunden im Loch zum Nachdenken. Ich will dich nicht drängen. Wenn du nicht vernünftig bist, kannst du dich an den Gedanken gewöhnen, daß ich dir einen kleinen Erholungsurlaub im Kittchen in Las Heras verschreibe.‹

Wie Sie sich vorstellen können, habe ich das nicht ganz verstanden.

›Wenn du vernünftig bist, kriegst du nur ein paar Tage. Dann laß ich dich raus, und Don Nicolás Paredes hat mir schon gesagt, daß er die Sache für dich regeln will.‹

Zehn Tage waren es. Danach haben sie sich an mich erinnert.

Ich habe unterschrieben, was sie haben wollten, und einer von den Polizisten hat mich in die Calle Cabrera gebracht.

An den Pfosten gebunden standen Pferde da, und im Eingang und weiter drinnen mehr Leute als in einem Puff. Sah aus wie eine Parteiversammlung. Don Nicolás, der seinen Mate trank, kam schließlich zu mir. Er hatte es nicht eilig; sagte mir, er würde mich nach Morón schicken, wo sie die Wahlen vorbereiteten. Er hat mich Señor Laferrer empfohlen, der mich testen sollte. Den Brief ließ er von einem Jüngelchen in Schwarz schreiben, der angeblich Verse über Mietskasernen und Mief schrieb, Zeug, das ein gebildetes Publikum nicht interessiert. Ich habe mich für seine freundlichen Bemühungen bedankt und bin gegangen. Als ich rauskam, war kein Polizist mehr hinter mir her.

Die Vorsehung weiß, was sie tut; für mich lief alles bestens. Garmendias Tod, der mir zuerst Schwierigkeiten machte, hat mir einen Weg eröffnet. Natürlich hatten mich die Behörden in der Hand. Wenn ich mich nicht für die Partei nützlich machte, würden sie mich wieder einbuchten, aber ich fühlte mich wohl und hatte Vertrauen zu mir.

Señor Laferrer hat mich gewarnt, daß ich mich bei ihm am Riemen reißen muß, dann könnte ich vielleicht Leibwächter werden. Ich habe getan, was man von mir erwartete. In Morón und später in meinem Stadtviertel habe ich mir das Vertrauen meiner Chefs verdient. Die Polizei und die Partei sorgten dafür, daß ich als harter Bursche bekannt wurde. Ich war ganz gut beim Organisieren von Stimmen bei Wahlen in der Hauptstadt und in der Provinz. Damals ging es bei den Wahlen wild zu; ich will aber Ihre Aufmerksamkeit nicht mit blutigen Geschichten langweilen, Señor. Ich habe die Radikalen nie ausstehen können, die noch immer am Bart ihres Chefs Alem hängen. Es gab keinen, der nicht vor mir Respekt gehabt hätte. Ich habe mir eine Frau besorgt, die Lujanera, und einen feinen Goldfuchs. Jahrelang habe ich Moreira gespielt, der seinerzeit bestenfalls einen anderen Zirkusgaucho nachgemacht hat. Ich bin aufs Kartenspiel und auf den Absinth gekommen.

Alte Leute wie ich reden immer viel zu viel, aber ich komme jetzt zu dem, was ich Ihnen erzählen will. Ich weiß nicht, ob ich Luis Irala schon erwähnt habe. Ein Freund von einer Sorte, wie es nicht mehr viele gibt. Er war schon älter, hatte sich nie vor der Arbeit gedrückt, und mich hatte er ins Herz geschlossen. Er hatte sich in seinem Leben nie mit Politik beschäftigt. Er war Schreiner und konnte davon leben. Er hat sich mit keinem angelegt und hätte keinen sich mit ihm anlegen lassen. An einem Morgen kommt er zu mir und sagt:

›Sie haben dir bestimmt schon erzählt, daß die Casilda mich hat sitzenlassen. Rufino Aguilera hat sie mir ausgespannt.‹

Mit dem Kunden hatte ich schon in Morón zu tun gehabt.

Ich sage: ›Ja, den kenne ich. Von den Aguileras ist er noch der am wenigsten verrottete.‹

›Verrottet oder nicht, jetzt kriegt er es mit mir zu tun.‹

Ich habe einen Moment nachgedacht und ihm dann gesagt:

›Niemand nimmt irgendwem was weg. Wenn die Casilda dich hängen läßt, dann, weil sie Rufino will und du ihr nichts mehr bedeutest.‹

›Und was sollen die Leute sagen? Daß ich ein Schlappschwanz bin?‹

›Ich geb dir einen Rat: Laß dich nicht auf Geschichten ein, bloß weil die Leute irgendwas sagen könnten, oder bloß weil eine Frau dich nicht mehr will.‹

›Um die geht's mir gar nicht. Ein Mann, der fünf Minuten lang an eine Frau denkt, ist kein Mann, sondern eine Tunte. Die Casilda hat kein Herz. In unserer letzten Nacht hat sie mir gesagt, ich würde alt.‹

›Sie hat dir wohl die Wahrheit gesagt.‹

›Die Wahrheit tut weh. Aber heute geht's mir um Rufino.‹

›Sei vorsichtig. Ich habe Rufino bei den Wahlen in Merlo in Aktion gesehen. Er ist blitzschnell mit dem Messer.‹

›Meinst du, ich hätte Angst vor ihm?‹

›Ich weiß, daß du keine Angst vor ihm hast, aber überleg's dir gut. Zwei Möglichkeiten: entweder du legst ihn um und gehst in den Knast, oder er legt dich um, und du gehst auf den Friedhof.‹

›Soll so sein. Was würdest du an meiner Stelle tun?‹

›Weiß nicht, aber mein Leben ist nicht gerade ein gutes Beispiel. Ich bin einer, der Parteischläger geworden ist, damit er nicht in den Knast muß.‹

›Ich werde kein Parteischläger werden, egal für wen, ich will nur eine Schuld eintreiben.‹

›Du willst also deine Ruhe und deinen Frieden für einen Unbekannten aufs Spiel setzen, und für eine Frau, die du nicht mehr liebst?‹

Er hat nicht auf mich hören wollen und ist gegangen. Am nächsten Tag kam die Nachricht, daß er Rufino in einer Kneipe in Morón herausgefordert hatte, und Rufino hatte ihn getötet.

Er wollte töten und ist fair getötet worden, von Mann zu Mann. Ich hatte ihm meinen Rat als Freund gegeben, aber ich fühlte mich schuldig.

Tage nach der Aufbahrung bin ich zum Hahnenkampf gegangen. Hahnenkämpfe haben mich nie begeistert, aber an diesem Sonntag ist mir fast davon schlecht geworden. Was geht mit diesen Tieren vor, mußte ich denken, daß sie sich einfach so zerfleischen?

In der Nacht meiner Geschichte, der Nacht des Endes meiner Geschichte, hatte ich mich mit den Jungs bei der Mulattin zum Tanzen verabredet. Nach all den Jahren kann ich mich immer noch an das Kleid mit Blumen erinnern, das meine Frau anhatte. Das Fest fand im Patio statt. Natürlich war irgendein grölender Saufbold dabei, aber ich habe dafür gesorgt, daß die Dinge ordentlich blieben. Es war noch keine zwölf Uhr, als die Fremden auftauchten. Einer, namens Corralero, der in dieser Nacht heimtückisch umgelegt wurde, hat uns alle zu einer Runde eingeladen. Zufällig sahen wir uns ziemlich ähnlich. Irgendwas lag in der Luft; er ist zu mir gekommen und hat angefangen, mich zu loben. Er wäre aus dem Norden und hätte viel von mir gehört. Ich habe ihn reden lassen, ihn aber schon ein bißchen einzuschätzen versucht. Er hat sich am Genever festgehalten, vielleicht, um sich Mut anzutrinken, und schließlich wollte er mit mir kämpfen. Da ist dann das passiert, was noch immer keiner verstehen will. In diesem herausfordernden Schwätzer habe ich mich wie in einem Spiegel gesehen, und ich habe mich geschämt. Ich hatte keine Angst; wenn ich Angst gehabt hätte, hätte ich wahrscheinlich gekämpft. Ich bin einfach so stehengeblieben. Der andere ist mit seinem Gesicht immer näher an meins 'rangekommen und hat angefangen zu brüllen, damit auch alle es hören: ›Was los ist, ist, daß du nichts als ein Feigling bist.‹ ›Soll sein‹, habe ich gesagt. ›Ich habe keine Angst, für einen Feigling gehalten zu werden. Wenn's dir Spaß macht, kannst du auch noch erzählen, daß du mich Hurensohn genannt hast, und daß ich mich habe anspucken lassen. Geht's dir jetzt besser?‹

Die Lujanera hat das Messer rausgezogen, das ich immer im Westenfutter hatte; sie war wie wild, drückt es mir in die Hand. Um's deutlich zu machen, sagt sie:

›Rosendo, ich glaub, du wirst es brauchen.‹

Ich hab es fallen lassen und bin langsam rausgegangen.

Die Leute haben mir den Weg freigegeben, völlig entgeistert. Mir war absolut egal, was sie denken.

Um von diesem Leben wegzukommen, bin ich nach Uruguay gegangen. Da habe ich als Fuhrmann gearbeitet. Seit ich wieder in Buenos Aires bin, habe ich mich hier niedergelassen. San Telmo ist immer eine ordentliche Gegend gewesen.«

DIE BEGEGNUNG

Für Susana Bombal

Wer morgens die Zeitungen durchblättert, tut es, um zu vergessen, oder für ein zufälliges Gespräch am Abend; deshalb ist es nicht sehr verwunderlich, daß keiner sich mehr – oder nur noch wie im Traum – an den damals vieldiskutierten und berühmten Fall von Maneco Uriarte und Duncan erinnert. Außerdem ereignete sich der Vorfall etwa um 1910, dem Jahr des Kometen und der Jahrhundertfeier, und seit damals haben wir so viele Dinge besessen und verloren. Die Protagonisten sind längst tot; wer Zeuge der Episode war, schwor feierlich Stillschweigen. Auch ich hob die Hand zum Schwur und fühlte die Bedeutung dieses Rituals, mit der ganzen romantischen Ernsthaftigkeit meiner neun oder zehn Jahre. Ich weiß nicht, ob die anderen überhaupt bemerkten, daß ich mein Wort gab; ich weiß nicht, ob sie ihres gehalten haben. Wie auch immer, hier ist nun die Geschichte, mit den unvermeidlichen Veränderungen, die die Zeit und gute oder schlechte Literatur mit sich bringen.

Mein Vetter Lafinur nahm mich an jenem Nachmittag zu einem Spießbraten in der Quinta Los Laureles mit. Ich kann ihre genaue Lage nicht angeben; denken wir uns eines jener Dörfer im Norden, die, beschattet und friedlich, zum Fluß abfallen und nichts gemein haben mit der großen Stadt und ihrer Ebene. Die Eisenbahnfahrt dauerte lang genug, um mir langweilig vorzukommen, aber die Zeit der Kinder fließt bekanntlich langsam. Es begann zu dunkeln, als wir das Tor des Landhauses durchschritten. Da waren – ich spürte es – die alten elementaren Dinge: der Geruch von goldbraun geröstetem Fleisch, die Bäume, die Hunde, das Reisig, das Feuer, das die Menschen zusammenbringt.

Es waren kaum ein Dutzend Gäste beisammen, lauter Erwachsene. Der älteste, erfuhr ich später, war noch keine dreißig. Ich begriff schnell, daß sie sich auf Gebieten auskannten, in denen ich bis heute unbewandert bin: Rennpferde, Herrenschneider, Autos und notorisch kostspielige Frauen. Niemand störte mich in meiner Schüchternheit, niemand beachtete mich. Das von einem der Peones mit geschickter Bedächtigkeit gebratene Lamm hielt uns lange in dem großen Eßzimmer. Weinjahrgänge wurden erörtert. Eine Gitarre war da; mein Vetter, glaube ich mich zu erinnern, stimmte *La tapera* und *El gaucho* von Elías Regules an und ein paar Stanzen in argentinischem Rotwelsch, im dürftigen Rotwelsch jener Jahre, über eine Messerstecherei in einem Bordell der Calle Junín. Der Kaffee kam und die Havannazigarren. Kein Wort von Heimfahrt. Ich fühlte (der Ausdruck stammt von Lugones) Angst vor dem Allzuspäten. Ich wollte nicht auf die Uhr sehen. Um meine kindliche Einsamkeit unter Erwachsenen zu verbergen, leerte ich lustlos ein oder zwei Gläser. Uriarte forderte Duncan grölend zu einem Zweier-Poker auf. Jemand verwarf diese Spielart als geisttötend und schlug einen Vierer-Tisch vor. Duncan stimmte zu, aber Uriarte beharrte mit einer Hartnäckigkeit, die ich nicht verstand und auch nicht zu verstehen suchte, auf dem ersten. Abgesehen von *Truco*, dessen wesentliches Ziel es ist, die Zeit mit Teufeleien und Versen zu bevölkern, und den bescheidenen Labyrinthen einer Patience hat mir Kartenspielen nie zugesagt. Ich entwich unbemerkt. Ein unbekanntes, dunkles Landhaus (nur im Eßzimmer brannte Licht) bedeutet einem Jungen mehr als dem Reisenden ein unerforschtes Land. Schritt für Schritt erkundete ich die Räume; ich erinnere mich eines Billardzimmers, einer Galerie mit rechteckigen und rhombenförmigen Spiegeln, einiger Schaukelstühle und eines Fensters, durch das eine Gartenlaube zu sehen war. Ich verlor mich in der Dunkelheit; schließlich fand mich der Hausherr, dessen Namen nach all den Jahren Acevedo oder Acébal lauten mag. Aus Güte oder aus Sammlereitelkeit führte er mich vor eine Vitrine. Als er Licht machte, sah ich, daß sie Stichwaffen enthielt. Es waren Messer, die durch ihren Gebrauch berühmt geworden waren. Er sagte, er besitze ein Stück Land bei Pergamino und habe diese Sachen auf Reisen quer durch die Provinz zusammengetragen. Er öffnete die Vitrine, und ohne die Aufschriften der Schildchen zu beachten, erzählte er ihre bis auf Orte und Daten stets mehr oder minder gleiche Geschichte. Ich fragte, ob unter den Waffen nicht der Dolch Juan Moreiras sei, damals der Archetyp des Gaucho, wie es später Martín Fierro und Don Segundo Sombra wurden. Er mußte leider verneinen, doch könne er mir einen ähnlichen zeigen, mit U-förmigem Kreuz. Ärgerliche Stimmen unterbrachen ihn. Sofort schloß er die Vitrine, und ich folgte ihm.

Uriarte schrie, sein Gegner habe betrogen. Die Gefährten umringten ihn, stehend. Duncan, erinnere ich mich, war größer als die anderen, stämmig, ziemlich schulterschwer, ausdruckslos, fast weißblond; Maneco Uriarte war behende, brünett, vielleicht indiogefärbt, mit frechem, spärlichem Schnurrbart. Offensichtlich waren alle betrunken; ich weiß nicht, ob auf dem Boden zwei oder drei Flaschen lagen oder ob übertriebener Kinobesuch mir diese falsche Erinnerung einflüstert. Uriartes Beleidigungen, zunächst scharf, dann obszön, rissen nicht ab. Duncan schien ihn nicht zu hören; endlich, wie gelangweilt, stand er auf und versetzte ihm einen Faustschlag. Uriarte schrie vom Fußboden auf, er werde diesen Affront nicht dulden, und forderte ihn zum Zweikampf heraus.

Duncan lehnte ab und fügte als Erklärung hinzu: »Ich habe nämlich Angst vor Ihnen.«

Allgemeines Gelächter.

Uriarte, schon wieder stehend, erwiderte: »Ich werde mich mit Ihnen schlagen, und zwar sofort.«

Jemand, Gott verzeih ihm, bemerkte, an Waffen fehle es nicht.

Ich weiß nicht, wer die Vitrine öffnete. Maneco Uriarte nahm die schönste und längste Klinge, die mit dem U-förmigen Kreuz, heraus; Duncan, fast ohne hinzusehen, ein Messer mit Holzgriff und einem ziselierten Bäumchen in der Klinge. Ein anderer sagte, es sei typisch Maneco, einen Degen zu wählen. Keiner wunderte sich, daß ihm in diesem Augenblick die Hand zitterte; jeder, daß Duncan das gleiche widerfuhr.

Die Tradition fordert, daß Männer, die sich zum Zweikampf rüsten, nicht das Haus ihres Gastgebers beleidigen und es daher verlassen. Halb scherzend, halb ernst traten wir in die feuchte Nacht hinaus. Ich war nicht wein-, aber abenteuertrunken; ich wünschte, daß jemand töte, damit ich es nachher erzählen und mich erinnern könne.

Vielleicht waren in jenem Augenblick die anderen nicht erwachsener als ich. Auch fühlte ich, daß ein Wirbel, den keiner zu dämmen vermochte, uns mitriß und ins Verderben stürzte. Kein Mensch glaubte im geringsten an Manecos Anklage; alle sahen in ihr die Frucht einer alten, vom Wein aufgeputschten Rivalität.

Wir schritten unter Bäumen, ließen das Gartenhäuschen hinter uns. Uriarte und Duncan gingen voraus; es wunderte mich, daß sie einander beobachteten, als fürchteten beide einen Überraschungsschlag. Wir wanderten an einem Rasenbett vorüber. Duncan sagte mit sanfter Autorität:

»Das ist der richtige Ort.«

Beide blieben unschlüssig in der Mitte stehen.

Eine Stimme schrie: »Laßt das Eisen fallen, das hemmt euch nur, und packt zu.«

Aber schon kämpften die beiden. Anfangs schwerfällig, als fürchteten sie, sich zu verletzen; anfangs blickten sie ihre Stahlklingen an, dann aber die Augen des Gegners. Uriarte hatte seinen Zorn vergessen; Duncan seine Gleichgültigkeit oder Geringschätzung. Die Gefahr hatte sie verwandelt; nun waren sie zwei kämpfende Männer, nicht zwei Jünglinge. Ich hatte mir den Kampf als Chaos aus Stahl vorgestellt, aber ich konnte ihm folgen, oder fast folgen, als ob er ein Schachspiel wäre. Natürlich dürften die Jahre das Gesehene verklärt oder verdunkelt haben. Ich weiß nicht, wie lange es dauerte; manche Vorgänge entziehen sich dem normalen Zeitmaß.

Ohne um den Arm gewickelten Poncho als Schild parierten sie die Stöße mit dem Unterarm. Die bald zerfetzten Ärmel wurden dunkel vom Blut. Mir schien, wir hätten uns geirrt, als wir glaubten, sie seien unbewandert in dieser Art der Fechtkunst. Bald bemerkte ich, daß sie verschieden vorgingen. Ihre Waffen waren ungleich. Duncan, um seinen Nachteil wettzumachen, drängte an den anderen heran; Uriarte wich zurück, um zu langen, tiefen Stößen ausholen zu können. Dieselbe Stimme, die auf die Vitrine hingewiesen hatte, schrie:

»Sie bringen sich um. Bremst sie!«

Niemand wagte einzugreifen. Uriarte hatte Boden verloren; nun griff Duncan an. Fast berührten sich ihre Leiber. Uriartes Stahlklinge suchte Duncans Gesicht. Mit einemmal schien sie kürzer, denn sie war in die Brust gedrungen. Duncan lag ausgestreckt im Rasen. Nun sagte er mit kaum hörbarer Stimme:

»Seltsam. Alles ist wie ein Traum.«

Er schloß nicht die Augen, bewegte sich nicht. Ich hatte einen Menschen einen anderen töten sehen.

Maneco Uriarte beugte sich über den Toten und bat ihn, er möge ihm verzeihen. Er schluchzte hemmungslos. Was er soeben verübt hatte, überstieg ihn. Jetzt weiß ich, daß er weniger ein Verbrechen bereute als die Ausführung einer unsinnigen Tat.

Ich wollte nicht mehr hinsehen. Was ich mir gewünscht hatte, war geschehen und erschütterte mich. Lafinur sagte später, sie hätten die Waffe nur mit Mühe herausziehen können. Es wurde beratschlagt. Sie beschlossen, möglichst wenig zu lügen und das Messerduell zu einem Degenduell zu stilisieren. Vier, darunter Acébal, boten sich als Zeugen an. In

Buenos Aires läßt sich alles regeln; jemand kennt immer jemanden.

Auf dem Mahagonitisch lag ein Gewirr von englischen Spielkarten und Banknoten, die niemand ansehen oder berühren wollte.

In den folgenden Jahren erwog ich mehr als einmal, die Geschichte einem Freund anzuvertrauen, doch fühlte ich immer, ein Geheimnis zu besitzen sei verlockender als es weiterzuerzählen. Um 1929 veranlaßte mich ein zufälliges Gespräch, das langgehütete Schweigen jäh zu brechen. Der Polizei-Inspektor a. D. Don José Olave hatte mir Geschichten von Messerstechern aus dem Retiro-Viertel erzählt; er bemerkte, diese Leute seien jeder Niedertracht fähig, um den Gegner fertigzumachen, und vor Podestá und Gutiérrez habe es kaum Criollo-Duelle gegeben. Ich sagte, ich sei Zeuge eines Duells gewesen, und erzählte ihm den so viele Jahre zurückliegenden Fall.

Er hörte mit fachmännischer Aufmerksamkeit zu und sagte:

»Sind Sie sicher, daß Uriarte und der andere nie vorher gekämpft hatten? Womöglich hat ein Aufenthalt auf dem Lande ihnen das eine oder andere beigebracht.«

»Nein«, entgegnete ich. »Alle Anwesenden des Abends kannten einander, und alle waren sprachlos.«

Olave fuhr bedächtig fort, als ob er laut überlegte:

»Einer der Dolche hatte ein U-förmiges Kreuz. Von solchen Dolchen sind zwei berühmt geworden: der von Moreira und der von Juan Almada, aus Tapalquén.«

Etwas erwachte in meinem Gedächtnis; Olave fuhr fort:

»Sie haben auch ein Messer mit Holzgriff erwähnt, Marke ›Bäumchen‹. Waffen wie diese gibt es zu Tausenden, aber es gab eine …«

Er hielt einen Augenblick inne und fuhr fort:

»Señor Acevedo besaß ein Landgut bei Pergamino. Genau in dieser Gegend trieb sich um die Jahrhundertwende noch ein namhafter Kampfhahn herum: Juan Almanza. Vom ersten

Totschlag im Alter von vierzehn Jahren an hat er immer so ein kurzes Messer verwendet, weil es ihm Glück brachte. Juan Almanza und Juan Almada hatten einen Haß aufeinander, weil die Leute sie verwechselten. Sie haben einander lange gesucht und nie gefunden. Juan Almanza ist bei einer Wahl von einer verirrten Kugel getötet worden. Der andere, glaube ich, ist im Hospital von Las Flores eines natürlichen Todes gestorben.«

An jenem Nachmittag fiel kein weiteres Wort. Wir grübelten.

Neun oder zehn Männer, die schon tot sind, haben gesehen, was meine Augen sahen – den tiefen Stich im Körper und den Körper unter dem Himmel –, aber was sie sahen, war das Ende einer anderen, älteren Geschichte. Maneco Uriarte tötete nicht Duncan; die Waffen kämpften, nicht die Männer. Seite an Seite hatten sie in einer Vitrine geruht, bis Hände sie weckten. Vielleicht rührten sie sich beim Erwachen; deshalb zitterte Uriartes Faust, deshalb zitterte Duncans Faust. Die beiden verstanden zu kämpfen – nicht ihre Werkzeuge, die Männer – und kämpften gut in jener Nacht. Sie hatten einander lange gesucht, auf den langen Wegen der Provinz, schließlich trafen sie aufeinander, als ihre Gauchos längst Staub waren. In ihrem Eisen schlummerte und lauerte menschlicher Groll.

Dinge dauern länger als Menschen. Wer weiß, ob die Geschichte hier endet, wer weiß, ob sie einander nicht wieder begegnen werden.

DAS ANDERE DUELL

Es ist viele Jahre her, daß Carlos Reyles, der Sohn des Romanciers, mir diese Geschichte erzählt hat, in Adrogué an einem Sommerabend. In meiner Erinnerung vermengen sich heute die lange Chronik eines Hasses und sein tragisches Ende mit dem Medizingeruch der Eukalyptusbäume und den Stimmen der Vögel.

Wir sprachen wie immer von der verworrenen Geschichte der beiden Vaterländer. Er sagte, mir sei fraglos Juan Patricio Nolan bekannt, der als Draufgänger, Spaßvogel und Schelm Berühmtheit erlangt habe. Ich bejahte, womit ich log. Nolan war ums Jahr neunzig gestorben, aber die Leute dachten noch immer an ihn wie an einen Freund. Auch er hat seine Verleumder gehabt, die nie fehlen. Carlos Reyles erzählte mir eine seiner vielen Teufeleien. Der Vorfall ereignete sich kurz vor der Schlacht bei Manantiales; die Protagonisten waren zwei Gauchos von Cerro Largo, Manuel Cardoso und Carmen Silveira.

Wie und warum entstand ihr Haß? Wie nach einem Jahrhundert die dunkle Geschichte zweier Männer ans Licht holen, deren einziger Ruhm ihr letztes Duell war? Ein Vorarbeiter von Reyles' Vater, der Laderecha hieß und »einen Tigerschnurrbart trug«, hatte durch mündliche Überlieferung gewisse Einzelheiten erfahren, die ich hier ohne sonderliches

Zutrauen weitergebe, zumal das Vergessen und das Gedächtnis erfindungsreich sind.

Manuel Cardoso und Carmen Silveira hatten aneinandergrenzende Landstückchen. Wie der Ursprung anderer Leidenschaften ist auch der des Hasses stets dunkel, doch spricht man von einem Streit wegen nicht gebrandmarkter Tiere oder von einem Wettrennen, bei dem Silveira, der der stärkere war, Cardosos Rennpferd aus der Bahn gestoßen hatte. Monate danach fand wohl in der Ladenschänke des Orts eine Dreißiger-Partie Truco zu zweit statt; Silveira beglückwünschte seinen Gegner fast zu jedem Stich, ließ ihn aber schließlich ohne einen Pfennig stehen. Als er das Geld in den Gürtel steckte, dankte er Cardoso für den erhaltenen Unterricht. In diesem Augenblick, glaube ich, wurden sie fast handgreiflich. Die Partie war ziemlich hitzig gewesen; die Anwesenden, die zahlreich waren, trennten sie. Bei derartigen Händeln und zu jener Zeit stand Mann gegen Mann und Stahl gegen Stahl; ein eigenartiger Zug der Geschichte ist, daß Manuel Cardoso und Carmen Silveira wohl mehr als einmal in der Abend- oder Morgendämmerung die Klingen hätten kreuzen können, daß sie sich aber bis zum Schluß nie wirklich gemessen haben. Vielleicht besaßen sie in ihrem armen primitiven Leben kein anderes Gut als ihren Haß und sammelten ihn deshalb an. Ohne es zu ahnen, wurden beide zum Sklaven des anderen.

Ich weiß nicht mehr, ob die Tatsachen, die ich erzählen werde, Wirkung sind oder Ursache. Cardoso, weniger aus Liebe als um etwas zu tun, vergaffte sich in ein Nachbarmädchen, die Serviliana; es genügte, daß Silveira dies erfuhr, um ihr auf seine Weise den Hof zu machen und sie in seine Hütte zu holen. Nach ein paar Monaten setzte er sie vor die Tür, weil er sie satt hatte. Die erbitterte Frau wollte bei Cardoso Schutz suchen; der verbrachte eine Nacht mit ihr und verabschiedete sie am Mittag. Er wollte nicht den Abfall des anderen.

In jenen Jahren, vor oder nach der Serviliana, ereignete sich der Vorfall mit dem Schäferhund. Silveira hing sehr an ihm und hatte ihn Dreiunddreißig getauft. Man fand ihn tot im

Graben; Silveira brauchte nicht lange zu überlegen, wer ihn wohl vergiftet haben könnte.

Um den Winter siebzig fand die Revolution von Aparicio sie im gleichen Ladenausschank beim Kartenspiel. An der Spitze eines Freischärlertrupps wiegelte ein brasilianischer Mulatte die Anwesenden auf, sagte, das Vaterland brauche sie, die Unterdrückung der Regierung sei unerträglich; dann verteilte er weiße Kokarden und nahm sie nach dieser Einleitung, die sie nicht verstanden, allesamt mit. Sie durften nicht einmal von ihren Familien Abschied nehmen. Manuel Cardoso und Carmen Silveira fanden sich mit ihrem Los ab; das Leben des Soldaten war nicht härter als das Leben des Gaucho. Bei Wind und Wetter im Sattel zu schlafen, daran waren sie gewohnt; Menschen zu töten kostete die Hand, die gewohnt war, Tiere zu töten, nicht viel. Der Mangel an Einbildungskraft befreite sie von Angst und Kummer, wenngleich bei Beginn der Angriffe Angst sie bisweilen befiel. Das Klirren der Steigbügel und der Waffen ist eines der Dinge, die man stets hört, sobald die Reiterei zur Attacke antrabt. Einer, der anfangs nicht verwundet wurde, hält sich bereits für unverwundbar. Sie sehnten sich nicht nach ihrem Heimatbezirk. Der Begriff des Vaterlandes war ihnen fremd; trotz der Kokarden an ihren breitkrempigen Hüten galt ihnen eine Partei soviel wie eine andere. Sie lernten mit der Lanze umzugehen. Im Verlauf der Angriffe und Rückzüge fühlten sie, daß Kampfgefährten zu sein ihnen gestattete, Rivalen zu bleiben. Sie kämpften Schulter an Schulter und wechselten, soweit wir wissen, kein Wort.

Der Herbst einundsiebzig, der schwül war, brachte ihnen das Ende.

Der Kampf, der keine Stunde dauern sollte, erfolgte an einem Ort, dessen Namen sie nie erfuhren. Die Namen setzen später die Geschichtsschreiber ein. Am Vorabend stahl Cardoso sich in das Feldzelt des Anführers und bat ihn flüsternd, er möge ihm, sollten sie am kommenden Tag gewinnen, einen mit roter Kokarde reservieren, da er bislang keinen gekehlt habe und wissen wolle, wie das sei. Sein Vorgesetzter versprach, ihm den Gefallen zu tun, sofern er sich wie ein Mann bewähre.

Die Weißen waren in der Überzahl, aber die anderen verfügten über bessere Bewaffnung und dezimierten sie von einer Anhöhe herab. Nach zwei nutzlosen Attacken, die nicht bis zum Gipfel gelangten, ergab sich der Anführer, schwerverwundet. Auf seine Bitte gaben sie ihm den Gnadenstoß.

Seine Männer streckten die Waffen. Der Hauptmann Juan Patricio Nolan, der die Roten anführte, befahl mit größter Ausführlichkeit die übliche Erschießung der Gefangenen. Er stammte aus Cerro Largo und kannte den alten Hader von Silveira und Cardoso. Er ließ sie kommen und sagte:

»Ich weiß, daß ihr euch nicht riechen könnt und daß ihr's seit langem aufeinander abgesehen habt. Ich habe eine gute Nachricht für euch; bevor die Sonne untergeht, könnt ihr zeigen, wer der Stärkere ist. Ich werde euch stehend kehlen lassen, und dann werdet ihr zu einem Wettlauf antreten. Gott weiß schon, wer gewinnen wird.«

Der Soldat, der sie gebracht hatte, führte sie ab.

Bald lief die Nachricht wie ein Lauffeuer durchs Lager. Nolan hatte beschlossen, mit dem Wettlauf das Nachmittagsprogramm zu krönen, aber die Gefangenen schickten einen Sprecher zu ihm mit der Bitte, auch Zeugen sein und auf einen der beiden setzen zu dürfen. Nolan, ein vernünftiger Mann, ließ sich überzeugen; schon wurden Wetten abgeschlossen mit Geld, Reitausrüstung, Stoßwaffen und Pferden, die zu gegebener Zeit den Witwen und Verwandten zugestellt werden würden. Die Hitze war ungewöhnlich; damit jeder seine Siesta bekam, verschob man den Beginn bis vier Uhr. (Sie hatten Mühe, Silveira wachzubekommen.) Nolan ließ sie nach Criollo-Art eine Stunde warten. Wahrscheinlich besprach er den Sieg mit seinen Offizieren; der Adjutant kam und ging mit dem Teekessel.

Auf beiden Seiten des Erdwegs warteten vor den Feldzelten die Reihen der Gefangenen, auf dem Boden hockend, die Hände auf den Rücken gefesselt, damit sie leichter zu bewachen waren. Der eine oder andere machte sich mit Schimpfwörtern Luft, einer sagte den Anfang des Vaterunser auf, fast alle waren wie betäubt. Natürlich konnten sie nicht rauchen. Der Wettlauf war ihnen bereits gleichgültig, und doch schauten sie zu.

»Auch mich werden sie am Wickel packen«, sagte einer neidisch.

»Ja, aber im Haufen«, warf ein Nachbar hin.

»Wie dich«, erwiderte der andere.

Mit dem Säbel zog ein Sergeant einen Strich quer über den Weg. Silveira und Cardoso hatte man die Handgelenke losgebunden, damit sie unbehindert laufen konnten. Zwischen beiden lag ein Abstand von fast fünf Metern. Sie stellten die Füße auf den Strich; einige Anführer ermahnten sie, nicht schlappzumachen, denn sie hätten Vertrauen in sie gesetzt und hoch gewettet.

Für Silveira wurde der Mulatte Nolan ausgelost, dessen Großeltern fraglos Sklaven der Familie des Hauptmanns gewesen waren und die dessen Namen trugen; für Cardoso der reguläre Kehler, ein schon älterer Mann aus Corrientes, der den Verurteilten stets, um sie aufzuheitern, auf die Schulter klopfte und sagte: »Mut, Freund, die Frauen leiden mehr, wenn sie gebären.«

Mit vorgebeugtem Oberkörper würdigten die ungeduldigen Männer einander keines Blicks.

Nolan gab das Zeichen.

Der über seinen Auftrag stolzgeschwellte Mulatte holte aus und hieb eine ansehnliche Scharte von Ohr zu Ohr; der aus Corrientes begnügte sich mit einem knappen Schnitt. Aus den Kehlen schoß das Blut; die Männer machten ein paar Schritte und fielen vornüber. Cardoso streckte stürzend die Arme aus. Er hatte gewonnen und wußte es vielleicht nie.

DAS EVANGELIUM NACH MARKUS

Der Vorfall ereignete sich auf der Estancia Los Álamos, im Süden des Distrikts Junín, in den letzten Tagen des Monats März 1928. Sein Protagonist ist ein Student der Medizin, Baltasar Espinosa. Wir können ihn vorläufig als einen der vielen jungen Leute aus Buenos Aires beschreiben, ohne nennenswerte Merkmale außer jener Rednergabe, die ihm mehr als einen Preis im englischen College Ramos Mejía eingebracht hatte, sowie einer fast unbegrenzten Güte. Diskutieren behagte ihm nicht; es war ihm lieber, wenn sein Gesprächspartner recht behielt und nicht er. Wenngleich die Wechselfälle des Spiels ihn fesselten, war er ein schlechter Spieler, weil ihm das Gewinnen mißfiel. Seine offene Intelligenz war träge; mit dreiunddreißig hatte er sich für seine Doktorarbeit noch keinen ihm zusagenden Stoff angeeignet. Sein Vater, ein Freidenker wie die meisten Herren seiner Zeit, hatte ihn in Herbert Spencers Doktrin unterwiesen, aber seine Mutter bat ihn vor einer Reise nach Montevideo, er möge jeden Abend das Vaterunser beten und das Kreuz schlagen. Im Lauf der Jahre hatte er dieses Versprechen nie gebrochen. Es fehlte ihm nicht an Mut; eines Morgens hatte er mit mehr Gleichgültigkeit als Zorn zwei oder drei Faustschläge mit einer Gruppe von Kommilitonen gewechselt, die ihn zur Teilnahme an einem Universitätsstreik zwingen wollten. Aus dem Geist der Nachsicht heraus besaß er vielerlei fragwürdige Meinungen oder Gewohnheiten: Sein Land war ihm weniger wichtig als die Gefahr, in anderen Ländern könne die Auffassung herrschen, wir trügen Federschmuck; er verehrte Frankreich, verachtete aber die Franzosen; von den Amerikanern hielt er wenig, billigte jedoch die Tatsache, daß es in Buenos Aires Wolkenkratzer gibt; er glaubte, die Gauchos der Pampa seien bessere Reiter als die der Hügel- oder Berggebiete. Als Daniel, sein Vetter, ihm vorschlug, die Sommerferien auf Los Álamos zu verbringen, sagte er unverzüglich zu, nicht weil er das Landleben liebte, sondern aus natürlicher Gefälligkeit und weil er keine gültigen Gründe zum Neinsagen suchte.

Das Gutshaus der Estancia war groß und etwas verwahrlost; die Wohnung des Aufsehers namens Gutre lag nahebei. Die Gutres waren zu dritt; der Vater, der Sohn, der besonders ungehobelt war, und ein Mädchen von ungewisser Vaterschaft. Sie waren groß, stark, knochig, mit rötlichschattierter Haut und indianischen Gesichtszügen. Sie sprachen kaum. Die Frau des Aufsehers war vor Jahren gestorben.

Espinosa lernte auf dem Land Dinge, die er nicht wußte und auch nicht vermutete. Zum Beispiel, daß man nicht galoppiert, sobald man sich Häusern nähert, und daß man nur ausreitet, um eine Arbeit zu erledigen. Mit der Zeit hoffte er, die Vögel an ihrem Schrei unterscheiden zu können.

Nach wenigen Tagen mußte Daniel wegen eines Viehverkaufs in die Hauptstadt reisen. Das Geschäft würde ihn höchstens eine Woche in Anspruch nehmen. Espinosa, der der *bonnes fortunes* seines Vetters und dessen unermüdlichen Interesses an den Variationen der Herrenschneiderei müde wurde, zog es vor, mit seinen Lehrbüchern auf der Estancia zu bleiben. Die Hitze nahm zu, und nicht einmal die Nacht brachte Erleichterung. Im Morgengrauen weckte ihn Donnergrollen. Der Wind zerrte an den Kasuarinen. Espinosa hörte die ersten Tropfen fallen und dankte seinem Schöpfer. Die Kaltluft kam jäh. Nachmittags trat der Salado über die Ufer.

Am nächsten Tag dachte Baltasar Espinosa, als er von der Galerie aus über die überschwemmten Felder blickte, daß die

Metapher, welche die Pampa mit dem Meer vergleicht, zumindest an diesem Morgen keineswegs falsch sei, wenngleich Hudson geschrieben hatte, das Meer erscheine uns größer, weil wir es vom Schiffsdeck aus sehen und nicht vom Pferd aus oder aus Augenhöhe. Der Regen ließ nach; die Gutres, von dem Stadtbewohner unterstützt oder behindert, retteten einen Gutteil des Viehbestands, wenngleich viele Tiere ertranken. Es gab vier Zufahrtswege nach Los Álamos; alle standen unter Wasser. Am dritten Tag bedrohte ein Sturzregen das Haus des Aufsehers; Espinosa gab ihnen eine Wohnstätte, die neben dem Werkzeugschuppen lag. Der Umzug brachte sie einander näher; gemeinsam aßen sie im großen Speisezimmer. Das Gespräch war mühsam; die Gutres, die so vieles vom Landleben wußten, verstanden es nicht zu erklären. Eines Abends fragte Espinosa sie, ob die Leute sich an die Indianerüberfälle erinnerten, als die Kommandantur in Junín lag. Sie bejahten, doch das gleiche hätten sie auf eine Frage über die Hinrichtung von Karl I. entgegnet. Espinosa erinnerte sich, daß sein Vater immer sagte, alle auf dem Land vorkommenden Fälle von Langlebigkeit seien auf schlechtes Gedächtnis oder vage Vorstellung von Jahreszahlen zurückzuführen. Die Gauchos kennen auch meist weder ihr Geburtsjahr noch den Namen ihres Erzeugers.

Im ganzen Haus gab es keinen Lesestoff außer der Zeitschriftenreihe *La Chacra*, einem tierärztlichen Handbuch, einer Luxusausgabe des *Tabaré*, einer *Geschichte des Shorthorn in Argentinien*, einer Anzahl Liebes- und Detektivgeschichten und einem jüngst erschienenen Roman: *Don Segundo Sombra*. Espinosa, um die unvermeidliche Nach-Tisch-Unterhaltung aufzulockern, las den Gutres, Analphabeten, ein paar Kapitel daraus vor. Leider war der Aufseher selbst Viehtreiber gewesen; Erlebnisse eines anderen waren ihm unwichtig. Er sagte, die Arbeit sei leicht, sie nähmen immer ein Lasttier mit allem Nötigen mit, und wäre er nicht Viehtreiber gewesen, er wäre nie bis nach La Laguna de Gómez, bis Bragado gekommen und bis zu den Ländereien der Núñez in Chacabuco. In der Küche hing eine Gitarre; vor der Begebenheit, die ich erzähle, saßen immer die Peones im Kreis; einer stimmte sie, kam aber nie zum Spielen. Das nannte man einen Gitarrenabend.

Espinosa, der sich einen Bart hatte wachsen lassen, blieb gerne vor dem Spiegel stehen, um sein verändertes Gesicht zu betrachten, und er lächelte bei dem Gedanken, daß er in Buenos Aires seine Kameraden mit dem Bericht von der Überschwemmung des Salado langweilen würde. Seltsamerweise vermißte er Orte, die er nie aufgesucht hatte und nie aufsuchen würde; eine Ecke der Calle Cabrera mit einem Briefkasten; einige Löwen aus Mauerwerk an einem Haustor der Calle Jujuy, ein paar Blocks von Once entfernt; einen Laden mit Fliesenboden, dessen Lage er nicht genau kannte. Was seine Brüder und seinen Vater betraf, so wußten sie bereits von Daniel, daß er durch den angeschwollenen Fluß isoliert war – etymologisch war das Wort zutreffend.

Als er das noch immer vom Wasser umzingelte Haus erforschte, stieß er auf eine englische Bibel. Auf den letzten Seiten hatten die Guthrie – so lautete ihr ursprünglicher Name – ihre Geschichte niedergeschrieben. Sie stammten aus Inverness, waren zu Beginn des neunzehnten Jahrhunderts auf diesem Kontinent angekommen, fraglos als Peones, und hatten sich mit Indios vermischt. Die Chronik endete etwa um 1870; sie konnten nicht mehr schreiben. Nach ein paar Generationen hatten sie ihr Englisch vergessen; als Espinosa sie kennenlernte, bereitete ihnen Spanisch Mühe. Sie hatten keinen Glauben, aber in ihrem Blut hielten sich als dunkle Spuren der harte Fanatismus des Calvinisten und der Aberglaube der Pampa. Espinosa erzählte ihnen von seinem Fund, doch hörten sie kaum zu.

Er blätterte in dem Band, und seine Finger öffneten ihn zu Beginn des Evangeliums nach Markus. Um sich im Übersetzen zu üben und vielleicht herauszufinden, ob sie etwas verstanden, beschloß er, ihnen diesen Text nach dem Essen vorzulesen. Es überraschte ihn, daß sie erst aufmerksam, dann mit stummem Interesse zuhörten. Vielleicht verliehen ihm die goldenen Lettern auf dem Buchdeckel zusätzliche Autorität. Sie haben es im Blut, dachte er. Auch fiel ihm auf, daß die Menschen durch alle Zeiten hindurch immer wieder zwei Geschichten wiederholt haben: die eines verirrten Schiffs, das auf den mittelländischen Meeren eine ersehnte Insel sucht, und die eines Gottes, der sich auf Golgatha kreuzigen läßt. Er erinnerte sich an den Vortragsunterricht in Ramos Mejía und stand auf, um die Gleichnisse zu predigen.

Die Gutres schlangen das gebratene Fleisch und die Sardinen herunter, um die Verlesung des Evangeliums nicht aufzuhalten.

Ein Lämmchen, welches das Mädchen verhätschelte und mit einem himmelblauen Bändchen geschmückt hatte, verletzte sich an einem Stacheldraht. Um die Blutung zu stillen, wollten sie ihm ein Spinngewebe auflegen; Espinosa heilte es mit ein paar Pastillen. Die Dankbarkeit, welche diese Heilung auslöste, verblüffte ihn. Zunächst hatte er den Gutres mißtraut und die mitgebrachten zweihundertundvierzig Pesos in einem seiner Bücher versteckt; nun, infolge des abwesenden Gutsherrn, hatte er dessen Platz eingenommen und gab schüchterne Befehle, die unverzüglich ausgeführt wurden. Die Gutres liefen ihm durch die Räume und Gänge nach, als seien sie verirrt. Während er las, merkte er, daß sie die von ihm auf dem Tisch zurückgelassenen Brotkrumen auflasen. Eines Nachmittags überraschte er sie, wie sie respektvoll und wortkarg von ihm redeten. Nach Beendigung des Evangeliums nach Markus wollte er eines der drei übrigen vorlesen; der Vater jedoch bat, er möge das vorgelesene zum besseren Verständnis wiederholen. Espinosa fühlte, daß sie wie Kinder waren, denen die Wiederholung größere Freude bereitet als eine Abwandlung oder etwas Neues. In einer Nacht träumte er von der Sintflut, was nicht zu verwundern ist; die Hammerschläge vom Bau der Arche Noah weckten ihn, und er dachte, es sei vielleicht Donner. Tatsächlich nahm der schwächer gewordene Regenfall wieder zu. Es war bitter kalt. Sie sagten ihm, der Sturm habe das Dach des Werkzeugschuppens abgedeckt, sie würden es ihm zeigen, sobald die Tragbalken repariert seien. Schon war er kein Fremder mehr, und alle begegneten ihm zuvorkommend und verzärtelten ihn fast. Keiner von ihnen mochte Kaffee, doch für ihn gab es immer ein Täßchen, in das sie Zucker häuften.

Der Sturm begann an einem Dienstag. In der Donnerstagnacht weckte ihn sanftes Pochen an der Tür, die er für alle Fälle stets verschloß. Er stand auf und öffnete: Es war das Mädchen. Er konnte sie im Dunkeln nicht sehen, merkte aber an ihren Schritten, daß sie barfuß war, dann, im Bett, daß sie nackt aus dem Hinterhaus gekommen war. Sie umarmte ihn nicht, sagte kein Wort; legte sich neben ihn und zitterte. Es war das erste Mal, daß sie einen Mann kennenlernte. Als sie ging, gab sie ihm keinen Kuß; Espinosa dachte, er wisse ja nicht einmal, wie sie hieß. Von geheimen Gründen getrieben, die er nicht zu ergründen suchte, schwor er sich, die Geschichte keinem Menschen in Buenos Aires zu erzählen.

Der nächste Tag begann wie die voraufgegangenen, außer daß der Vater zu Espinosa kam und fragte, ob Christus sich habe töten lassen, um alle Menschen zu erlösen. Espinosa, der Freidenker war, sich aber verpflichtet fühlte, das Vorgelesene zu rechtfertigen, entgegnete:

»Ja. Um alle von der Hölle zu erlösen.«

Worauf Gutre sagte: »Was ist die Hölle?«

»Ein Ort unter der Erde, wo die Seelen brennen und brennen werden.«

»Werden auch die erlöst werden, die ihn mit den Nägeln festgenagelt haben?«

»Ja«, erwiderte Espinosa, dessen Theologie unsicher war. Er hatte befürchtet, der Aufseher würde Rechenschaft von ihm fordern über den nächtlichen Vorfall mit seiner Tochter.

Nach dem Mittagessen baten sie, er möge die letzten Kapitel vorlesen.

Espinosa hielt einen langen Mittagsschlaf, einen leichten, von hartnäckigen Hammerschlägen und unbestimmten Vorahnungen unterbrochenen Schlaf. Gegen Abend stand er auf und trat auf den Flur hinaus. Er sagte, als dächte er laut:

»Das Wasser sinkt. Es fehlt nicht mehr viel.«

»Es fehlt nicht mehr viel«, wiederholte Gutre wie ein Echo.

Die drei waren ihm gefolgt. Sie beugten auf dem Steinboden die Knie und baten um seinen Segen. Dann lästerten sie ihn, spieen ihn an und stießen ihn zum Hinterhaus. Das Mädchen weinte. Espinosa begriff, was ihn jenseits der Tür erwartete. Als sie sie öffneten, sah er das Firmament. Ein Vogel schrie; er dachte: Es ist ein Distelfink. Der Schuppen war ohne Dach; sie hatten die Balken herausgerissen für den Bau des Kreuzes.

DAVID BRODIES BERICHT

In einem Exemplar des ersten Bandes von *Tausendundeine Nacht* von Lane (London, 1840), das mir mein lieber Freund Paulino Keins besorgt hat, entdeckten wir das Manuskript, das ich jetzt ins Spanische übersetzen will. Die treffliche Schönschrift – eine Kunst, welche die Schreibmaschine uns verlernen lehrt – läßt vermuten, daß es zur selben Zeit abgefaßt wurde. Bekanntlich hat Lane mit ausführlichen Erläuterungen nicht gespart; die Ränder wimmeln von Zusätzen, von Fragezeichen und bisweilen von Verbesserungen, deren Schrift die des Manuskriptes ist. Man könnte sagen: Den Leser fesselten weniger Scheherezades wundersame Erzählungen als die Bräuche des Islam. Von David Brodie, dessen schnörkelverzierte Unterschrift unten steht, habe ich nur feststellen können, daß er ein aus Aberdeen gebürtiger schottischer Missionar war, der den christlichen Glauben im Herzen Afrikas predigte und danach in gewissen Urwaldgebieten Brasiliens, einem Land, in das ihn seine Kenntnisse des Portugiesischen führen sollten. Tag und Ort seines Todes sind mir unbekannt. Das Manuskript ist meines Wissens nie in Druck gegeben worden.

Ich werde den in farblosem Englisch abgefaßten Bericht wortgetreu übertragen, ohne mir andere Auslassungen zu erlauben als die etlicher Bibelverse und eines merkwürdigen Absatzes über die Geschlechtsbräuche der Yahoos, die der gute Presbyterianer schamvoll dem Lateinischen anvertraute. Die erste Seite fehlt.

»... der Gegend, welche die Affenmenschen *(Apemen)* verseuchen, hausen die *Mlch**, die ich Yahoos nennen will, damit meine Leser nicht deren tierische Natur vergessen, und weil eine genaue Umschrift mangels Vokalen in ihrer rauhen Sprache nahezu unmöglich ist. Der Stamm zählt, glaube ich, nicht mehr als siebenhundert Einzelwesen, einschließlich der *Nr*, die weiter südlich im Gestrüpp leben. Die von mir veranschlagte Zahl ist eine Mutmaßung, da mit Ausnahme des Königs, der Königin und der Zauberer die Yahoos schlafen, wo die Nacht sie überrascht, ohne festen Wohnort. Das Sumpffieber und die anhaltenden Einfälle der Affenmenschen vermindern ihre Zahl. Nur einige wenige tragen Namen. Um einander zu rufen, bewerfen sie einander mit Schlamm. Auch habe ich Yahoos gesehen, die, um einen Freund zu rufen, sich auf den Erdboden warfen und sich wälzten. Körperlich unterscheiden sie sich nicht von den *Kru*, bis auf die niedere Stirn und eine gewisse Kupferfärbung, die ihre Schwärze mildert. Sie ernähren sich von Früchten, Wurzeln und Reptilien; sie trinken Katzen- und Fledermausmilch und fischen mit der Hand. Beim Essen verstecken sie sich oder schließen die Augen; alles übrige tun sie vor aller Angesicht, wie die kynischen Philosophen. Sie verschlingen die rohen Leichen der Zauberer und der Könige, um sich deren Fähigkeiten anzueignen. Ich habe ihnen diesen Brauch vorgeworfen; sie berührten sich Mund und Bauch, vielleicht um anzudeuten, daß auch die Toten Nahrung sind oder – doch das ist vielleicht zu subtil – damit ich verstünde, daß alles, was wir essen, weitgehend Menschenfleisch ist.

In ihren Kriegen gebrauchen sie die von ihnen angesammelten Steine und magische Verwünschungen. Sie leben nackt;

* Das ch ist auszusprechen wie in *Loch.* (Anmerkung des Verfassers).

die Künste der Bekleidung und der Tätowierung sind ihnen unbekannt.

Bemerkenswert ist, daß sie zwar über ein weites, grasbewachsenes Hochplateau mit klaren Wasserquellen und schattenspendenden Bäumen verfügen, sich aber dennoch lieber in den Sümpfen zusammendrängen, die unterhalb des Plateaus liegen, wie um sich an den Plagen der Äquatorsonne und der Unreinheit zu ergötzen. Die Hänge sind rauh und bilden eine Art Wall gegen die Affenmenschen. In Schottlands Hochland errichteten die Clans ihre Burgen auf Hügelkämmen; ich habe den Zauberern diesen Brauch als nachahmenswert empfohlen, doch vergebens. Trotzdem erlaubten sie mir, eine Hütte auf der Hochebene zu bauen, wo die Nachtluft frischer ist.

Der Stamm wird von einem König regiert, dessen Macht unumschränkt ist; ich vermute jedoch, daß die vier Zauberer, die ihm zur Seite stehen und ihn gewählt haben, die wahren Herrscher sind. Jedes Neugeborene wird einer eingehenden Untersuchung unterzogen; weist es bestimmte Male auf, die mir nicht enthüllt wurden, wird es zum König der Yahoos erhoben. Unverzüglich verschneiden sie ihn *(he is gelded)*, brennen ihm die Augen aus und hacken ihm Hände und Füße ab, damit die Welt ihn nicht von der Weisheit ablenke. Er lebt eingeschlossen in einer Alcázar *(Qzr)* benannten Höhle, die nur die vier Zauberer und das Paar der Sklavinnen, die ihn bedienen und mit Dung salben, betreten dürfen. Gibt es Krieg, holen die Zauberer ihn aus der Höhle, stellen ihn dem Stamm zur Schau, um ihren Mut anzustacheln, und tragen ihn auf den Schultern ins wildeste Kampfgetümmel, als Banner oder Talisman. In solchen Fällen stirbt er gewöhnlich sofort unter den Steinwürfen der Affenmenschen.

In einem anderen Alcázar wohnt die Königin, der es nicht gestattet ist, ihren König zu sehen. Sie geruhte mich zu empfangen; sie war lächelnd, jung und anmutig, soweit es ihre Rasse möglich macht. Armreifen aus Metall und Elfenbein sowie Halsbänder aus Zähnen schmücken ihre Nacktheit. Sie betrachtete mich, beschnupperte mich, berührte mich und bot sich mir schließlich an, unter den Augen all ihrer Kammerfrauen. Mein Priestergewand *(my cloth)* und meine Gewohnheiten hießen mich diese Ehre ablehnen, die sie den Zauberern zu gewähren pflegt und den meist muselmanischen Sklavenjägern, deren Karawanen das Königreich durchziehen. Sie grub mir zwei- oder dreimal eine goldene Schmucknadel ins Fleisch; solche Stiche sind königliche Gunstbezeugungen, und nicht wenige Yahoos bringen sie sich selber bei, um vorzutäuschen, daß diese von der Königin herrühren. Die aufgezählten Zierate kommen aus anderen Gebieten; die Yahoos halten sie für Naturprodukte, weil sie unfähig sind, den einfachsten Gegenstand herzustellen. Für den Stamm war meine Hütte ein Baum, obgleich viele ihn im Bau sahen und mir dabei halfen. Unter anderem besaß ich eine Uhr, einen Korkhelm, einen Kompaß und eine Bibel; die Yahoos starrten diese an, wogen sie und wollten wissen, woher ich sie hätte. Oft packten sie meinen Hirschfänger an der Klinge; fraglos sahen sie ihn als etwas anderes an. Ich weiß nicht, ob sie einen Stuhl hätten begreifen können. Ein mehrräumiges Haus wäre für sie ein Labyrinth, doch vielleicht verlören sie sich ebensowenig darin wie eine Katze, obgleich diese es sich nicht vorstellen kann. Alle staunten über meinen Bart, der damals rötlich war; sie streichelten ihn ausgiebig.

Sie sind unempfindlich für Schmerz und Freude bis auf das Behagen, das ihnen rohes und fauliges Fleisch sowie Übelriechendes bereiten. Mangel an Phantasie treibt sie zur Grausamkeit.

Ich habe von der Königin und vom König gesprochen; nun komme ich zu den Zauberern. Ich habe gesagt, es seien vier; das ist die größte Zahl, die ihre Arithmetik umfaßt. Sie zählen mit den Fingern eins, zwei, drei, vier, viele; unendlich beginnt beim Daumen. Dasselbe, hat man mir gesagt, trifft auf die Stämme zu, welche die Umgebung von Buenos-Ayres unsicher machen. Obschon Vier die letzte ihnen zur Verfügung stehende Zahl ist, prellen die mit ihnen Handel treibenden Araber sie nicht, weil beim Tauschhandel alles aufgeteilt wird, in

Posten von eins, zwei, drei und vier, die ein jeder neben sich hinlegt. Die Abschlüsse verlaufen langsam, lassen aber weder Irrtum noch Täuschung zu. Vom Volk der Yahoos sind die Zauberer wirklich die einzigen, die mein Interesse erregt haben. Das gemeine Volk hält sie für fähig, jeden in eine Ameise oder eine Schildkröte zu verwandeln; ein Stammesglied, das meine Ungläubigkeit bemerkte, zeigte mir einen Ameisenhaufen, als sei dieser ein Beweis. Gedächtnis fehlt den Yahoos ganz oder fast ganz; sie sprechen von den durch einen Leopardeneinfall verursachten Schäden, doch wissen sie nicht, ob sie oder ihre Eltern ihn erlebt haben, oder ob sie einen Traum erzählen. Die Zauberer besitzen ein allerdings verschwindend geringes Gedächtnis; sie können sich abends an Vorfälle erinnern, die sich morgens oder am Vorabend abgespielt haben. Sie erfreuen sich auch der Gabe der Voraussicht; sie erklären mit ruhiger Gewißheit, was sich in zehn oder fünfzehn Minuten ereignen wird. Sie sagen beispielsweise: *Eine Mücke wird mir den Nakken steifen* oder *Wir werden gleich den Schrei eines Vogels hören.* Hunderte von Malen bin ich Zeuge dieser merkwürdigen Gabe gewesen. Viel habe ich über sie nachgegrübelt. Wir wissen, daß die Vergangenheit, die Gegenwart und die Zukunft, Nichtigkeit für Nichtigkeit, in Gottes prophetischem Gedächtnis, in Seiner Ewigkeit beschlossen sind; seltsamerweise können die Menschen unbegrenzt rückwärts, doch nicht vorwärts schauen. Wenn ich mich mit aller Deutlichkeit des hochbordigen Schnellseglers erinnere, der aus Norwegen kam, als ich kaum vier Jahre zählte, wie sollte ich mich dann darüber verwundern, daß jemand fähig ist, vorauszusehen, was gleich geschehen wird? Philosophisch gesehen ist die Erinnerung nicht weniger wunderbar als die Vorausschau der Zukunft; der morgige Tag ist uns näher als der Zug der Hebräer durchs Rote Meer, an den wir uns jedoch erinnern. Es ist dem Stamm verboten, zu den Sternen aufzublicken, ein den Zauberern vorbehaltenes Privileg. Jeder Zauberer hat einen Schüler, den er von Kind an in den Geheimlehren unterweist, und der ihm bei seinem Tod nachfolgt. So sind sie immer vier; diese Zahl ist magisch, da es die letzte ist, welche der menschliche Geist erfaßt. Auf ihre Weise bekennen sie sich zur Lehre von Hölle und Himmel. Beide sind unterirdisch. In der Hölle, die hell ist und trocken, werden die Kranken wohnen, die Greise, die Mißhandelten und die Affenmenschen, die Araber und die Leoparden; im Himmel, den sie sich sumpfig und düster vorstellen, der König, die Königin, die Zauberer, die, welche auf der Erde glücklich, hart und blutrünstig gewesen sind. Auch verehren sie einen Gott, dessen Name Dung ist, und den sie vielleicht nach dem Eben- und Abbild des Königs ersonnen haben; er ist ein verstümmeltes Wesen, blind, rachitisch und von unbegrenzter Macht. Er pflegt die Form einer Ameise oder einer Schlange anzunehmen.

Niemanden wird es nach dem Gesagten verwundern, daß mir im Verlauf meines Aufenthaltes nicht die Bekehrung eines einzigen Yahoos gelungen ist. Die Formel *Vater unser* verwirrte sie, da ihnen der Begriff der Vaterschaft fehlt. Sie verstehen nicht, daß ein vor neun Monaten ausgeführter Akt irgendeine Beziehung zur Geburt eines Kindes bergen kann; eine so ferne und unwahrscheinliche Ursache lassen sie nicht zu. Im übrigen kennen alle Frauen den fleischlichen Verkehr, und nicht alle sind Mütter.

Die Sprache ist verwickelt. Sie ähnelt keiner anderen, von der ich Kunde habe. Wir können nicht von Teilen des Hauptsatzes sprechen, da es keine Hauptsätze gibt. Jedes einsilbige Wort entspricht einer allgemeinen Vorstellung, die aus dem Zusammenhang und aus den Grimassen hervorgeht. Das Wort *nrz* zum Beispiel deutet auf Zerstreuung oder Flecken; es kann den gestirnten Himmel bedeuten, einen Leoparden, einen Vogelschwarm, die Pocken, das Bespritzte, den Akt des Verströmens oder die auf die Niederlage folgende Flucht. *Hrl* dagegen verweist auf das Zusammengepreßte oder das Dichte; es kann den Stamm bedeuten, einen Baumstamm, einen Stein, einen Haufen Steine, deren Anhäufen, die Versammlung der vier Zauberer, die fleischliche Vereinigung und ein Gehölz. Auf andere Art ausgesprochen oder durch andere

Grimassen begleitet kann jedes Wort einen entgegengesetzten Sinn annehmen. Staunen wir nicht übermäßig; in unserer Sprache heißt das Zeitwort *to cleave* spalten und beipflichten. Natürlich gibt es weder Reden noch auch nur Stummelsätze.

Die geistige Fähigkeit des Abstrahierens, die ein derartiges Idiom postuliert, legt nahe, daß die Yahoos trotz ihrer Barbarei kein primitives, sondern ein degeneriertes Volk sind. Diese Mutmaßung bestätigen die Inschriften, die ich auf dem Kamm der Hochebene entdeckt habe, und deren Schriftzeichen, die den von unseren Vorfahren eingegrabenen Runen ähneln, der Stamm nicht mehr entziffern kann. Es ist, als hätte dieser die geschriebene Sprache vergessen und nur die mündliche behalten.

Der Zeitvertreib der Leute sind Kämpfe abgerichteter Kater und Hinrichtungen. Jemand wird angeklagt, gegen das Schamgefühl der Königin verstoßen oder vor eines anderen Augen gegessen zu haben; es gibt weder Zeugenaussage noch Geständnis, und der König diktiert seinen Verdammungsspruch. Der Verurteilte erleidet Foltern, an die ich mich nicht erinnern möchte; dann steinigen sie ihn. Die Königin hat das Recht, den ersten Stein zu werfen und den letzten, der meist überflüssig ist. Die Menge rühmt ihre Geschicklichkeit und die Schönheit ihrer Geschlechtsteile, bewirft sie mit Rosen und Übelriechendem und jubelt ihr dabei stürmisch zu. Die Königin lächelt, wortlos.

Ein anderer Brauch des Stamms sind die Dichter. Einem Mann fällt es ein, sechs oder sieben gemeinhin rätselhafte Wörter zusammenzustellen. Er kann sich nicht beherrschen und sagt sie schreiend auf, stehend, im Mittelpunkt eines Kreises, den die auf der Erde lagernden Zauberer und das Volk bilden. Wenn das Gedicht nicht erregt, geschieht nichts; wenn die Wörter des Dichters sie überwältigen, rücken alle unter der Herrschaft heiligen Schreckens *(under a holy dread)* schweigsam von ihm ab. Sie fühlen, daß der Geist ihn berührt hat; niemand spricht mit ihm oder blickt ihn an, nicht einmal seine Mutter. Nun ist er kein Mensch mehr, sondern ein Gott, und jeder kann ihn töten. Der Dichter, wenn er kann, sucht Zuflucht in den Sandwüsten des Nordens.

Ich habe bereits berichtet, wie ich ins Land der Yahoos kam. Der Leser wird sich erinnern, daß sie mich umringten, daß ich mit der Flinte in die Luft schoß, und daß sie den Knall für eine Art magischen Donnerschlags hielten. Um diesen Irrtum zu nähren, suchte ich stets unbewaffnet zu gehen. Eines Frühlingsmorgens bei Tagesanbruch überfielen uns plötzlich die Affenmenschen; die Waffe in der Faust, rannte ich den Hang hinab und tötete zwei dieser Tiere. Die übrigen flohen, entsetzt. Schüsse sind bekanntlich unsichtbar. Zum ersten Mal in meinem Leben hörte ich, wie man mir zujubelte. Dann, glaube ich, geschah es, daß die Königin mich empfing. Das Gedächtnis der Yahoos ist unsicher; am selben Nachmittag ging ich fort. Meine Abenteuer im Urwald sind unwichtig. Schließlich stieß ich auf eine Völkerschaft schwarzer Menschen, die zu pflügen, zu säen und zu beten verstanden, und mit denen ich mich auf Portugiesisch verständigte. Ein katholischer Missionar, Pater Fernandes, nahm mich in seine Hütte auf und pflegte mich, bis ich meine mühselige Reise fortsetzen konnte. Anfangs verursachte es mir Ekel, ihn den unverhüllten Mund öffnen und Essensbisse hineinschieben zu sehen. Ich bedeckte mein Gesicht mit der Hand oder wandte die Augen ab; nach wenigen Tagen gewöhnte ich mich daran. Mit Freude gedenke ich unserer Wortgefechte in Sachen Theologie. Es gelang mir nicht, ihn zum wahren Glauben an Jesus zurückzuführen.

Ich schreibe heute in Glasgow. Ich habe über meinen Aufenthalt unter den Yahoos berichtet, doch nicht über den dort erlebten tiefen Schrecken, der mich nie ganz verläßt und mich in den Träumen heimsucht. Noch auf der Straße wähne ich mich von ihnen umringt. Ich weiß wohl, daß die Yahoos ein barbarisches Volk sind, vielleicht das barbarischste des Erdkreises, doch wäre es ungerecht, bestimmte Züge zu vergessen, die sie erlösen. Sie haben Institutionen, erfreuen sich eines Königs, bedienen sich einer auf Gattungsbegriffen fußenden Sprache, glauben wie die Hebräer und die Griechen an den göttlichen Ursprung der Dichtung und ahnen, daß die Seele den Tod des Leibes überlebt. Sie bekräftigen die Wahrheit der Strafe und des Lohns. Kurz: Sie stellen die Kultur dar, wie wir sie trotz unserer vielen Sünden darstellen. Ich bereue nicht, in ihren Reihen gegen die Affenmenschen gekämpft zu haben. Wir haben die Pflicht, sie zu retten. Ich hoffe, die Regierung Ihrer Majestät möge nicht überhören, was dieser Bericht vorzuschlagen wagt.«

DER KONGRESS

Ils s'acheminèrent vers un château immense, au frontispice duquel on lisait: »Je n'appartiens à personne et j'appartiens à tout le monde. Vous étiez avant que d'y entrer, et vous y serez encore quand vous en sortirez«.

DIDEROT: Jacques Le Fataliste et son Maître (1769)

Buenos Aires, 1955

Mein Name ist Alejandro Ferri. Er hallt von kriegerischen Echos, aber weder die Metalle des Ruhms noch der große Schatten des Mazedoniers – der Satz stammt von dem Autor von *Los mármoles*, mit dem mich eine ehrenvolle Freundschaft verband – entsprechen dem bescheidenen grauen Mann, der im Obergeschoß eines Hotels der Calle Santiago del Estero, in einem Süden, der schon nicht mehr Süden ist, diese Zeilen aufs Papier wirft. Bald werde ich ein paar Jahre über die siebzig sein; ich habe immer noch einige wenige Schüler, denen ich Englisch-Unterricht gebe. Aus Unentschlossenheit oder Nachlässigkeit oder anderen Gründen habe ich nicht geheiratet, und jetzt bin ich allein. Die Einsamkeit ist mir nicht leid; es braucht gerade genug Kraft, sich selber und die eigenen Manien zu ertragen. Ich bemerke, daß ich alt werde; ein eindeutiges Symptom ist der Umstand, daß mich Neuigkeiten nicht mehr interessieren oder überraschen, vielleicht weil mir klar ist, daß sie nichts eigentlich Neues enthalten und nicht mehr sind als schüchterne Variationen. Als ich jung war, lockten mich die Nachmittage, die Vorstädte und das Unglück; jetzt sind es die Vormittage im Stadtzentrum und die Ruhe des Gemüts. Ich spiele nicht mehr den Hamlet. Ich bin der konservativen Partei beigetreten und einem Schachklub, den ich als manchmal zerstreuter Zuschauer besuche. Wer neugierig ist, kann in irgendeinem obskuren Regal der Nationalbibliothek in der Calle México ein Exemplar meiner *Kurzen Untersuchung der analytischen Sprache von John Wilkins* ausgraben, ein Werk, dem eine Neuauflage nottäte, wenn auch nur, um seine zahlreichen Irrtümer zu berichtigen oder abzuschwächen. Ich höre, daß der neue Direktor der Bibliothek ein Literat ist, der sich dem Studium der alten Sprachen gewidmet hat, als wären die gegenwärtigen nicht rudimentär genug, und außerdem der demagogischen Verherrlichung eines imaginären Buenos Aires der Messerhelden. Ich hatte nie den Wunsch, ihn kennenzulernen. Ich bin 1899 in dieser Stadt angekommen, und ein einziges Mal konfrontierte mich der Zufall mit einem Messerhelden oder einem Individuum, das als einer galt. Später, wenn die Gelegenheit dazu kommt, werde ich die Episode schildern.

Ich habe schon gesagt, daß ich allein bin; vor Tagen sagte mir ein Zimmernachbar, der mich von Fermín Eguren sprechen gehört hatte, daß dieser in Punta del Este gestorben sei.

Der Tod dieses Mannes, der gewiß niemals mein Freund war, erfüllt mich mit einer hartnäckigen Trauer. Ich weiß, daß ich allein bin; auf Erden bewahre ich als einziger jenes Ereignis, den Kongreß, dessen Erinnerung ich mit niemandem teilen kann. Heute bin ich der letzte Kongreßteilnehmer. Es ist zwar richtig, daß alle Menschen es sind, daß es kein Wesen auf dem Planeten gibt, das es nicht wäre, doch ich bin es auf andere Weise. Ich weiß, daß ich es bin; das unterscheidet mich von meinen unzähligen gegenwärtigen und künftigen Kollegen. Es ist richtig, am 7. Februar 1904 schworen wir bei dem Allerheiligsten – gibt es auf der Erde etwas, das heilig ist oder das es nicht ist? –, niemandem die Geschichte des Kongresses zu entdecken, aber nicht weniger richtig ist die Tatsache, daß es ebenfalls zu dem Kongreß gehört, wenn ich jetzt eidbrüchig werde. Diese Erklärung klingt dunkel, doch vielleicht weckt sie die Neugier meiner etwaigen Leser.

Jedenfalls ist die Aufgabe, die ich mir gestellt habe, nicht leicht. Ich habe mich niemals im Erzählen versucht, nicht einmal in epistolographischer Form, und sehr viel schwerer wiegt es, daß die Geschichte, die ich erzählen will, nicht glaubwürdig ist. Die Feder von José Fernández Irala, des unverdientermaßen vergessenen Dichters von *Los mármoles*, war für dieses Unternehmen geradezu vorbestimmt, aber nun ist es dafür zu spät. Absichtlich werde ich die Tatsachen nicht verfälschen, doch ich ahne, daß Trägheit und Ungeschick mich mehr als einmal irren lassen werden.

Die genauen Daten sind ohne Belang. Erinnern wir uns, daß ich 1899 aus meiner Heimatprovinz Santa Fe kam. Ich bin nie zurückgekehrt; ich habe mich an Buenos Aires, eine Stadt, die ich nicht besonders mag, gewöhnt. Ohne größeres Interesse sehe ich voraus, daß ich bald sterben muß; also muß ich wohl meine zu Abschweifungen neigende Art unterdrücken und den Bericht etwas voranbringen.

Unser Wesen, wenn wir denn ein solches haben, ändert sich mit den Jahren nicht; der Impuls, der mich eines Abends zum Weltkongreß führte, war der nämliche, der mich zu Anfang in die Redaktion von *Última Hora* trieb. Für einen armen jungen Mann aus der Provinz kann es ein romantisches Los darstellen, Journalist zu sein, genau wie ein armer junger Mann aus der Hauptstadt das Los eines Gauchos oder eines Peon auf einem Landgut für romantisch halten mag. Ich schäme mich nicht, daß ich Journalist werden wollte, eine öde Tätigkeit, die mir heute trivial vorkommt. Ich erinnere mich, meinen Kollegen Fernández Irala sagen gehört zu haben, daß der Journalist für das Vergessen schreibe, daß er selber hingegen danach trachte, für die Erinnerung und für die Zeit zu schreiben. Er hatte bereits einige der vollkommenen Sonette gefeilt (das Wort war damals allgemein gebräuchlich), die später mit der einen oder anderen leichten Änderung auf den Seiten von *Los mármoles* gedruckt werden sollten.

Genau kann ich nicht angeben, wann ich zum ersten Mal vom Kongreß hörte. Vielleicht war es an dem Nachmittag, als mir der Buchhalter meinen Monatslohn auszahlte und ich

Irala vorschlug, mit ihm essen zu gehen, um diesen Beweis zu feiern, daß Buenos Aires mich akzeptiert hatte. Er entschuldigte sich damit, daß er dem Kongreß nicht fernbleiben könne. Sogleich war mir klar, daß er nicht das eitle Gebäude mit der Kuppel meinte, das am Ende eines von Spaniern bevölkerten Boulevards steht, sondern etwas Geheimeres und Wichtigeres. Die Leute sprachen vom Kongreß, einige unverhohlen hämisch, andere mit gesenkter Stimme, andere beunruhigt oder neugierig; alle, glaube ich, ohne Bescheid zu wissen. Nach einigen Sonnabenden lud mich Irala ein, ihn zu begleiten. Die erforderlichen Formalitäten habe er, so vertraute er mir an, bereits erfüllt.

Es wird neun oder zehn Uhr abends gewesen sein. In der Straßenbahn sagte er, daß die vorbereitenden Sitzungen an Sonnabenden stattfänden und daß Don Alejandro Glencoe, vielleicht von meinem Namen veranlaßt, bereits seine Unterschrift gegeben habe. Wir betraten die Confitería del Gas. Die Kongreßteilnehmer, fünfzehn oder zwanzig an der Zahl, saßen um einen langen Tisch; ich weiß nicht, ob es ein Podium gab oder ob die Erinnerung es hinzuerfindet. Auf der Stelle erkannte ich den Präsidenten, den ich niemals gesehen hatte. Don Alejandro war ein Herr von würdigem Aussehen, nicht mehr jung an Jahren, mit breiter Stirn, grauen Augen und einem ergrauenden rotblonden Bart. Ich sah ihn immer in einem dunklen Gehrock; die gekreuzten Arme stützte er gewöhnlich auf den Stock. Er war kräftig und groß. Links von ihm saß ein viel jüngerer, ebenfalls rothaariger Mann; seine flammende Farbe erinnerte an Feuer, die des Bartes von Señor Glencoe an Herbstlaub. Rechts von ihm saß ein junger Mann mit langem Gesicht und außerordentlich niedriger Stirn, der wie ein Dandy gekleidet war. Alle hatten Kaffee bestellt und der eine oder andere Absinth. Was meine Aufmerksamkeit als erstes auf sich zog, war die Anwesenheit einer Frau, der einzigen unter so vielen Männern. Am anderen Ende des Tisches saß ein zehnjähriger Junge in einem Matrosenanzug und schlief prompt ein. Ebenfalls anwesend waren ein protestantischer Pfarrer, zwei unverkennbare Juden sowie ein Schwarzer mit Seidentuch und enganliegender Kleidung im Stil der Stutzer an den Straßenecken. Vor dem Schwarzen und dem Jungen standen zwei Tassen Schokolade. An die anderen erinnere ich mich nicht, ausgenommen einen Herrn Marcelo del Mazo, einen Mann von ausgesuchter Höflichkeit und gewählten Worten, den ich nie wiedersah. Ich besitze eine unscharfe und unzulängliche Photographie von einer der Sitzungen, die ich nicht veröffentlichen möchte, weil die Kleidung jener Epoche, die Haartrachten und die Schnurrbärte ihr ein lächerliches und fast notleidendes Aussehen verleihen, das der Szene gar nicht gerecht wird. Alle Vereinigungen neigen dazu, eine eigene Sprechweise und eigene Riten hervorzubringen; der Kongreß, der für mich immer etwas Traumhaftes hatte, schien zu wünschen, daß seine Teilnehmer ohne Hast sein Ziel und desgleichen ihre Vor- und Nachnamen herausfänden. Ich begriff schnell, daß ich keine Fragen zu stellen hatte, und so unterließ ich es auch, Fernández Irala auszufragen, der mir seinerseits keine Auskunft gab. Ich blieb an keinem Sonnabend weg, aber es vergingen ein oder zwei Monate, ehe ich etwas begriff. Von der zweiten Sitzung an war mein Nachbar Donald Wren, ein Ingenieur der Süd-Eisenbahn, der mir Englischstunden gab.

Don Alejandro sprach sehr wenig; die anderen wandten sich nicht an ihn, aber ich hatte das Gefühl, daß ihre Worte für ihn bestimmt waren und daß sie seine Billigung suchten. Eine Bewegung mit seiner langsamen Hand reichte aus, und das Thema der Debatte wurde gewechselt. Mit der Zeit bekam ich heraus, daß der rotblonde Mann zur Linken den seltsamen Namen Twirl trug. Ich erinnere mich an sein altersschwaches Aussehen, wie es gewissen sehr großen Menschen eigen ist, als verursache ihnen ihre Körpergröße Schwindel und veranlasse sie, sich zu krümmen. Seine Hände, erinnere ich mich, spielten meist mit einem kupfernen Kompaß, den er manchmal auf den Tisch legte. Ende 1914 fiel er als Infanterist in einem irischen Regiment. Derjenige, der immer den Platz zur Rechten einnahm, war der junge Mann mit der niedrigen Stirn, Fermín Eguren, ein Neffe des Präsidenten. Ich glaube nicht an die Methoden des Realismus, der eins der künstlichsten Genres ist, die es gibt; mir ist es lieber, auf einmal mitzuteilen, was sich nur allmählich enthüllte. Vorher möchte ich dem Leser noch meine damalige Lage ins Gedächtnis rufen: Ich war ein armer junger Mann aus Casilda, ein Bauernsohn, der nach Buenos Aires gekommen war und sich sogleich, so empfand ich es, im innersten Mittelpunkt von Buenos Aires und vielleicht, wer weiß, der Welt befand. Ein halbes Jahrhundert ist seitdem vergangen, und immer noch spüre ich jene anfängliche Benommenheit, die gewiß nicht die letzte war.

Hier sind die Tatsachen; ich werde sie in aller Kürze berichten. Don Alejandro Glencoe, der Präsident, war ein Estanciero aus dem Osten, aus Uruguay, Herr eines Landbesitzes an der Grenze zu Brasilien. Sein Vater, der aus Aberdeen stammte, hatte sich Mitte des vorigen Jahrhunderts auf diesem Kontinent niedergelassen. Er brachte um die hundert Bücher mit, die einzigen, wage ich zu behaupten, die Don Alejandro im Laufe seines Lebens las. (Ich spreche von diesen zusammengewürfelten Büchern, die ich in Händen gehalten habe, weil sich in einem von ihnen die Wurzel meiner Geschichte findet.) Der alte Glencoe hinterließ bei seinem Tod eine Tochter und einen Sohn, der später unser Präsident werden sollte. Die Tochter heiratete einen Eguren und wurde die Mutter von Fermín. Don Alejandro strebte früher einmal danach, Abgeordneter zu werden, doch die politischen Führer versperrten ihm die Tore des Kongresses von Uruguay. Der Mann verbiß sich in seinem Zorn und beschloß, einen anderen Kongreß von größerer Tragweite zu gründen. Er erinnerte sich daran, auf einer der vulkanischen Seiten von Carlyle etwas über jenen Anacharsis Clootz gelesen zu haben, der sich der Göttin Vernunft geweiht hatte und an der Spitze von sechsunddreißig Ausländern vor einer Pariser Versammlung als »Sprecher des Menschengeschlechts« auftrat. Von seinem Beispiel geleitet, faßte Don Alejandro den Vorsatz, einen Kongreß der Welt zu organisieren, in dem alle Menschen aller Länder vertreten wären. Ort der vorbereitenden Sitzungen war die Confitería del Gas; der Eröffnungsakt war für einen Zeitpunkt in vier Jahren vorgesehen und sollte auf der Besitzung von Don Alejandro stattfinden. Dieser war wie viele Uruguayer kein Anhänger von Artigas, liebte Buenos Aires, hatte jedoch beschlossen, daß der Kongreß in seiner Heimat tagen sollte. Seltsamerweise wurde der ursprünglich ins Auge gefaßte Termin mit einer fast magischen Genauigkeit eingehalten.

Zu Anfang nahmen wir unsere Diäten in Empfang, die nicht unerheblich waren, aber die Begeisterung, die uns alle erfüllte, veranlaßte Fernández Irala, der ebenso arm war wie ich, auf seine zu verzichten, und wir anderen taten es ihm gleich. Dieser Schritt erwies sich als vorteilhaft, da er gestattete, die Spreu vom Weizen zu sondern; die Zahl der Kongreßteilnehmer ging zurück, und es blieben nur die Getreuen übrig. Das einzige bezahlte Amt war das der Sekretärin, Nora Erfjord, die keine anderen Mittel zu ihrem Lebensunterhalt besaß und deren Arbeitslast gewaltig war. Eine Sozietät zu organisieren, welche die gesamte Erde umspannt, ist keine Kleinigkeit. Unablässig wurden Briefe und sogar Telegramme gewechselt. Es kamen Beitrittserklärungen aus Peru, Dänemark und Hindustan. Ein Bolivianer teilte mit, daß seinem Vaterland jeder Zugang zum Meer fehle und daß dieser beklagenswerte Mangel das Thema einer der ersten Debatten sein müßte.

Twirl, ein Mann von luzider Intelligenz, bemerkte, daß der Kongreß ein Problem philosophischer Natur aufwarf. Eine Versammlung zu planen, die sämtliche Menschen repräsentierte, war wie eine Festsetzung der genauen Zahl der platonischen Archetypen, ein Rätsel, über das sich die Denker jahrhundertelang die Köpfe zergrübelt haben. Er wies darauf hin, daß Don Alejandro Glencoe, um nur das Nächstliegende zu nennen, die Landbesitzer repräsentieren könne, aber ebensogut die Uruguayer und die großen Vorläufer und die mit einem roten Bart und diejenigen, die in einem Sessel sitzen.

Nora Erfjord war Norwegerin. Repräsentierte sie die Sekretärinnen, die Norwegerinnen oder einfach alle schönen Frauen? War ein Ingenieur genug, alle Ingenieure zu repräsentieren, sogar die neuseeländischen?

In diesem Augenblick, glaube ich, mischte sich Fermín ein.

»Ferri repräsentiert die Gringos«, sagte er und lachte schallend los.

Don Alejandro sah ihn streng an und sagte ruhig:

»Herr Ferri repräsentiert hier die Immigranten, deren Arbeit das Land voranbringt.«

Fermín Eguren konnte mich nie leiden. Er war gleich aus mehreren Gründen eingebildet: weil er Uruguayer war, Kreole, ein unwiderstehlicher Frauenheld, Kunde eines kostspieligen Schneiders; auch auf seine baskische Abstammung bildete er sich unbegreiflicherweise etwas ein, also auf seine Herkunft aus einem Volk, das immer nur am Rande der Geschichte Kühe gemolken hat.

Ein Vorfall trivialster Art besiegelte unsere Feindschaft. Nach einer Sitzung schlug Eguren vor, zusammen zur Calle Junín zu gehen. Der Plan hatte für mich nichts Verlockendes, aber ich willigte ein, um mich nicht seinen Witzeleien auszusetzen. Wir gingen in Begleitung von Fernández Irala. Am Hauseingang kam uns ein Riese von einem Mann entgegen. Eguren, der ein wenig angetrunken gewesen sein muß, gab ihm einen Stoß. Der andere versperrte uns den Weg und sagte:

»Wer hier hinauswill, der muß an diesem Messer vorbei.«

Ich erinnere mich an den Glanz des Stahls in der Dunkelheit der Diele. Eguren warf sich erschreckt zurück. Ich war nicht ganz bei Sinnen, aber mein Haß war stärker als mein Schreck. Ich führte die Hand zum Gürtel, als wolle ich eine Waffe ziehen, und sagte mit fester Stimme:

»Das werden wir draußen auf der Straße abmachen.«

Der Unbekannte antwortete in verändertem Ton:

»So gefallen mir Männer. Ich wollte Sie auf die Probe stellen, mein Freund.«

Er lachte jetzt leutselig.

»Freund haben Sie gesagt, nicht ich«, antwortete ich, und wir gingen hinaus.

Der Mann mit dem Messer ging in das Bordell. Ich hörte später, daß er Tapia oder Paredes oder so ähnlich hieß und als händelsüchtig galt. Draußen auf dem Gehsteig klopfte mir Irala, der gelassen geblieben war, auf die Schulter und erklärte nachdrücklich.

»Unter den dreien war ein Musketier. Sei mir gegrüßt, d'Artagnan!«

Fermín Eguren verzieh mir nie, Zeuge seiner Feigheit gewesen zu sein.

Ich habe das Gefühl, daß jetzt, erst jetzt die Geschichte beginnt. Was ich bisher beschrieben habe, hat nur die Bedingungen verzeichnet, die der Zufall oder das Schicksal benötigten, damit sich das Unglaubliche ereigne, nahezu das einzige, was ich je erlebt habe. Don Alejandro Glencoe war nach wie vor der Mittelpunkt des ganzen Treibens, aber nach und nach hatten wir nicht ohne Verwunderung oder Beunruhigung das Gefühl, daß Twirl der wirkliche Präsident war. Diese einzigartige Figur mit dem leuchtenden Schnurrbart verehrte Glencoe und auch Fermín Eguren, jedoch auf eine so übertriebene Art und Weise, daß es als Scherz gelten konnte und seine Würde nicht beeinträchtigte. Glencoe hatte den Hochmut seines ungeheuren Vermögens; Twirl erriet, daß er für irgendeinen Plan am ehesten zu gewinnen war, wenn man ihn auf dessen enorme Kosten hinwies. Zu Beginn, vermute ich, war der Kongreß nicht mehr gewesen als ein vager Name; Twirl schlug ständig Erweiterungen vor, auf die sich Don Alejandro immer einließ. Es war, als befände man sich im Mittelpunkt eines wachsenden Kreises, der sich endlos ausweitet und entfernt. Er erklärte zum Beispiel, daß der Kongreß nicht ohne eine Bibliothek von Nachschlagewerken auskommen könne; Nierenstein, der in einer Buchhandlung arbeitete, verstand es, uns die Atlanten von Justus Perthes zu besorgen sowie verschiedene umfangreiche Enzyklopädien, von der *Historia naturalis* des Plinius und dem *Speculum* des Vinzenz von Beauvais bis zu den gefälligen Labyrinthen (ich überlese diese Worte mit der Stimme von Fernández Irala) der berühmten französischen Enzyklopädisten, der *Britannica*, des Pierre Larousse, des Brockhaus, des Larsen und des Montaner y Simón. Ich entsinne mich, wie ich mit Ehrfurcht die seidigen Bände einer gewissen chinesischen Enzyklopädie streichelte, deren schöne getuschte Schriftzeichen mir geheimnisvoller erschienen als das Fell eines Leoparden. Das Ende, das sie fanden und das ich gewiß nicht bedaure, verrate ich noch nicht.

Don Alejandro hatte Zuneigung zu Fernández Irala und mir gefaßt, vielleicht weil wir die einzigen waren, die ihm nicht zu schmeicheln versuchten. Er lud uns ein, einige Tage auf der Estancia La Caledonia zu verbringen, wo bereits die Maurer am Werk waren.

Nach einer langen Schiffsreise flußaufwärts und einer Überfahrt auf dem Floß betraten wir eines frühen Morgens das uruguayische Ufer. Dann mußten wir in ärmlichen Pulperías nächtigen und in der Cuchilla Negra viele Gatterzäune öffnen und schließen. Wir fuhren in einer Art Tilbury; die Landschaft schien mir größer und einsamer als die des Bauernhofs, auf dem ich geboren bin.

Immer noch bewahre ich meine beiden Bilder von der Estancia: wie ich sie erwartet hatte und wie ich sie endlich dann wirklich sah. Absurderweise hatte ich mir wie in einem Traum ein unmögliches Zwischending aus der Llanura von Santa Fe und dem Palacio de las Aguas Corrientes vorgestellt; La Caledonia war ein großes Haus aus Lehmziegeln mit einem strohgedeckten Satteldach und einem Laufgang aus Backstein. Sie schien mir für ein rauhes Leben und die Dauer gebaut. Die rohen Mauern waren fast eine Elle stark und die Türen schmal. Niemand war auf den Gedanken gekommen, einen Baum zu pflanzen. Die Sonne traf sie beim Aufgehen wie beim Untergehen. Die Korrale waren aus Stein; das zahlreiche Vieh war mager und trug Hörner; die üppigen Schwänze der Pferde reichten bis auf den Boden. Zum ersten Mal kostete ich den Geschmack von frisch geschlachtetem Fleisch. Man brachte einige Beutel mit Hartkeksen; der Verwalter sagte mir Tage später, daß er in seinem Leben nie Brot gegessen habe. Irala fragte, wo das Bad sei; Don Alejandro wies ihm mit einer umfassenden Gebärde den Kontinent. Es war eine Mondnacht; ich ging hinaus, um einen Spaziergang zu machen, und überraschte Irala, wie ein Ñandu ihn beäugte.

Die Hitze, die abends nicht nachgelassen hatte, war unerträglich, und alle Gedanken kreisten um die Kühle. Die vielen Zimmer waren niedrig und kamen mir kahl vor; uns wurde eines angewiesen, das nach Süden lag und in dem zwei Pritschen und eine Kommode mit einer silbernen Waschschüssel und einem silbernen Krug standen. Der Fußboden war aus Lehm.

Am nächsten Tag stieß ich auf die Bibliothek und die Carlyle-Bände und suchte die Seiten, die dem Sprecher des Menschengeschlechts Anacharsis Clootz gewidmet sind, der mich zu jenem Morgen und in jene Einsamkeit geführt hatte. Nach dem Frühstück, das sich vom Mittagessen nicht unterschied, zeigte uns Don Alejandro die Bauarbeiten. Wir legten auf freiem Feld eine Meile zu Pferde zurück. Irala, der ein ängstlicher Reiter war, erlitt einen Unfall. Der Verwalter bemerkte, ohne eine Miene zu verziehen:

»Der Mann aus Buenos Aires kann sehr gut absitzen.«

Von ferne schon sahen wir die Baustelle. Etwa zwanzig Männer hatten eine Art bruchstückhaftes Amphitheater errichtet. Ich erinnere mich an ein paar Gerüste und ein paar Sitzreihen, durch die man Stücke vom Himmel sehen konnte.

Des öfteren versuchte ich mit den Gauchos zu reden, aber meine Mühe war umsonst. Irgendwie wußten sie, daß sie anders waren. Um sich untereinander zu verständigen, benutzten sie sparsam ein näselndes, dem Brasilianischen angenähertes Spanisch. Zweifellos floß Indio- und Negerblut in ihren Adern. Sie waren kräftig und untersetzt; auf La Caledonia wirkte ich selber groß, etwas, das mir bis dahin nie widerfahren war. Fast alle trugen sie zwischen den Beinen eingeschlagene Hüfttücher und der eine oder andere eine weite Pluderhose. Sie hatten wenig oder nichts gemein mit den leidenden Figuren bei Hernández oder Rafael Obligado. Unter dem Einfluß von Alkohol wurden sie an Sonnabenden leicht gewalttätig. Es gab keine einzige Frau, und niemals hörte ich eine Gitarre.

Mehr als die Männer dieser Grenze interessierte mich die völlige Veränderung, die mit Don Alejandro vorgegangen war. In Buenos Aires war er ein liebenswürdiger und gemessener Herr; auf La Caledonia wie seine Vorfahren das gestrenge Oberhaupt eines Clans. Sonntagmorgens las er den Peones, die kein Wort verstanden, die Heilige Schrift vor. Eines Abends brachte der Verwalter, ein junger Mann, der das Amt von seinem Vater geerbt hatte, die Nachricht, daß ein Pächter und ein Peon mit Messern aufeinander losgegangen seien. Don Alejandro erhob sich ohne Überstürzung. Er trat zu dem Kreis der Umherstehenden, legte die Waffe ab, die er für gewöhnlich bei sich trug, übergab sie dem Verwalter, der mir eingeschüchtert vorkam, und bahnte sich zwischen den blanken Waffen den Weg. Kurz darauf hörte ich den Befehl:

»Laßt die Messer fallen, Jungs.«

Im gleichen ruhigen Tonfall fügte er hinzu:

»Jetzt gebt ihr euch die Hand und benehmt euch. Ich wünsche hier keinen Zank.«

Die beiden gehorchten. Am Tag darauf erfuhr ich, daß Don Alejandro den Verwalter entlassen hatte.

Ich hatte das Gefühl, von der Einsamkeit eingekreist zu werden. Ich fürchtete, nie wieder nach Buenos Aires zurückzukommen. Ich weiß nicht, ob Fernández Irala diese Furcht teilte, aber wir sprachen viel von Argentinien und von dem, was wir nach der Rückkehr machen würden. Ich vermißte die Löwen eines Portals in der Calle Jujuy in der Nähe der Plaza del Once oder das Licht eines bestimmten Ladens, über dessen genaue Lage ich mir nicht klar war, nicht die gewöhnlichen Orte. Immer war ich ein guter Reiter; ich gewöhnte mich an Ausritte und legte weite Strecken zurück. Ich erinnere mich noch an jenen Rappen mit der weißen Blesse, den ich mir wieder und wieder sattelte und der längst tot sein wird. Vielleicht befand ich mich eines Nachmittags oder eines Abends in Brasilien, denn die Grenze war nichts anderes als eine Linie von Markstein zu Markstein.

Ich hatte gelernt, die Tage nicht mehr zu zählen, als Don Alejandro an einem gewöhnlichen Abend erklärte:

»Jetzt legen wir uns hin. Morgen reisen wir mit der Kühle.«

Ein Stück stromabwärts schon fühlte ich mich so glücklich, daß ich mit Zuneigung an La Caledonia denken konnte.

Wir nahmen die Sonnabendsitzungen wieder auf. Bei der ersten bat Twirl um das Wort. Er sagte mit der üblichen rhetorischen Blumigkeit, daß sich die Bibliothek des Weltkongresses nicht auf Nachschlagewerke beschränken könne und daß die klassischen Werke aller Völker und Sprachen ein wahrhaftes Zeugnis darstellten, das wir nicht ungestraft außer acht lassen könnten. Der Antrag wurde auf der Stelle angenommen; Fernández Irala und Doktor Cruz, der Lateinlehrer war, übernahmen die Aufgabe, die notwendigen Texte auszusuchen. Twirl hatte die Angelegenheit bereits mit Nierenstein besprochen.

Zu jener Zeit gab es keinen einzigen Argentinier, dessen Utopia nicht die Stadt Paris gewesen wäre. Der vielleicht Ungeduldigste von uns war Fermín Eguren. Dann folgte aus ganz anderen Gründen Fernández Irala. Für den Dichter von *Los mármoles* war Paris Verlaine und Leconte de Lisle; für Eguren eine bessere Verlängerung der Calle Junín. Ich vermute, daß er sich mit Twirl abgesprochen hatte. Dieser brachte in einer anderen Sitzung die Debatte auf die Frage, welche Sprache die Kongreßteilnehmer benutzen sollten, und erklärte es für praktisch, zwei Delegierte nach London und Paris zu entsenden, damit sie sich dort ein Bild verschafften. Um Unvoreingenommenheit vorzutäuschen, schlug er erst meinen Namen vor und nach einem leichten Zaudern den seines Freundes Eguren. Don Alejandro stimmte wie immer zu.

Ich glaube, ich habe schon geschrieben, daß mich Wren im Austausch gegen einige Italienisch-Stunden in das Studium der unermeßlichen englischen Sprache eingeführt hatte. Wir verzichteten soweit wie möglich auf Grammatik und Übungssätze und machten uns unmittelbar an die Dichtung, deren Formen ja zu Knappheit verpflichten. Meine erste Berührung mit der Sprache, die mein Leben ausfüllen sollte, war das wakkere »Requiem« von Stevenson; danach kamen die Balladen, die Percy im sittsamen achtzehnten Jahrhundert an den Tag gebracht hatte. Kurz vor meiner Abreise nach London lernte ich den Glanz Swinburnes kennen, der mich wie jemanden, der eine Sünde begeht, daran zweifeln ließ, ob die Alexandriner Iralas wirklich so großartig waren.

Ich traf in London Anfang Januar 1902 ein; ich entsinne mich der Liebkosung des Schnees, den ich nie gesehen hatte und für den ich dankbar war. Glücklicherweise mußte ich nicht zusammen mit Eguren reisen. Ich quartierte mich in einer bescheidenen Pension hinter dem Britischen Museum ein, in dessen Bibliothek ich mich vormittags und nachmittags einfand, auf der Suche nach einer Sprache, die des Weltkongresses würdig wäre. Ich ließ die Kunstsprachen nicht außer acht; ich warf einen Blick auf das Esperanto – das Lugones in seinem *Lunario sentimental* als »angemessen, einfach und ökonomisch« bezeichnet – und ins Volapük, das sämtliche sprachlichen Möglichkeiten zu erschöpfen sucht, indem es die Verben dekliniert und die Substantive konjugiert. Ich prüfte die Argumente für und wider eine Wiederbelebung des Latein, nach dem die Sehnsucht auch nach Ablauf von Jahrhunderten immer noch fortbesteht. Ich hielt mich sogar mit einer Untersuchung der analytischen Sprache von John Wilkins auf, bei der jedes Wort von den Buchstaben, aus denen es besteht, definiert wird. Es war unter der hohen Kuppel des Lesesaals, daß ich Beatrice kennenlernte.

Dies ist die Geschichte des Weltkongresses, nicht die von Alejandro Ferri, die meine, doch die erstere umfaßt die letztere ebenso wie alle anderen. Beatrice war groß, schlank, hatte reine Gesichtszüge und rotblondes Haar, das mich an das des schrägen Twirl hätte erinnern können, mich jedoch nie daran denken ließ. Sie hatte ihr zwanzigstes Lebensjahr noch nicht vollendet. Sie war aus einer der Grafschaften des Nordens gekommen, um an der Universität Philologie zu studieren. Wie ich war sie bescheidener Herkunft. In Buenos Aires italienischer Abstammung zu sein, war damals noch schimpflich; in London entdeckte ich, daß es vielen als romantisches Attribut galt. Es dauerte nur wenige Nachmittage, bis wir ein Liebespaar waren; ich bat sie, mich zu heiraten, doch Beatrice Frost war wie Nora Erfjord Anhängerin des Ibsenschen Glaubensbekenntnisses und wollte sich an niemanden binden. Aus ihrem Mund kam das Wort, das ich nicht auszusprechen wagte. O Nächte, o geteiltes und laues Dunkel, o Liebe, im Schatten fließend wie ein verborgener Strom, o Augenblick des Glücks, an dem jeder alle beide ist, o Unschuld und Einfalt des Glücks, o Vereinigung, in der wir uns verloren, um uns darauf im Schlaf zu verlieren, o erstes Licht des Tags und ich, der ich sie anschaue.

An der rauhen Grenze zu Brasilien hatte mich das Heimweh geplagt; nicht so im roten Labyrinth von London, das mir soviel zu bieten hatte. Trotz der Vorwände, die ich fand, die Abreise hinauszuschieben, mußte ich Ende des Jahres zurückkehren; zusammen feierten wir Weihnachten. Ich versprach ihr, daß Don Alejandro sie einladen würde, an dem Kongreß teilzunehmen; sie antwortete mir in vager Manier, daß es sie schon interessieren würde, der südlichen Hemisphäre einmal einen Besuch abzustatten, und daß einer ihrer Cousins, ein Zahnarzt, sich in Tasmanien niedergelassen habe. Beatrice wollte das Schiff nicht sehen; der Abschied war nach ihrem Verständnis eine Emphase, eine unsinnige Zelebration des Unglücks, und sie verabscheute Emphasen. Wir sagten uns in der Bibliothek Lebewohl, wo wir uns in einem anderen Winter kennengelernt hatten. Ich bin ein Feigling; ich gab ihr meine Adresse nicht, um der Qual zu entgehen, auf Briefe zu warten.

Mir ist aufgefallen, daß die Rückreisen weniger lange dauern als die Hinreisen, aber die Atlantiküberquerung, belastet von Erinnerungen und Kummer, kam mir sehr lang vor. Nichts schmerzte mich so sehr wie der Gedanke, daß parallel zu meinem Leben Beatrice das ihre weiterleben würde, Minute für Minute und Nacht für Nacht. Ich schrieb einen viele Seiten langen Brief, den ich zerriß, als wir in Montevideo den Anker lichteten. Ich kam an einem Donnerstag in der Heimat an; Irala erwartete mich am Pier. Ich bezog aufs neue mein altes Quartier in der Calle Chile; jenen Tag und den folgenden verbrachten wir mit Gesprächen und Spaziergängen. Ich wollte wieder heimisch werden in Buenos Aires. Es bedeutete eine Erleichterung zu wissen, daß Fermín Eguren sich noch immer in Paris aufhielt; der Umstand, daß ich vor ihm zurückgekehrt war, mußte meine lange Abwesenheit in gewisser Weise weniger schwerwiegend erscheinen lassen.

Irala war mutlos. Fermín vergeudete in Europa ungeheure Summen und hatte mehr als einmal die Aufforderung, umgehend zurückzukehren, in den Wind geschlagen. Das war vorherzusehen gewesen. Stärker beunruhigten mich andere Nachrichten; Twirl hatte dem Widerstand von Irala und Cruz zum Trotz Plinius den Jüngeren ins Feld geführt, demzufolge kein Buch so schlecht ist, daß es nicht auch irgendetwas Gutes enthält, und die wahllose Beschaffung von Sammlungen der *Prensa*, von dreitausendvierhundert Exemplaren des *Don Quijote* in verschiedenen Formaten, des Briefwerkes von Balmes, von Dissertationen, Rechnungen, Bulletins und Theaterprogrammen vorgeschlagen. Alles sei ein Zeugnis, hatte er gesagt. Nierenstein unterstützte ihn; »nach drei geräuschvollen Sonnabenden« nahm Don Alejandro den Antrag an. Nora Erfjord hatte ihre Stelle als Sekretärin aufgegeben; sie wurde durch ein neues Mitglied ersetzt, Karlinski, der ein Werkzeug Twirls war. Gewaltige Pakete stapelten sich jetzt ohne Katalog oder Kartei in den Erdgeschoßzimmern und dem Weinkeller von Don Alejandros Haus. Anfang Juli hatte Irala eine Woche in La Caledonia zugebracht; die Bauarbeiter hatten die Arbeit unterbrochen. Auf eine diesbezügliche Frage erklärte der Verwalter, daß der Chef es so verfügt habe und daß es auf den Tag nicht mehr ankomme.

Noch in London hatte ich einen Bericht aufgesetzt, dessen

Inhalt hier nicht hergehört; am Freitag meldete ich mich bei Don Alejandro zurück, um ihm meinen Text zu übergeben. Fernández Irala begleitete mich. Es war nachmittags, und der Pampa-Wind drang bis ins Haus. Vor der Haustür in der Calle Alsina wartete ein Fuhrwerk mit drei Pferden. Ich erinnere mich an Männer mit gebeugten Rücken, die ihre Ballen im hintersten Patio abluden; gebieterisch erteilte ihnen Twirl Befehle. Als ahnten sie etwas, befanden sich dort ebenfalls Nora Erfjord und Nierenstein und Cruz und Donald Wren und noch einige andere Kongreßteilnehmer. Nora umarmte und küßte mich, und jene Umarmung wie jener Kuß riefen mir andere in Erinnerung. Der Neger, gutmütig und glücklich, küßte mir die Hand.

In einem der Räume stand die viereckige Kellerklappe offen; einige unregelmäßig gemauerte Stufen verloren sich im Dunkel.

Plötzlich hörten wir Schritte. Noch ehe wir ihn sahen, wußte ich, daß niemand anderes als Don Alejandro hereinkam. Es war fast, als liefe er.

Seine Stimme war verändert; es war nicht die des gelassenen Herrn, der unseren Sonnabendsitzungen vorstand, noch die des feudalen Landbesitzers, der eine Messerstecherei verhinderte und seinen Gauchos das Wort Gottes predigte, sondern sie glich eher diesem letzteren selbst.

Ohne irgendjemanden anzusehen, befahl er:

»Schaffen Sie das ganze Zeug hier heraus und dort hinten hin. Daß im Keller kein einziges Buch zurückbleibt.«

Die Arbeit nahm fast eine Stunde in Anspruch. In dem Lehm-Patio errichteten wir einen Haufen, der größer war als die größten von uns. Alle liefen hin und her; der einzige, der sich nicht von der Stelle rührte, war Don Alejandro.

Dann kam der Befehl: »Jetzt zünden Sie diese Ballen an.«

Twirl war bleich geworden. Nierenstein murmelte unvermutet:

»Der Weltkongreß kann diese kostbaren Hilfsmittel nicht entbehren, die ich mit soviel Liebe ausgesucht habe.«

»Der Weltkongreß?« sagte Don Alejandro. Er lachte ironisch, und ich hatte ihn niemals lachen hören.

Es gibt eine geheimnisvolle Freude an der Zerstörung; die aufschießenden Flammen prasselten leuchtend, und wir, die Menschen, drängten uns an die Mauern oder in den Zimmern. Nacht, Asche und der Geruch nach Verbranntem blieben im Patio zurück. Ich erinnere mich an einige verlorene Blätter, die davongekommen waren und weiß auf der Erde lagen. Nora Erfjord, die Don Alejandro mit jener Liebe zugetan war, die junge Frauen für alte Männer empfinden, sagte verständnislos:

»Don Alejandro weiß, was er tut.«

Irala, der Literatur treu, versuchte einen Satz:

»Alle paar Jahrhunderte muß die Bibliothek von Alexandrien in Flammen aufgehen.«

Dann erhielten wir die Offenbarung:

»Vier Jahre hat es gebraucht, bis ich verstand, was ich Ihnen jetzt sage. Das Unternehmen, auf das wir uns eingelassen haben, ist so ungeheuer, daß es – jetzt weiß ich es – die gesamte Welt umfaßt. Es besteht nicht aus ein paar Schwätzern, die in den Schuppen einer entlegenen Estancia vor sich hin dösen. Der Weltkongreß hat mit dem ersten Augenblick der Welt begonnen und wird weitergehen, wenn wir zu Staub geworden sind. Es gibt keinen Ort, an dem er nicht ist. Der Kongreß sind die Bücher, die wir verbrannt haben. Der Kongreß sind die Kaledonier, die Cäsars Legionen vernichtend schlugen. Der Kongreß ist Hiob im Unrat und Christus am Kreuz. Der Kongreß ist jener nichtsnutzige Mann, der mein Vermögen bei den Huren durchbringt.«

Ich konnte nicht an mich halten und unterbrach ihn:

»Don Alejandro, ich habe auch Schuld. Ich hatte den Bericht abgeschlossen, den ich Ihnen hier bringe, und blieb doch weiter in England und warf Ihr Geld hinaus, weil ich eine Frau liebte.«

Don Alejandro fuhr fort:

»Das habe ich mir gedacht, Ferri. Der Kongreß sind meine

Stiere. Der Kongreß sind die Stiere, die ich verkauft habe, und die Meilen Landes, die mir nicht mehr gehören.«

Eine fassungslose Stimme ließ sich vernehmen; es war die von Twirl.

»Sie wollen uns doch nicht sagen, daß Sie La Caledonia verkauft haben?«

Don Alejandro antwortete ruhig:

»Doch, ich habe sie verkauft. Es verbleibt mir keine Handbreit Boden, aber mein Ruin tut mir nicht leid, denn jetzt habe ich begriffen. Vielleicht sehen wir uns nie wieder, da uns der Kongreß nicht braucht, doch an diesem letzten Abend gehen wir alle zusammen aus und nehmen den Kongreß in Augenschein.«

Er war trunken von Siegesgefühl. Seine Festigkeit und sein Glaube bemächtigten sich unser. Keiner dachte auch nur für einen Augenblick, daß er verrückt wäre.

Auf dem Platz nahmen wir eine offene Kutsche. Ich richtete mich auf dem Bock neben dem Kutscher ein, und Don Alejandro befahl:

»Meister, wir machen eine Fahrt durch die Stadt. Auf geht's, wohin Sie wollen.«

Oben auf dem Trittbrett lächelte der Schwarze unausgesetzt. Ich werde nie erfahren, ob er irgend etwas verstand.

Die Wörter sind Symbole, die ein gemeinsames Gedächtnis voraussetzen. Was ich jetzt beschreiben will, gehört mir allein; die, mit denen ich es gemeinsam hatte, sind tot. Die Mystiker berufen sich auf eine Rose, einen Kuß, einen Vogel, der alle Vögel ist, eine Sonne, die jeglicher Stern und die Sonne ist, einen Krug Wein, einen Garten oder den Geschlechtsakt. Keine von diesen Metaphern taugt mir für jene lange Nacht des Jubels, die uns müde und glücklich am Saum des Morgens absetzte. Wir sprachen fast nichts, während die Räder und die Hufe über die Steine klapperten. Vor dem Morgengrauen, in der Nähe eines dunklen und bescheidenen Gewässers, das vielleicht der Maldonado, vielleicht der Riachuelo war, stimmte Nora Erfjords hohe Stimme die Ballade von Patrick Spens an, und Don Alejandro sang den einen oder anderen Vers tief und falsch mit. Die englischen Worte trugen mir nicht das Bild von Beatrice zu. In meinem Rücken murmelte Twirl:

»Ich wollte Böses tun, und jetzt bewirke ich Gutes.«

Etwas von dem, was wir undeutlich wahrnahmen, ist mir geblieben – die rötliche Mauer der Recoleta, die gelbe Mauer des Gefängnisses, ein Paar Männer, die an einer geraden Straßenecke tanzten, eine schachbrettgemusterte Vorhalle mit einem Schmiedeeisengitter, Eisenbahnschranken, mein Haus, ein Markt, die unergründliche und feuchte Nacht – aber auf keines dieser flüchtigen Dinge, die vielleicht auch ganz andere waren, kommt es an. Es kommt darauf an, das Gefühl gehabt zu haben, daß unser Plan, über den wir uns öfter als einmal lustig gemacht hatten, in Wahrheit und im geheimen existierte und das Universum war und wir selber. Ohne größere Hoffnung habe ich während all der Jahre den Geschmack jener Nacht gesucht; einige Male glaubte ich ihn in der Musik, in der Liebe, in der undeutlichen Erinnerung wiederzufinden, aber er ist nicht wiedergekehrt, außer eines frühen Morgens in einem Traum. Als wir schworen, daß keiner irgendjemandem etwas verraten sollte, war es schon Sonnabendmorgen.

Ich habe sie nie wiedergesehen, Irala ausgenommen. Wir sprachen nie über die Geschichte; jedes unserer Worte wäre eine Entweihung gewesen. 1914 starb Don Alejandro Glencoe und wurde in Montevideo bestattet. Irala war schon im Jahr davor gestorben.

Nierenstein begegnete ich einmal in der Calle Lima, und wir taten so, als hätten wir uns nicht gesehen.

UNDR

Ich muß den Leser darauf hinweisen, daß man die von mir übersetzten Seiten vergeblich im *Libellus* (1615) des Adam von Bremen suchen wird, der bekanntermaßen im elften Jahrhundert lebte und starb. Lappenberg fand sie in einem Manuskript der Bodleian-Bibliothek in Oxford und hielt sie aufgrund der Vielzahl der dafür sprechenden Indizien für einen späteren Einschub, veröffentlichte sie jedoch als Kuriosum in seinen *Analecta Germanica* (Leipzig, 1894). Die Meinung eines bloßen argentinischen Liebhabers zählt nicht viel; der Leser mag von ihnen halten, was er will. Meine Version ist nicht wörtlich, aber sinngetreu.

Adam von Bremen schreibt:

»... Von den Völkern an der Grenze der Wüste, welche sich auf der anderen Seite des Meerbusens ausbreitet, jenseits der Länder, in denen das Wildpferd lebt, verdient vor allem das der Urnen Erwähnung. Die ungewissen oder phantastischen Erzählungen der Händler, die Gefahren der Reise und die Raubüberfälle der Nomaden erlaubten mir nie, sein Territorium zu erreichen. Es steht für mich jedoch fest, daß seine unsicheren und weitverstreuten Dörfer sich in den Niederungen der Weichsel befinden. Im Unterschied zu den Schweden bekennen sich die Urnen zum wahren christlichen Glauben, den weder der Arianismus noch der blutige Dämonenkult beflekken, aus denen die Königshäuser von England und den anderen Völkern des Nordens ihre Herkunft ableiten. Es sind Hirten, Bootsleute, Zauberer, Waffenschmiede und Lassojäger. Aufgrund der Unbarmherzigkeit der Kriege treiben sie kaum Ackerbau. Die Ebene und die Stämme, die sie durchstreifen, haben sie sehr geschickt im Umgang mit Pferd und Bogen gemacht. Immer gleicht man am Ende seinen Feinden. Die Lanzen sind länger als die unseren, da sie ja die von Reitern und nicht von Bauern sind.

Wie zu vermuten, ist ihnen der Gebrauch der Feder, des Tintenhorns und des Pergaments unbekannt. Sie meißeln ihre Schriftzeichen ein wie unsere Vorfahren die Runen, die Odin ihnen offenbarte, nachdem er sich selber geopfert und neun Nächte lang an einer Esche gehangen hatte.

Diesen allgemeinen Bemerkungen möchte ich die Geschichte meines Gesprächs mit dem Isländer Ulf Sigurdarson hinzufügen, einem Mann von ernsten und gemessenen Worten. Wir begegneten uns in Uppsala in der Nähe des Tempels. Das Holzfeuer war erloschen; durch die unregelmäßigen Spalten in der Wand drangen die Kälte und die Morgendämmerung ein. Draußen hinterließen die Grauwölfe, die das Fleisch der für die drei Götter bestimmten Heiden fressen, ihre vorsichtige Spur im Schnee. Unser Gespräch hatte auf Latein begonnen, wie unter Kirchenmännern üblich, bald jedoch gingen wir zur Sprache des Nordens über, die von Ultima Thula bis zu den Märkten Asiens reicht. Der Mann sagte:

›Ich bin aus dem Geschlecht der Skalden; mir genügte das Wissen, daß die Dichtung der Urnen aus einem einzigen Wort besteht, um mich auf die Suche nach ihnen zu machen und die Reise auf mich zu nehmen, die mich in ihr Land führen sollte. Nicht ohne Mühsal und Beschwerden erreichte ich es nach Ablauf eines Jahres. Es war Nacht; ich bemerkte, daß die Männer, die mir auf meinem Wege begegneten, mich sonderbar ansahen, und der eine oder andere Stein wurde nach mir geschleudert. Ich sah den Lichtschein einer Schmiede und trat ein.

Der Schmied bot mir Herberge für die Nacht. Sein Name war Orm. Er sprach mehr oder minder die gleiche Sprache wie wir. Wir wechselten einige Worte. Von seinen Lippen hörte ich zum ersten Male den Namen des Königs, nämlich Gunnlaug. Ich wußte, daß er seit dem letzten Krieg Fremde mit Argwohn betrachtete und sie für gewöhnlich kreuzigen ließ. Um diesem Los zu entgehen, das einem Menschen weniger angemessen ist als einem Gott, machte ich mich an die Niederschrift einer Drápa, welche die Siege, den Ruhm und das Elend des Königs feierte. Kaum hatte ich sie auswendig gelernt, als zwei Männer mich abholten. Mein Schwert wollte ich ihnen nicht übergeben, aber ich ließ mich führen.

Noch standen Sterne am Morgenhimmel. Wir kamen über einen offenen Platz mit Hütten an den Seiten. Man hatte mir von Pyramiden berichtet; was ich auf dem ersten der Plätze sah, war ein gelber Holzpfahl. Auf der Spitze erblickte ich die schwarze Figur eines Fisches. Orm, der uns begleitet hatte, sagte mir, daß dieser Fisch das Wort sei. Auf dem nächsten Platz sah ich einen roten Pfahl mit einer Scheibe. Orm wiederholte, das sei das Wort. Ich bat ihn, es mir zu verraten. Er sagte, er sei ein einfacher Handwerker und wisse es nicht.

Auf dem dritten Platz, der der letzte war, sah ich einen schwarzbemalten Pfahl mit einem Muster, das ich vergessen habe. Im Hintergrund befand sich eine lange gerade Mauer, deren Enden ich nicht ausmachen konnte. Später stellte ich fest, daß sie kreisförmig war, ein Lehmdach trug, keine Verbindungstore besaß und die ganze Stadt umgab. Die an der Umzäunung festgebundenen Pferde waren klein und hatten dichte Mähnen. Den Schmied ließ man nicht hinein. Drinnen waren bewaffnete Männer, alle standen. Gunnlaug, der König, der an einer Krankheit litt, lag mit halbgeschlossenen Augen auf einer Art Pritsche, die mit einigen Kamelfellen bedeckt war. Er war ein verbrauchter und gelblicher Mann, eine heilige und fast vergessene Sache; alte und lange Narben liefen über seine Brust. Einer der Soldaten bahnte mir den Weg. Jemand hatte eine Harfe herbeigebracht. Kniend stimmte ich leise die

Drápa an. Es fehlte ihr nicht an den Redefiguren, Alliterationen und den Betonungen, die die Gattung verlangt. Ob der König sie verstand, weiß ich nicht, jedenfalls gab er mir einen Silberring, den ich noch immer besitze. Unter dem Kissen konnte ich undeutlich die Schneide eines Dolches erkennen. Rechts von ihm befand sich ein Schachbrett mit hundert Feldern und ein paar durcheinanderstehenden Figuren.

Die Wache stieß mich nach hinten. Ein Mann nahm meine Stelle ein, und zwar stehend. Er schlug die Saiten, als stimme er sie, und wiederholte leise das Wort, das ich hatte ergründen wollen und nicht ergründete. Jemand sagte ehrfürchtig: *Jetzt bedeutet es gar nichts.*

Hier und da sah ich Tränen. Der Mann hob oder senkte die Stimme, und die fast gleichen Akkorde waren monoton oder besser: unendlich. Ich wünschte, der Gesang möge kein Ende nehmen, und er wäre mein Leben. Plötzlich brach er ab. Ich vernahm das Poltern der Harfe, als der Sänger, zweifellos erschöpft, sie zu Boden schleuderte. Wir gingen durcheinander hinaus. Ich war einer der letzten. Mit Verwunderung bemerkte ich, daß es dunkel wurde.

Ich ging ein paar Schritte. Eine Hand auf meiner Schulter hielt mich auf. Jemand sagte zu mir:

›Der Ring des Königs war dein Talisman, aber du wirst gewiß bald sterben, denn du hast das Wort gehört. Ich, Bjarni Thorkelsson, werde dich retten. Ich bin aus dem Geschlecht der Skalden. In deinem Dithyrambus bezeichnetest du das Blut als Schwertwasser und die Schlacht als Männerschlacht. Ich erinnere mich, diese Wendungen vom Vater meines Vaters gehört zu haben. Du und ich, wir sind Dichter; ich werde dich retten. Heutzutage benennen wir nicht mehr jede Tat, an der unser Gesang sich entzündet; wir verschlüsseln sie in einem einzigen Wort, welches Das Wort ist.‹

Ich erwiderte: ›Ich konnte es nicht verstehen. Ich bitte dich, sag mir, wie es lautet.‹

Er schwankte einige Augenblicke und antwortete: ›Ich habe geschworen, es nicht zu verraten. Außerdem kann niemand den anderen etwas lehren. Du mußt es selber finden. Beeilen wir uns, damit dein Leben nicht in Gefahr gerät. Ich verstecke dich in meinem Haus, wo sie dich nicht wagen werden zu suchen. Wenn der Wind günstig ist, fährst du morgen mit dem Schiff nach Süden.‹

So nahm das Abenteuer seinen Anfang, das so viele Winter dauern sollte. Ich werde weder seine Zufälle berichten noch versuchen, die genaue Abfolge seiner Ereignisse ins Gedächtnis zu rufen. Ich war Ruderer, Sklavenhändler, Sklave, Holzfäller, Karawanenräuber, Sänger, Grundwasser- und Metallsucher. Ein Jahr lang war ich gefangen in Quecksilberminen, die die Zähne lockern. Ich kämpfte Seite an Seite mit Männern aus Schweden in der Garde von Mikligarthr (Konstantinopel). An der Küste des Asowschen Meers liebte mich eine Frau, die ich nicht vergessen werde; ich verließ sie, oder sie verließ mich, was auf dasselbe hinausläuft. Ich wurde verraten und beging Verrat. Mehr als einmal bestimmte mich das Schicksal zum Töten. Ein griechischer Soldat forderte mich heraus und ließ mir die Wahl zwischen zwei Schwertern. Eins war eine Handbreit länger als das andere. Ich begriff, daß er mir Angst machen wollte, und wählte das kürzere. Er fragte mich warum. Ich antwortete, die Entfernung von meiner Faust zu seinem Herzen bleibe sich gleich. An einer Küste des Schwarzen Meeres befindet sich die Runengrabschrift, die ich für meinen Gefährten Leif Arnarson einritzte. Ich habe gegen die Blauen Männer von Serkland gekämpft, die Sarazenen. Im Verlauf der Zeit bin ich viele Personen gewesen, doch dieser Wirbel war ein langer Traum. Das Wichtige war Das Wort. Manchmal glaubte ich nicht mehr daran. Ich sagte mir oft, daß es unvernünftig sei, das schöne Spiel der Verbindung schöner Worte miteinander sein zu lassen, und daß es keinen Grund gebe, nach dem einzigen, vielleicht wahnhaften zu suchen. Diese Überlegung brachte mich nicht davon ab. Ein Missionar schlug mir das Wort Gott vor, das ich zurückwies. An einem Fluß, der sich zu einem Meer hin weitete, glaubte ich eines Morgens auf die Lösung gestoßen zu sein.

Ich kehrte in das Land der Urnen zurück und gab mir Mühe, das Haus des Sängers zu finden.

Ich trat ein und sagte meinen Namen. Es war schon Nacht. Vom Boden her sagte Thorkelsson, er werde eine Kerze in dem Bronzekandelaber entzünden. Sein Gesicht war dermaßen gealtert, daß ich nicht umhin konnte, daran zu denken, daß auch ich alt war. Wie üblich fragte ich ihn nach seinem König. Er erwiderte:

›Er heißt nicht mehr Gunnlaug. Heute heißt er anders. Berichte mir alles von deinen Reisen.‹

Ich tat es so übersichtlich wie möglich und mit weitschweifigen Einzelheiten, die ich hier beiseite lasse. Bevor ich zu Ende war, fragte er mich:

›Hast du in jenen Ländern oft gesungen?‹

Die Frage traf mich unerwartet.

›Zu Anfang sang ich, um meinen Lebensunterhalt zu verdienen‹, sagte ich. ›Später entfremdete mich eine Furcht, die ich nicht verstehe, dem Gesang und der Harfe.‹

›Schon gut‹, stimmte er zu. ›Du kannst mit deiner Geschichte fortfahren.‹

Ich gehorchte. Danach entstand ein langes Schweigen.

›Was hat die erste Frau dir gegeben, die du besessen hast?‹ fragte er.

›Alles‹, antwortete ich.

›Auch mir hat das Leben alles gegeben. Allen gibt das Leben alles, aber die meisten wissen es nicht. Meine Stimme ist müde, und meine Finger sind schwach, aber hör zu.‹

Er sagte das Wort *undr*, das Wunder bedeutet.

Ich fühlte mich hingerissen von dem Gesang des Sterbenden, doch ich sah in seinem Gesang und seinem Spiel meine eigenen Anstrengungen, die Sklavin, die mir die erste Liebe schenkte, die Männer, die ich tötete, den kalten Tagesanbruch, die Morgendämmerung auf dem Meer, die Ruder. Ich nahm die Harfe und sang zu einem anderen Wort.

›Schon gut‹, sagte der andere, und ich mußte mich ihm nähern, um ihn zu hören. ›Du hast mich verstanden.‹«

UTOPIE EINES MÜDEN MANNES

Er nannte es Utopia, ein griechisches Wort,
das bedeutet: Es gibt keinen solchen Ort.
QUEVEDO

Es gibt keine zwei gleichen Hügel, aber alle Ebenen der Erde sind sich gleich. Ich ging durch eine Ebene. Ohne viel Neugier fragte ich mich, ob ich in Oklahoma oder in Texas war oder in jener Gegend, die die Literaten Pampa nennen. Weder zur Rechten noch zur Linken sah ich einen Drahtzaun. Wie bei anderen Gelegenheiten wiederholte ich mir langsam diese Zeilen von Emilio Oribe:

Inmitten der grenzenlosen panischen Ebene
Und Brasilien nahe

die wachsen und wachsen und immer mehr Gewicht gewinnen.

Der Weg war holperig. Es begann zu regnen. In zwei- oder dreihundert Meter Entfernung erblickte ich das Licht eines Hauses. Es war niedrig und rechteckig und von Bäumen umstanden. Die Tür öffnete mir ein Mann, dessen Größe mir beinahe Angst einflößte. Er war grau gekleidet. Ich spürte, daß er jemanden erwartete. Die Tür war ohne Schloß.

Wir betraten ein großes Zimmer mit Wänden aus Holz. An der Decke hing eine Lampe und warf gelbliches Licht. Aus irgendeinem Grund befremdete mich der Tisch. Auf dem Tisch stand eine Wasseruhr, die erste, die ich je zu sehen bekam, außer einer auf einem Stahlstich. Der Mann wies mir einen der Stühle.

Ich versuchte es mit einigen Sprachen, wir konnten uns jedoch nicht verständigen. Als er schließlich sprach, war es Latein. Ich suchte meine schon weit zurückliegenden Gymnasialerinnerungen zusammen und bereitete mich auf das Gespräch vor.

»An der Kleidung«, sagte er, »erkenne ich, daß du aus einem anderen Jahrhundert kommst. Die Verschiedenheit der Sprachen war der Verschiedenheit der Völker und sogar den Kriegen günstig; die Welt ist zum Latein zurückgekehrt. Es gibt Leute, die fürchten, es könne wieder zum Französischen, Limousinischen oder zum Papiamento degenerieren, aber eine unmittelbare Gefahr besteht nicht. Im übrigen interessiert mich weder, was war, noch das, was sein wird.«

Ich sagte nichts, und er fügte hinzu:

»Willst du mitkommen, falls es dir nichts ausmacht, jemanden essen zu sehen?«

Da ich sah, daß er meine Verlegenheit bemerkte, sagte ich ja.

Wir gingen durch einen Korridor mit Seitentüren, der in eine kleine Küche führte, in der alles aus Metall war. Mit der Mahlzeit auf einem Tablett kehrten wir zurück: Schalen mit Cornflakes, eine Weintraube, eine unbekannte Frucht, deren Geschmack mich an Feigen erinnerte, und ein großer Krug Wasser. Ich glaube, Brot gab es keines. Mein Gastgeber hatte scharfe Gesichtszüge, und etwas ganz und gar Ungewöhnliches war um seine Augen. Ich werde dieses strenge und bleiche Gesicht, das ich nie wiedersehen werde, niemals vergessen. Beim Sprechen machte er keine Handbewegungen.

Mich behinderte der Zwang zum Latein, aber schließlich sagte ich:

»Erstaunt dich mein plötzliches Auftauchen nicht?«

»Nein«, erwiderte er, »solche Besuche kommen bei uns alle hundert Jahre vor. Sie dauern nicht lange; spätestens morgen bist du wieder zu Hause.«

Die Gewißheit seiner Stimme beruhigte mich. Ich hielt es für angezeigt, mich vorzustellen:

»Mein Name ist Eudoro Acevedo. Ich bin 1897 geboren, in der Stadt Buenos Aires. Ich bin schon siebzig Jahre alt. Ich bin Professor für englische und amerikanische Literatur und schreibe phantastische Erzählungen.«

»Ich entsinne mich«, antwortete er, »zwei phantastische Erzählungen ohne Mißfallen gelesen zu haben. Die *Reisen des Kapitäns Lemuel Gulliver*, die viele für wahr halten, und die *Summa Theologica*. Aber sprechen wir nicht von Geschehenem. Geschehenes kümmert niemanden mehr. Es ist höchstens Ausgangspunkt für Erfindung und Nachdenken. In den Schulen bringen sie uns den Zweifel bei und die Kunst des Vergessens. Vergessen werden soll vor allem Persönliches und Ortverhaftetes. Wir leben in der Zeit, die sukzessiv ist, aber wir versuchen, *sub specie aeternitatis* zu leben. Aus der Vergangenheit verbleiben uns ein paar Namen, und die Sprache neigt dazu, sie auszulöschen. Wir scheuen überflüssige Einzelheiten. Es gibt weder Chronologie noch Geschichte. Auch Statistiken gibt es nicht. Du hast mir gesagt, daß du Eudoro heißt; ich kann dir meinen Namen nicht sagen, weil man mich Jemand nennt.«

»Und wie hieß dein Vater?«

»Er hatte keinen Namen.«

An einer der Wände erblickte ich ein Bücherbord. Aufs Geratewohl schlug ich einen Band auf; die Buchstaben waren deutlich und unentzifferbar mit der Hand gezeichnet. Ihre ekkigen Linien erinnerten mich an das Runenalphabet, das indessen seinerzeit nur für Inschriften benutzt wurde. Es schien mir, daß die Menschen der Zukunft nicht nur größer, sondern auch geschickter waren. Instinktiv schaute ich auf die langen und feingliedrigen Finger des Mannes.

Dieser sagte:

»Jetzt wirst du etwas sehen, was du noch nie gesehen hast.«

Behutsam reichte er mir ein Exemplar der *Utopia* von Morus, 1518 in Basel gedruckt, in dem Blätter und Tafeln fehlten.

Nicht ohne alberne Überheblichkeit erwiderte ich:

»Das ist ein gedrucktes Buch. Zu Hause dürfte ich über zweitausend davon haben, allerdings nicht so alt und so kostbar.«

Laut las ich den Titel.

Der andere lachte.

»Kein Mensch kann zweitausend Bücher lesen. In den vier Jahrhunderten, die ich jetzt lebe, habe ich nicht mehr als ein halbes Dutzend bewältigt. Außerdem kommt es nicht auf das Lesen an, sondern auf das Wiederlesen. Der Buchdruck, der heute abgeschafft ist, war eins der schlimmsten Übel der Menschheit, denn er lief darauf hinaus, überflüssige Texte zu vervielfältigen, bis einem schwindlig wurde.«

»In meiner sonderbaren Vergangenheit«, antwortete ich, »herrschte der Aberglaube, daß zwischen jedem Abend und jedem Morgen Dinge vorfallen, die zu übersehen eine Schande ist. Die Erde war bevölkert von kollektiven Gespenstern, Kanada, Brasilien, den Schweizer Kongo und dem Gemeinsamen Markt. Von der Vorgeschichte dieser platonischen Wesenheiten wußte fast niemand etwas, dafür aber wußte man Bescheid über die geringfügigsten Einzelheiten des letzten Pädagogenkongresses, über den bevorstehenden Bruch irgendwelcher Beziehungen und über die Verlautbarungen der Präsidenten, die vom Sekretär des Sekretärs mit all der vorsichtigen Verschwommenheit ausgearbeitet wurden, die dem Genre eigen war.

Alles das las man, um es zu vergessen, denn nach wenigen Stunden löschten andere Trivialitäten es wieder aus. Von allen Ämtern war das des Politikers zweifellos das öffentlichste. Ein Gesandter oder ein Minister war eine Art von Krüppel, der zur Fortbewegung langgestreckte und geräuschvolle Fahrzeuge benötigte, umgeben von Motorradfahrern und Militäreskorten und erwartet von gierigen Photographen. Als hätte man ihnen die Füße abgehackt, pflegte meine Mutter zu sagen. Die Bilder und der gedruckte Buchstabe waren realer als die Dinge selber. Nur was veröffentlicht war, war wirklich. *Esse est per-*

cipi (sein ist abgebildet werden) war der Grundsatz, das Mittel und der Zweck unserer eigentümlichen Auffassung von der Welt. In der Vergangenheit, die mich noch berührte, waren die Leute naiv; sie glaubten, eine Ware wäre gut, weil ihr Hersteller selbst es immer wieder beteuerte. Auch waren Diebstähle an der Tagesordnung, obwohl doch allen klar war, daß der Besitz von Geld weder dem Glück noch dem Seelenfrieden zuträglich ist.«

»Geld?« wiederholte er. »Es gibt niemanden mehr, der Armut leidet, die unerträglich gewesen sein muß, noch leidet jemand an Reichtum, und der muß die lästigste Form der Vulgarität gewesen sein. Jeder übt ein Amt aus.«

»Wie die Rabbiner«, sagte ich.

Er schien nicht zu verstehen und fuhr fort:

»Auch Städte gibt es nicht mehr. Nach den Ruinen von Bahía Blanca zu urteilen, die ich neugierigerweise erkundet habe, ist es um sie nicht schade. Da es keinen Besitz gibt, wird auch nichts weitervererbt. Wenn der Mensch mit hundert Jahren reif wird, ist er bereit, sich selber und seiner Einsamkeit gegenüberzutreten. Er hat dann ein Kind gezeugt.«

»Ein Kind?« fragte ich.

»Ja. Ein einziges. Es ist nichts daran gelegen, das Menschengeschlecht zu vermehren. Es gibt Leute, die es für ein Organ der Gottheit halten, welches das Bewußtsein des Universums bewahrt, doch niemand weiß mit Sicherheit, ob es eine solche Gottheit gibt. Ich glaube, derzeit erörtert man die Vor- und Nachteile eines allmählichen oder gleichzeitigen Selbstmordes aller Menschen auf der Welt. Aber zurück zu uns selber.«

Ich stimmte zu.

»Wenn er hundert Jahre alt ist, kann der einzelne auf Liebe und Freundschaft verzichten. Leiden und ungewollter Tod bedeuten für ihn keine Drohung. Er übt sich in einer Kunst, der Philosophie, der Mathematik oder spielt gegen sich selber Schach. Wenn er will, bringt er sich um. Als Herr seines Lebens ist der Mensch auch Herr seines Todes.«

»Handelt es sich um ein Zitat?« fragte ich.

»Gewiß doch. Uns bleiben nur noch Zitate. Die Sprache ist ein System von Zitaten.«

»Und das große Abenteuer meiner Zeit, die Raumfahrt?« fragte ich.

»Vor Jahrhunderten schon wurden diese Reisen aufgegeben, die gewiß Bewunderung verdienten. Einem Hier und Jetzt konnten wir nie entfliehen.«

Lächelnd setzte er hinzu:

»Außerdem ist jede Reise eine im Raum. Von einem Planeten zum anderen zu reisen ist wie zum Bauernhof gegenüber zu gehen. Als Sie dieses Zimmer betraten, haben Sie eine Reise im Raum unternommen.«

»Genau«, erwiderte ich. »Auch sprach man von chemischen Substanzen und zoologischen Tieren.«

Der Mann kehrte mir jetzt den Rücken zu und blickte durch die Fensterscheiben. Die Ebene draußen mit ihrem schweigsamen Schnee im Mondlicht war weiß.

Ich wagte zu fragen:

»Gibt es noch Museen und Bibliotheken?«

»Nein. Wir möchten die Vergangenheit vergessen, außer bei der Abfassung von Elegien. Es gibt weder Gedenkfeiern noch Zentenarien noch Bildnisse Toter. Jeder muß auf eigene Faust die Wissenschaften und Künste hervorbringen, die er benötigt.«

»Dann muß also jeder sein eigener Bernard Shaw, sein eigener Jesus Christus und sein eigener Archimedes sein.«

Er stimmte wortlos zu. Ich erkundigte mich:

»Was ist aus den Regierungen geworden?«

»Der Überlieferung zufolge kamen sie immer mehr außer Gebrauch. Sie riefen zu Wahlen auf, erklärten Kriege, kassierten Steuern, beschlagnahmten Vermögen, befahlen Verhaftungen und bemühten sich, die Zensur durchzusetzen, doch niemand auf der Welt leistete ihnen Folge. Die Presse hörte auf, ihre Beiträge und Bilder zu veröffentlichen. Die Politiker mußten sich nach ehrlichen Berufen umsehen; einige wurden gute Komiker oder gute Wunderheiler. Die Wirklichkeit war sicher komplizierter als dieses Resümee.«

Er wechselte den Ton und sagte:

»Ich habe dieses Haus gebaut, das allen anderen gleicht. Ich habe diese Möbel und diese Geräte gebastelt. Ich habe dies Land bestellt, das andere, deren Gesicht ich niemals zu sehen bekam, besser bestellen werden als ich. Ich kann dir einiges zeigen.«

Ich folgte ihm in das Nebenzimmer. Er zündete eine Lampe an, die ebenfalls von der Decke hing. In einer Ecke erblickte ich eine Harfe mit wenigen Saiten. An den Wänden hingen rechteckige Leinwände, auf denen gelbe Farbtöne vorherrschten. Sie schienen nicht das Werk ein und desselben Mannes zu sein.

»Das ist mein Werk«, erklärte er.

Ich betrachtete die Bilder und blieb vor dem kleinsten stehen, das einen Sonnenuntergang vorstellte oder andeutete und etwas Unendliches enthielt.

»Wenn es dir gefällt, kannst du es mitnehmen, als Andenken an einen zukünftigen Freund«, sagte er ruhig.

Ich dankte ihm, doch andere Bilder irritierten mich. Ich will nicht sagen, daß sie weiß waren, aber sie waren nahezu weiß.

»Sie sind mit Farben gemalt, die deine antiquierten Augen nicht wahrnehmen können.«

Die zarten Hände berührten die Saiten der Harfe, und ich vernahm nur mit Mühe den einen oder anderen Laut.

In diesem Augenblick hörte man es klopfen.

Eine große Frau und drei oder vier Männer betraten das Haus. Man hätte gemeint, daß sie Geschwister seien oder daß die Zeit sie einander angeglichen habe. Mein Gastgeber sprach zunächst mit der Frau.

»Ich wußte, daß du heute nacht nicht fernbleiben würdest. Hast du Nils gesehen?«

»Manchmal nachmittags. Er widmet sich immer noch ganz der Malerei.«

»Hoffentlich mit mehr Fortüne als sein Vater.«

Manuskripte, Gemälde, Möbel, Geräte; wir ließen nichts mehr im Haus zurück.

Die Frau arbeitete genau wie die Männer. Ich schämte mich, daß meine Schwäche mir kaum erlaubte, ihnen behilflich zu sein. Niemand schloß die Tür, und mit den Sachen beladen verließen wir das Haus. Ich bemerkte, daß es ein Satteldach hatte.

Nach fünfzehnminütigem Fußmarsch bogen wir nach links ab. Undeutlich erblickte ich in der Ferne eine Art Turm, den eine Kuppel krönte.

»Das ist das Krematorium«, sagte jemand. »Darinnen ist die Todeskammer. Ein Menschenfreund, der, glaube ich, Adolf Hitler hieß, soll sie erfunden haben.«

Der Wärter, dessen Statur mich nicht erstaunte, öffnete uns die Gittertür.

Mein Gast murmelte ein paar Worte. Ehe er die Stätte betrat, verabschiedete er sich mit einer Handbewegung.

»Es wird weiter schneien«, verkündete die Frau.

In meinem Schreibtisch in der Calle México bewahre ich das Gemälde auf, das jemand in Tausenden von Jahren malen wird, mit Substanzen, die heute noch über den ganzen Erdball verstreut sind.

DIE SCHEIBE

Ich bin Holzfäller. Der Name tut nichts zur Sache. Die Hütte, in der ich geboren bin und in der ich bald sterben muß, steht am Rand des Waldes. Vom Walde heißt es, er erstrecke sich bis ans Meer, das die ganze Welt umgibt und an dem Holzhütten stehen, die meiner gleichen. Ich weiß es nicht; ich habe es nie gesehen. Auch die andere Seite des Waldes kenne ich nicht. Als wir klein waren, ließ mich mein älterer Bruder schwören, daß wir beide den ganzen Wald abholzen würden, bis kein einziger Baum mehr übrig wäre. Mein Bruder ist tot, und heute ist mein Ziel ein anderes und wird es immer bleiben. Nach Sonnenuntergang verläuft ein Fluß, in dem ich mit der Hand fischen kann. Im Walde gibt es Wölfe, doch sie schrecken mich nicht, und nie war mir meine Axt ungehorsam. Meine Jahre habe ich nicht gezählt. Ich weiß, es sind viele. Meine Augen sehen nicht mehr viel. Im Dorf, in das ich nicht mehr gehe, weil ich mich dort nicht zurechtfinden würde, bin ich als Geizhals verrufen, aber was kann ein Waldarbeiter schon zusammenbringen?

Ich versperrte die Tür meines Hauses mit einem Stein, damit der Schnee nicht eindringt. Eines Nachmittags hörte ich mühsame Schritte und dann einen Schlag. Ich öffnete, und ein Unbekannter trat ein. Es war ein großer und alter Mann, in einen abgetragenen Überwurf gehüllt. Eine Narbe verlief ihm quer über das Gesicht. Die Jahre schienen ihn eher herrisch als hinfällig gemacht zu haben, doch ich bemerkte, daß er ohne Stock nur mit Mühe laufen konnte. Wir wechselten einige Worte, an die ich mich nicht erinnere. Schließlich sagte er: »Ich bin nirgends zu Hause und schlafe, wo ich kann. Ich bin durch ganz Sachsenland gewandert.«

Diese Worte paßten zu seinem Alter. Mein Vater hatte immer von Sachsenland gesprochen; heute sagt man England.

Ich hatte Brot und Fisch. Beim Essen redeten wir nicht. Es begann zu regnen. Mit einigen Fellen baute ich ihm auf dem Boden eine Lagerstatt, dort, wo mein Bruder gestorben war. Als die Nacht anbrach, schliefen wir ein.

Es wurde Tag, als wir das Haus verließen. Der Regen hatte aufgehört, und die Erde war bedeckt mit neuem Schnee. Ihm fiel der Stock aus der Hand, und er befahl mir, ihn aufzuheben.

»Warum muß ich dir gehorchen?« fragte ich.

»Weil ich ein König bin«, antwortete er.

Ich hielt ihn für verrückt. Ich hob den Stock auf und reichte ihn ihm.

Seine Stimme hatte sich verändert.

»Ich bin der König der Secgen. Viele Male habe ich sie in harter Schlacht zum Sieg geführt, doch in der Schicksalsstunde verlor ich mein Reich. Mein Name ist Isern, und ich bin aus dem Geschlechte Odins.«

»Ich bete nicht zu Odin«, antwortete ich. »Ich bete zu Christus.«

Als hätte er mich nicht gehört, fuhr er fort:

»Ich wandele auf den Pfaden der Verbannung, aber immer noch bin ich der König, denn ich habe die Scheibe. Willst du sie sehen?«

Er öffnete seine knochige Hand. Auf der Handfläche war nichts. Sie war leer. Erst jetzt fiel mir auf, daß er sie immer geschlossen gehalten hatte.

Er sah mich fest an und sagte:

»Du kannst sie anfassen.«

Mit einigem Argwohn faßte ich mit den Fingerspitzen auf die Handfläche. Ich fühlte etwas Kaltes und sah einen Glanz. Die Hand wurde jäh geschlossen. Ich sagte nichts. Geduldig fuhr der andere fort, als spräche er mit einem Kind:

»Es ist Odins Scheibe. Sie hat nur eine Seite. Es gibt nichts anderes auf der Welt, das nur eine Seite hat. Solange sie in meiner Hand ist, bin ich König.«

»Ist sie aus Gold?« fragte ich.

»Ich weiß nicht. Es ist Odins Scheibe, und sie hat nur eine Seite.«

Da fühlte ich das Verlangen, die Scheibe zu besitzen. Wenn sie mir gehörte, könnte ich sie für einen Barren Gold verkaufen, und dann wäre ich König.

Ich sagte zu dem Landstreicher, den ich bis zum heutigen Tag hasse:

»In der Hütte habe ich eine Schatulle mit Münzen versteckt. Sie sind aus Gold und glänzen wie die Axt. Wenn du mir Odins Scheibe gibst, gebe ich dir die Schatulle.«

Er sagte starrköpfig:

»Ich will nicht.«

»Dann kannst du dich wieder auf den Weg machen«, sagte ich.

Er kehrte mir den Rücken zu. Ein Schlag mit der Axt ins Genick war mehr, als es brauchte, ihn straucheln und stürzen zu lassen, aber im Fallen öffnete er die Hand, und in der Luft sah ich den Glanz. Mit der Axt kennzeichnete ich die Stelle gut und schleppte den Toten zu dem Bach, der stark angestiegen war.

Dort warf ich ihn hinein.

Nach Hause zurückgekehrt, suchte ich die Scheibe. Ich fand sie nicht. Seit Jahren suche ich sie noch immer.

DIE ROSE DES PARACELSUS

De Quincey: *Writings* XIII, 345

In seiner Werkstatt, die die beiden Kellerzimmer umfaßte, bat Paracelsus seinen Gott, seinen unbestimmten Gott, irgendeinen Gott, daß er ihm einen Schüler schicke. Es wurde Abend. Das spärliche Feuer im Kamin warf unregelmäßige Schatten. Aufzustehen, um die Eisenlampe anzuzünden, war zuviel Mühe. Geistesabwesend vor Müdigkeit, vergaß Paracelsus sein Bittgebet. Die Nacht hatte die staubigen Alembiks und den Athanor ausgelöscht, als es an die Tür klopfte. Schläfrig erhob sich der Mann, stieg die kurze Wendeltreppe empor und öffnete einen Türflügel. Ein Unbekannter trat ein. Auch er war sehr müde. Paracelsus wies ihn zu einer Bank; der andere setzte sich und wartete. Eine Zeitlang wechselten sie kein Wort.

Der Meister sprach als erster.

»Ich erinnere mich an Gesichter des Okzidents und an Gesichter des Orients«, sagte er nicht ohne eine gewisse Feierlichkeit. »An deins erinnere ich mich nicht. Wer bist du, und was willst du von mir?«

»Mein Name tut nichts zur Sache«, erwiderte der andere. »Drei Tage und drei Nächte bin ich gewandert, um in dein Haus zu gelangen. Ich möchte dein Schüler sein. Ich habe dir all meinen Besitz mitgebracht.«

Er holte einen Leinenbeutel hervor und entleerte ihn auf

den Tisch. Es waren viele Münzen, und sie waren aus Gold. Er tat es mit der rechten Hand. Paracelsus hatte ihm den Rücken gekehrt, um die Lampe anzuzünden. Als er sich umwandte, bemerkte er, daß die Linke eine Rose hielt. Die Rose beunruhigte ihn.

Er lehnte sich zurück, legte die Fingerspitzen aneinander und sagte:

»Du glaubst, ich sei imstande, den Stein zu schaffen, der alle Elemente in Gold verwandelt, und du bietest mir Gold. Es ist nicht Gold, was ich suche, und wenn dir an Gold gelegen ist, wirst du niemals mein Schüler sein.«

»Mir liegt nichts am Gold«, entgegnete der andere. »Diese Münzen sind nichts weiter als ein Beweis meines Arbeitswillens. Ich möchte, daß du mich die Kunst lehrst. Ich möchte an deiner Seite den Weg gehen, der zum Stein führt.«

Paracelsus sagte langsam:

»Der Weg ist der Stein. Der Ausgangspunkt ist der Stein. Wenn du diese Worte nicht begreifst, hast du noch gar nicht angefangen zu begreifen. Jeder Schritt, den du gehst, ist das Ziel.«

Der andere sah ihn mißtrauisch an. Er sagte mit klarer Stimme: »Aber es gibt doch ein Ziel?«

Paracelsus lachte.

»Diejenigen, die mich schmähen und die ebenso zahlreich wie dumm sind, sagen nein und nennen mich einen Hochstapler. Ich gebe ihnen nicht recht, doch es ist nicht ausgeschlossen, daß das ein Irrtum ist. Ich weiß, es gibt einen Weg.«

Sie schwiegen, dann sagte der andere:

»Ich bin bereit, ihn mit dir zu gehen, und sollte er viele Jahre in Anspruch nehmen. Laß mich durch die Wüste wandern. Laß mich wenigstens von fern das Land der Verheißung erblicken, obwohl die Gestirne mir den Eintritt verwehren. Ich begehre einen Beweis, ehe ich mich auf den Weg mache.«

»Wann?« fragte Paracelsus beunruhigt.

»Jetzt sofort«, sagte der Schüler mit jäher Bestimmtheit.

Zunächst hatten sie lateinisch gesprochen; jetzt deutsch.

Der junge Mann hob die Rose hoch.

»Man sagt«, sprach er, »du könnest eine Rose verbrennen und sie mit Hilfe deiner Kunst aus der Asche wieder auferstehen lassen. Laß mich Zeuge dieses Wunders sein. Darum bitte ich dich, und danach gehört mein ganzes Leben dir.«

»Du bist sehr leichtgläubig«, sagte der Meister. »Leichtgläubigkeit habe ich nicht nötig; ich verlange Glauben.«

Der andere gab nicht nach. »Eben weil ich nicht leichtgläubig bin, möchte ich mit eigenen Augen die Vernichtung und Auferstehung der Rose sehen.«

Paracelsus hatte sie ihm abgenommen und spielte mit ihr, während er sprach.

»Du bist leichtgläubig«, sagte er. »Du sagst, ich bin imstande, sie zu vernichten?«

»Niemand ist außerstande, sie zu vernichten«, sagte der Schüler.

»Du täuschst dich. Glaubst du vielleicht, es könne irgendetwas dem Nichts überantwortet werden? Glaubst du, Adam im Paradies hätte eine einzige Blume oder einen Grashalm vernichten können?«

»Wir sind nicht im Paradies«, sagte der junge Mann starrköpfig. »Unter der Sonne hier ist alles sterblich.«

Paracelsus war aufgestanden.

»Wo sonst wären wir denn? Glaubst du, daß die Gottheit einen Ort schaffen kann, der nicht das Paradies ist? Glaubst du, daß der Sündenfall etwas anderes ist als nicht zu wissen, daß wir im Paradies sind?«

»Eine Rose kann verbrennen«, sagte der Schüler herausfordernd.

»Es ist noch Feuer im Kamin«, sagte Paracelsus. »Wenn du diese Rose auf die Glut wirfst, wirst du glauben, daß sie verglüht und daß die Asche wirklich ist. Ich sage dir, daß die Rose ewig ist und daß nur ihre Erscheinung sich ändern kann. Es bedarf einzig eines Wortes von mir, damit du sie von neuem siehst.«

»Eines Wortes?« sagte der Schüler verwundert. »Der Athanor ist erloschen, und die Alembiks sind voll von Staub. Was tust du, um sie wiederauferstehen zu lassen?«

Paracelsus sah ihn traurig an.

»Der Athanor ist erloschen«, wiederholte er, »und die Alembiks sind voll von Staub. Auf dieser Strecke meiner langen Reise gebrauche ich andere Instrumente.«

»Ich wage nicht zu fragen, welche das sind«, sagte der andere verschlagen oder demütig.

»Ich spreche von dem, was die Gottheit gebrauchte, um Himmel und Erde zu schaffen und das unsichtbare Paradies, in dem wir uns befinden und das uns durch die Erbsünde verborgen ist. Ich spreche von dem Wort, das uns die Wissenschaft der Kabbala lehrt.«

Der Schüler sagte kalt:

»Bitte sei so gnädig, mir das Verschwinden und Wiedererscheinen der Rose zu zeigen. Es ist mir gleichgültig, ob du Brennkolben benutzt oder das Wort.«

Paracelsus überlegte. Schließlich sagte er:

»Wenn ich es täte, würdest du sagen, daß es sich um eine Erscheinung handelt, die dir deine Augen vorzaubern. Das Wunder gibt dir nicht den Glauben, den du suchst. Laß also die Rose.«

Der junge Mann sah ihn noch immer mißtrauisch an. Der Meister erhob die Stimme und sagte:

»Außerdem, wer bist du denn, ins Haus eines Meisters einzudringen und von ihm ein Wunder zu verlangen? Was hast du geleistet, um eine solche Gabe zu verdienen?«

Der andere antwortete unsicher:

»Ich weiß schon, daß ich nichts geleistet habe. Ich bitte dich im Namen der vielen Jahre, die ich lernend in deinem Schatten verbringen werde, daß du mir die Asche und danach die Rose zeigst. Um weiteres bitte ich dich nicht. Ich glaube dem, was meine Augen mir bezeugen.«

Jäh nahm er die rote Rose, die Paracelsus auf dem Pult liegen gelassen hatte, und warf sie in die Flammen. Die Farbe verlosch, und übrig blieb nur ein wenig Asche. Einen unendlichen Augenblick lang hoffte er auf die Worte und das Mirakel.

Paracelsus war gelassen geblieben. Mit sonderbarer Schlichtheit sagte er:

»Alle Ärzte und alle Apotheker Basels behaupten, daß ich ein Schwindler bin. Vielleicht haben sie recht. Dort ist die Asche, die die Rose gewesen ist und sie nicht wieder sein wird.«

Der junge Mann empfand Scham. Paracelsus war ein Scharlatan oder ein bloßer Phantast, und er, der Eindringling, war in sein Haus gekommen und hatte ihn nunmehr genötigt zuzugeben, daß seine berühmten magischen Künste ohne Wirkung waren.

Er kniete nieder und sagte:

»Ich habe unverzeihlich gehandelt. Es fehlte mir der Glaube, den der Herr von den Gläubigen verlangt hat. Laß mich weiter die Asche sehen. Ich kehre zurück, wenn ich stärker bin, und dann werde ich dein Schüler sein und am Ende des Wegs die Rose sehen.«

Er sprach mit wahrer Leidenschaft, doch diese Leidenschaft war das Mitleid, das ihm der alte, so verehrte, so umworbene, so illustre und darum so hohle Meister einflößte. Wer war er, Johannes Grisebach, mit frevelhafter Hand zu entdekken, daß hinter der Maske niemand war?

Ihm die Münzen dazulassen, wäre ein Almosen gewesen. Beim Hinausgehen nahm er sie wieder an sich. Paracelsus begleitete ihn zum Fuß der Treppe und sagte, daß er in diesem Fall jederzeit willkommen wäre. Beide wußten, daß sie sich nicht wiedersehen würden.

Paracelsus blieb allein. Bevor er die Lampe löschte und sich in den ermatteten Sessel niederließ, nahm er das feine Häufchen Asche in die hohle Hand und sagte mit leiser Stimme ein Wort. Die Rose erstand aufs neue.

BLAUE TIGER

Eine berühmte Stelle bei Blake macht aus dem Tiger einen leuchtenden Feuerschein und ewigen Archetyp des Bösen; lieber ist mir jener Satz bei Chesterton, der ihn als ein Symbol von schrecklicher Eleganz definiert. Im übrigen gibt es keine Worte, die als Chiffre für den Tiger taugten, diese Gestalt, die die Phantasie des Menschen seit Jahrhunderten beschäftigt. Mich hat der Tiger immer fasziniert. Ich weiß noch, daß ich als Kind im Zoologischen Garten vor einem bestimmten Käfig stehen blieb: Die übrigen interessierten mich nicht. Die Enzyklopädien und die Texte der Naturgeschichte beurteilte ich nach ihren Tigerabbildungen. Als ich die *Dschungelbücher* entdeckte, mißfiel mir, daß Shere Khan, der Tiger, der Feind des Helden war. Die Zeit verging, doch diese sonderbare Vorliebe blieb bestehen. Sie überlebte meinen paradoxen Wunsch, Jäger zu werden, und auch die gewöhnlichen Wechselfälle des menschlichen Lebens. Bis vor kurzem – das Datum erscheint mir fern, ist es in Wahrheit jedoch gar nicht – vertrug sie sich ohne weiteres mit meinen normalen Pflichten an der Universität von Lahore. Ich bin Professor für abend- und morgenländische Logik und widme meine Sonntage einem Seminar über das Werk Spinozas. Ich muß hinzufügen, daß ich Schotte bin; vielleicht war es meine Vorliebe für Tiger, die mich aus Aberdeen in den Punjab führte. Mein Lebenslauf verlief normal, doch immer in den Träumen sah ich Tiger. (Nun bevölkern andere Gestalten sie.)

Mehr als einmal habe ich dies alles erzählt, und jetzt scheint es mir fernzuliegen. Ich lasse es jedoch stehen, da mein Bekenntnis es erfordert.

Ende 1904 las ich, daß im Gebiet des Ganges-Deltas eine blaue Abart der Spezies entdeckt worden war. Die Nachricht wurde von späteren Depeschen mit den üblichen Widersprüchen und Varianten bestätigt. Meine alte Vorliebe lebte wieder auf. Ungenau wie die Farbbezeichnungen gewöhnlich sind, vermutete ich einen Irrtum. Ich erinnerte mich, gelesen zu haben, daß auf Isländisch der Name Äthiopiens »Bláland« lautete, Blaues Land oder Land der Schwarzen. Der blaue Tiger mochte also leicht ein schwarzer Panther sein. Nichts Näheres verlautete über die Streifung und Musterung eines blauen Tigers mit silbernen Streifen, dessen Abbildung die Londoner Presse verbreitete; offensichtlich war er apokryph. Das Blau der Illustration schien mir mehr der Heraldik als der Realität anzugehören. In einem Traum sah ich Tiger von einem Blau, das ich niemals zu Gesicht bekommen hatte und für das ich das treffende Wort nicht fand. Ich weiß, daß es nahezu schwarz war, doch dieser Umstand genügt nicht, sich den Farbton vorzustellen.

Monate später erzählte mir ein Kollege, er habe in einem bestimmten Dorf weit vom Ganges entfernt von blauen Tigern sprechen hören. Die Auskunft verfehlte nicht, mich in Erstaunen zu setzen, da ich weiß, daß Tiger in jener Gegend selten sind. Aufs neue träumte ich von dem blauen Tiger, der beim Gehen seinen großen Schatten auf den sandigen Boden warf. Ich benutzte die Ferien, um eine Reise in jenes Dorf zu unternehmen, an dessen Namen ich mich – aus Gründen, die ich gleich aufklären werde – nicht erinnern möchte.

Ich traf nach dem Ende der Regenzeit ein. Das Dorf duckte sich zu Füßen einer Anhöhe, die mir breiter als hoch vorkam, und der Dschungel, der hier von stumpfbrauner Farbe war, umgab es bedrohlich. Auf irgendeiner Seite bei Kipling muß sich das Kaff meines Abenteuers befinden, da sich ja ganz Indien und in gewisser Weise der gesamte Weltkreis darin befinden. Es soll hier genügen, wenn ich erwähne, daß nur ein Graben mit schwankenden Brücken aus Rohr die Hütten schützte. Nach Süden hin lagen Sümpfe und Reisfelder und eine Niederung mit einem schlammigen Fluß, dessen Namen ich niemals erfuhr, und dahinter von neuem der Dschungel.

Die Bevölkerung bestand aus Hindus. Dieser Umstand, den ich allerdings vorhergesehen hatte, sagte mir nicht zu. Besser bin ich immer mit Moslems zurechtgekommen, obschon der Islam, ich weiß es wohl, die armseligste der aus dem Judaismus hervorgegangenen Religionen ist.

Wir haben das Gefühl, daß Indien von Menschen wimmelt; in dem Dorf kam es mir so vor, als sei das Wimmelnde der Urwald, der fast bis in die Hütten drang.

Der Tag war drückend, und die Nächte brachten keine Frische.

Die Ältesten hießen mich willkommen, und ich führte mit ihnen ein erstes Gespräch, das aus vagen Höflichkeiten bestand. Die Ärmlichkeit des Dorfes erwähnte ich bereits, indessen ist mir klar, daß jeder Mensch von der Einzigartigkeit seiner Heimat überzeugt ist. Ich pries die zweifelhaften Wohnstätten und die nicht minder zweifelhaften Speisen und sagte, der Ruhm dieser Gegend sei bis nach Lahore gedrungen. Die Gesichter der Männer wechselten; sofort ahnte ich, daß ich eine Dummheit begangen hatte, die ich bereuen sollte. Ich fühlte, daß sie im Besitz eines Geheimnisses waren, das sie mit keinem Fremden teilten. Vielleicht glaubten sie an den Blauen Tiger und widmeten ihm einen Kult, den meine leichtfertigen Worte entweiht hatten.

Ich wartete den Morgen des folgenden Tages ab. Als der Reis gegessen und der Tee getrunken war, kam ich zu meinem Thema. Trotz des Vorabends verstand ich nicht, konnte ich nicht verstehen, was geschah. Alle sahen mich erstaunt und fast entsetzt an, doch als ich sagte, ich hätte mir vorgenommen, das Raubtier mit dem sonderbaren Fell zu fangen, hörten sie das mit Erleichterung. Einer sagte, er habe es aus der Ferne am Rand des Dschungels erblickt.

Mitten in der Nacht wurde ich geweckt. Ein Junge sagte mir, eine Ziege sei aus dem Pferch entflohen, und bei der Suche nach ihr habe er am anderen Ufer des Flusses den blauen Tiger gesehen. Mir schien das Licht des Neumonds zu schwach, um die Farbe genau erkennen zu können, doch bestätigten sie alle den Bericht, und einer, der zuvor geschwiegen hatte, sagte, auch er habe ihn gesehen. Wir rückten mit Gewehren aus, und ich sah einen katzenhaften Schatten, der sich in die Dunkelheit des Dschungels verlor, oder glaubte ihn zu sehen. Die Ziege fanden sie nicht, doch das Raubtier, das sie weggeholt hatte, konnte nicht gut mein blauer Tiger sein. Man wies mich mit Nachdruck auf Spuren hin, die natürlich nichts bewiesen.

Als Nacht um Nacht so verging, wurde mir klar, daß dieser falsche Alarm zur Routine geworden war. Wie Daniel Defoe verstanden sich die Männer des Ortes auf die Erfindung von verräterischen Spuren. Zu jeder Tageszeit konnte der Tiger bei den Reisfeldern im Süden oder im Dickicht gegen Norden gesichtet werden, doch sehr bald fiel mir auf, daß sich die Beobachter mit verdächtiger Regelmäßigkeit ablösten. Wenn ich eintraf, war der Tiger unweigerlich soeben geflohen. Immer zeigten sie mir den Fußabdruck und irgendetwas, das er beschädigt hatte, doch kann ja auch die Hand eines Menschen die Spuren eines Tigers nachahmen. Ein ums andere Mal sah ich mit eigenen Augen einen toten Hund. In einer Mondnacht benutzten wir eine Ziege als Köder und warteten vergebens bis zur Morgendämmerung. Anfangs meinte ich, diese täglichen Märchen sollten mich veranlassen, meinen Aufenthalt zu verlängern, der dem Dorf von Nutzen war, da die Leute mir ja Nahrungsmittel verkauften und die häuslichen Verrichtungen für mich erledigten. Um diese Vermutung zu überprüfen, sagte ich, daß ich daran dächte, den Tiger in einer anderen Gegend flußabwärts zu suchen. Zu meiner Überraschung hießen alle meinen Entschluß gut. Dennoch nahm ich weiterhin an, daß da ein Geheimnis war, welches alle vor mir verbargen.

Ich erwähnte bereits, daß der bewaldete Hügel, an dessen Fuß sich das Dorf zusammendrängte, nicht sehr hoch war; oben befand sich ein Plateau. Auf der anderen Seite, nach Westen und Norden hin, erstreckte sich der Dschungel. Da der Hang nicht steil war, schlug ich ihnen eines Nachmittags vor, auf den Hügel zu steigen. Meine einfachen Worte bestürzten sie. Einer rief aus, die Flanke sei aber sehr schroff. Der Älteste sagte bedeutungsvoll, mein Vorsatz sei undurchführbar. Die Anhöhe sei heilig, und magische Hindernisse versperrten den Menschen den Weg. Wer sie mit sterblichen Füßen betrete, laufe das Risiko, der Gottheit ansichtig und wahnsinnig oder blind zu werden.

Ich drang nicht weiter in sie, schlich mich jedoch noch in derselben Nacht, als alle schliefen, aus der Hütte, ohne Lärm zu machen, und erklomm den leichten Hang. Einen Weg gab es nicht, und das Dickicht hielt mich auf.

Der Mond stand am Horizont. Ich betrachtete alles mit außergewöhnlicher Aufmerksamkeit, als ahnte ich, daß jener Tag wichtig werden sollte, vielleicht der wichtigste aller meiner Tage. Bis heute habe ich die dunkle, zuweilen fast schwarze Färbung des Laubs in Erinnerung. Es klarte auf, und im Umkreis des Urwalds sang kein einziger Vogel.

Nach einem Aufstieg von zwanzig oder dreißig Minuten befand ich mich auf dem Plateau. Es fiel mir nicht schwer, mir einzubilden, daß es hier kühler war als im Dorf, das zu meinen Füßen erstickte. Ich stellte fest, daß es nicht der Gipfel war, sondern eine Art nicht zu weitläufige Terrasse, und daß der Dschungel sich an der Flanke des Berges weiter nach oben fortsetzte. Ich fühlte mich frei, als wäre mein Aufenthalt im Dorf eine Gefangenschaft gewesen. Es machte mir nichts aus, daß seine Bewohner mich hatten täuschen wollen; in gewisser Weise kamen sie mir wie Kinder vor.

Was den Tiger betraf... Die vielen Enttäuschungen hatten meine Neugier und meinen Glauben erschöpft, dennoch suchte ich fast mechanisch nach Spuren.

Der Boden war rissig und sandig. In einem der Risse, die übrigens nicht tief waren und sich in andere verzweigten, bemerkte ich eine Farbe. Es war unglaublicherweise das Blau meines Traumtigers. Obwohl ich es niemals gesehen hatte. Ich sah genau hin. Der Riß war voll von gleichförmigen, runden, sehr glatten kleinen Steinen von einigen Zentimetern Durchmesser. Ihre Gleichförmigkeit gab ihnen etwas Künstliches, als wären es Jetons.

Ich bückte mich, streckte die Hand in den Riß und nahm einige heraus. Ein leichtes Zittern durchlief mich. Ich steckte die Handvoll Steine in die rechte Tasche, in der sich eine kleine Schere und ein Brief aus Allahabad befanden. Diese beiden Zufallsdinge haben ihren Platz in meiner Geschichte.

Wieder in meiner Hütte, zog ich mir die Jacke aus. Ich legte mich aufs Bett und träumte aufs neue von dem Tiger. Im Traum achtete ich auf die Farbe; es war die des Tigers früherer Träume und die der Steinchen auf dem Plateau. Die hochstehende Sonne fiel mir ins Gesicht und weckte mich. Ich stand auf. Die Schere und der Brief behinderten mich beim Herausnehmen der Plättchen. Ich holte eine erste Handvoll heraus und hatte das Gefühl, daß zwei oder drei zurückgeblieben waren. Eine Art Prickeln, eine ganz leichte Erregung erhitzten meine Hand. Als ich sie öffnete, sah ich, daß es dreißig oder vierzig Scheiben waren. Ich hätte geschworen, daß es nicht mehr als zehn wären. Ich legte sie auf den Tisch und langte nach den anderen. Diese brauchte ich nicht erst zu zählen, um festzustellen, daß sie sich vervielfacht hatten. Ich legte sie zu einem einzigen Stapel zusammen und versuchte sie Stück für Stück zu zählen.

Die einfache Operation erwies sich als unmöglich. Ich faßte irgendeine von ihnen fest ins Auge, faßte sie mit Daumen und Zeigefinger, und sobald sie vereinzelt war, waren es viele. Ich vergewisserte mich, daß ich kein Fieber hatte, und wiederholte den Versuch mehrmals. Das obszöne Wunder wiederholte sich. Ich spürte Kälte in den Füßen und im Unterleib, und es zitterten mir die Knie. Ich weiß nicht, wieviel Zeit verstrich.

Ohne hinzusehen raffte ich die Steine zu einem einzigen Haufen zusammen und warf sie aus dem Fenster. Seltsam erleichtert spürte ich, daß ihre Zahl sich verringert hatte. Mit Nachdruck schloß ich die Tür und streckte mich aufs Bett. Ich versuchte genau die frühere Position einzunehmen und wollte mich dazu überreden, daß alles ein Traum gewesen sei. Um nicht an die Steine zu denken, um die Zeit irgendwie hinzubringen, wiederholte ich mit lauter Stimme und langsamer Genauigkeit die acht Definitionen und die sieben Axiome der Ethik. Ob sie mir halfen, weiß ich nicht. Mit derartigen Exorzismen war ich beschäftigt, als ich ein Klopfen hörte. Instinktiv fürchtete ich, daß man meine Selbstgespräche gehört habe, und öffnete die Tür.

Es war der Älteste, Bhagwan Dass. Für einen Augenblick schien mich seine Gegenwart wieder in den Alltag zu versetzen. Wir gingen hinaus. Ich hatte die Hoffnung, daß die Plättchen verschwunden seien, aber dort lagen sie auf dem Boden. Ich weiß nicht mehr, wie viele es waren.

Der Älteste sah erst sie an und dann mich.

»Diese Steine sind nicht von hier. Es sind die von oben«, sagte er mit einer Stimme, die nicht die seine war.

»So ist es«, antwortete ich. Ich fügte nicht ohne Trotz hinzu, daß ich sie auf dem Plateau gefunden hätte, und schämte mich sofort, ihm Erklärungen zu geben.

Ohne sich um mich zu kümmern, betrachtete Bhagwan Dass sie fasziniert. Ich hieß ihn sie aufheben. Er rührte sich nicht.

Zu meinem Leidwesen muß ich bekennen, daß ich den Revolver zog und den Befehl lauter wiederholte.

Bhagwan Dass stammelte:

»Lieber eine Kugel in der Brust als einen blauen Stein in der Hand.«

Ich war, glaube ich, nicht weniger erschreckt, doch ich schloß die Augen und hob mit der Linken eine Handvoll Steine auf. Den Revolver steckte ich weg und ließ sie in die offene andere Hand fallen. Ihre Zahl war viel größer.

Ohne es zu wissen, hatte ich mich an diese Verwandlungen bereits ein wenig gewöhnt. Sie überraschten mich weniger als das, was Bhagwan Dass ausrief.

»Das sind die Täuschungssteine!« rief er. »Jetzt sind es viele, aber das kann sich ändern. Sie haben die Form eines Vollmonds und die blaue Farbe, die man nur im Traum sehen darf. Die Eltern meiner Eltern haben nicht gelogen, als sie von ihrer Macht sprachen.«

Das ganze Dorf hatte sich um uns versammelt.

Ich fühlte mich als der magische Besitzer dieser Wunder. Unter einmütiger Verwunderung sammelte ich die Plättchen ein, hob sie hoch, ließ sie fallen, verstreute sie, sah sie sich seltsam vermehren oder verringern.

Von Entsetzen und Schrecken gepackt, drängten die Leute heran. Die Männer zwangen ihre Frauen, das Wunder anzuschauen. Eine verdeckte ihr Gesicht mit dem Unterarm, eine andere kniff die Augen zusammen. Niemand wagte die Plättchen zu berühren, ausgenommen ein fröhliches Kind, das mit ihnen spielte. In diesem Moment kam es mir so vor, als entweihe diese Unordnung das Wunder. Ich raffte so viele Plättchen ich konnte zusammen und kehrte in die Hütte zurück.

Vielleicht habe ich versucht, den Rest jenes Tages zu vergessen, der der erste war in einer Unglücksserie, die bis heute anhält. Jedenfalls habe ich keine Erinnerung an ihn. Gegen Abend dachte ich mit Sehnsucht an den Vorabend, obwohl der nicht besonders glücklich gewesen war, da ich ja wie an den anderen zwanghaft an den Tiger gedacht hatte. Ich suchte Zuflucht bei diesem Bild, das einst mit Macht ausgestattet gewesen und jetzt entkräftet war. Der blaue Tiger erschien mir nicht weniger harmlos als der schwarze Schwan der Römer, der später in Australien entdeckt wurde.

Ich überlese die vorstehenden Notizen und stelle fest, daß ich einen entscheidenden Fehler begangen habe. Von der Gewohnheit jener guten oder schlechten Literatur fehlgeleitet, die unseligerweise psychologische Literatur heißt, habe ich versucht, weshalb weiß ich nicht, den chronologischen Ablauf meines Funds wiederzugeben. Besser wäre es gewesen, auf der monströsen Beschaffenheit der Steine zu beharren.

Sagte man mir, daß es auf dem Mond Einhörner gebe, so hielte ich diese Auskunft für richtig oder falsch oder behielte mir das Urteil vor, aber ich könnte sie mir doch vorstellen. Sagte man mir dagegen, daß auf dem Mond sechs oder sieben Einhörner drei sein könnten, so hielte ich dies von vornherein für unmöglich. Wer einmal begriffen hat, daß drei und eins vier sind, macht nicht mit Münzen, Würfeln, Schachfiguren oder Bleistiften die Probe. Er begreift es, und das genügt ihm. Er kann sich keine andere Zahl vorstellen. Es gibt Mathematiker, die versichern, drei plus eins sei eine Tautologie für vier, eine andere Art, vier zu sagen… Mir, Alexander Craigie, von allen Menschen der Welt gerade mir ist das Los widerfahren, die einzigen Gegenstände zu entdecken, die dieses Grundgesetz des menschlichen Geistes widerlegen.

Anfangs fürchtete ich, wahnsinnig zu sein; mit der Zeit, glaube ich, wäre ich lieber wahnsinnig gewesen, da meine persönliche Halluzination weniger schwerwiegend gewesen wäre als der Beweis, daß das Universum in Unordnung sei. Wenn drei und eins zwei oder vierzehn sein können, ist die Vernunft Wahnwitz.

In jener Zeit bildete ich die Gewohnheit aus, von den Steinen zu träumen. Der Umstand, daß der Traum nicht jede Nacht wiederkehrte, gewährte mir einen Schimmer von Hoffnung, der sich alsbald in Schrecken verwandelte. Der Traum war mehr oder weniger der gleiche. Der Anfang kündigte das gefürchtete Ende an. Ein Geländer und eine eiserne Wendeltreppe, die nach unten führte, und dann ein Keller oder ein System von Kellern, die sich abwärts in anderen, fast senkrechten rohen Treppen fortsetzten, in Schmieden, Schlosserwerkstätten, Verliesen und Sümpfen. Ganz unten, in ihrer ersehnten Vertiefung, die Steine, die gleichzeitig Behemoth oder Leviathan waren, die Tiere, die in der Schrift bedeuten, daß der Herr irrational ist. Ich wachte zitternd auf, und dort im Kasten waren die Steine, bereit zur Verwandlung.

Die Leute waren anders zu mir. Etwas von der Göttlichkeit der Plättchen, die sie blaue Tiger nannten, hatte mich gestreift, doch gleichzeitig wußten sie, daß ich der Entweihung des Gipfels schuldig war. Tags wie nachts konnten mich die Götter jeden Augenblick strafen. Sie wagten nicht, sich an mir zu vergreifen oder meine Tat zu verdammen, doch fiel mir auf, daß alle jetzt gefährlich unterwürfig waren. Das Kind, das mit den Plättchen gespielt hatte, sah ich nie wieder. Ich fürchtete Gift oder einen Dolch im Rücken. Eines Morgens flüchtete ich noch bevor es hell wurde aus dem Dorf. Ich hatte das Gefühl, daß das ganze Dorf mich belauerte und daß meine Flucht eine Erleichterung bedeutete. Seit jenem ersten Morgen hatte niemand die Steine zu sehen gewünscht.

Ich kehrte nach Lahore zurück. In meiner Tasche befand sich die Handvoll Plättchen. Die vertraute Umgebung meiner Bücher verschaffte mir nicht die Erleichterung, die ich suchte. Ich fühlte, daß auf der Erde das verabscheute Dorf und der Dschungel und die dornige Anhöhe mit dem Plateau und auf dem Plateau die kleinen Risse und in den Rissen die Steine weiter existierten. Meine Träume verwechselten und vervielfachten diese verschiedenen Dinge. Das Dorf war die Steine, der Dschungel war der Sumpf, und der Sumpf war der Dschungel.

Die Gesellschaft meiner Freunde mied ich. Ich fürchtete der Versuchung nachzugeben und ihnen dieses scheußliche Wunder vorzuführen, das die Wissenschaft der Menschen untergrub.

Ich unternahm verschiedene Experimente. Auf einem Plättchen ritzte ich ein Kreuz ein. Ich mischte es unter die übrigen, und es verschwand nach ein oder zwei Verwandlungen, obwohl sich die Zahl der Plättchen erhöht hatte. Eine analoge Probe machte ich mit einem Plättchen, dessen Kreisbogen ich an einer Stelle abgefeilt hatte. Auch dieses kam abhanden. Mit einem Stichel schlug ich ein Loch in die Mitte eines Plättchens und wiederholte den Versuch. Es verschwand für immer. Anderen Tags kehrte das Plättchen mit dem Kreuz von seinem

Aufenthalt im Nichts zurück. Welcher geheimnisvolle Raum war das, der die Steine aufnahm und mit der Zeit den einen oder anderen zurückgab, undurchschaubaren Gesetzen oder einer unmenschlichen Willkür untertan?

Das gleiche Verlangen nach Ordnung, das am Anfang die Mathematik erschuf, machte, daß ich eine Ordnung in dieser Verirrung der Mathematik suchte, die die unsinnigen Täuschungssteine darstellen. In ihren unvorhersehbaren Abwandlungen wollte ich ein Gesetz auffinden. Tage und Nächte verbrachte ich damit, die Änderungen statistisch zu erfassen. Aus jener Phase sind mir einige Hefte geblieben, die gefüllt sind mit nutzlosen Zahlen. Ich ging folgendermaßen vor. Mit den Augen zählte ich die Steine und schrieb die Zahl auf. Dann teilte ich sie in zwei Handvoll und warf sie auf den Tisch. Ich zählte beide Mengen, schrieb die Zahl auf und wiederholte den Vorgang. Vergebens war die Suche nach einer Ordnung, nach einem geheimen Muster in den Veränderungen. Die Höchstzahl an Steinen, die ich erhielt, war 419; die Mindestzahl drei. Es gab einen Augenblick, in dem ich hoffte oder befürchtete, daß sie verschwänden. Nach einigem Versuchen stellte ich fest, daß ein von den anderen isoliertes Plättchen sich nicht vervielfachen oder verschwinden konnte. Natürlich waren die vier Grundrechenarten der Addition, Subtraktion, Multiplikation und Division unmöglich. Die Steine verweigerten sich der Arithmetik und der Wahrscheinlichkeitsrechnung. Vierzig Plättchen konnten bei der Division durch zwei neun ergeben; die neun, ihrerseits dividiert, konnten dreihundert sein. Ich weiß nicht, wieviel sie wogen. Eine Waage nahm ich nicht zu Hilfe, doch bin ich sicher, daß ihr Gewicht gleich und leicht war. Die Farbe war immer jenes Blau.

Diese Rechenoperationen halfen mir, mich vor dem Wahnsinn zu bewahren. Wenn ich mit den Steinen hantierte, die die mathematische Wissenschaft zunichte machen, dachte ich mehr als einmal an jene Steine der Griechen, die die ersten Zahlzeichen waren und die so vielen Sprachen das Wort »Kalkül« beschert haben. Die Mathematik, sagte ich mir, nahm ihren Ursprung in Steinen und findet jetzt ihr Ende in ihnen. Wenn Pythagoras mit diesen hier zu tun gehabt hätte...

Nach einem Monat wurde mir klar, daß das Chaos unergründlich war. Unbezwungen waren die Plättchen, und unablässig war ich versucht, sie zu berühren, das Prickeln noch einmal zu verspüren, sie fortzuwerfen, sie mehr oder weniger werden zu sehen, mich auf gerade oder ungerade Mengen zu konzentrieren. Schließlich fürchtete ich, daß sie die anderen Dinge ansteckten und besonders die Finger, die nicht davon lassen konnten, mit ihnen zu hantieren.

Einige Tage lang trieb mich ein innerer Zwang, unaufhörlich an die Steine zu denken, da ich wußte, daß das Vergessen nicht von Dauer sein konnte und daß es unerträglich wäre, aufs neue meine Qual vorzufinden.

Ich schlief nicht in der Nacht des 10. Februar. Nach einem Spaziergang, der sich bis zum Morgengrauen hinzog, trat ich durch die Tore der Wasir-Khan-Moschee. Es war die Stunde, in der das Licht die Farben noch nicht hervorgeholt hat. Kein Mensch war auf dem Innenhof. Ohne zu wissen warum, tauchte ich die Hände in das Wasser des Brunnens. Im Gebetssaal kam mir der Gedanke, daß Gott und Allah zwei Namen für ein einziges unfaßliches Wesen seien, und ich flehte es mit lauter Stimme an, mich von meiner Bürde zu befreien. Reglos wartete ich auf eine Antwort.

Schritte hörte ich nicht, doch in der Nähe sprach eine Stimme zu mir:

»Ich bin gekommen.«

Neben mir war der Bettler. In der Morgendämmerung konnte ich den Turban, die erloschenen Augen, die grünlichgelbe Haut und den grauen Bart erkennen. Sehr groß war er nicht.

Er reichte mir die Hand und sagte mit leiser Stimme:

»Ein Almosen, Beschützer der Armen.«

Ich suchte nach einem und antwortete:

»Ich habe kein einziges Geldstück bei mir.«

»Du hast viele«, war die Antwort.

In meiner rechten Tasche waren die Steine. Ich holte einen hervor und ließ ihn in die hohle Hand fallen. Nicht das geringste Geräusch war zu vernehmen.

»Du mußt mir alle geben«, sagte er. »Wer nicht alles gibt, hat nichts gegeben.«

Ich verstand und sagte:

»Du sollst wissen, daß ein Almosen entsetzlich sein kann.«

Er entgegnete:

»Vielleicht ist dieses Almosen das einzige, das ich erhalten kann. Ich habe gesündigt.«

Ich ließ alle Steine in die geöffnete Hand fallen. Sie fielen ohne das mindeste Geräusch wie auf den Grund des Meeres.

Dann sagte er:

»Noch weiß ich nicht, welches dein Almosen ist, doch meines ist entsetzlich. Dir bleiben die Tage und die Nächte, der Verstand, die Gewohnheiten, die Welt.«

Die Schritte des blinden Bettlers hörte ich nicht, noch sah ich ihn in der Morgendämmerung verschwinden.

Buenos Aires, 29. März 1977

EDITORISCHE NOTIZ

Die Erzählungen dieses Auswahlbandes sind der deutschen Ausgabe der Werke von Jorge Luis Borges entnommen; die Übersetzungen wurden noch einmal durchgesehen und weichen z. T. von den Fassungen in den *Gesammelten Werken* ab. Die Anmerkungen wurden ergänzt; sie enthalten jeweils Angaben zum Originaltitel, zur ersten argentinischen Buchveröffentlichung und zum Fundort in der deutschen Ausgabe. Die Reihenfolge der Texte entspricht der Chronologie der Veröffentlichungen bzw. bei nahezu zeitgleichen Geschichtengruppen der von JLB selbst dort festgeschriebenen Abfolge.

Bei der Auswahl habe ich versucht, einerseits den Befunden der Borges-Literatur hinsichtlich der Wichtigkeit einzelner Texte gerecht zu werden, andererseits Äußerungen von Borges selbst über Stücke, die ihm besonders am Herzen lagen, zu berücksichtigen. (Bei der kaum noch überschaubaren Menge von Borges-Literatur und Borges-Interviewbänden wäre es jedoch unsinnig zu versuchen, alle Bemerkungen zu berücksichtigen; das gilt auch für die in den Anmerkungen zitierten Selbstäußerungen. Zu manchen Erzählungen ist JLB tatsächlich nie befragt worden, zu anderen so oft, daß seinen Antworten bisweilen Überdruß oder Ausweichen ins Spielerische anzumerken ist.) Drittens war es mir wichtig, neben dem »phantastischen« Frühwerk, auf dem JLBs Ruhm vor allem beruht, seine späteren Erzählungen angemessen zu berücksichtigen. Die Länge einiger wichtiger Erzählungen (»Das Aleph«, »Der Kongreß«) zwang zum Ausscheiden anderer, da der Band nicht über einen gewissen Maximalumfang hinausgehen sollte. Schließlich habe ich mich bei der Wahl zwischen einigermaßen gleichgewichtigen Texten von persönlichen Vorlieben leiten lassen; jeder andere Herausgeber verführe vermutlich ähnlich und käme zu einer anderen Anthologie. Hedonismus ist im Umgang mit JLB angebracht.

Ein Teil der Borges-Gemeinde erschrak zu Lebzeiten des »Meisters« immer wieder über seinen ironischen Umgang mit den eigenen Werken; wer aus dem »Aleph« nur »unendliche Verehrung, unendliches Bedauern« herausliest oder, wie Ernesto Sábato 1964 formulierte, in Ehrfurcht erstarrt, sobald jemand das Wort »Aporie« sagt, nimmt ungern zur Kenntnis, daß JLB sich nach eigener Aussage z. B. bei der Abfassung von »Das Aleph« köstlich amüsiert haben will. Die metaphysischen Vexierspiele vor allem seiner frühen Geschichten sind ja, da sie nicht die Wahrheit, sondern das Erstaunliche suchen, eher milde zynisch denn aporetisch-ernsthaft. Nimmt man seine zahlreichen Äußerungen mit der nötigen Prise Salz, so ergibt sich für das »Amusement« (neben der spöttischen Einarbeitung persönlicher Freunde und ihrer Eigenarten) vor allem ein Grund: kritische Zufriedenheit des Handwerkers mit seiner Arbeit, deren trickreiche Kunstfertigkeit unter der polierten Oberfläche verschwindet. Dank geographischer Distanz und Unvoreingenommenheit haben vor allem angelsächsische Borges-Forscher wie Wheelock, Christ und Sturrock im Aufspüren dieser »amüsanten« Tricks Erstaunliches geleistet; was auch daran liegen mag, daß seriöser Umgang mit kurzen Erzählungen im angelsächsischen Bereich nicht als überflüssig gilt.

Dieses »Aufspüren« hat seine Auswirkungen auch auf die Übersetzung und zwingt in Abständen zur Revision der vorliegenden Fassungen (und zur von JLB verschmähten Lektüre der Sekundär-Literatur). Wie bei dem von ihm immer wieder bewundernd zitierten Kipling gibt es bei JLB keine Füllsel; jedes Wort steht an dem vom Autor erwogenen Platz und zählt oft mehrfach, durch Nuancen, abgestufte Assoziationen oder als polyvalentes Symbol, das gleichzeitig auf der obersten Ebene vollkommen natürliches, oft pittoreskes »circumstantial detail« ist. Auch der beste Übersetzer kann nicht jede einzelne Implikation sehen, geschweige denn wiedergeben; es ist aber nötig, bei jeder neuen Lesart nachzuprüfen, ob die Übersetzung noch »trägt«. Einige überraschende Entdeckungen erweisen sich dabei als für Struktur und Wortlaut nicht unmittelbar wichtig – so z.B. die Tatsache, daß im Haus von Beatriz Viterbo das Aleph auf der 19. Stufe der Kellertreppe zu finden ist, daß Beatriz natürlich auf Dantes Beatrice verweist, daß in der *Divina Commedia* der 19. Gesang in allen drei Teilen a) einen Verweis auf Viterbo (z.B. durch Erwähnung eines aus Viterbo stammenden Papstes), und b) ein Aleph (z.B. den kosmischen Adler, der aus allen Adlern besteht) enthält; daß *C*arlos *A*rgentino *D*aneri und *B*eatriz *E*lena *V*iterbo die ersten fünf und einen der letzten Buchstaben des Alphabets darstellen, dominiert vom Aleph, dessen Ende durch die Machenschaften der Herren Zunino und Zungri verursacht wird ... Wichtiger, weil in einzelnen Wörtern verborgen und leicht vom Übersetzer zu übersehen, sind die aus der klassischen Farb- und Form-Symbolik abgeleiteten polyvalenten »Struktursymbole«, die die verschiedenen Erzählebenen verknüpfen – Kreis / Kugel sind vollkommene Embleme des Göttlichen, Quadrate und Rechtecke stabil, Rhomben neigen zur Auflösung und signalisieren die Auslöschung einer Idee oder den Tod einer Person; Leitern / Treppen / Türme deuten eine »Passage« zu einer höheren Erkenntnisebene an, »die Offenbarung, zu der es nicht kommt« (»Die Mauer und die Bücher« in *Essays II*); rot = Blut / Leben ist stärker als alle Abstufungen von gelb ... So ersteigt der gottsuchende Student in »Almotásim«, gejagt von gelben Hunden, im gelben Mondlicht einen Turm mittels einer Leiter, aber die Offenbarung findet erst später statt, am Ende eines Korridors, jenseits eines Lichtscheins; Emma Zunz muß sich erst Treppen und Korridore entlangarbeiten, um auf der Archetyp-Ebene, bei gelben Rhomben, durch »Wiederholung« des rituellen elterlichen Zeugungsaktes zu ihrem Vater zu werden, ehe sie den rächenden Mord begehen kann; Averroes, der als Moslem kein Theater kennt und »Tragödie« bzw. »Komödie« definieren will, sieht Kinder Minarett, Muezzin und Gemeinde »spielen«, hört von einer Aufführung in einer Pagode, diskutiert Metaphern, die Reales abstrahierend, »spielend« darstellen, kommt aber der Lösung nicht näher, und in seiner Abwesenheit foltern die dunkelhaarigen Sklavinnen eine Rothaarige. (Mit perfektem Zynismus löscht Borges »Averroes« aus, nachdem dieser »Tragödien« als »Panegyriken« und »Komödien« als »Satiren und Anathemata« definiert hat – was anscheinend falsch, tatsächlich jedoch fast richtig ist, wenn man die Herkunft und Entwicklung der klassischen Theaterformen bedenkt.)

Derlei ist in der Übersetzung nur noch aufzufinden, wenn jede Farbschattierung und jeder Rhombus auch wirklich übersetzt wurde. Manchmal scheitert man jedoch bei aller Aufmerksamkeit einfach an den unterschiedlichen sprachlichen Möglichkeiten. »La busca de Averroes« ist nicht nur die Suche *des* Averroes, sondern auch die Suche *nach* Averroes – eine elegante Zweideutigkeit, die nur durch Verkrampfungen wie »Die Averroes-Suche« anzudeuten wäre. »El acercamiento a Almotásim« impliziert eine asymptotische Bewegung, die nicht zum Ziel führt; »Annäherung« impliziert schon beinahe Kontakt und ist kaum asymptotischer als »Der Weg zu Almotásim«. In »Der Tod und der Kompaß« durchzieht eine angemessen kabbalistische Spielerei mit den Zahlen 3 und 4 den Text, wobei 3 die tödliche Realität, 4 die feinsinnige Spekulation von Lönnrot darstellt (der weniger »rot« ist als der doppelt rote Red Scharlach und damit a priori Verlierer sein muß): die »numerierte Teilbarkeit« des Hotels weist deutlich genug auf die Zahlenspielerei hin – Yarmolinsky kommt am 3. Dezember zum 3. Talmudischen Kongreß, nach 3 Jahren Krieg und 3000 Jahren Unterdrückung; weitere Verbrechen am 3.

Januar und 3. Februar, ein Zitat aus einem 33. Kapitel, der nüchterne Kriminalist, der nicht zur Kabbala neigt, heißt *Tre*viranus. Die Vierer-Serie wird angeführt vom *Tetr*arch von Galiläa, nach dem 3. der angeblich 4 Verbrechen verlassen die Kriminalbeamten um 4 Uhr das Haus, usw. Schließlich macht die jüdische Auffassung, daß der Tag von Sonnenuntergang zu Sonnenuntergang währt, den 3. und 4. Tag des Monats zu einer verworrenen Einheit; und zu Beginn der Ermittlungen warnt Treviranus Lönnrot scheinbar zufällig: »No hay que buscarle tres pies al gato«, wörtlich: »Man braucht nicht drei Füße beim Kater zu suchen«. Dieses *idiom* bedeutet: Man soll sich nicht auf etwas einlassen, was einem hinterher schadet; und eine Lösung, in der die *drei* ins Deutsche zu retten wäre, war nicht zu finden.

Diese »geheime Kompliziertheit« dürfte der wichtigste Grund für JLBs Amusement sein – der souveräne Umgang mit allen Tricks und allen damit zu erzielenden Effekten, und die fröhliche Befriedigung des Zauberkünstlers, der weiß, wie das Kaninchen in den Hut gekommen ist. Borges hat wiederholt gesagt, er sei ein hedonistischer Leser und wünsche sich, hedonistisch gelesen zu werden. Vielleicht wäre es nun an der Zeit, sich nicht mehr von JLBs zynischen Aporien lähmen zu lassen, sondern die Struktur und die Mechanismen seiner Fiktionen ebenso lustvoll aufzuspüren, wie er sie versteckt hat.

Anmerkungen

Mann von Esquina Rosada

»Hombre de la esquina rosada«; in *Historia universal de la infamia*, 1935 (aus *Erzählungen I*).

JLB schrieb, er habe die Geschichte unter dem dreifachen Einfluß von Stevenson, Chesterton und von Sternbergs Gangsterfilmen geschrieben; »die Personen betreten die Szene wie Schauspieler und spielen Rollen, absichtlich anders als im Alltag. Francisco Real klopft zweimal an die selbe Tür: beim ersten Mal, um hereinzustampfen und seinen Mann herauszufordern, beim zweiten Mal zum Sterben. Ein weiteres Beispiel dieser gewollten Symmetrie ist das hohe Fenster, durch das zuerst das Messer und dann die Leiche hinausbefördert wird. All das ist schiere Choreographie. Daß aus dieser Story später ein Film, ein Ballett und ein Theaterstück gemacht wurden, belegt dies. Seltsamerweise haben argentinische Leser die Geschichte immer für realistisch gehalten... Die Stimme des ›Erzählers‹ sollte ›gesprochen‹ sein; tatsächlich sind jedoch die Sätze die eines geschriebenen Werks. Die Sprache ist zum Teil eine Art konventionalisierter Slang von Buenos Aires namens *Lunfardo*,... hauptsächlich eine Erfindung von Tangodichtern und kaum von ›normalen‹ Leuten verwendet.«

Die »Esquina Rosada« des Titels ist keine Orts-, sondern eine primitive Adressenangabe – etwa: Der Mann von der rosa Ecke. In *The Aleph and Other Stories 1933–1969* (London 1971), woraus das obige Zitat und einige weitere Äußerungen von JLB in diesem Anhang stammen (mit Verweis *AOS*), erklärt Borges, »drugstore cowboy« wäre eine passende amerikanische Version des Titels.

Lagune von Guadalupe, Batería, Maldonado usw: Zum Zeitpunkt der Erzählung (ca. 1920) im Norden, heute fast im Zentrum der Megalopolis Buenos Aires. Lujanera: »La Lujanera« ist »die Frau aus [dem Ort] Lujan«. Nicolás Paredes, Morel: historische Gangster/*caudillos* zu Beginn des Jahrhunderts; JLB kannte Paredes noch persönlich.

Vgl. auch »Geschichte des Rosendo Juárez« (S. 220) sowie »Geschichte des Tango« in *Essays II*.

Der Weg zu Almotásim

»El acercamiento a Almotásim«; in *Historia de la eternidad*, 1936, (aus *Essays I*).

Während JLB die erste (Zeitungs-)Veröffentlichung (1933) von »Mann von Esquina Rosada«, seine erste eigentliche Erzählung, mit »Francisco Bustos« unterschrieb, versteckte er seine zweite Erzählung, »Almotásim«, getarnt als Rezension im Essayband *Geschichte der Ewigkeit*. Wie François Bondy berichtet, versuchten damals etliche Interessenten in Buenos Aires, über dortige englische Buchhandlungen Exemplare des »Romans« zu beschaffen.

Zehnte Nacht des Muharram-Mondes: Am 10. Muharram 680 (AD) wurde in Kerbela Hussain ermordet, Sohn des 4. Kalifen Ali. Ali war Mohammeds Schwiegersohn; er wurde von Moawiya aus dem Kalifat verdrängt. Während die Gefolgsleute Moawiyas im Prinzip der Meinung waren, jeder anständige Moslem könne Kalif werden, hielten Alis Nachfolger das Amt für menschlicher Wahl nicht offen, sondern durch Allah der Familie und den Nachkömmlingen des Propheten anvertraut. Aus diesem Streit entwickelte sich die Spaltung des Islam in Sunniten (Moawiyas Nachfolger) und Schiiten (Alis Nachfolger). Der Märtyrertod Hussains ist Anlaß für eine Art Passionsspiel am 10. Muharram, mit Umzügen und Zeremonien, die in Indien (wo Sunniten und Schiiten sich gemeinsam daran beteiligten) regelmäßig zu Zusammenstößen mit Hindus und anderen nichtmoslemischen Gruppen führten. In seiner später von JLB zitierten Erzählung »On the City Wall« (1888, in *Soldiers Three and Other Stories*) beschreibt Rudyard Kipling Vorfälle an einem 10. Muharram in Lahore. Sirkar: angloindisch, »Regierung«, aus pers. *sar*, Haupt, und *kar*, Werk. Trichinopoly bzw. Tiruchirapalli: Stadt in Südindien, in der Tabak aus umliegenden Distrikten verarbeitet wird.

Tlön, Uqbar, Orbis Tertius

»Tlön, Uqbar, Orbis Tertius«; in *El jardín de senderos que se bifurcan*, 1941, später Teil I von *Ficciones* (aus *Erzählungen I*).

Adolfo Bioy Casares: *1914, argentinischer Schriftsteller. Verfaßte zahlreiche Romane und (phantastische) Erzählungen sowie Essays; Freund und Mitarbeiter von Borges; beide gaben eine Anzahl von Anthologien heraus und schrieben zusammen Erzählungen und Drehbücher: *Seis problemas para don Isidro Parodi*, *Crónicas de Bustos Domecq*, *Un modelo para la muerte*, *El paraíso de los creyentes* u. a., zum Teil unter gemeinsamem Pseudonym; vgl. *Gemeinsame Werke*, 2 Bde., München 1983/85. Von seinen eigenen Werken zu erwähnen vor allem *La invención de Morel* (1940), *Plan de evasión* (1945), *El sueño de los héroes* (1954), *El gran serafín* (1967). Smerdis, persisch Bardija, Bruder des Kambyses, wurde auf dessen Befehl heimlich ermordet, da er angeblich selbst nach der Krone strebte. Als Kambyses in Ägypten Krieg führte (525–522 v. Chr.), bestieg der Magier Gaumata unter dem Namen Smerdis den persischen Thron, wurde aber von Darius I. beseitigt. Haslam: fiktiv; die Mutter von Borges' Vater war eine gebürtige Engländerin namens Fanny Haslam. Johannes Valentin Andreä (1586 – 1654): württembergischer Theologe und Dichter, gilt als Vorläufer des Pietismus. JLB spielt hier auf seine Satire *Chymische Hochzeit Christiani Rosenkreuz* (1616) an. Verweis auf De Quincey: Band XIII der *Collected Writings* enthält in der Sektion »Miscellanea« eine »Historico-Critical Inquiry into the Origin of the Rosicrucians and Free-Masons«. Carlos Mastronardi, * 1901, argentinischer Essayist und Lyriker, bedeutender Stilist. Werke u. a.: *Tierra amanecida* (1926), *Conocimiento de la noche* (1937), *Valéry o la infinitud del método* (1955), *Formas de la realidad nacional* (1961). Zur Buchhandlung, die Mastronardi aufsucht: Es könnte sich um den gleichen Laden handeln, in dem Umberto Eco laut Vorwort zu *Der Name der Rose* ein wichtiges Dokument zum Bericht des Adso von Melk fand. Landhaus in Adrogué: JLB spricht hier und an anderer Stelle von »hotel«; vgl. Anm. zu »Der Tod und der Kompaß«. Orbis Tertius: lat., »dritter Weltkreis«. N.R.F. – Nouvelle Revue Française; Nestor Ibarra, französischer Übersetzer von Borges, veröffentlichte 1969 bei L'Herne, Paris, *Borges et Borges*, Interviews über Borges. Ezequiel Martínez Estrada (1885–1964): argentinischer Dichter, Erzähler, Dramatiker, Essayist; vielseitig interessierter Mann (Literatur, Musik, Malerei, Theater), der ein weitläufiges Werk hinterließ: Gedichte; Studien über Nietzsche, Montaigne, Shakespeare, Balzac; argentinische Themen (*Radiografía de la pampa*, 1933); Kampfschriften; theoretische Erörterungen (*Análisis funcional de la cultura*, 1960) und z. T. phantastische Erzählungen. Pierre Drieu La Rochelle (1893 – 1945): französischer Schriftsteller, reiste Anfang der 30er Jahre nach Buenos Aires und entdeckte als vermutlich erster Europäer Borges; nach seiner Rückkehr schrieb er, Borges sei die Reise wert (›Borges vaut le voyage‹). Alfonso Reyes (1889 – 1959): mexikanischer Literaturkritiker, Gelehrter, Dichter; verfocht die Offenhaltung der Kommunikation der Südamerikaner mit anderen Kulturkreisen, besonders mit Spanien, sprach sich gleichermaßen gegen engen Regionalismus wie gegen sklavische Imitation aus; nach Borges' Meinung bester spanischer Prosastilist des Jahrhunderts. *ex ungue leonem:* lat. »aus der Pranke den Löwen« – nach einer von Plutarch verzeichneten Anekdote ist der Körper des Löwen derart folgerichtig proportioniert, daß ein guter Maler oder Skulptor nach einer bloßen Pranke das ganze Tier zu »rekonstruieren« vermöchte. *Ursprache:* im Orig. deutsch. Alejandro Xul Solar, eigentlich Schulz-Solari, argentinischer Maler und Mystiker baltisch-italienischer Abkunft, erfand u. a. eine philosophisch gegliederte Sprache. Meinong: Alexius (Ritter von Handschuchsheim) Meinong (1853 – 1920), seit 1882 Professor, Philosoph, entwickelte eine Lehre vom Gegenständlichen ohne Rücksicht auf dessen jeweilige Seinsweise, sondern abhängig von den »Erlebnis-Klassen« Vorstellen, Denken, Fühlen, Begehren des Betrachters, Begehrers etc. *Philosophie des Als Ob:* im Orig. deutsch; vgl. Hans Vaihinger (1852 – 1933), seit 1884 Prof. für Philosophie, zunächst Kantforscher. In seiner *Philosophie des Als Ob* (1911) werden alle Werte und Ideale als bloße Fiktionen dargestellt. George Dalgarno (1626 – 1687): engl. Autor, Lehrer; verfaßte das vermutlich erste Buch über Zeichensprache zur Unterrichtung Taubstummer (*Didascalocophus*, 1680) und die einfallsreiche, von Leibniz gelegentlich gelobte *Ars Signorum* (»Kunst der Zeichen«, 1661), worin er Ideen insgesamt in 17 Klassen unterteilte. Ferner entwickelte er eine nicht komplett überlieferte »universale Kurzschrift«. George Berkeley (1685 – 1753): angloirischer Geistlicher und Philosoph, verneinte die Substantialität des Dinglichen, das Wirklichkeit einzig im Wahrgenommenwerden finde – *esse est percipi.* Berkeleys Idealismus ist der vielleicht wichtigste philosophische Einfluß in JLBs Werk. Ezra Buckley: vermutlich fiktiv. Enrique Amorim (1900 bis 1960): uruguayischer Romanautor, lebte lange in Buenos Aires; schilderte in Werken wie *Tangarupa* oder *La carreta* u. a. Zustände und Gegebenheiten des uruguayischen Provinzlebens. Francisco de Quevedo y Villegas (1580 – 1645): einer der bedeutendsten spanischen Schriftsteller und Gelehrten überhaupt; verfaßte Gedichte, Festschriften, Satiren *(Los sueños, La fortuna con seso* – deutsch: *Träume; Die Fortuna mit Hirn)*, den Schelmenroman *Historia de la vida del Buscón* (deutsch: *Leben des Buscón*), Literaturkritik, politische Schriften, philosophische und asketische Schriften, Polemiken, Übersetzungen etc. Sir Thomas Browne (1605 – 1682): englischer Arzt und Schriftsteller; verfaßte u. a. *Religio medici* (Die Religion eines Arztes) mit Essays über die verschiedensten Themen, *Pseudodoxia epidemica* or *Vulgar and Common Errors* (Über allgemeinen Irr- und Aberglauben); bei dem hier von Borges zitierten *Hydriotaphia* or *Urne-Buriall* (Urnenbestattung) handelt es sich um eine sehr weitläufige Meditation über Tod und Unsterblichkeit. – Browne gilt bis heute als einer der größten englischen Prosa-Stilisten.

Pierre Menard, Autor des Quijote

»Pierre Menard, autor del Quijote«, in *El jardín...*, 1941 (aus *Erzählungen I*).

John Wilkins (1614 – 1672): engl. Geistlicher, Naturwissenschaftler, Dozent, Autor, lange Zeit Master von Trinity College, Cambridge, später Bischof von Chester; Mitbegründer und erster Sekretär der Royal Society. Zu seiner für Borges wichtigsten Schrift über eine philosophische Sprache, in der jedes Wort das bezeichnete Objekt gleichzeitig präzise definiert, vgl. JLB »Die analytische Sprache John Wilkins'« in *Essays II*. Raimundus Lullus (1235 – 1315): katalanischer Autor und Mystiker, wollte dem Abendland orientalische Sprachen und der arabischen Welt das Christentum bringen; wahrscheinlich wurde er 1315 nahe Bougie oder Tunis gesteinigt. Seine *Ars magna generalis* war ein mystisch-kombinatorisches Unterfangen, mit Hilfe einer Maschine die Zeichen des Alphabets in allen denkbaren Abfolgen zusammenzustellen und so alle nur möglichen Sprachen, Bücher und göttlichen Offenbarungen zu erhalten; Borges' »Bibliothek von Babel« ist das Endprodukt. Ruy López de Segura veröffentlichte 1561 das hier zitierte Buch über die Kunst des Schachspiels; obwohl die historische Abfolge nicht gesichert ist, werden ihm allgemein die erste Festlegung der Bewegungsweisen einiger Figuren (Turm und Springer), die Doppeleröffnung mit zwei Bauern (die inzwischen wieder abgeschafft wurde) sowie einige grundlegende Eröffnungsvarianten (Spanische Partie) zugesprochen. George Boole (1815 – 1864): engl. Mathematiker und Logiker, Begründer der mathematischen Logik. Saint-Simon: entweder Claude Henri de Saint-Simon (1760 – 1825), »christlicher Sozialist«, aristokratischer Teilnehmer an der Revolution, verfaßte *Du système industriel, Catéchisme des industriels* etc., in denen er die christliche Lehre von der werktätigen Liebe auf die Arbeiterfrage anwandte; Eigentum sollte direkt proportional zur selbst geleisteten Arbeit sein; – oder Louis de Rouvroy, Duc de Saint-Simon (1675 – 1755), Politiker und Autor, verfaßte *Mémoires complets et authentiques du Duc de Saint-Simon sur le siècle de Louis XIV et la Régence...*; das zwischen 1694 und 1749 entstandene, 1829/30 erschienene Werk liefert einerseits wertvolles Quellenmaterial, ist andererseits aber durch persönliche Vorurteile, Abneigungen etc. verzerrt. Luc Durtain (1881 – 1959): frz. Lyriker und Prosaautor, schrieb freie Verse, Romane und Reiseberichte, in denen er sich mit aktuellen Problemen befaßte. JLB und Bioy Casares zitieren ihn u. a.

in »Katalog und Analyse der verschiedenen Werke von Loomis« *(Gemeinsame Werke II)*. Francisco de Quevedo y Villegas; vgl. Anm. zu *Tlön, Uqbar, Orbis Tertius*. – Bei *Aguja de navegar cultos* handelt es sich um eine kaum zu übersetzende kurze Satire (etwa: ›Kompaßnadel zur Beschiffung der Moden‹) gegen die vom Dichter Luis de Góngora y Argote (1561 – 1627) beeinflußte Mode künstlicher, dunkler und von gewalttätigen Metaphern durchsetzter Gedichte. In diesem Text lehrt Quevedo, wie man ein ›babylonischer Poet‹ wird, ›Konfusionssonette‹ verfaßt, durch Übernahme lateinischer Wortstellung die spanische Syntax verfinstert und die einfachsten Dinge durch hochtrabende und unverständliche Metaphern zu poetischen Rätseln macht. *ne craignez…:* Fürchten Sie keinesfalls die Schildkröte, Monsieur. Paul-Jean Toulet (1867 – 1920): frz. Lyriker; seine *Contrerimes* (Gegenreime) sind vor allem vierzeilige Strophen, deren Reimschema a-b-b-a gegen die Metrik und die Silbenzahl 8-6-8-6 läuft. *Cimetière marin:* Gedicht in zehnsilbigen Zeilen von Paul Valéry, erschienen 1920 in der N.R.F. Where a malignant…: »Wo ein bösartiger und [ein] beturbanter Türke«, Shakespeare, *Othello* V.ii.357. Ah bear in mind…: »Ah gedenke, dieser Garten war verzaubert«, aus Edgar Allan Poes Gedicht »To Helen«. »Bâteau ivre«: Gedicht von Arthur Rimbaud; Ancient Mariner: »The Rhyme of the Ancient Mariner«, Gedicht von Samuel Taylor Coleridge. Maurice Barrès (1862 – 1923): frz. Romancier, verfaßte Trilogie *Le Culte du Moi* (1888 – 1891) u. a., Realist, Nationalist. Enrique Rodríguez Larreta (1875 – 1961): arg. Romancier, Hauptwerk *La gloria de Don Ramiro* (1908), ein Versuch, das Spanien Philipps II. lebendig darzustellen. *La trahison des clercs:* Essay (1927) von Julien Benda (1867 bis 1956), deutsch *Der Verrat der Intellektuellen*; Benda wirft namens eines strikten Rationalismus den Intellektuellen vor, seit etwa 1890 mit Massenbewegungen und Irrationalismen zu paktieren, statt sie einzudämmen. William James (1842 – 1910): amerik. Philosoph, von JLB häufig zitiert (Borges' Vater korrespondierte mit James); Hauptwerke *Principles of Psychology* (1890) und *Varieties of Religious Experience* (1902); Bruder des Schriftstellers Henry James. *Imitatio Christi: Nachfolge Christi*, dem Mystiker Thomas von Kempen (1380 – 1471) zugeschriebenes Meditationswerk.

Die kreisförmigen Ruinen

»Las ruinas circulares«, in *El jardín*... 1941 (aus *Erzählungen II*).

In *AOS* stellt JLB fest, das ontologische Argument, demzufolge Jemand oder Etwas Ursache seiner selbst sein könne, sei ihm immer als bloßes Wortgeklingel vorgekommen; Sprache impliziere nun einmal den Sprecher, Traum den Träumer; dies führe zwangsläufig zum Konzept einer endlosen Serie von Sprechern und Träumern, einem *regressus ad infinitum*. »Beim Schreiben habe ich natürlich nicht in dieser abstrakten Form über die Story nachgedacht. In einem Doppelsonett über Schach [in *Borges und ich*] nahm ich Jahre später die Idee wieder auf. Die Schachfiguren wissen nicht, daß ein Spieler sie lenkt; der Spieler weiß nicht, daß ein Gott ihn lenkt; der Gott weiß nicht, welche anderen Götter ihn lenken. Vor einigen Jahren, bei einem Besuch in Lubbock, Texas, fragte mich ein Mädchen, ob ich bei der Abfassung eines weiteren Gedichts, ›Der Golem‹ [in *Gedichte 1923–1965*], bewußt die ›kreisförmigen Ruinen‹ hätte neuschreiben wollen. Die Antwort war nein, aber ich dankte ihr dafür, daß sie mir diese unvermutete Affinität offenbart hatte. – Leser haben ›Die kreisförmigen Ruinen‹ oft für meine beste Geschichte gehalten. Ich kann diese Meinung kaum teilen, da ich heute gewollt ›feines‹ Schreiben, dem sich diese Geschichte dauernd nähert, für einen Anfängerfehler halte...«

Motto: »Und wenn er aufhörte, von dir zu träumen...« (Lewis Carroll)

Die Lotterie in Babylon

»La lotería en Babilonia«, in *El jardín*... 1941 (aus *Erzählungen I*):

Aleph, Beth, Ghimel: die drei ersten Buchstaben des hebräischen Alphabets. Herakleides Pontikos: platon.-pythagoreisierender Philosoph, ca. 390–310 v. Chr., Schüler Platons, verfaßte vor allem Dialoge. Aelius Lampridius: vermutlich fiktiver Verfasser einiger Viten der *Historia Augusta*. Elagabal(us), Heliogabalos: röm. Kaiser 218 bis 222 (geb. 204); eig. Caesar Marcus Aurelius Antoninus Augustus, vor der Thronerhebung Varius Avitus. E. wurde in Rom erzogen, ging vermutlich 217 nach Kleinasien, wo er in Emesa Priester des syr. Gottes Elagabal wurde, den er 219 zum höchsten röm. Stadtgott erhob. Nach E.s Ermordung 222 wurde der orgiastische Kult, den die Römer als demütigend empfanden, wieder abgeschafft. Taprobane: im griech.-röm. Altertum Name der Insel Ceylon (Sanskrit: Tãmraparṇi).

Die Bibliothek von Babel

»La biblioteca de Babel« in *El jardín...* (aus *Erzählungen I*).

Hierzu gab JLB ein feines Beispiel seiner spielerisch-spöttischen Selbstdistanzierungen; in einem Gespräch mit W. Barnstone 1980 sagte er: »Diese Story habe ich geschrieben, als ich besonders versessen darauf war, Kafka nachzuäffen. Das war vor vierzig Jahren, und ich erinnere mich kaum noch an den Text.« (W. Barnstone, *Borges at Eighty: Conversations.* Bloomington, Indiana, 1982).

Motto: »Durch diese Kunst magst du die Abänderungen der 23 Buchstaben betrachten...« (Robert Burton).

Zu Fußnote: Das von Letizia Alvares de Toledo vorgeschlagene Buch ist »Das Sandbuch« (in *Erzählungen III*); zu den Eigenschaften, die in der Fußnote aufgezählt werden, kommt noch eine besonders bedrohliche hinzu: Als der Erzähler beim Versuch, den ungeheuerlichen Band loszuwerden, an Feuer denkt, schrickt er zurück, da ja bei der Verbrennung eines aus unendlich vielen Blättern bestehenden Buchs unendliche Mengen von Rauch freiwerden müssen, die den Planeten ersticken würden.

Der Garten der Pfade, die sich verzweigen

»El jardín de senderos que se bifurcan« in *El jardín...* (aus *Erzählungen I*).

In *Borges at Eighty* (s. o.) behauptet JLB hierzu nicht, er könne sich nicht mehr erinnern, sondern stellt fest, die Grundidee der verzweigten Zukünfte habe er »geklaut«, und zwar bei Bradley *(Appearance of Reality)*, Dunne *(An Experiment with Time)* und Schopenhauer. Im Vorwort zu *El jardín...* bezeichnete er den Text als Kriminalgeschichte: »... die Leser werden der Ausführung und allen Präliminarien eines Verbrechens beiwohnen, dessen Ziel ihnen nicht verborgen ist, das sie aber, glaube ich, bis zum letzten Absatz nicht verstehen werden.«

Sir Basil Henry Liddell Hart (1895 – ?): engl. Offizier (zuletzt Captain) und Militärtheoretiker sowie Militärhistoriker; JLB zitiert eine *Historia de la Guerra Europea*, bei der es sich vermutlich um die *History of the World War 1914 – 1918* handelt. Tsingtau: östl. von Peking gelegene Küstenstadt, 1898 deutsch, Nov. 1914 von den Japanern besetzt, 1922 an China zurückgegeben. Die dortige *Hochschule* steht im Orig. deutsch. *Hung Lu Meng* oder *Hong Leou Mong*, deutsch

Der Traum der roten Kammer, Roman aus der 2. Hälfte des 18. Jahrhunderts, wahrscheinlich verfaßt von Ts'ao Tchan (Siue-K'in), 1719–1764.

Das unerbittliche Gedächtnis

»Funes el memorioso« in *Artificios*, 1944, später 2. Teil von *Ficciones* (aus *Erzählungen I*).

Ablenkend bezeichnete JLB diese Erzählung verschiedentlich als Metapher für Schlaflosigkeit.

Compadrito: »Gevatterchen«, kleiner Krakeeler bzw. Messer-»Held«. Ituzaingó: Während der Auseinandersetzungen zwischen Brasilien und den La-Plata-Ländern um die Unabhängigkeit des späteren Uruguay fand dort 1827 eine Schlacht statt. Andrés Bello (1781–1865): venezolanischer Gelehrter und Schriftsteller; verfaßte Bücher über Völkerrecht, Geographie, Grammatik, Orthographie; eine Geschichte Venezuelas; Gedichte. Auch nach der Unabhängigkeit hielt er Spaniens zivilisatorischen Einfluß auf Lateinamerika für wichtig und versuchte mit *Gramática de la lengua castellana destinada al uso de los americanos* (1847) einen gemeinsamen Sprachstandard für Spanien und Amerika als Band zwischen den hispanischen Völkern zu schaffen. Er schlug verschiedene Rechtschreibänderungen vor; dazu gehörte die hier von Borges zitierte Ersetzung des *y* (›und‹) durch *i* und des *g* vor e und i (Lautwert ch wie in ›Loch‹) durch *j*. Nach dieser Schreibung handelte es sich beim vorliegenden Buch um Werke des Jorje Luis Borjes.
Quebracho-Gefecht: 1882 fand bei Quebracho eine der zahllosen Schlachten der wirren uruguayischen Bürgerkriege des 19. Jh. statt; Truppen des Generals/Präsidenten/Diktators Santos besiegten Aufständische.

Der Tod und der Kompaß

»La muerte y la brújula« in *Artificios*, 1944 (aus *Erzählungen I*).

JLB (in *AOS*): »... Als ich 1942 in ›Der Tod und der Kompaß‹ eine Albtraumfassung von Buenos Aires erstellte, sagten mir meine Freunde, endlich sei es mir gelungen, ein einigermaßen erkennbares Bild meiner Heimatstadt zu zeichnen. Ein paar topographische Erläuterungen sind vielleicht angebracht. Das Hotel du Nord steht für das Plaza-Hotel. Die Flußmündung ist der Río de la Plata... Die Rue de Toulon ist der Paseo Colón bzw., was »Unterwelt« angeht, der alte Paseo de Julio, heute Leandro Alem. Triste-le-Roy, ein wunderbarer Name, den Amanda Molina Vedia erfunden hat, steht für das längst abgerissene Hotel Las Delicias in Adrogué. (Amanda hatte auf die Wand ihres Schlafzimmers die Karte einer imaginären Insel gemalt; dort entdeckte ich den Namen Triste-le-Roy.) Um jeden Verdacht auf Realismus zu entkräften, verwendete ich entstellte Namen und ließ die Geschichte in irgendeinem kosmopolitischen Rahmen ohne jede spezifische Geographie spielen. Die Namen der Personen tun das ihre: Treviranus ist Deutsch, Azevedo Portugiesisch-Jüdisch, Yarmolinsky Polnisch-Jüdisch, Finnegan Irisch, Lönnrot Schwedisch.

Muster in Raum und Zeit finden sich in der ganzen Geschichte immer wieder. Ein Dreieck wird vorgeschlagen, aber die Lösung basiert tatsächlich auf einem Rhombus. Dieser Rhombus wird aufgenommen in den Karnevalskostümen der vorgeblichen Entführer und in den Fenstern von Triste-le-Roy, wie auch im Vierfachen Namen Gottes, dem Tetragrammaton. Ferner zieht sich ein roter Faden durch die Seiten der Geschichte: Sonnenuntergang auf einer rosa Mauer, Blut auf dem Gesicht des Toten. Rot findet sich auch in den Namen von Detektiv und Verbrecher.

Der Töter und der Getötete, deren Hirne gleichartig arbeiten, könnten derselbe Mensch sein. Lönnrot ist kein hoffnungsloser Trottel, der in eine Todesfalle spaziert, sondern auf symbolische Weise ein Mann, der Selbstmord begeht...

Wie die meisten Stories sollte ›Der Tod und der Kompaß‹ durch seine allgemeine Atmosphäre stehen oder fallen, nicht durch den *plot*, der, wie ich annehme, heute ziemlich altmodisch und daher uninteressant ist...«

Vgl. hierzu auch Edit. Notiz.

Zu den »Werken« des ermordeten Rabbiners, vgl. u.a. JLBs »Eine Ehrenrettung der Kabbala« in *Essays I* und »Die Kabbala« in *Die letzte Reise des Odysseus.*

Das geheime Wunder

»El milagro secreto« in *Artificios*, 1944, (aus *Erzählungen I*).

Zu Hladiks »Werken« vgl. u.a. JLBs »Geschichte der Ewigkeit« in *Essays I.*

pour encourager les autres: frz., »um die anderen zu ermutigen«, so im Orig.

Drei Fassungen von Judas

»Tres versiones de Judas« in *Artificios,* 1944 (aus *Erzählungen I*).

Motto: etwa »Degradierung schien eine Gewißheit zu bergen.« Basilides: Gnostiker; vgl. »Das Problem des falschen Basilides« in *Essays I.* Satornilos: Gnostiker, ca. 100 n. Chr.; Karpokrates: angeblicher Stifter der gnost. Sekte der Karpokratianer, nach 100 n. Chr., vermutlich nicht historisch; *Liber adversus omnes haereses:* nicht zu ermitteln; dem von JLB »apokryph« genannten Buch dürfte Irenäus' Schrift *Wider die Ketzer* (adversus haereses) zugrundeliegen (2. Jh.); *Syntagma:* verlorene Schrift des Bischofs Hippolytos (3. Jh.) gegen die Gnostiker. Die »Originale« oder Fiktionsvorbilder der von JLB aufgeführten Theologen/Häretiker Engström, Robertson, Borelius, da Cunha, Conseilheiro, Simeon, Valerius Soranus waren entweder gar nicht oder nicht eindeutig zu ermitteln, oder die Spärlichkeit der Information (z. B. Val. Soranus, laut *Pauly* ca. 130 – 82 v. Chr., Redner und Antiquar, befreundet mit Varro und Cicero, wurde auf der Flucht vor Sulla von Pompeius ermordet; laut *Lemprière* »weil er ein Geheimnis verraten hatte«) trägt wenig oder nichts zum Textverständnis bei. Almafuerte: (»starke Seele«) Pseudonym des Argentiniers Pedro Bonifacio Palacios (1854 – 1917). Er verfaßte oratorische Gedichte und Prosa und legte darin eine persönliche Religion dar: »Ich bin kein Literat, ich bin ein Prediger.« Laut Borges handelt es sich dabei vor allem um eine allgemeine Lehre der Frustration einschließlich Rechtfertigung und Mystik. (Zitiert nach *Enciclopedia de la literatura argentina,* Buenos Aires 1970.) Maurice Abramowicz: Schulfreund von JLB aus dessen Zeit in Genf; JLB schiebt ihm häufiger abstruse Zitate unter. Der frz. Text der Fußnote lautet: »Jesus, diesem Skandinavier zufolge, spielt immer die schöne Rolle; dank der Fertigkeit der Typographen genießen seine Kümmernisse vielsprachigen Ruf; sein dreiunddreißigjähriger Aufenthalt unter den Menschen war insgesamt nicht mehr als eine Sommerfrische.«

Der Süden

»El Sur« in *Artificios,* 1944 (aus *Erzählungen I*).

JLB bezeichnete diese Erzählung mehrfach als eine seiner besten. Unfall, Sepsis und Klinikaufenthalt des Protagonisten finden sich in

JLBs Biographie (vgl. *Borges über Borges*, S. 47); Kritiker und Biographen (z. B. E. Rodríguez Monegal) stellten verschiedentlich Mutmaßungen über »die Frau« an, zu der Dahlmann treppauf läuft. In *Borges at Eighty* sagt JLB:
»Ich hatte Henry James gelesen. Wie Sie alle hatte mich diese Geschichte ›The Turn of the Screw‹ sehr beeindruckt, die mehrere Interpretationen zuläßt... Henry James hat da mehrere Geschichten geschrieben, die ›ineinandergerollt‹ sind. Da dachte ich dann, ich wollte so etwas auch machen. Ich wollte mich am gleichen Trick versuchen, indem ich drei Geschichten gleichzeitig schrieb. Darauf schrieb ich ›El Sur‹. Darin können Sie drei Geschichten finden. Zuerst die Parodie. Da wird ein Mann von dem getötet, was er liebt. Das ist die Umkehr dessen, was Oscar Wilde sagte: ›For each man kills the thing he loves‹. Eine zweite Version wäre es, die Geschichte als realistisch zu lesen. Dann käme noch die interessanteste Interpretation, die die anderen keineswegs ausschließt: Man kann die zweite Hälfte der Geschichte als das lesen, was der Mann träumte, als er im Krankenhaus unter dem Messer starb. Denn der Mann hungerte ja wirklich nach einem epischen Tod... Ich glaube, technisch ist es wirklich eine gute Geschichte, weil ich diese drei Stories gleichzeitig erzähle, ohne daß sie einander beeinträchtigen...«

Catriel: Indiofürst, bedeutender Krieger in den arg. Indianerkriegen des 19. Jh. (»Argentiniens Sitting Bull«). Martín Fierro, vgl. »Die Gaucho-Dichtung« in *Essays I*, argent. »Nationalepos«. Rivadavia, lange Straße, die ungefähr in Ost-West-Richtung verläuft und Buenos Aires durchschneidet. Hipólito Irigoyen (1850 – 1933): populärer argentinischer Politiker, Staatspräsident 1916 – 1922 (in dieser Zeit setzte er zahlreiche Sozialreformen durch und hielt Argentinien aus dem 1. Weltkrieg heraus); wiedergewählt 1928, 1930 durch Putsch gestürzt.

Der Unsterbliche

»El inmortal« in *El Aleph*, 1949 (aus *Erzählungen II*).

Motto: »Salomon sagt: *Es gibt nichts Neues auf der Erde.* Und so wie Plato eine Eingebung hatte, *daß alles Wissen nur Erinnerung sei;* so gibt uns Salomon sein Urteil, *daß alle Neuheit nur Vergessen ist.*«
Spanisch aus Saloniki: Nach der Vertreibung aus Spanien 1492 f. ließen sich viele Juden auch in Saloniki nieder, wo sie bis ins 20. Jh. Spa-

nisch sprachen. Diokletian, Ägypten: Diokletian war Kaiser von 284 bis 305; die Niederschlagung des Aufstands in Ägypten fand 297/98 statt. Mauretanier: »Rufus'« Geographie ist ebenso synoptisch wie seine Historie; der Mauretanier-Aufstand (*Quinquegentiani*, Zusammenschluß von fünf Stämmen/Völkern im Atlasgebirge) wurde erst 305 niedergeschlagen, und zwar von Maximian, fern von Ägypten. Paktolos: Fluß in Lydien; der Sage nach wusch König Midas sich dort, worauf der Fluß goldhaltigen Sand ablagerte. Troglodyten: bei Herodot Volk im Süden Libyens, das sich von Reptilien nährt (griech. »Höhlenbewohner«); oft auch auf Nubier angewandt. Garamanten: berberischer Volksstamm im damaligen Innerlibyen. Augilen: Bewohner der Oase Augila, südl. Cyrenaika. Berg, der dem Ozean seinen Namen gibt: Atlas/Atlantik. »Die begüterten Teukrer...«: so wörtl. aus dem Orig.; bei Voß lautet die Stelle (Ilias II, 824/25): »Dann die Zeleia bewohnt, am äußersten Hange des Ida, / Reich an Hab', und trinkend die dunkele Flut des Äsepos«. Zur konfusen Architektur der Stadt der Unsterblichen bzw. der Antistadt vgl. »Eine Kunst blüht auf« in Bioy Casares/Borges *Gemeinsame Werke II.* Cornelius Agrippa von Nettesheim (1486–1535): Arzt, Philosoph, Mystiker; verfaßte u.a. *De incertitudine et vanitate scientiarum.* Stamford 1066: Unmittelbar vor der Normanneninvasion (Schlacht bei Hastings) besiegte der von Wilhelm dem Eroberer später geschlagene König Harald den Norweger Harald Hardrada bei Stamford. Bulak: Vorort von Kairo. Koloszvár (ungar.): Klausenburg, rum. Cluj. Centones: Pl. zu *cento,* lat., aus heterogenen Einzelteilen zusammengesetzter Text, literarisches Flickwerk.

Emma Zunz

»Emma Zunz« in *El Aleph,* 1949 (aus *Erzählungen II*).

Vgl. Edit. Notiz.

Deutsches Requiem

»Deutsches Requiem« in *El Aleph,* 1949 (aus *Erzählungen II*).

Vgl. hierzu auch JLB »Anmerkung zum 23. August 1944« in *Essays II.*

Abrechnung mit Spengler, kerndeutsch, Weltbewußtsein, Dichtung der Zeit: sämtlich im Orig. deutsch.

Averroes auf der Suche

»La busca de Averroes« in *El Aleph*, 1949 (aus *Erzählungen II*).

Zum Titel vgl. Ed. Notiz.

Motto: »Sich vorstellen, die Tragödie sei nichts anderes als die Kunst zu loben…« Alexander von Aphrodisias: Peripatetiker, Ende 2./Anfang 3. Jh.; wurde 198 nach Athen berufen, verfaßte gelehrte Kommentare zu den aristotelischen Werken. Hunain ibn-Isháq: genannt Johannitius, einer der wichtigsten arab. Aristoteles-Übersetzer, ca. 9. Jh. Ibn Sida: Philologe, Andalusier, ca. 1000 – 1066, verfaßte ein Wörterbuch. Khalil ibn Ahmad: arab. Philologe, geb. in Oman, stellte das vermutlich erste arab. Wörterbuch zusammen und klassifizierte die zulässigen Formen der Metrik etc.; ca. 720 – 790. Ibn Qutaiba (828 – 889): arab. Gelehrter und Autor, verfaßte Werke über Geschichte, Dichtkunst, Wissenschaft, Krieg etc. Zuhair: einer der sechs großen präislamischen Dichter arab. Sprache, 6. Jh. Abdurrahman/Abdarrahman: zahlreiche mögliche Kandidaten; welcher der in Frage kommenden Herrscher (z.B. mehrere Kalifen von Córdoba) den Ausspruch tat, ist nicht zu ermitteln. *Mohallaka:* Mo'allaqát, Sammlung von sieben langen präislamisch-arabischen Gedichten; enthält u.a. das Werk des o.g. Zuhair.

Die Inschrift des Gottes

»La escritura del Dios« in *El Aleph*, 1949 (aus *Erzählungen II*).

Pedro de Alvarado (1495 – 1541): Conquistador, nahm 1519 als Cortes' Leutnant an der Eroberung Mexikos teil. Im lat.-am. Gebrauch ist *tigre* (Tiger) Jaguar, *león* (Löwe) Puma. Wegen der platonischen Untertöne und der Bedeutung des »Tigers« für JLB habe ich die »Tigernetze« etc. nicht jaguarisiert.

Der Mann auf der Schwelle

»El hombre en el umbral« in *El Aleph*, ergänzte Ausgabe von 1952 (aus *Erzählungen II*).

JLB bemerkte 1952 in seinem Nachwort, der plötzliche und wiederholte Blick in eine tiefe Abfolge von Patios und Gängen eines Mietshauses an der Calle Paraná, Buenos Aires, habe ihm diese Geschichte eingegeben, und er habe sie nach Indien verlegt, um ihre Unwahrscheinlichkeit weniger offensichtlich zu machen. In *AOS* stellte er fest, nunmehr erinnere er sich eines ganz anderen Ausgangspunktes. »In Salto, Uruguay, ging ich eines Abends mit Enrique Amorim, weil wir nichts Besseres zu tun hatten, zum Schlachthof des Orts. Auf der Schwelle des langen, niedrigen Adobe-Gebäudes hockte ein zerschundener und beinahe lebloser alter Mann. Amorim fragte ihn: ›Wird gerade getötet?‹ Der alte Mann schien sich zu einem kurzen, bösen Erwachen aufzuraffen und antwortete mit einem wilden Flüstern: ›Ja, sie töten! Sie töten!‹

Irgendwie prägte sich mir der Eindruck eines scheinbar hilflosen alten Mannes ein, der tatsächlich über eine geheime Macht verfügt. Ich wob dieses Bild in die Erzählung ein und benutzte es Jahre später fast wortwörtlich kurz vor dem Ende einer anderen Geschichte, ›Der Süden‹...

Kipling-Kenner werden bemerken, daß mein Hintergrund größtenteils von ihm abgeschaut ist. Die Erwähnung von Nikal Seyn stammt aus *Kim.* Der Verrückte, der seine Finger zählt und die Bäume verhöhnt, stammt aus Kiplings Gedicht ›Evarra and His Gods‹. Der blumenbekränzte Jüngling kam mir, glaube ich, aus *From Sea to Sea.*

Leider muß ich feststellen, daß ›Der Mann auf der Schwelle‹ auch ein wenig eine Trick-Geschichte und ein Spiel mit der Zeit ist. Was erzählt wird, als ob es vor vielen Jahren geschehen sei, trägt sich tatsächlich gleichzeitig zu...«

Zum Spiel mit der Zeit sei angemerkt, daß »Der Mann auf der Schwelle« zuerst am 20. April 1952 in der Zeitung *La Nación* erschien; »Der Süden« findet sich in *Artificios*, 1944.

Adolfo Bioy Casares (*1914): arg. Autor, Freund und Mitarbeiter von Borges; vgl. *Gemeinsame Werke*, 2 Bände, München 1983/85, und Anm. zu »Tlön, Uqbar, Orbis Tertius«. Ultra Auroram...: lat., »jenseits von Morgenröte und Ganges«; der Ursprung des fälschlich Juvenal zugeschriebenen Zitats ist nicht zu ermitteln. Amritsar: Stadt im Punjab. Oudh: ehemaliges Königreich, heute Teil des ind. Bundesstaats Uttar Pradesh. Rebellion: der Sepoy-Aufstand von 1857. Akbar: Mogul-Kaiser (1542 – 1605). Nikal Seyn: Unter diesem Namen ging der charismatische brit. Offizier John Nicholson, der 1857 während der Niederschlagung des Sepoy-Aufstands vor Delhi fiel, in die ind. Folklore ein. Mahavira: 6./5. Jh. v. Chr. einer der Begründer des Jainismus.

Das Aleph

»El Aleph«, in *El Aleph*, 1949 (aus *Erzählungen II*).

Vgl. hierzu Ed. Notiz.

Motto: »O Gott, ich könnte in einer Nußschale befangen sein und mich für einen König des unendlichen Raums halten.« (Shakespeare) – »Aber sie werden uns lehren, daß Ewigkeit das Stillestehen der gegenwärtigen Zeit ist, ein *Nunc-stans* (wie die Schulen es nennen); was weder sie noch sonst jemand versteht, ebensowenig wie sie ein *Hic-stans* für eine unbegrenzte Größe des Orts verstünden.« (Hobbes) Tätigkeit in einer Bibliothek: vgl. *Borges über Borges*, S. 44f. Paul Fort (1872 – 1960): frz. Lyriker. *Werke und Tage:* von Hesiod (8./7. Jh. v. Chr.) *Polyolbion:* Der Verfasser, Michael Drayton, lebte 1563–1631. *Georgica: Landleben*, idyll. Dichtung von Vergil (70 bis 19 v. Chr.). *Don Segundo: Don Segundo Sombra*, Titel und Protagonist des Gaucho-Romans von Ricardo Güiraldes (1886 – 1927). Alvaro Melián Lafinur: Vetter von Borges, laut JLB »schlechter Lyriker«. *multum in parvo:* lat., »Vieles in Kleinem«. Dr. Aita: nicht zu ermitteln; zu Dr. Mario Bonfanti vgl. Borges/Bioy Casares *Gemeinsame Werke*, »Ein Modell für den Tod« u. a.

Eindringling

»La intrusa«, zuerst in späten Auflagen von *El Aleph*, ab 1966, dann in *El informe de Brodie*, 1970 (aus *Erzählungen II*).

In *AOS* sagte JLB, er habe »La intrusa« unter dem Eindruck der lakonischen Meisterwerke des jungen Kipling geschrieben. In den 20er Jahren habe er von Nicolás Paredes (vgl. »Mann von Esquina Rosada« und Anm.) eine Bemerkung über die weinerlichen Tangotexte jener Zeit gehört: »Wer auch nur fünf Minuten am Stück über eine Frau nachdenkt, ist kein Mann, sondern eine Tunte.« Dieser Satz, der impliziert, die einzige wahre Leidenschaft solcher Leute könne nicht Liebe, sondern nur Freundschaft sein, habe viele Jahre später die Geschichte ausgelöst. »Darin gibt es nur zwei wirkliche Personen – die beiden Brüder. Und selbst von diesen hören wir wirklich nur das, was der Ältere sagt; er ist derjenige, der alle Entscheidungen fällt, selbst die letzte. Ich habe sie zu Brüdern gemacht aus Gründen der Glaubwürdigkeit und, natürlich, um unersprießliche Implikationen auszuschalten.

Am Schluß der Geschichte blieb ich stecken; ich wußte nicht, welche Worte Cristián sagen sollte. Meine Mutter [der der blinde JLB die

Erzählung diktierte], die von Anfang an die Geschichte scheußlich gefunden hatte, lieferte mir die Schlußworte, ohne auch nur einen Moment zu zögern.«

Die Geschichte des Rosendo Juárez

»Historia de Rosendo Juárez« in *El informe de Brodie*, 1970 (aus *Erzählungen II*).

Vgl. hierzu »Mann von Esquina Rosada« und Anm.

In *AOS* bemerkt JLB, die Geschichte sei Fortsetzung und »Gegengift« zu »Mann von Esquina Rosada«; die Erzählung habe man fälschlich für realistisch gehalten, er wolle aber mit der »Zweitfassung« zu verstehen geben, daß er nicht der Trottel sei, als den man ihn bewundere. »Statt des Maulhelden von ›Esquina Rosada‹ haben wir hier... einen Mann mit Durchblick, der den romantischen Unfug und die kindische Eitelkeit des Duellierens begreift... In der ersten Geschichte wird Francisco Real durch einen Stich in die Brust tödlich verletzt; tatsächlich (und realistischerweise) wurde er rücklings erstochen, während er mit der Lujanera in einem Graben zugange war.«

Die Begegnung

»El encuentro«, in *El informe de Brodie*, 1970 (aus *Erzählungen II*).

Komet: Halleys Komet, der 1910 zu sehen war. Jahrhundertfeier: Am 25. März 1810 setzte eine aus Kreolen bestehende Junta den spanischen Vizekönig von Río de la Plata ab und bildete in Buenos Aires eine autonome Regierung. Die eigentliche Unabhängigkeitserklärung der Vereinigten Provinzen des Río de la Plata erfolgte am 9. Juli 1816 in Tucumán. Elías Regules: Tangokomponist der Jahrhundertwende. Rotwelsch: *Lunfardo*, eine Art *argot* von Buenos Aires; laut JLB keine gewachsene »Untergrund-Sprache«, sondern eine Erfindung von Tango-Textern und Dandies. Moreira, Fierro, Sombra: literarische Gaucho-Helden.

Das andere Duell

»El otro duelo«, in *El informe de Brodie*, 1970 (aus *Erzählungen II*).

Carlos Reyles (1868 – 1938), naturalistischer uruguayischer Autor. Die beiden Vaterländer sind Uruguay und Argentinien, früher unter einer spanischen Verwaltung. Die weiter unten zitierten Kokarden beziehen sich auf die Parteien bzw. Gruppen, die liberalen Colorados (»Roten«) und die konservativen Blancos (»Weißen«), deren Antagonismus Uruguay nahezu das gesamte 19. Jahrhundert hindurch in einem permanenten Bürgerkrieg hielt.

Das Evangelium nach Markus

»El Evangelio según Marcos«, in *El informe de Brodie*, 1970 (aus *Erzählungen II*).

Junín: etwa 300 km westlich von Buenos Aires; die später von Gutre als Ziele seiner »weiten Reisen« genannten Orte wie Chacabuco und Bragado liegen innerhalb eines Radius von ca. 50 km um Junín. *bonnes fortunes:* frz., erfolgreiche Liebesaffären. Hinrichtung Karls I.: Karl I. von England, geb. 1600, wurde 1649 geköpft. *Tabaré:* Gedicht von Zorrilla de San Martín über das Leben der Indios. *Don Segundo Sombra:* Gauchoroman von Ricardo Güiraldes (1888 – 1927).

David Brodies Bericht

»El informe de Brodie«, in *El informe de Brodie*, 1970 (aus *Erzählungen II*).

Yahoos: vgl. Swift, *Gulliver's Travels* IV. Kru: Gruppe von Stämmen in Liberia.

Der Kongreß

»El Congreso« in *El libro de arena*, 1975 (aus *Erzählungen III*).

Im Vorwort zu *El libro de arena* schrieb JLB: »Wenn ich von allen meinen Texten nicht mehr als einen einzigen loskaufen dürfte, fiele meine Wahl, glaube ich, auf ›Der Kongreß‹, der einerseits der autobiographischste ist (nämlich am reichsten an Erinnerungen), andererseits aber auch der phantastischste.«

Motto: »Sie wanderten zu einem ungeheuren Schloß, auf dessen Frontispiz zu lesen war: ›Ich gehöre keinem und ich gehöre allen. Sie waren hier, ehe Sie eintraten, und Sie werden noch hier sein, wenn Sie es verlassen [haben].‹« John Wilkins (1614 – 1672): vgl. Anm. zu »Pierre Menard«. Der neue Direktor der Bibliothek: ein Selbstverweis; Borges war (zwischen den beiden peronistischen Perioden der argentinischen Geschichte) von 1955 bis 1973 Direktor der Nationalbibliothek. Confitería: für Buenos Aires typisches Café mit Restaurantbetrieb. Donald Wren, Südeisenbahnen: das argentinische Eisenbahnnetz wurde hauptsächlich von englischen Firmen und Technikern installiert. Estanciero aus dem Osten: aus Uruguay; die offizielle Bezeichnung des Staats ist ›Republik östlich des (Flusses) Uruguay‹, República Oriental del Uruguay. In Argentinien sind demzufolge ›orientales‹ nicht Orientalen, sondern Uruguayer. Jean Baptiste Clootz 1755 – 1794): preußischer Offizier, der nach Paris ging, den Namen Anacharsis annahm und revolutionäre Ansichten vertrat. Die Jacobiner verstießen ihn, er starb auf der Guillotine. Anacharsis war ein Skythe, der etwa 594 v. Chr. nach Athen ging, sich mit Solon anfreundete und im Gegensatz zu seinen barbarischen Landsleuten für seine Weisheit berühmt wurde. José Gervasio Artigas (1764 – 1850): Milizoffizier, führte um 1816 die uruguayische Unabhängigkeitsbewegung an und wurde von brasilianischen Truppen vertrieben. Uruguay wurde 1821 als Cisplatinische Provinz Brasilien angeschlossen; es kam zu Aufständen, die von Buenos Aires unterstützt wurden, was 1826 – 1828 zum Krieg zwischen Argentinien und Brasilien führte, der durch britische Vermittlung 1828 mit der Unabhängigkeit Uruguays endete. Zur Frage des bolivianischen Meerzugangs: Nach dem sogenannten Salpeterkrieg von 1879 – 1880 mußte Bolivien im Abkommen von Valparaiso 1884 seine Küstenprovinz Antofagasta an Chile abtreten und ist seither Binnenstaat. Im Dezember 1974 befürworteten acht Staaten in der ›Deklaration von Ayacucho‹ eine Neuregelung des Meerzugangs unter Berücksichtigung der bolivianischen Interessen; bisher nicht endgültig gelöst. Calle Junín: damaliges Bordellviertel von Buenos Aires; vgl. hierzu u. a. »Emma Zunz«. Tapia, Paredes: historische Orts-»Caudillos« und populäre Messerhelden der Jahrhundertwende; vgl. »Mann von Esquina Rosada«, »Geschichte des Rosendo Juárez«. Pulpería: Art Kramladen mit Ausschank. Hernández, Obligado: Vertreter der Gaucholiteratur. José Hernández (1834 – 1886) verfaßte das Gaucho-Versepos »Martín Fierro«, das »argentinische Nationalepos«. Rafael Obligado (1851 – 1920) verfaßte u. a. »Santos Vega«. Vgl. »Die Gaucho-Dichtung« (in *Essays I*). Lunario sentimental (etwa: Empfindsames Mondbuch bzw. Mondkalender): Titel eines Werks von Leopoldo Lugones (1871 – 1938), eines von Borges sehr geschätzten argentinischen Autors und Journalisten. Vgl. hierzu Widmung »An Leopoldo Lugones« und Anmerkungen in *Borges und ich*. La Prensa (= ›die Presse‹): argentinische Tageszeitung. Jaime Luciano Balmes (1810 – 1848): spanischer politischer Autor, Philosoph und katholischer Priester, den seine liberalen Neigungen immer wieder in Konflikt mit dem Klerus brachten. Er verfaßte u. a. Schriften über die politische Lage in Spanien, ein vierbändiges Werk über die Einflüsse von Katholizismus und Protestantismus auf die europäische Kultur, eine grundlegende Einführung in die Philosophie etc. Er verfocht Realismus, Objektivität und Natürlichkeit. Maldonado, Riachuelo, Recoleta: die beiden ersteren sind Wasserläufe im heutigen Großraum Buenos Aires, wobei vor allem der Maldonado, in dessen Nähe Borges aufwuchs, in seinen Erzählungen immer wieder auftaucht; La Recoleta (etwa: die von der Welt Abgeschiedene) ist ein großer alter Friedhof in Buenos Aires. Vgl. *Gedichte 1923 – 1965*.

Undr

»*Undr*«, in *El libro de arena*, 1975 (aus *Erzählungen III*).

Undr: Wunder (altnordisch). Adam von Bremen: auch Adamus Bremensis, gestorben ca. 1085, Bischof, Historiograph, Ethnograph etc., verfaßte u.a. *Gesta Hammaburgensis...* (Taten der Hamburger...) und beschäftigte sich besonders mit den Vorgängen der Christianisierung Skandinaviens, die zu seiner Zeit noch nicht abgeschlossen war. Drápa: Preislied. Schwertwasser, Männerschlacht: sog. »Kenningar«, altnordische Metaphern mit fester Bedeutung und vorgeschriebener rhetorischer Verwendung; vgl. JLB »Die Kenningar« in *Essays I*.

Utopie eines müden Mannes

»Utopia de un hombre que está cansado« in *El libro de arena*, 1975 (aus *Erzählungen III*).

Emilio Oribe: uruguayischer Lyriker, geb. 1892; Veröffentlichungen ab 1912; vertritt auch in der Poesie den Vorrang des philosophischen Intellekts vor allen anderen Kunst- und Seinsformen. Limousinisch: im arg. Original Lemosín, lt. *Diccionario de la Real Academia Española* sowohl die limousinische Sprache (zu: Limoges) als auch zeitweilig in Spanien Gesamtbezeichnung für das alte Okzitanisch (Langue d'Oc). *Papiamento:* Umgangssprache auf den südlichen der Niederländischen Antillen, im wesentlichen eine Mischung aus Niederländisch, Spanisch, Englisch und Französisch. Summa Theologica: Hauptwerk des Thomas von Aquin.

Die Scheibe

»El disco« in *El libro de arena*, 1975 (aus *Erzählungen III*).

Die Rose des Paracelsus

»La rosa de Paracelso« in *La rosa de Paracelso y Tigres azules*, 1977 (aus *Erzählungen III*)

Motto: Der Verweis auf Thomas De Quincey bezieht sich auf den Text »The Palimpsest of the Human Brain« in »Suspiria de Profundis«. De Quincey stellt dort fest, die Wiedereroberung der Vergangenheit durch historische Detektion, schichtweises Abtragen geschichtlicher Ablagerungen und wissenschaftliche Rekonstruktion kompliziertester Zusammenhänge aus winzigen Spuren sei wesentlich beeindruckender als die Wiederbelebung einer verbrannten Rose durch Paracelsus. Die von Borges bezeichnete Passage lautet wörtlich: »Insolent vaunt of Paracelsus, that he would restore the original rose or violet out of the ashes settling from its combustion – *that* is now rivalled in this modern achievement.«

Blaue Tiger

»Tigres azules« in *La rosa de Paracelso y Tigres azules*, 1977 (aus *Erzählungen III*).

FRANÇOIS BONDY
VON DER LUST, BORGES ZU LESEN

»Hölle oder Himmel, gleichviel« – heißt es in den »Blumen des Bösen«. Gewisse Anhimmelungen und Verdammungen des Erzählers Jorge Luis Borges lassen an Baudelaires lästerliche Gleichsetzung denken. Ein Liebhaber seiner Erzählungen – einer gewissen Anzahl von ihnen, denn niemand wird die insgesamt fünfundsiebzig Erzählungen in gleichem Maß schätzen – wird manches enthusiastische Lob als unangemessen empfinden, hingegen in einigen abschätzigen Urteilen Begründungen wahrnehmen, die ihm den Autor noch näherbringen.

Durchsetzen muß man freilich den Argentinier nicht mehr, der so vielen Lesern auf der ganzen Welt – auch Nichtlesern, die ihn nur vom Hörensagen kennen – zum »Kultautor« geworden ist und zugleich zu einer akademischen »Wachstumsindustrie« babelischen Ausmaßes. Dazu hat Borges' eigene Bereitwilligkeit, Auskunft zu geben, wie seine Lehrtätigkeit beigetragen. Doch mag es vor allem die nach Entwirrung rufende Mischung von echter und vorgegebener Gelehrsamkeit in den Erzählungen sein, die die emsige »borgesologische« Forschung gezeugt hat, jener vergleichbar, die der Autor selber parodiert.

Allerdings danken wir den besten Arbeiten der Sekundärliteratur zu viele Erhellungen biographischer und literarischer

Art, um hier pauschal zu spotten. Es sei an die »Literarische Biographie« von Emil Rodriguez Monegal, an die Einführungen des ersten Übersetzers und Deuters Roger Caillois erinnert, und auf das Buch des Engländers John Sturrock *Paper Tigers* (1977) als eindrücklichste Werkanalyse hingewiesen. Daß allerdings gerade dieser vorzügliche Deuter den deutschen Autor phantastischer Romane Kurd Lasswitz für einen von Borges erfundenen Gelehrten hält und über den Sinn der beiden Silben »Lass« und »Witz« sinniert, mag Borges, falls er sich das Buch vorlesen ließ, erheitert haben.

Der Philosoph Jean Wahl meinte, man müsse die ganze Literatur und Philosophie kennen, um Borges richtig zu verstehen. Dem ist in Frankreich widersprochen worden: »Borges' Werk bedarf keiner Entzifferung« (Sylvia Molloy im Borges-Heft der Zeitschrift *Europe* vom Mai 1981). Wenn wir über die Masse der gelehrten Kommentare seufzen, dürfen wir allerdings nicht verkennen, daß das dicke Heft von L'HERNE (1964) zum Prestige von Borges soviel beigetragen hat wie der zuvor in Formentor vergebene Internationale Verlegerpreis, den Borges mit Beckett teilte. Auch wenn jenes Heft weniger gelesen als gewogen wurde.

Doch nichts wäre irriger als die Meinung, man bedürfe – wie eines Teleskops zur Beobachtung der Monde von Jupiter – eines solchen Instrumentariums, um sich Borges zu nähern. Borges ist zugänglich und eingängig. Wer versucht zu den »Quellen« zu gehen, Folianten zu wälzen, andere Bibliotheken zu besuchen als jene, die in den Erzählungen selber vorkommen, der läuft Gefahr, von Borges in die Irre geführt zu werden. Gisbert Haefs, der im vorliegenden Band einen solchen Versuch zur Vertiefung unseres Lesevergnügens dennoch gewagt hat, weist dabei ausdrücklich auf das »Amüsement« hin, das den Autor bei der Abfassung seiner Erzählungen geleitet hat.

»Der Weg zu Almotasim« erschien gegen Ende eines Buches von Betrachtungen und wurde erst später als Erzählung erkannt. Der Text gab sich, wie auch zwei andere Erzählungen späteren Datums, als eine Rezension. Ein wirklicher Verlag wird genannt und als Verfasserin des Nachworts eine bekannte Schriftstellerin. Bioy Casares, der Freund, mit dem Borges Bücher geschrieben und auch manche Späße ersonnen hat, fiel darauf herein und schrieb nach London, um sich die erwähnte »zweite Auflage« zu beschaffen. Und auch Monegal, Freund und Biograph, trug Namen und Titel in sein Notizbuch ein. Wenn sogar die Vertrautesten zum Narren gehalten werden – wie soll unsereins da zwischen Dichtung und Wirklichkeit unterscheiden?

Nun gibt es Leser, die den Umgang mit Borges für eine besondere geistige Leistung halten und ein wenig ungehalten auf die »hoi polloi«, die vielen Ungebildeten blicken, die meinen, sich ihren Privatautor ohne weiteres aneignen zu können – der Kritiker George Steiner hat sich, doch sicherlich nicht ohne Selbstironie, in diesem Sinne geäußert. Es trifft ja zu, daß die Erzählungen auch als getarnte Essays gelesen werden können, die philosophische und theologische Fragen erörtern, das Thema des Individuums und der Verdoppelung, der Kontingenz und der Unvermeidlichkeit, und etliche andere Probleme dieser Art hin und her bewegen. Muß der Leser, der da mitkommen will, ein Vorwissen mitbringen – wenn auch nicht in dem von Jean Wahl genannten Übermaß?

Roger Caillois meinte ganz im Gegenteil, es verhalte sich so, daß heutzutage auch die Gebildeten nur noch eine ferne Ahnung von klassischem und theologischem Wissen haben, und daß gerade deswegen Borges aus solchem Wissen den Stoff der Phantasie nehmen, eine surrealistische Konstruktion machen konnte.

Als Vergleich bietet sich Umberto Ecos Roman *Der Name der Rose* an. Des Autors Kenntnis der Geschichte, Philosophie und Theologie des vierzehnten Jahrhunderts, verbunden mit versteckten Anspielungen auf gegenwärtige Begebnisse, haben offenbar das Vergnügen der Leser, die solches Wissen nicht mitbringen, keineswegs gemindert... Gewiß, es gibt bei Borges »Privatspäße«, die erst durch Kenntnis der Umstände seines Lebens verständlich werden; doch ist er kein esoterischer Erzähler. Um seine zweite eigentliche Erzählung »Tlön, Uqbar, Orbis Tertius« zu genießen, muß der Leser nicht wissen, daß der Autor am Weihnachtstag 1938 beim zu hastigen Emporsteigen einer Treppe mit dem Kopf gegen ein frisch gestrichenes Fenster schlug und sich eine Septicemie zuzog, während der er fürchtete, den Verstand zu verlieren. Damals las ihm seine Mutter einen Roman vor, der von einem »anderen Planeten« handelt – der Autor Cecil Day Lewis war sowohl Philosoph wie Verfasser von Kriminalromanen. Der Patient war hingerissen. Da er sich zunächst nicht mehr an Lyrik und Essays wagen wollte, versuchte er sich als Erzähler, der seinerseits einen »anderen Planeten« konzipierte. Der ist eine »zweite Welt«, die stückweise in unsere Welt eindringt und sie sachte in totalitärem Sinn verwandelt.

Oder müssen wir über die Wege der Werke des Aristoteles zu uns Bescheid wissen, um »Averroes auf der Suche« zu lesen? Hier wird das schwierige Thema der nie ohne Mißdeutungen stattfindenden Anverwandlung des sprachlich und zeitlich Fremden behandelt, doch es begegnet uns als sprühendes Fabulieren: Averroes versteht die Begriffe »Komödie« und »Tragödie« nicht, obgleich er das eine erlebt, ihm das andere genau berichtet wird; er übersetzt sie sinnentfremdet. Der Leser mag jenen gelehrten Araber belächeln, er selber ist ja mit den Kategorien des Theaters vertraut. Doch er wird eigener Borniertheit überführt. Denn der Erzähler tritt auf und bedenkt, daß er jenen Averroes vermutlich ebenso falsch versteht wie der den griechischen Philosophen. Hier zeigt sich auch die Kunst des Erzählers, der wie Swift und Sterne weiß, daß nur Ironie, die sich auch gegen sich selber wendet, dem Leser zusagt.

In Genf, wo die Familie die Jahre des ersten Weltkriegs und einige mehr zugebracht hat, muß Borges in einer populären Ausgabe eine Darstellung des Schriftstellers Louis Ménard gelesen haben, der unter anderem – er hat auch das Kollodium erfunden – altgriechische Tragödien neuschrieb, und gar manche überraschende Einfälle hatte. Der Pierre Menard der Erzählung lebt sich in die Welt des Cervantes ein und schreibt zwei Kapitel des *Don Quijote* wörtlich neu – also anders als solche Nachdichter wie Unamuno, der jenen Roman umgeschrieben hat. Später hat Jean Améry ähnlich in einem Buch den armen Bovary gegen seinen Schöpfer Flaubert in Schutz genommen. Auch das ein literarischer »topos«, daß erfundene Gestalten ein vom Autor unabhängiges Nachleben führen.

Anders Borges' Menard. Sein wortgleiches Werk sei viel subtiler als dasjenige des Cervantes, eben weil er es nicht im gegenwärtigen, sondern im archaischen Spanisch geschrieben und sich in jene ferne Welt hineingefunden habe. Damit wird Menard eine Verkörperung der Zeit selber, die in den Jahrhunderten zwischen Autor und Leser bewirkt, daß der Leser, dieser Mitautor – so bezeichnet ihn Borges stets – ein anderes Werk liest, als es die Zeitgenossen des Verfassers taten. Die verstrichene Zeit verwandelt den Text. Ebenso der jeweils andere Kontext.

Wie Italo Calvino und Alain Robbe-Grillet hat auch Lars Gustafsson seinen Borges gelesen – sein Nachwort zum Band *Erzählungen I* bestätigt es. In seinem Essayband *Utopien* fragt Gustafsson: wenn die Erinnerungen des Fliegers Richthofen das Werk eines Romanschriftstellers wären? In diesem Fall werde »der dürftige Text, ohne daß ein einziges Wort darin verändert worden ist, in ein höchst bemerkenswertes Kunstwerk verwandelt«. Eben das ist das Experiment Menards, welcher seinerseits ein Experiment von Borges ist.

Wenn Borges in seinem autobiographischen Bericht mitteilt, daß er erst durch seinen schweren Unfall zum Erzähler geworden sei, so gilt das wohl eher für die phantastischen Geschichten als für jene, die es mit Gauchos der Pampas und Messerstechern der Vorstädte zu tun haben, wie die »Ur-Novelle« »Der Mann von Esquina Rosada«, deren Vorform schon 1927 erschien, eine zweite Fassung dann 1928, bis später die endgültige Fassung von 1933 den Erzählungen zugeteilt wurde.

Der wüste Messerheld, der in einer Kneipe einem Eingeschüchterten sein Mädchen wegnimmt, wird tot aufgefunden. Im letzten Satz erfahren wir – und konnten es ahnen –, daß der Erzähler selber ihn erstochen hatte. Zweifellos kannte Borges Agatha Christies »Mord an Roger Ackroyd«. In diesem 1926 erschienenen Roman wird ebenfalls der Ich-Erzähler als der Täter erkannt. Dem Muster hatte bereits ein Roman von Turgenjew entsprochen.

Borges übernimmt Vorbilder und Motive, die er sich völlig anverwandelt. Doch geht es hier vor allem um die Tugend des Mutes, die Borges, seiner kriegerischen Vorfahren eingedenk, für die höchste hält. Das ist eine Welt, die in späteren Erzählungen wie in »Süden« wiederkehrt. Der »Süden« steht bei Borges für die physische Herausforderung, die nackte Gewalt, wie der angelsächsische und norwegische Norden, so wie Judentum, Islam, Indien, China für Reflexion, Meditation und Mystik. Die früheste Erzählung ist die erste von vielen, die einen Kriminalfall zum Thema haben. Einer späteren sprach das Ellery-Queen-Magazin einen Preis zu.

Auch in den Erzählungen, die mit Kabbala und mystischen Hintergründen verbunden sind, ist die Handlung oft ein Komplott, ein Plan komplexer Anschläge. Verrat ist ein durchgehendes Motiv. Die Heftigkeit des Geschehens verbindet sich mit der Gelassenheit des Denksports. Es sind Schachprobleme von der Art »Matt in drei Zügen«. Deshalb haben auch die Kriminal- und Spionagegeschichten jene intellektuelle Spannung, die Italo Calvino an Borges bewundert.

Auf die unterschiedlichen Funktionen und Formen des Todes in den Erzählungen wies Iso Camartin in »Stellprobe mit dem Tod« *(Lob der Verführung, Zürich* 1987). Der Tod erscheine als philosophische These, als Kalkül für jene, die ihn zufügen, wie für jene, die ihn erleiden. Insbesondere seien die Labyrinthe – eine französische und die erste deutsche Ausgabe von 1959 tragen diesen Titel – Todesfallen.

Die besondere Konzentration des Geistes vor der Hinrichtung – von ihr sprach Samuel Johnson – ist Thema zweier Erzählungen. Die Zeit selbst ist Anlaß zum Sinnieren wie im *Zauberberg*, doch sie ist bei Borges zugleich der Weg und der Stoff. Ein Philosoph sagte einmal zu Borges, der es in einem seiner buchlangen Gespräche erinnert, man habe im Verständnis der Zeit in den letzten Jahren große Fortschritte gemacht. Da habe er gedacht, dieser Gesprächspartner hätte, wenn es statt um die Zeit um den Raum gegangen wäre, ihm bestimmt mitgeteilt, man sei in dessen Verständnis neuerdings um hundert Meter weitergekommen.

Wahrscheinlich ist »Die Bibliothek von Babel« die berühmteste Erzählung von Borges. In ihr wird wie auch andernorts die Atmosphäre jener Vorstadtbibliothek spürbar, in welcher Borges mehrere Jahre in subalterner Stellung seinen Lebensunterhalt verdiente. Doch geht es hier um ein Unendliches, das in einem begrenzten Behälter Platz findet. Ein Prinzip dieser Bibliothek ist, daß kein Buch darin zweimal vorhanden sein darf, und es erweist sich als unmöglich, einen wirklich genauen Katalog zu erstellen, denn der müßte alle Buchstaben aller Bücher enthalten und somit die Bibliothek duplizieren, was wiederum dem ersten Grundsatz widerspräche. Das Denkspiel bedarf also zweier willkürlicher Regeln – keine Verdoppelung und ein Totalkatalog – und führt zu der Konsequenz, daß in diese Ordnung von Anfang an die Unordnung eingebaut ist.

Den Einbruch des Chaos hätten wir eher von der Flut der Neuerscheinungen erwartet, doch Borges kommt ohne diese Gegebenheit aus, ja, er kehrt sie um. Es ist nicht das Versagen der Bibliothek angesichts der rastlosen Produktion von Neuem, sondern die Fülle, die nur eine Wiederholung erlaubende Totalität des Geschriebenen.

Hierher paßt die auf Grund einer wirklichen Begegnung bei Victoria Ocampo von Witold Gombrowicz imaginierte Begegnung mit Borges im Roman *Trans-Atlantik*. Der unbekannte Exilpole in Buenos Aires hat sich als Gegner des berühmten Argentiniers sowohl empfunden wie stilisiert. Im genannten Roman ist Borges sein Kontrahent in einem Rededuell –

das Duell spielt im Werk der beiden so verschiedenen Schriftsteller eine gleichgroße Rolle! –, und in diesem Wettstreit siegt Borges. Denn für jede Äußerung des Polen kennt der »Hüter der Bücher« die entsprechende Stelle in der Literatur und beweist damit, daß es unmöglich ist, etwas Neues zu sagen.

Glaubt Borges wirklich, alles sei schon vorgedacht, vorentschieden? Jeder Mensch, schreibt er, enthalte seinen Gegenmenschen. Und die These findet bei ihm die Entsprechung der Gegenthese, zum Beispiel in der Feststellung, Leben sei jeweils reine Gegenwart. Immerhin beklagt Borges, daß das Kreuz über den Kreis gesiegt habe, der Glaube an Anfang, Sinn und Ende der Geschichte über die Ewigkeit und die Wiederholung.

In »Die Bibliothek von Babel« stößt das geschlossene Universum, das Bibliothek genannt wird, auf die offene Welt, die jeder Ordnung, jeder Philosophie spottet. Eben das tut auch der Autor, der Philosophie und Theologie als Reizstoffe der phantastischen Literatur verwendet. Sie mögen ihn auch darüber hinaus beschäftigt haben, sind aber in seinem Werk ästhetisch zu sehen. Die Losung der Pariser Achtundsechziger »Die Imagination an die Macht« war längst die seine, nur springt sie bei Borges nicht aus dem Papier, und sie ist auch dort stets von Gegenmächten bedroht, die zugleich die Welt des Vitalen und die des Phantastischen zu ersticken drohen.

Das aber ist eine Herausforderung, die Borges annimmt, indem er die Erudition in seiner Erzählwelt verwendet und mit ihr spielt. Gewiß, der Spott über die pedantischen Gelehrten und Glossatoren ist alt – er gehört zu Rabelais wie zu Carlyles *Sartor resartus* –, doch war er bisher Satire auf ein untergeordnetes Ärgernis. Die Sekundärwelt, von der die Erudition nur eine Metapher ist, lastet immer schwerer auf der ursprünglichen. Zu dieser Sekundärwelt gehört auch die Psychologie. Borges haßt sie wie Kafka, den er früh gelesen und von dem er mehrere Erzählungen übersetzt hat. Angesichts der übergroßen Zahl der Motive bei Shakespeare, freut sich Borges, werden die Psychologen niemals aus diesem Werk auf die Person schließen können. Die psychologische Kategorisierung, die durchschauende Deutung – auch das gehört zu jenen Gewichten, von denen Humor und Parodie befreien.

Übrigens ist die Bibliothek von Babel nicht total. Hat nicht Borges selber sie durch eine Erzählwelt vermehrt, die es vor ihm nicht gab, auch wenn die Requisiten – Spiegel, Flüsse, Degen, Labyrinthe, Tiger – längst zuhanden waren?

»Uqbars« Einsickern, das ist die freiwillige Knechtschaft, zu deren Ursachen auch Mangel an Aufmerksamkeit gehört. Sie muß erst bewußt gemacht werden, um mit ihr spielen zu können, um sie loszuwerden. Borges ist ein Befreier auch gegenüber jenem Teil der uns beherrschenden Wirklichkeit, der die Welt der Fiktionen ist.

Um die notwendige Unterscheidung zwischen der Massenhaftigkeit der »Borgesologie« und der Qualität einzelner Untersuchungen zu verdeutlichen, schließe ich mit einem Zitat aus dem Kapitel »Der Nutzen des Nutzlosen« des anfangs genannten Buches von John Sturrock: »Die Erzählungen von Borges sind unvergleichliche Stimulantien für Gedanken über Literatur. Zum Denken über das Wesen der Literatur veranlaßt zu werden, ist ebenso wertvoll, wie das unmittelbare Nachdenken über das Leben. Kein Leser, der ein Zehntel von dem überdenkt, was Borges über Fiktion gedacht hat, ist danach der gleiche Leser von Fiktion, der er vorher war. Er wird nach jedwedem Kriterium ein besserer Leser sein und die Konventionen aller Literatur richtiger verstehen.«

INHALT

Jorge Luis Borges
Gesammelte Werke
im Carl Hanser Verlag

Band 1
Gedichte 1923-1965
Herausgegeben und übersetzt von Gisbert Haefs.

Band 2
Gedichte 1969-1976
Herausgegeben und übersetzt von Curt Meyer-Clason.

Band 3/I
Erzählungen 1935-1944
Nach der Übersetzung von Karl August Horst bearbeitet von Gisbert Haefs. Nachwort von Lars Gustafsson.

Band 3/II
Erzählungen 1949-1970
Nach den Übersetzungen von Karl August Horst und Curt Meyer-Clason bearbeitet von Gisbert Haefs. Nachwort von Stanislaw Lem.

Band 4
Erzählungen 1975-1977
Übersetzung von Dieter E. Zimmer. Nachwort von Horst Bienek.

Band 5/I
Essays 1932-1936
Übersetzt von Karl August Horst, Curt Meyer-Clason, Melanie Walz. Nachwort von Iso Camartin.

Band 5/II
Essays 1952-1979
Übersetzt von Karl August Horst, Curt Meyer-Clason, Gisbert Haefs. Nachwort von Michael Krüger.

Band 6

Borges und ich (1960)

Nach der Übersetzung von Karl August Horst bearbeitet von Gisbert Haefs. Nachwort von Claudio Magris.

Band 7

Buch der Träume (1976)

Übersetzt von Curt Meyer-Clason. Nachwort von Caroline Neubaur.

Band 8

Einhorn, Sphinx und Salamander (1957)

Buch der imaginären Wesen

In Zusammenarbeit mit Margarita Guerrero

Nach den Übersetzungen von Ulla de Herrera und Edith Aron bearbeitet und ergänzt von Gisbert Haefs. Nachwort von Dietmar Kamper.

Band 9

Borges über Borges

Aus dem Englischen übersetzt von Christiane Meyer-Clason.

Herausgegeben von Curt Meyer-Clason.

Gesammelte Werke

12 Bände in Kassette, broschiert. 1987, 2570 Seiten.

In gleicher Ausstattung:

Die letzte Reise des Odysseus

Essays 1980-1982

Übersetzt und herausgegeben von Gisbert Haefs.

Jorge Luis Borges
Adolfo Bioy Casares
Gemeinsame Werke
Herausgegeben von Gisbert Haefs

Band 1
Aus dem Argentinischen übersetzt von Liselott Reger und Gisbert Haefs. Nachwort von Umberto Eco.

H. Bustos Domecq
Sechs Aufgaben für Don Isidro Parodi (1942)

H. Bustos Domecq
Zwei denkwürdige Phantasien (1946)

B. Suárez Lynch
Ein Modell für den Tod (1946)

Band 2
Aus dem Argentinischen übersetzt von Gisbert Haefs.

Chroniken von Bustos Domecq (1967)

Nicht in den Gesammelten Werken:

Geschichte der Nacht
Neue Gedichte
Spanisch und Deutsch
Ausgewählt und übertragen von Curt Meyer-Clason.